ALIDA LEIMBACH
Villenzauber

UNTER FREUNDEN Der zweite Fall für Birthe Schöndorf und Daniel Brunner: Der Tod einer Kosmetikerin führt die Kommissare mitten in das Beziehungsgeflecht eines Freundeskreises, der seit Kindertagen besteht. Schauplatz ist eine bevorzugte Wohngegend in Osnabrück. Hier ist Eberhard zu Hause, ein Lehrer um die 50, der mit seiner Mutter in einer luxuriösen Villa lebt. Seine unbedachte Äußerung, er habe vor, das Haus zu verkaufen, ruft zwei seiner Freunde auf den Plan: Gynäkologin Carola träumt von exklusiven Praxisräumen für eine wohlhabende Klientel und Volker, Zahnarzt, ist auf der Suche nach einem stylischen Ambiente für seine Privatpatienten. Beide setzen alles daran, den Zuschlag zu bekommen – und das nicht immer mit legalen Mitteln. Alte Konflikte brechen auf, umso mehr, als eine Frau aus dem Freundeskreis ermordet wird.
Bei ihren Ermittlungen stoßen die Kommissare auf Charaktere mit Ecken und Kanten, deren zerstörte Träume, Sehnsüchte und Gier sie bis zum Äußersten gehen lassen.

Alida Leimbach, Jahrgang 1964, ist in Lüneburg geboren und in Osnabrück aufgewachsen. Nachdem sie einige Jahre als Übersetzerin in Frankfurt am Main tätig war, studierte sie noch einmal: evangelische Theologie, Germanistik und Englisch für das Lehramt. Sie lebt mit ihrer Familie in der Nähe von Frankfurt.

Bisherige Veröffentlichungen im Gmeiner-Verlag:
Deichkrone (2017)
Ostfriesenkind (2016)
Börsentöpfchen (2014)
Wintergruft (2011)

ALIDA LEIMBACH
Villenzauber

Kriminalroman

*Personen und Handlung sind frei erfunden. Ähnlichkeiten
mit lebenden oder toten Personen
sind rein zufällig und nicht beabsichtigt.*

*Die automatisierte Analyse des Werkes, um daraus
Informationen insbesondere über Muster, Trends und
Korrelationen gemäß § 44b UrhG (»Text und Data
Mining«) zu gewinnen, ist untersagt.*

*Bei Fragen zur Produktsicherheit gemäß der Verordnung
über die allgemeine Produktsicherheit (GPSR) wenden Sie
sich bitte an den Verlag.*

Besuchen Sie uns im Internet:
www.gmeiner-verlag.de

© 2013 – Gmeiner-Verlag GmbH
Im Ehnried 5, 88605 Meßkirch
Telefon 0 75 75 / 20 95 - 0
info@gmeiner-verlag.de
Alle Rechte vorbehalten

Lektorat: Katja Ernst
Herstellung: Mirjam Hecht
Umschlaggestaltung: U.O.R.G. Lutz Eberle, Stuttgart
unter Verwendung eines Fotos von: © IS2 / photocase.com
Druck: Zeitfracht Medien GmbH, Industriestraße 23,
70565 Stuttgart
Printed in Germany
ISBN 978-3-8392-1376-6

Für Thomas

Trenne dich nicht von deinen Illusionen. Wenn sie verschwunden sind, wirst du weiter existieren, aber aufgehört haben zu leben.
Mark Twain

1.

Als sie am großen Spiegel vorbeikam, blieb sie einen Moment davor stehen. Sie sah perfekt aus an diesem Abend. Sexy, elegant, selbstbewusst – so hatte sie sich eine Zahnarztfrau immer vorgestellt. Bald würde sie es sein. Sie warf ihre Haare zurück und öffnete die Tür.

»Hi, Lydia, wie schön, dich zu sehen«, strahlte Sandra wie auf Knopfdruck und küsste ihre Freundin rechts und links auf die Wangen.

»Freue mich auch. Eine Kleinigkeit für dich.« Lydia überreichte ihr eine Likörflasche mit einem durchsichtigen Stöpsel, in dem sich ein dickes Liebespärchen aus Plastilin tummelte. Dafür gab Sandra ihr noch einen Kuss.

»Und wo ist das Geburtstagskind? Volker bekommt von mir diesen grandiosen Wein und einen Gutschein für das Restaurant in seinem Golfclub. Schließlich wird man nur einmal im Leben 50.«

»Da wird er sich aber freuen«, sagte Sandra laut und flüsterte dann in Lydias Ohr: »Du, er ist schon da!«

Lydia hatte das Pech, schnell rot zu werden, und ärgerte sich darüber. Sie wusste, was ihr bevorstand. Sandra wollte sie mit einem Bekannten verkuppeln, ausgerechnet einem Lehrer – eine Berufsgruppe, die sie noch nie hatte leiden können. Kuppelei fand sie ohnehin schrecklich, aber was sollte sie machen, sie steckte nach der letzten Trennung in einer tiefen Krise. Nur ein neuer Partner würde ihr da heraushelfen können, glaubte sie.

»Na, komm schon her«, sagte Sandra und zog die leicht verwirrte Lydia an der Hand ins Wohnzimmer des eleganten Penthouses in der Osnabrücker Fußgängerzone.

»Froggylein, kommst du bitte? Lydia ist da!«

Volker, der Star-Zahnarzt, kam auf sie zu und begrüßte sie mit einem jovialen Schulterklopfen wie eine alte Freundin.

»Herzlichen Glückwunsch, Volker, ich habe dir einen guten Tropfen mitgebracht, aus Südafrika, deinem Lieblingsreiseland. Ich hoffe, er trifft deinen Geschmack. Und dazu einen Gutschein für gesellige Stunden im Club«, sagte sie augenzwinkernd.

»Wunderbar, Lydia, ich danke dir.« Er küsste sie flüchtig auf die Wange. Jetzt kam auch Frauke auf sie zu, die ewige Alternative, ein Relikt aus den 80er-Jahren, und begrüßte sie mit Küsschen links und rechts. Wie gewöhnlich trug sie ein wallendes, indisches Kleid und darüber eine Häkelstola. Ihre grauen Haare waren streichholzkurz geschnitten und die Ohrringe baumelten fast bis zu den Schultern.

Er saß mit dem Rücken zur Tür und drehte sich plötzlich um. Ihre Blicke trafen sich und blieben eine Spur zu lang aneinander haften. Gar nicht mal so schlecht, dachte sie.

Eberhard, so hieß der Lehrer, machte einen gelassenen Eindruck. Er stand auf und sie wurden einander vorgestellt. Lydia schluckte. Ihr Herz hämmerte bis zum Hals. Sie musterte ihn von oben bis unten und war hin- und hergerissen. Seine Kleidung gefiel ihr nicht, wie sie schnell feststellte. Nach ihrem Geschmack war er viel zu bieder und altmodisch angezogen. Trotzdem hatte er zweifelsohne etwas. Seine Augen. Sie waren von einem dunklen Braun, umrahmt von dichten Wimpern und schön geschwungenen Augenbrauen. Lydia konnte kaum den Blick von ihm abwenden. Wie ferngesteuert begrüßte sie die anderen Gäste, Carola von Hünefeld und deren Mann Matthias.

Ihre Nerven waren bis zum Zerreißen gespannt, als sie ihren Platz neben Eberhard einnahm.

»Möchtest du Wein?«, wandte sich Volker an Lydia. Er zeigte ihr drei verschiedene Sorten und sie deutete sicherheitshalber auf den Rosé.

Der Tisch war stilvoll eingedeckt. Alles in edlen Champagnertönen, mit gestärkten Leinenservietten, kristallgeschliffenen Gläsern, Blumen, Kerzen und feinem Porzellan. Auf einem Spiegeltablett in der Mitte waren mehrere Teelichter in kleinen Gläsern arrangiert. Vor jedem Teller lag eine Rolle aus Pergamentpapier, die mit einem silberfarbenen Geschenkband zusammengebunden war – offensichtlich die Speisekarte. Lydia öffnete sie und erschrak. Das sollte sie alles essen? Und darunter waren so schwierig zu handhabende Delikatessen wie Jacobsmuscheln und Hummer. Sie wurde immer nervöser.

Eberhard hatte sie anscheinend beobachtet, denn er wandte sich ihr zu und lachte. »Keine Sorge, ich esse das auch nicht jeden Tag und weiß nicht so genau, wie man sich dabei anstellt. Hummer ist nicht so unbedingt nach meinem Geschmack. Muss man wissen. Aber wir üben das gemeinsam.«

»Muss man wissen«, spöttelte Carola. »Ach, Eberhard, du und deine Floskeln. Das macht dich aus. Diesen kleinen Satz benutzt du, seit ich dich kenne. Wenigstens einer, der sich selbst treu bleibt.«

Lydia lächelte Eberhard verständnisvoll an. Wieder trafen sich ihre Blicke, eine Spur zu lang und intensiv. Eberhard hatte Lachfältchen um die Augen, die Lydia gefielen. Sie mochte seine Hände, die groß und feingliedrig waren wie die Hände eines Klavierspielers.

Auch Eberhard schien sie sympathisch zu finden. Er scherzte und lachte mit ihr und schenkte ihr immer wieder bewundernde Blicke von der Seite. Besonders ihre langen, gewellten roten Haare schienen es ihm angetan zu haben. Früher stand Lydia mit ihnen auf Kriegsfuß, aber jetzt fand sie selbst, dass sie ihr blasses, sommersprossiges Gesicht wunderschön umrahmten.

»Du hast ein tolles Kleid an«, sagte Sandra zu Lydia. »Ist das Pink? Steht dir gut!«

»Nein, das wirkt nur in diesem Licht so«, sagte Lydia. »Ist eher ein tiefes Rot.«

»Wirklich apart zu deiner Haarfarbe. Ferragamo, oder? Ich habe so ein ähnliches in der Bunte gesehen.«

»Nein, von H&M.«

Es entstand eine kurze Pause, während der Sandra Lydia milde anlächelte. »Macht doch nichts«, sagte sie schließlich. »Da gibt es auch tolle Sachen, wenn man einen Blick dafür hat. Und ich weiß ja, dass du im Augenblick nicht so flüssig bist. Übrigens habe ich eine neue Handtasche. Willst du sie mal sehen?« Sie verschwand kurz und kehrte mit einem glänzenden pink- und lilafarbenen Teil zurück, das sie vor den Augen ihrer Freundinnen hin- und herschwenkte.

»Wow, Gucci, ich glaub's nicht«, sagte Carola anerkennend, »wo hast du die denn her?«

»Hat mir Volker aus Mailand mitgebracht. Ist er nicht süß, mein Ritterchen?« Sandra warf einen schmachtenden Blick in Volkers Richtung.

»Wieso war Volker allein in Mailand?«, hakte Carola nach.

»Er war doch gar nicht allein«, protestierte Sandra. »Mit seinen Freunden vom Golfclub war er da. Die fahren einmal im Jahr zusammen weg.«

»Die Männer«, brachte es Carola trocken auf den Punkt, »ganz allein.«

»Ich hätte gern noch einen Schluck Wein«, meldete sich Frauke, um auch einmal etwas zu sagen.

»Stellenbosch ist hervorragend zum Golfspielen«, dröhnte Volker gerade, »da müsst ihr mal hin, da tummeln sich die VIPs. Absolut angesagt. Überhaupt Südafrika, traumhaft schön, sag ich euch. Stimmt's, Sandra? Für 'nen Appel und 'n Ei kriegt ihr ein komplettes Menü mit den besten Weinen. So was Gutes habt ihr noch nie gegessen und getrunken. Und spottbillig! Die Bedienung ist superfreundlich und liest euch jeden Wunsch von den Augen ab. Die Leute putzen sogar für ein kleines Trinkgeld eure Schuhe. Wo gibt es so was noch? Das ist ein Lebensgefühl, sage ich euch. Da unten bist du noch jemand.«

»Glaub ich dir aufs Wort«, fiel Carola spöttisch ein. »Das brauchst du, Volker, nicht wahr, das gibt dir den nötigen Kick.«

Er sah sie scharf an. »Das musst du gerade sagen, Carola, ausgerechnet du.«

Sandra legte ihm besänftigend die Hand auf die Schulter. »Jetzt nicht, Volker.«

»Volker ist zwar ein kleiner Chauvi«, sagte Frauke augenzwinkernd, »aber man muss ihm seine soziale Ader zugutehalten.«

»Ach ja?« Carola zog die Stirn in Falten. »Sozial? Du?«

»Doch, doch! Erzähl's ruhig, Volker!«

»So ist es«, sagte Volker kauend, »nett, dass du das hier mal erwähnst, Frauke. Unsere Frauke hatte ja immer schon ein Herz für Schwache. Ich unterstütze sie manchmal, die Frauke. Und dadurch natürlich auch die Schwachen in unserer Gesellschaft. Mach ich gerne, kommt ja schließlich armen Kindern zugute. Guckt nicht so, ich glaube, ich kann mich als Einziger von euch wirklich in diese armen Würmer hineinversetzen und helfe, wo ich nur kann. Wann sammeln wir mal wieder samstags in der Fußgängerzone, Frauke? Du weißt, ich bin jederzeit mit von der Partie.« Er zwinkerte ihr zu.

»Frauke, lass dich nicht erniedrigen von ihm«, sagte Carola bissig, »ich weiß, du brauchst jeden Cent, aber nimm ihn nicht von Volker. Alles, was er tut, schmeichelt seinem Ego. Unter Hilfe verstehe ich etwas anderes!«

»Hör auf herumzunölen«, herrschte Matthias seine Frau an, »Volker hat heute Geburtstag.«

»Ich kann es ja ruhig sagen«, fuhr Frauke unbeirrt fort. »Volker hat in seiner Zahnarztpraxis Geld gesammelt für mein Projekt. Er hat auf 500 Euro aufgerundet. Das ist mir auf jeden Fall eine Hilfe!« Sie prostete Volker zu.

»Das stimmt!«, warf Sandra ein und erntete einen zynischen Seitenblick von Carola.

Eine Weile herrschte eisiges Schweigen. Jeder war mit seinem Hummer beschäftigt. Nur Lydia und Eberhard schienen sich wohlzufühlen. Je länger der Abend dauerte, desto mehr blühte Lydia auf. Die Nähe zu Eberhard tat ihr gut.

»Wo wohnen Sie eigentlich?«, fragte Lydias Tischpartner gerade und hob sein Glas.

»In der Bismarckstraße, am Westerberg«, antwortete sie lächelnd.

»Ach«, er zog seine Augenbrauen hoch, »in der Bismarckstraße? Wirklich? Da wohne ich auch!« Er strahlte.

»Ach nein, was für ein Zufall«, sagte Lydia, »vielleicht kommen Sie mir daher so bekannt vor, irgendwie dachte ich gleich, ich hätte Sie schon mal irgendwo gesehen. Welche Hausnummer haben Sie denn?«

Er sagte es ihr. »Und Sie?«

»Gar nicht so weit weg von Ihnen. Sogar auf derselben Seite. Komisch, dass wir uns nicht ständig über den Weg laufen. Aber wir können ruhig Du sagen. Ich heiße Lydia.« Sie gab ihm die Hand.

»Eberhard«, sagte er und räusperte sich. »Nein, ehrlich gesagt, wundert mich das gar nicht«, fuhr er fort. »Jeder kümmert sich doch nur um seine eigenen Belange. Ich kenne nur meine direkten Nachbarn, den spießigen Herrn Fleischhauer von nebenan«, er verzog das Gesicht, »und die alte Frau von gegenüber. Aber wenn du willst, dann komm doch mal auf einen Kaffee vorbei, das heißt«, er stockte, »im Moment ist das etwas schlecht. Vielleicht fällt uns etwas anderes ein, wo wir uns treffen könnten.« Eberhard dachte an seine Mutter, mit der er die herrschaftliche Villa bewohnte, und zog es vor, sie nicht zu erwähnen.

»Kein Problem, dann komm du doch zu mir«, sagte Lydia begeistert. »Ich habe eine gemütliche Altbauwohnung mit einem kleinen Wintergarten. Am Wochenende sitze ich dort gerne, trinke Tee und lese. Es ist herrlich, vor allem der Ausblick auf den Garten, das kannst du dir nicht vorstellen. Es ist wie im Märchen!« Sie schwärmte Eberhard von ihrer Wohnung vor, der großen Wohnküche mit Gasherd, dem Wohnzimmer mit skandinavischem Kaminofen, dem Schlafzimmer mit antikem Himmelbett.

»Die Wohnung ist eigentlich viel zu groß für mich«, sagte Lydia bedauernd, »deshalb suche ich etwas anderes. Die Miete ist leider erhöht worden.« Sie senkte den Blick und wurde rot. »Ich kann sie mir nicht mehr leisten. Also werde ich auf Wohnungssuche gehen müssen.«

Matthias, der die Unterhaltung verfolgt hatte, zog die Augenbrauen hoch und sah aus dem Fenster. Die Große Straße, Hauptfußgängerzone der Osnabrücker Innenstadt, war hell erleuchtet.

Eberhard verschlang Lydia mit den Augen. Er fand sie hinreißend mit ihren roten Haaren, den sanften grünen Augen und der erotischen Ausstrahlung. Am liebsten wäre er mit ihr auf der Stelle in ihre Altbauwohnung mit Wintergarten und Kamin gegangen. Und dem großen Himmelbett. Und plötzlich hörte er sich sagen: »Mir geht es genauso. Auch mein Haus ist für mich allein viel zu groß. Ich denke schon lange daran, es zu verkaufen. So viel Platz brauche ich gar nicht. Eine kleinere, praktischere Wohnung könnte ich mir gut vorstellen.« Er sah Lydia intensiv in die Augen. Die Gespräche um sie herum verstummten plötzlich. Alle Anwesenden sahen zu ihnen herüber. Volker hüstelte und ergriff als Erster das Wort.

»Entschuldige, Eberhard, wenn ich mich einmische«, räusperte er sich, »habe ich richtig gehört? Sagtest du gerade, du hättest die Absicht, deine Villa zu verkaufen?«

Eberhard sah ihn irritiert an. »Ja, ja, schon«, stotterte er, »ich denke darüber nach. Das Haus ist in der Tat zu groß für mich, muss man wissen, allein schon die Energiekosten, das kann man sich heutzutage gar nicht mehr leisten. Ich werde mich mal um einen Makler bemühen.«

»Vielleicht brauchst du das gar nicht«, beeilte sich Volker und stellte sein Glas ab, »komm, trink noch einen Schluck!« Er schenkte seinem Freund großzügig nach. »Hör zu, ich hätte Interesse an dem Haus. Ich will schon lange die Kassenpatienten loswerden und eine reine Privatpraxis eröffnen. Das ist wesentlich lukrativer. Von den kassenärztlichen Vereinigungen wirst du doch von vorne bis hinten nur beschissen und betrogen, da kommst du auf keinen grünen Zweig mehr.«

»Puffelchen«, sagte Sandra eindringlich und legte ihre Hand auf seinen Unterarm, »lass das jetzt.«

»Ist doch wahr«, schnaubte Volker und schüttelte ihre Hand ab, »Privatpatienten sind die Zukunft. Lass uns darauf trinken.«

»Dein Wort in Gottes Ohr«, sagte Carola und betupfte sich mit der Stoffserviette die Mundwinkel. »Matthias kann es schon lange nicht mehr hören, meine ewige Litanei, aber es ist doch so. Wisst ihr, wie viel ich pro Quartal für eine Kassenpatientin abrechnen darf? Höchstens 65 Euro. Mein Quartalsbudget ist regelmäßig überschritten. Und in acht Minuten muss sie durch sein. Wehe, sie will noch was mit mir besprechen. Probleme mit Sex oder Verhütung, dafür reicht die Zeit einfach nicht. Alles, was über die acht Minuten hinausgeht, zahle ich aus eigener Tasche. Da muss man doch schön blöd sein, wenn man das auf Dauer mitmacht, oder?«

Carolas Mann sah sie verächtlich an. Als Abteilungsleiter in der Kreditabteilung einer großen Bank verdiente Matthias so gut, dass allein sein Gehalt ausgereicht hätte, um seiner Familie einen hohen Lebensstandard zu bieten. Zusammen mit ihrem Einkommen hatten sie mehr als genug.

Volker ignorierte sie und wandte sich direkt an Eberhard: »Weißt du was, deine Villa wäre perfekt für meine Vision. Das kann ich mir einwandfrei vorstellen. Das Haus ist groß genug, wenn nicht sogar optimal, und wenn man eine Ebene begradigt und alles pflastert, könnte man im Garten Stellplätze errichten, das wäre überhaupt kein Problem. Lass uns nächste Woche einen Termin ausmachen. Wir besprechen das alles noch mal in Ruhe bei einem guten südafrikanischen Wein.« Er entblößte seine tadellosen Zähne. »Auf dein Wohl, Eberhard«, sagte er munter und hob sein Glas.

»Halt!«, meldete sich Carola zu Wort. »Nicht so schnell, mein Lieber. Vielleicht gibt es noch jemanden, der Interesse an dem Haus hätte. Ich zum Beispiel. Ich bin schon lange in die Villa verliebt, stell dir vor.«

Lydia sah überrascht zwischen Eberhard, Volker und Carola hin und her. Sie fand das Gespräch ungeheuer spannend.

»Was sagt eigentlich deine Mutter dazu, Eberhard?«, fragte Carola spitz. »Dass du die Villa verkaufen willst, meine ich. Ich denke, sie hängt so daran.«

Eberhard fuhr sich verlegen durch die Haare. »Das liegt absolut im Interesse meiner Mutter«, stotterte er. »Mach dir deswegen keine Sorgen.« Sein Blick flackerte nervös und blieb an Carolas Mann hängen. Er überlegte krampfhaft, wie er das Thema wechseln könnte. Es war ihm peinlich, dass er mit über 50 Jahren immer noch mit seiner Mutter zusammenlebte, und er ahnte, wie Carola darüber dachte. »Und du, Matthias? Wie läuft's so bei dir? Was machen die Geschäfte?«

Matthias, erleichtert, endlich einmal zu Wort zu kommen, riss das Gespräch an sich. Langatmige Berichte über endlose Kreditverhandlungen, streitende Ehepaare und Zinsentwicklungen folgten.

Volker gähnte, ohne sich die Hand vor den Mund zu halten. »Hör mal, Matthias, ich brauch dich vielleicht demnächst mal. Möchte mir ein neues, sauteures Röntgengerät anschaffen und hoffe natürlich, du kannst mir einen günstigen Kredit beschaffen. Und diese Hausgeschichte werde ich weiter verfolgen. Wann machen wir einen Termin beim Notar, Eberhard? Hoffe doch, du schaltest keinen Makler ein. Diese Windhunde sehen von mir keinen Cent. Glauben, nur weil sie wichtigtuerisch durch das Objekt marschieren, dabei mit dem Exposé herumwedeln und mit dem Schlüsselbund klimpern, hätten sie das Recht, einen nach Strich und Faden abzuzocken. Sei nicht dumm, Eberhard, und lass es uns unter uns ausmachen. Diesen Freundschaftsdienst könntest du mir schon erweisen. Ich werde mich erkenntlich zeigen. Wir bleiben im Gespräch.«

Carola sandte ihm einen stechenden Blick zu und griff nach der Weinflasche. »Vergiss es.«

»Was sagst du?«, fragte Volker.

Sie lächelte schief. »Ich will diese Villa! An mir kommst du nicht vorbei. Das weißt du. Du kennst mich!«

Frauke wandte sich an Sandra. »Schätzchen, sagtest du

nicht etwas von Cocktails, die wir uns mixen wollten? Drüben an der Bar? Lassen wir die Männer mal alleine. Die brauchen uns dabei nicht.« Als keiner reagierte, fügte sie hinzu: »Es ist doch Volkers Geburtstagsparty. Lasst uns ein bisschen feiern und fröhlich sein. Bitte, mir zuliebe!«

*

Als Carola und Matthias Stunden später wieder zu Hause eintrafen, fanden sie Svetlana, das Au-pair, im Wohnzimmer vor. Sie hatte es sich in der Rundecke bequem gemacht und hielt ein Rotweinglas in der Hand. Im Fernsehen lief ein Krimi.

»Na, Svetlana, alles ruhig?«, fragte Carola.

»Oh, schon zurück? Warr gutt? Hierr alles rruhig. Ich hab Kinnerr noch vorrgelesen, gespielt und dann brrav ohne Murrrren ins Bett. Kein Prroblem.«

»Na, das ist ja prima. Vielen Dank, Svetlana, Sie können sich jetzt zurückziehen. Wir brauchen Sie heute nicht mehr. Gute Nacht.« Carola drehte sich um und ging die Treppe hoch.

Svetlana stand auf und folgte ihr. Matthias versuchte, die junge Frau am Arm festzuhalten, aber sie machte sich von ihm frei.

»Guterr Nacht!«, hauchte die Tschechin und warf ihm einen scheuen Blick zu.

Er sah Svetlana hinterher, wie sie über die Wendeltreppe ins obere Stockwerk ging. Dann trank er ihr Weinglas leer, setzte es abrupt auf dem Glastisch ab und ließ sich auf die Rundcouch fallen. Er stützte seinen Kopf in beide Hände. Schließlich stand er auf und ging ebenfalls nach oben. Er fand seine Frau im Bad vor. Sie hatte sich die Haare aus dem Gesicht gesteckt und schminkte sich gerade ab. »Scheißparty«, knurrte sie.

»Was hast du dir da eigentlich zusammengereimt, von wegen Hauskauf? Hast du dir die Villa von Eberhard mal angesehen? Bist du größenwahnsinnig geworden?«, herrschte er Carola an.

»Wieso? Er verkauft ja sowieso nicht, reg dich nicht so auf. Ich wollte nur nicht, dass Volker sich so aufspielt.«

»Da bin ich mir nicht so sicher. Warum sollte Eberhard nicht verkaufen wollen? Er lebt mit seiner greisen Mutter allein da drin. Spätestens wenn die Alte das Zeitliche segnet, wird er doch verrückt in so einem Palast. Da dreht er durch, gerade Eberhard, du kennst ihn doch. Also ist es nur verständlich, wenn er jetzt daran denkt, sie abzustoßen, ich meine, die Villa. Wie kommst du nur dazu, überhaupt Interesse zu bekunden? Ich kann mir schon denken, warum. Weil du Volker nichts gönnst. Das war schon immer so. Pass mal auf, dass du da kein Eigentor schießt.«

»Volker? Der kann mich mal. Versnobter Langweiler. Denkt, er wäre was Besonderes, nur weil er sich bei betuchten Patientinnen vorne und hinten einschleimt? Du weißt, um welchen Preis. Jeder weiß das, der nicht völlig auf den Kopf gefallen ist. Aber ich will nicht, dass der immer so angibt. Der kommt doch aus ganz einfachen Verhältnissen, der soll mal schön auf dem Teppich bleiben. Seine Südafrika-Angeberei geht mir so dermaßen auf den Geist. Und seine angeblich soziale Ader – hahaha, ich lach mich tot! Ausgerechnet Volker! Ein größerer Egomane als er ist mir nie begegnet. Er will immer toll dastehen, ob als Snob oder als Retter der Welt. Er ist so furchtbar, dieser Typ!«

»Ich sage nur: Lass die Finger von dem Haus. Ich kenne dich. Ich weiß, wie du über deine Praxisräume denkst. Und ich weiß, wovon du träumst. Andeutungen in diese Richtung hast du schon oft gemacht. Aber ich rate dir, übernimm dich nicht. Wir haben genug Probleme am Hals, da brauchen wir so ein Projekt nicht.«

»Wir haben nur deshalb Probleme, weil du dich um nichts kümmerst. Du kennst nur deine Arbeit. Die Kinder und ich sind dir egal.«

»Jetzt sei nicht ungerecht.«

»Nein, ich meine das so, wie ich es sage. Aus der Erziehung hältst du dich raus, ich bin es, die mit den Kindern Hausaufgaben macht und sie anschließend durch die Stadt chauffiert. Obwohl ich so ganz nebenbei auch noch berufstätig bin. Ich bin Köchin, mache mir ständig einen Kopf, wie ich die Kinder gesund ernähren kann, bin Reinigungsfachkraft, Lehrerin, Kinderanimateurin, Taxifahrerin und zufällig auch noch Frauenärztin. Alles in einer Person.«

»Du beschwerst dich, Carola? Hast doch genug Hilfen im Haus. Du tust gerade so, als müsstest du alles alleine schultern.«

»Hör mal zu, mein Lieber, die Putzfrau, die einmal in der Woche kommt, und Svetlana, die mehr im Weg herumsteht als sich nützlich macht, sind Tropfen auf den heißen Stein, mehr nicht.«

»Und wie oft spannst du mich für Fahrdienste ein? Rufst mich im Büro an, weil du in der Praxis festsitzt, und ich kann mir nichts, dir nichts, alles stehen und liegen lassen und zwischen zwei Kundenterminen nach Hause flitzen, um die Kinder zu ihren völlig überteuerten und überflüssigen Kursen zu bringen. Außerdem willst du es ja so. Keiner zwingt dich dazu. Wer sagt denn, dass Kinder in dem Alter schon Chinesisch lernen sollen und den ganzen Schnickschnack? Schick sie in den Sportverein, da können sie selbst mit dem Fahrrad hinfahren. Der OTB ist ja direkt um die Ecke.«

»Ach, da werden sie doch nicht gefördert. Friederike ist hochbegabt und braucht einen speziellen Unterricht. Sie ist sonst unterfordert. Hast du dir die Kinder in den Sportvereinen mal angesehen? Die passen nicht zu Friederike und Bjarne. Ich mache mir im Gegensatz zu dir Gedanken darüber, wie ich sie fit machen kann für später, für die Gesellschaft. Weil sie sonst nicht konkurrenzfähig sind in dieser globalisierten Welt. Wer nicht früh genug anfängt, hat irgendwann keine Chance mehr.«

»Seit wann ist Friederike hochbegabt? Ich glaube, du tickst nicht mehr richtig. Die Kinder haben ein Recht auf eine ganz normale Kindheit. Sie wünschen sich so sehr, auch einmal Burger zu essen bei McDonald's und nicht immer dieses überzüchtete Tofu-Zeugs. Und Bjarne träumt davon, einmal in seinem Leben einen Freizeitpark zu besuchen. Warum siehst du alles so eng?«

»Du hast keine Ahnung. Sitzt nur in deinem Büro und vertiefst dich in deine Akten.« Sie sah ihn feindlich an. »Die Hauptlast trage ich. Dieses Flittchen von Svetlana ist keine Entlastung, wie ich schon sagte. Konnte ich ahnen, dass sie keinen Führerschein hat? Ich bin davon ausgegangen, dass jedes Au-pair Auto fahren kann. Ich werde bei der Agentur anrufen. Sie sollen mir ein neues Mädchen schicken, eins mit Führerschein.«

»Carola, ich warne dich, halt dich da raus. Das kannst du den Kindern nicht antun, dass sie sich schon wieder auf ein neues Kindermädchen einstellen sollen. Außerdem, um auf das Haus zurückzukommen: Wir haben dieses Haus hier, wir haben ein Ferienhaus auf Spiekeroog, für das ich jeden Monat eine Stange Geld hinblättere. Hast du mal hochgerechnet, was uns Spiekeroog im Jahr insgesamt kostet? Dafür könnten wir mehrere Wochen in einem Fünfsternehotel residieren.«

»Da magst du recht haben, vor allem, wenn man bedenkt, wie lange du schon nicht mehr mit dabei warst. Friederike war ganz klein, ich glaube, sie konnte gerade erst laufen, als du das letzte Mal mit uns auf Spiekeroog warst. Gerade gestern erst habe ich noch mal die Fotos von damals rausgesucht. Du warst seit Jahren nicht mehr mit uns im Ferienhaus. Ist dir das eigentlich klar?«

»Ich bin eben unentbehrlich in der Bank. Die Leute machen Fehler, wenn ich nicht da bin.«

»Pah, das bildest du dir nur ein! Du willst anscheinend, dass es so ist. Du hältst die anderen absichtlich klein, damit sie den Überblick verlieren beziehungsweise ihn gar nicht erst bekommen. Kein Mensch ist unentbehrlich. Gib zu, dass du keine Lust hast. Das ist der einzige Grund.«

»Von meinem Business verstehst du nichts, Carola«, sagte er kalt.

»Ich will doch nur, dass du mal wieder mit mir und den Kindern in den Urlaub fährst«, sagte Carola leise. »Bitte,

Matthias! Wenigstens über Weihnachten und Neujahr. Und ohne Svetlana!«

»Das auch noch! Wie willst du denn ohne Kindermädchen zurechtkommen?«

»Warum so zynisch? Ich könnte meine Mutter bitten, mitzufahren. Das täte sie bestimmt gern!«

»Deine Mutter? Pah! Das ist doch keine Erholung, im Gegenteil. Da bin ich lieber im Büro. Vergiss es!«

»Was ist nur aus uns geworden? Liebst du mich nicht mehr? Wir haben schon seit Monaten nicht mehr miteinander geschlafen. Hast du eine andere?«

»Quatsch kein dummes Zeug. Ich bin abends müde von der Arbeit, das ist alles. Außerdem schläfst du ja oft längst, wenn ich ins Bett gehe.«

»Ja, weil es viel zu spät ist, bis du nach Hause kommst. Ich muss morgens schließlich ausgeschlafen sein.«

»Siehst du, dann schenken wir uns beide nichts.«

Sie sah ihn konsterniert an.

»Ich bin jedenfalls froh, dass du deine Praxis nur gemietet hast. Das ist ein Bereich, bei dem ich langsam den Überblick verliere. Mehr Immobilien will ich nicht.«

»Du verlierst den Überblick? Bei zwei Immobilien? Erste Anzeichen von Burn-out, oder was? Und dann sagst du, du brauchst keinen Urlaub? Ich glaube, du hast sie nicht mehr alle!«

»Kein Wort mehr, Carola, sonst …«

»Sonst?«

Er kam einen Schritt auf sie zu, blieb kurz stehen, drehte sich um und schlug die Tür hinter sich zu.

»Was ist denn jetzt mit Urlaub?«, jammerte Carola hinter ihm her, aber er hörte sie nicht mehr.

2.

Birthe Schöndorf war froh, dass dieser Tag bald zu Ende war. Schon lange wusste die Kriminaloberkommissarin, dass die Beziehung zu ihrem Freund Hans-Peter keine Zukunft mehr hatte, und heute hatte sie den Entschluss gefasst, sich von ihm zu trennen. Inzwischen kamen ihr schon wieder Zweifel und sie quälte sich damit herum. Sollte sie wirklich? Oder gab es vielleicht eine winzige Chance? Sollte sie es ihm heute sagen oder lieber eine weitere Nacht drüber schlafen? Sie konnte und wollte nicht mehr nachdenken, war schon ganz kirre im Kopf. Sie sehnte sich nach Ruhe. Endlich abschalten, das Gedankenkarussell zum Stoppen bringen, die Seele baumeln lassen.

Mit geschlossenen Augen lag sie in der Badewanne und genoss die wohlige Wärme bei gedämpftem Licht und leiser Musik. Nur die angezogenen Knie und ihr Kopf guckten heraus, weil die Wanne etwas zu kurz war. Aber sonst stimmte alles. Keiner der anderen drei WG-Bewohner, mit denen sie seit drei Jahren die große Altbauwohnung am Schnatgang teilte, würde sie jetzt stören, dafür hatte sie gesorgt. Andreas war bei seiner Freundin und Yuki und Hoi-Hoi kochten mal wieder asiatisch – mit viel Reis und noch mehr Fisch. Birthe hatte sie beschworen, ihr nur dann das Telefon zu bringen, wenn jemand von der Dienststelle anrief. Für alle anderen war sie nicht zu sprechen.

Birthe sog den Orange- und Vanilleduft des Badeschaums ein. Kein Fischgeruch konnte sie erreichen. Alles war gut.

Irgendwo in der Ferne klingelte das Telefon. Sie blinzelte und reckte die großen Zehen hin und her. Durch den Schaum hindurch schimmerten die beigegrau lackierten Nägel silbern. Jemand klopfte an die Tür. »Was ist?«, rief sie, noch ganz in Gedanken.

»Telefon fül dich. Es ist jemand vom Pläsidium.« Das war die Stimme von Hoi-Hoi. Vorbei mit der Ruhe. War ja klar.

»Frag mal, ob es wichtig ist«, rief Birthe zurück. »Sag, dass ich in der Badewanne liege.«

Es dauerte ein paar Sekunden, bis wieder Hoi-Hois Stimme ertönte: »Del Mann sagt, dass es sehl, sehl wichtig ist. El will dich sofolt splechen. Mach die Tül auf!«

Birthe kletterte fluchend aus der Wanne. Das Wasser tropfte an ihr herunter und hinterließ mehrere Schaumpfützen auf dem Fliesenboden mit dem schwarz-weißen Schachbrettmuster, während sie ein Badetuch um ihren Körper wickelte und die Tür aufschloss. Hoi-Hoi hielt ihr das Telefon hin. Birthe erkannte die Nummer ihres engsten Mitarbeiters.

»Hi, Daniel, was ist denn so dringend, dass du mich aus der Wanne holen musst?«, schimpfte sie.

»Was, du bist in der Badewanne? Passt du da überhaupt rein mit deinen Storchenbeinen? Mach mal deine Webcam an. Ich will auch etwas davon haben.«

»Lass deine Anzüglichkeiten. Sag bloß, Hoi-Hoi hat dir nicht gesagt, dass ich gerade meine ruhige Stunde habe und nicht gestört werden will.«

»Nein, hat sie nicht. Finde ich richtig nett von ihr.«

»Sag, was du willst, und mach's kurz!«

Mit Daniel Brunner teilte sie sich seit zwei Jahren ein

Büro. Er war attraktiv wie ein Model, wusste allerdings auch um sein Äußeres. Und das war etwas, was Birthe störte. Obwohl sie sonst gut mit ihm auskam. Sie setzte sich auf den Badezimmerhocker, riss ein kleineres Handtuch vom Ständer und trocknete sich mit der freien Hand umständlich Beine und Füße ab.

»Ich wollte dir nur sagen, dass ich mich verknallt habe. Bis über beide Ohren. Diesmal ist es mir ernst.«

Birthe stöhnte. »Doch nicht wieder in mich? Das will ich nicht hoffen.«

»Nein, Schatzi, nicht in dich. Leider. Und du weißt, dass ich das nicht ironisch meine. Nein, sie ist hübsch, supernett und durchaus nicht auf den Kopf gefallen. Sie hat mich förmlich umgehauen.«

»Wow! Bin total beeindruckt. Für wie lange diesmal? Meinst du, du schaffst es einen vollen Monat?« Das Letzte, was Birthe im Moment hören wollte, waren Geschichten über glückliche Paare.

»Das habe ich überhört«, sagte Daniel, »sei nicht immer so zynisch. Ich wollte dir nur sagen, dass ich soeben meinen Beziehungsstatus bei Facebook geändert habe. ›In einer Beziehung‹ steht da jetzt.«

»Ha! Wie interessant. Und wegen dieser Wahnsinnsneuigkeit reißt du mich aus meinem ›Spa‹. Wer ist es denn diesmal? Warte, lass mich raten. Jeannette? Jacqueline? Janine?«

»Sie heißt Jette und ist eine tolle Frau.«

»Nun ja, der Anfangsbuchstabe war schon mal richtig. Bis auf die Aussprache vielleicht. So, jetzt muss ich dich leider abwürgen. Sei mir nicht böse. Muss heißes Wasser nachlaufen lassen.«

»Birthe, einen Moment nur. Du müsstest sie kennen. JETTE! Sagt dir der Name nichts mehr?«

»Ach, woher denn, wenn du mir deine Auserwählten immer vorenthältst. Lohnt sich ja gar nicht erst, sie kennenzulernen. Keiner schafft es, sich so schnell zu ver- und entlieben wie du. In Rekordzeit. Da kann es schon mal passieren, dass ich den Überblick verliere. Darf ich raten, wie sie aussieht? Raten bei dir macht immer so viel Spaß. Ist ja meistens von Erfolg gekrönt. Also, sie hat lange, wasserstoffgebleichte Haare, geht alle zwei Tage ins Solarium, hat eine beachtliche Körbchengröße vorzuweisen und künstliche Fingernägel. Mit anderen Worten: eine Kopie dieser Promi-Tussi.«

»Sie ist toll, Birthe, ganz anders als du, aber toll. Ihre Haare sind sogar relativ kurz und dunkel und ihre Figur – na ja, du willst es ja eigentlich gar nicht hören. Aber wirklich, sie ist toll.«

»Du wiederholst dich, Daniel. Gibt es noch etwas Wichtiges, was du mir sagen willst, oder darf ich endlich zurück ins Blubberwasser?«

»Sagt dir der Name wirklich nichts mehr?« Er klang jetzt richtig enttäuscht. Womöglich war es ihm diesmal doch ernst.

Birthe überlegte angestrengt. »Was sagtest du noch mal, wie hieß das Mädel? Ach, Mensch, natürlich«, rief sie, »die Jette! Du hast schon so lange nichts mehr von der erzählt. Ich dachte, das hätte sich längst erledigt. Wie gesagt, bei deinen vielen Bekanntschaften steige ich nicht mehr durch. Aber Jette, doch, jetzt erinnere ich mich. Ist ihr Mann nicht kurz vor Weihnachten ums Leben gekommen? Durch einen Motorradunfall?«

»Ja, genau. Ich hatte mich schon damals in Jette verliebt, aber sie hat mir keine Chance gegeben. Mein Kopf hat das verstanden, aber mein Bauch nicht. Beziehungsweise mein Unterleib. Kennst mich ja.«

Birthe stöhnte. »Allerdings.«

»Und jetzt: am Ziel! Yeaahhh!!«

»Na toll«, sagte Birthe lahm, »dann also: Glückwunsch, Daniel.«

»Weshalb ich eigentlich anrufe, Birthe, du sagtest doch, du suchst eine neue Bleibe. Ich hätte da eventuell was für dich. Ein Kumpel von mir geht für ein Jahr nach Brasilien. Du könntest seine Wohnung haben.«

»Nur für ein Jahr? Nein danke. Wenn schon, dann suche ich was für länger. Am liebsten wieder eine WG, aber eine mit Fisch-Vegetariern.«

»Wie meinst du das? Ach so, Yuki und Hoi-Hoi und ihre Vorliebe für Fisch. Aber wieso magst du denn keinen? Ich denke, du kommst quasi von der Waterkant.«

»Ich *liebte* Fisch, Daniel, ich *liebte* Fisch. Aber seitdem es morgens um sieben nach Fisch in der Wohnung riecht, wenn ich mir gerade meinen Kaffee koche, *hasse* ich ihn.«

»Kann ich verstehen. Nee, eine WG ist das nicht, es ist eine kleine Zweizimmerwohnung. Du kannst es dir ja noch überlegen. Hast du was zu schreiben?«

»Jetzt nicht, Kollege. Machen wir morgen, okay? Ciao, mach's gut.« Sie beendete das Gespräch, legte das Telefon vor die Badezimmertür, ließ das Handtuch fallen und schloss wieder ab.

Fast wäre sie eingeschlafen. Vielleicht war sie kurz weggedöst. Sie wusste nicht, wie lange sie bereits in der Wanne

lag. Das Wasser war mittlerweile ziemlich kühl. Ihre Haut war vollkommen durchgeweicht und an Händen und Füßen bereits verschrumpelt. Das Telefon hörte sie wie aus weiter Ferne. Eine Tür wurde aufgerissen und jemand nahm auf dem Flur das Gespräch entgegen. Dann klopfte es zaghaft. Oh nein, nicht schon wieder, dachte sie.
»Bilthe! Telefon fül dich! Pläsidium!«
»Hoi-Hoi, wimmle ihn ab, sag ihm, er stört, verdammt noch mal!«
Sie hörte Hoi-Hoi draußen auf dem Flur etwas murmeln und dann erneut klopfen. Diesmal klang es richtig energisch. »Mach endlich Tül auf, Bilthe. Mann sagt, soll lichtig wichtig sein.«
Birthe schwang ihre langen Beine aus der Badewanne und schnappte sich das Handtuch, das in einer Pfütze lag. Notdürftig hielt sie es sich vor den Körper und schloss auf. Hoi-Hois vorwurfsvollen Blick ignorierte sie, als sie ihr das Telefon aus der Hand nahm. Sie identifizierte die Nummer auf dem Display, dieselbe wie eben, und stöhnte missgelaunt: »Jaaaa?«
»Kann es sein, dass du irgendwie genervt klingst?«
»Daniel, ich warne dich. Du weißt ganz genau, was ich gerade mache.«
»Immer noch? Das Wasser muss längst kalt sein.«
»Ich hoffe, du hast diesmal einen triftigen Grund, mich zu stören, sonst kannst du morgen was erleben. Mein Karatekurs soll sich endlich bezahlt machen!«
»Jetzt beruhige dich erst mal. Ja, habe ich tatsächlich, stell dir vor. Im Botanischen Garten haben sie Knochen gefunden. Da war früher ein Steinbruch, falls du dich erinnerst. Die Spusi tippt auf Menschenknochen.«

»In welchem Steinbruch? Es gibt mehrere.« Birthe fror und klapperte bereits mit den Zähnen. Es gab aber nur noch ein kleines Handtuch zum Abtrocknen. Sie klemmte den Hörer zwischen Ohr und Schulter, während sie sich umständlich abrubbelte.

»Im Kalksteinbruch in der Nähe des Wasserhochbehälters am Westerberg. Dort wird momentan ein Tunnel gegraben, der die beiden ehemaligen Steinbrüche für den Botanischen Garten miteinander verbinden soll. Und bei diesen Arbeiten muss jemand auf Teile eines Skeletts gestoßen sein.«

»Sag jetzt nicht, dass ich da sofort hin muss!«

»Ist okay, bleib cool, ich bin auf dem Weg. Zwei Kollegen und die Spurensicherung sind schon da. Um diese Zeit kann man ohnehin nicht mehr viel ausrichten. Ist zu dunkel. Morgen geht's weiter. Ich muss los. Melde mich noch mal vom Fundort. Zieh dir was Hübsches an. Nicht wieder diesen ausgebeulten Jogginganzug.« Er lachte dreckig.

»Warum nicht? Ich denke, ich werd heute nicht mehr gebraucht.«

»Nee, wirst du auch nicht.«

»Na, dann kann es dir egal sein, was ich anziehe.«

»Vielleicht, vielleicht aber auch nicht …«

»Häh? Wie soll ich das verstehen? Wie war das noch gleich mit Jette?«

»Hab dich nicht so. Lass mir doch meine Fantasie.«

Birthe legte auf. Sie musste grinsen. Der ehemals pinkfarbene Jogginganzug hing angewärmt über der Heizung.

Birthe hatte ihr Auto in der Albrechtstraße abgestellt und ging zu Fuß zur Fundstelle. Schon von Weitem sah sie die weißen Overalls der Kollegen von der Spurensicherung, angestrahlt von den Scheinwerfern der Arbeitslampen. Sie überwand die rot-weiße Absperrung, kletterte die Böschung des ehemaligen Muschelkalk-Steinbruchs hinunter und ging auf die beleuchtete Stelle zu. Sie zitterte vor Kälte, zumal es nicht allzu lange her war, seit sie noch in der Badewanne gelegen hatte. Der Gedanke, in frisch gebadetem Zustand noch einmal in die Kälte und Dunkelheit hinaus zu müssen, war ihr erst äußerst unangenehm gewesen, aber schließlich hatten doch Neugierde und Pflichtbewusstsein gesiegt. Kaum am Tatort angekommen, war die Müdigkeit schlagartig verschwunden. Sie zog den Schal enger um ihren Kopf und steckte die Hände in die Taschen ihres Parkas. Ein Mann löste sich aus der Gruppe und kam auf sie zu. Vom Gang her könnte es Daniel sein, dachte sie. Es war Daniel.

»Bist ja doch gekommen«, stellte er fest.

»Klar, was denkst du denn«, erwiderte sie, »das lass ich mir nicht entgehen, wenn endlich mal wieder was los ist in Osnabrück«. Sie folgte ihm zum Fundort. Die Spusi war gerade damit beschäftigt, Knochenteile vorsichtig in Beweismitteltüten zu verfrachten.

»Erste Ergebnisse?«, fragte sie.

»Noch wissen wir nichts«, antwortete der Kollege. »Die Knochen sind überall verstreut. Da hinten wurden auch welche gefunden.« Er deutete mit dem Arm in die entgegengesetzte Richtung. »An den zwei Stellen dahinten. Mal sehen, ob wir ein komplettes Skelett rekonstruieren können.«

»Sie sind sicher, dass es Menschenknochen sind?«

»Sicherheit gibt es nicht. Es könnten auch die Knochen eines größeren Säugetieres, zum Beispiel eines Hundes, sein. Solange wir den Schädel nicht haben, ist das schwer zu beurteilen. Warten Sie ein paar Tage ab, dann dürften erste Ergebnisse da sein.«

Birthe sah sich um. »Riesiges Gelände, hätte ich nicht erwartet. Man glaubt kaum, dass man hier mitten in Osnabrück ist. Die Muschelkalk-Mauern sehen richtig imposant aus. Hat was Alpenländisches.«

»Das ist auch beabsichtigt. Warte, ich stelle dir einen Mitarbeiter des Botanischen Gartens vor. Dem kannst du deine Fragen stellen.«

Der Biologe war blond und rotwangig und reichte Birthe mit ihren 1,83 Meter gerade bis zur Schulter.

»Das Gelände ist riesig«, sagte Birthe. »Wie groß ist es genau?«

»Das ganze Terrain des Botanischen Gartens umfasst 5,6 Hektar. Dieser Bereich, in dem wir uns gerade befinden, wird noch hinzukommen mit 2,8 Hektar. Wir werden ihn ›Schwäbische Alb‹ nennen. Er ist als abwechslungsreiche Landschaft mit Bachläufen und verschiedenen Bepflanzungen geplant. Im verbliebenen Steinbruch finden sich Steilwände mit einem imposanten Relief sowie ein Gesteinsblock aus Muschelkalk.«

Birthe nickte. »Das sieht wirklich toll aus, wie im Gebirge. Und wie ist die Beschaffenheit des Bodens?«

»Der Boden bestand ursprünglich aus Lösslehm und Muschelkalk«, sagte der Wissenschaftler. »Früher hat man hier Steine zum Bau von Häusern und Straßen abgetragen. Auch für andere Bauten, zum Beispiel das Heger

Tor, wurde der Kalkstein verwendet. Der Boden, so wie wir ihn vorfinden, besteht in seinen unteren Schichten aus Muschelkalk des Trias und ist circa 230 Millionen Jahre alt.«

Birthe nickte beeindruckt. »Was genau ist Lösslehm?«

»Unter Löss versteht man staubfreien Sand. Wenn der Kalk vom Wasser ausgespült wird, entsteht Lösslehm. Mit der Zeit formiert er sich zu Sandstein.«

»Haben Sie eine Erklärung dafür, warum die Knochen überall verteilt sind? Oder kann man unter Umständen von mehreren Skeletten ausgehen?«

»Das ist schwer zu sagen. Aber da die Knochen nur recht oberflächlich bedeckt waren, liegt der Schluss nahe, dass kleinere Raubtiere Leichenteile verschleppt haben.«

»Und an wie vielen Stellen hat man inzwischen Knochen gefunden?«

»Hier!«, brüllte jemand von der Spusi, bevor der Biologe antworten konnte. Er war etwa zehn Meter von Birthe entfernt. Sie ging auf ihn zu.

»Der Schädel!«, schrie der Mann. »Wir haben den Schädel!«

*

Marc Terlinden pfiff im Auto vor sich hin. Er hatte den besten Fisch seit Langem an der Angel. Der Makler hatte am Morgen einen Anruf von einem Lehrer bekommen, der ein fantastisches Anwesen am Westerberg zu verkaufen hatte. Terlinden hatte viele Anfragen diesbezüglich, aber nur wenige Angebote. Villen waren oft im Familienbesitz und wurden von einer Generation an die nächste weitergegeben. Dieses Angebot klang deshalb viel versprechend. Er hatte noch für den Nachmittag einen Besichtigungstermin in der Bismarckstraße vereinbart.

Wenige Minuten später lenkte der Makler seinen SUV über das holprige Kopfsteinpflaster und stellte ihn direkt vor dem Eingangstor der Villa ab. Er stieg aus und konnte einen ersten Blick auf das Objekt werfen. Es übertraf bei Weitem seine Erwartungen. Vor ihm baute sich ein herrschaftlicher Bau auf, offensichtlich in einem ausgezeichneten Zustand, bestehend aus Loggien und Erkern, verziert mit Sandstein- und Putzornamenten. Die Villa müsste der Gründerzeit zuzuordnen sein. Terlinden stieß einen anerkennenden Pfiff aus.

Er blickte sich aufgeregt um und versuchte sich von der Straße, vom Wohnviertel einen Eindruck zu verschaffen. Da er zehn Minuten zu früh war, blieb ihm Zeit, ein paar Schritte zu gehen. Ein Hochgefühl überkam ihn. Er würde zweifelsohne ›beste Lage‹ ins Exposé schreiben können. Die Bismarckstraße gehörte zu den Topadressen in Osnabrück. Die Villa würde sich schnell verkaufen, da war er sich sicher. Sie war etwas für Liebhaber. Er würde dem Eigentümer raten, mit dem Preis noch etwas hochzugehen, damit die Provision für ihn selbst besser ausfallen würde.

Terlinden sammelte sich für einen Augenblick, rückte seine Krawatte zurecht und drückte auf den Klingelknopf neben dem Messingschild mit der Gravur ›Pörschke‹.

Drinnen bellte ein Hund. Nach wenigen Sekunden wurde ihm von einem Mann mittleren Alters die Tür geöffnet.

»Pörschke, mein Name«, stellte sich der Hausbesitzer

mit Handschlag vor. »Herr Terlinden? Wir hatten miteinander telefoniert.«

»Grüße Sie, Herr Pörschke«, sagte Terlinden höflich, »ein wunderbares Anwesen dürfen Sie Ihr Eigen nennen, ich bin angenehm überrascht.«

Sein Strahlen wurde nicht erwidert. Pörschke bat ihn herein. Der Flur war nicht besonders hell, aber dafür mit glänzenden alten Holzdielen ausgelegt. Links befand sich eine alte, schwere Kommode aus Kirschholz, auf der ein mehrarmiger, silberner Kerzenlüster stand. Und daneben – Terlinden traute seinen Augen kaum – ein altmodisches Telefon, wie es einmal seine Oma besessen hatte. Es war mit moosgrünem Samt bezogen und hatte noch eine Wählscheibe. An der gegenüberliegenden Wand stand ein mit Messingbeschlägen verzierter Sekretär. Sein Blick wanderte zur Zimmerdecke, wo der Makler ein paar feuchte Stellen entdeckte. Womöglich kam daher der etwas muffige Geruch, der sich mit etwas anderem mischte. Terlinden schnupperte. Reinigungs- oder Desinfektionsmittel? Er war sich nicht sicher. Ein paar Schritte ging er in den Flur hinein, von dem aus weiß lackierte Türen in verschiedene Zimmer führten. Einige Dielen knarrten unter seinen Schuhen, als wären sie ein wenig lose. Aber das waren nur Kleinigkeiten, die sich rasch beheben ließen.

»Wunderbar«, sagte er, rieb sich die Hände und zeigte ein entwaffnendes Verkäuferstrahlen. »Und da geht es in den Wohnbereich, nehme ich an?« Er wartete die Antwort nicht ab, sondern steuerte geradewegs auf die angelehnte Tür zu.

*

Polizeihauptkommissar Olaf Hurdelkamp blickte Birthe mit finsterer Miene entgegen, als sie den Besprechungsraum betrat. »Guten Morgen, Frau Schöndorf, darf ich fragen, wo Sie jetzt herkommen?«

»Wieso? Ich habe doch heute meinen freien Tag«, sagte Birthe und legte ihren Parka ab.

Wie immer wanderte Hurdelkamps Blick als Erstes zu Birthes Schuhen. Er selbst legte größten Wert auf blitzblank geputztes Schuhwerk und konnte es nicht ertragen, wenn andere das nachlässiger handhabten. Hurdelkamp war stolz auf seine These, den Charakter eines Menschen am Sauberkeitsgrad von dessen Schuhen ablesen zu können. Birthe war sich darüber im Klaren, ihre abgetragenen Doc Martens konnten seinem Urteil nicht standhalten. Normalerweise wäre es ihr egal gewesen, aber heute war sie wegen des bevorstehenden Gesprächs mit Hans-Peter ohnehin dünnhäutig.

»Na ja«, knurrte Hurdelkamp, »dann setzen Sie sich mal schnell hin und holen Ihr Schreibzeug raus. Also, ich wiederhole noch einmal extra für Frau Schöndorf: Bei Bauarbeiten im Botanischen Garten wurden, wie Ihnen ja bekannt sein dürfte, Teile eines menschlichen Skeletts gefunden. Genauer gesagt, bei einem Tunnelbau, der den ehemaligen Eingang Albrechtstraße mit dem Edinghäuser Weg verbinden soll. Der Tunnel soll in einem Bogen am Wasserhochbehälter direkt in einen zweiten Steinbruch führen. Und genau an der Stelle wurden Knochen in der 50 Jahre alten Brache gefunden. Diese lagen etwa zehn Meter voneinander verstreut in einer Schicht aus Muschelkalk und Lösslehm und waren aufgrund der chemischen Zusammensetzung der Bodenverhältnisse recht gut konserviert. Die radiologische Knochenanalyse ist soeben eingetroffen. Ich zitiere: ›Aufgrund des Zerfalls eines natürlichen Isotops unter Berücksichtigung der Lagerungsverhältnisse im Muschelkalk und Lösslehm des Osnabrücker Berglandes können wir von einem einigermaßen gesicherten Todeszeitpunkt ausgehen. Demnach wurde vor etwa 40 Jahren eine Leiche im alten Steinbruch deponiert.‹« Hurdelkamp legte das Schriftstück ab und sah seine Mitarbeiter über die Lesebrille hinweg ernst an. »Unsere Leute von der Spusi haben in der Nähe des Schädels ein großes Stück derben, dunklen Stoffs, einen Metallknopf sowie einen linken Turnschuh der Marke Adidas, Schuhgröße 43, sichergestellt. Der Knopf gehört, wie wir bereits festgestellt haben, zu einer Jeans der Marke Levis und dürfte etwa 40 Jahre alt sein. Der Stoff wird aber kaum zu einem Kleidungsstück gehört haben. Dafür war er zu fest. Von der Art her wie ein dichtes Segeltuch. Es besteht die Möglichkeit, dass die Leiche darin eingewickelt war.« Wieder der strenge Blick über die Lesebrille hinweg. »Ich höre?«, fragte er.

»Verdammt lang her«, knurrte Daniel.

»Wie bitte?«

»Ach, nichts.«

»Sie wollten damit nicht sagen, dass Sie keine Lust haben, einen Fall zu bearbeiten, der 40 Jahre zurückliegt, oder?«

»Nein, nein, das Problem ist nur …«

»Ja?«

»Es ist kein Vermisstenfall offen aus dieser Zeit.«

»Ach nein?«

»Das haben Frau Schöndorf und ich vorsichtshalber bereits recherchiert.«

»Gut, dann sind wir schon einen Schritt weiter. Herr Lübke, Sie kümmern sich um die Medien. Vielleicht finden sich ja doch Zeugen von früher. Eine winzige Hoffnung besteht immer. Frau Schöndorf und Herr Brunner, Sie befragen als Erstes die Landwirte, die rund um das Gebiet ihre Ländereien haben. Die können sich möglicherweise daran erinnern, wer damals das Feld beackert und Garten- und Feldabfälle im Steinbruch abgelagert hatte. Wenn wir Glück haben, erinnern die sich an mehr. Dann denke ich an den damaligen Betreiber des Steinbruchs, falls er noch lebt.« Hurdelkamp stöhnte und öffnete den oberen Knopf seines Hemdkragens. »Gibt es Fragen?«

Birthe und Daniel schüttelten unmotiviert den Kopf.

»Na schön, dann an die Arbeit.«

*

Daniel schielte neidisch nach rechts. Dort mühte sich ein prächtig gebauter Kerl mit einer Langhantel ab. Ein so hohes Gewicht würde er auch gern stemmen können. Der Typ neben ihm zählte bei jedem Kraftakt laut mit. 25, 26, 27 … Pause. Keuchen, lautes Stöhnen. Daniel beobachtete mit Genugtuung, dass der Bodybuilder langsam an seine Grenzen kam. Sein Gesicht verzerrte sich, die Bewegungen wurden langsamer. Schweiß floss in Strömen über sein Gesicht. Sein Achsel-Shirt war klatschnass. Noch eine letzte zittrig ausgeführte Kniebeuge, dann ließ das Kraftpaket die Langhantel auf den Boden scheppern.

»Normalerweise breche ich ein Work-out niemals ab«, keuchte er. »Aber heute bin ich irgendwie nicht in Form. Zu viel gefeiert gestern. Außerdem hab ich noch was vor.«

»Ah«, sagte Daniel, der gerade am Butterfly saß, »verstehe. Darf ich dir eine Frage stellen?«

»Nur zu.« Der andere wischte sich mit seinem Schweißband über die Stirn.

Daniel schluckte. Er räusperte sich, bevor er sich einen Ruck gab, um die Frage zu stellen, die ihm schon lange auf der Seele brannte. »Wie kann ich das Maximum rausholen aus meinem Bizeps und Trizeps? Trainiere und trainiere, aber ich habe das Gefühl, an meine Grenzen gestoßen zu sein.«

Der Angesprochene warf einen kritischen Seitenblick auf Daniels Oberarme. Dann runzelte er die Stirn. »Kein Wunder«, sagte er mit schwerer Zunge, »bei den Gewichten, mit denen du trainierst. Leg noch mal ne Schippe drauf, sonst wird das nichts. Immer feste über die Schmerzgrenze hinaus, sonst weißt du nicht, was du leisten kannst. Und ordentlich Eiweißnachschub hinterher. Nimmst du regelmäßig Proteine?«

Daniel nickte träge.

»Sehr gut. So, ich gehe jetzt duschen. Heute ist mein großer Tag.« Er rieb sich die Hände. »Willst du's wissen? Ich hole gleich meinen Porsche ab.«

Daniel bekam große Augen. »Porsche?!« Er bemühte sich um einen lässigen Gesichtsausdruck. Jetzt nur nicht neidisch wirken! Ein Porsche stand seit Jahren ganz oben auf seiner Wunschliste.

»Na ja, gebraucht«, gab der andere zu, »bin ja kein Krösus.«

»Wie viel PS?«

»300. Müssen schon sein.«

Wieder nickte Daniel. Er wollte nicht zeigen, wie beeindruckt er war.

»Und Cabrio, das wollte meine Freundin so. Ein Carrera.«

»Baujahr?«

»99. Sind aber erst 150.000 Kilometer runter und der TÜV ist neu. Was fährst du?«

Daniel räusperte sich. »Subaru, Allrad.«

»Na, macht ja nix. Ist tendenziell noch ausbaufähig.« Der Bodybuilder lachte heiser. »Bist du nächsten Dienstag wieder hier? Dann zeige ich dir mal meine neue Liebe. Muss jetzt los. Ciao.«

Daniels Mund war staubtrocken. »Ja, mach's gut, viel Spaß.« Er sah dem Porschefahrer in spe hinterher, wie er sich lässig ein Handtuch über die Schulter warf und in Richtung Umkleiden verschwand. Kaum war er außer Sichtweite, legte Daniel zwei weitere Gewichtsscheiben auf, verlor aber nach wenigen Minuten die Lust.

3.

Als Eberhard Pörschke die Haustür aufschloss, ahnte er noch nicht, dass etwas Ungewöhnliches passiert war. Rüdiger, der Rauhaardackel, kam ihm wie immer bellend und schwanzwedelnd entgegen. Die altenglische Standuhr im Eingangsbereich ließ die Melodie des Big Ben ertönen. 17 Uhr. Auf dem untersten Treppenabsatz der geschwungenen Eichentreppe lag akkurat gestapelt seine Post, hauptsächlich Werbung und Rechnungen, wie er auf einen Blick erkennen konnte. Er zog Jacke und Schuhe aus und brachte beides in die Garderobe. Die Jacke hängte er wie gewohnt auf den Holzbügel mit dem Schriftzug ›Eberhard‹ und streifte sich die gemütliche Strickjacke über, die daneben hing. Die Schuhe stellte er ordentlich nebeneinander ins Schuhregal. Er nahm seine Filzpuschen aus der Pantoffelgarage und schlüpfte hinein. Anschließend bürstete er Jacke und Schuhe ab und zog ein frisches Tuch aus dem Desinfektionsmittelspender. Dann erst dämmerte ihm, dass etwas anders war als sonst. Es war ungewöhnlich still im Haus.

»Mama?«, rief er zaghaft, und als er keine Antwort erhielt, etwas lauter: »Mama!« Als er die Wohnzimmertür öffnete, sah er die Umrisse seiner Mutter, die im Halbdunkel in ihrem Ohrensessel am Fenster saß. Sie hatte ein Buch auf dem Schoß liegen und schien aus dem Fenster zu schauen. Auf dem Couchtisch lag die aufgeschlagene Neue Osnabrücker Zeitung.

»Mama, entschuldige, ich wollte dich nicht ...«, setzte er an und verstummte, als er ihre schlaffe weiße Hand bemerkte, die neben dem Sessel baumelte. Ihr Kopf war angelehnt, als schliefe sie. Er ging auf sie zu und berührte sie leicht an der Schulter. Sie reagierte nicht. Er schaltete das Deckenlicht ein. Jetzt sah er ihr Gesicht. Es war totenbleich.

»Mama, was ist los?«, rief er erschrocken und griff nach ihrer Hand, um ihren Puls zu fühlen. Er war sehr schwach und unregelmäßig. Immerhin, er war noch da.

Eberhard zögerte keine Sekunde, rannte zum Telefon und wählte die 112. Er schilderte, wie er seine Mutter vorgefunden hatte. Man versprach ihm, sofort einen Rettungswagen loszuschicken.

Das Warten auf den Notarzt kam Eberhard vor wie Stunden. Er lief wie betäubt im Wohnzimmer auf und ab, tat unnötige Dinge wie die Lammfellpantoffeln seiner Mutter wegräumen, Blumen gießen, bis sich unter den Tontöpfen Pfützen bildeten, die Pokale von Hundeausstellungen und Möbel in den Puppenstuben abstauben. Seit Jahrzehnten frönte Margot dieser Sammelleidenschaft. Mit einem Staubwedel bearbeitete Eberhard die winzigen Figuren, Möbel und Haushaltsgegenstände, die ganze Zeit über misstrauisch beäugt von Rüdiger, der in seinem Körbchen nervös mit dem Schwanz wedelte. Als er sich dem Couchtisch näherte, fiel sein Blick auf die aufgeschlagene Zeitung. Eine Überschrift erregte seine Aufmerksamkeit. Er setzte sich, nahm die Seite zur Hand und überflog den kurzen Artikel mit der Headline: ›Wer kennt diesen Mann?‹. Sein Atem stockte. Sein Puls raste. Etwas arbeitete in ihm, wühlte in der Vergangenheit. Er zog ein Stofftaschentuch aus der Hosentasche und tupfte sich damit über die Stirn. Eberhard war zutiefst verunsichert. Hatte seine Mutter diesen Artikel gelesen, kurz bevor sie das Bewusstsein verloren hatte? War das womöglich sogar die Ursache ihres Zusammenbruchs? Verstört faltete er die Zeitung zusammen und brachte sie in die Garderobe, wo in einer Kiste Altpapier gesammelt wurde. Dann ging er ins Wohnzimmer zurück. Aus einiger Entfernung betrachtete er den erschlafften Körper seiner Mutter. Er wusste, er hätte sich zu ihr setzen und ihre Hand halten sollen, aber etwas hielt ihn zurück. Er konnte es nicht. Stattdessen blieb er unschlüssig vor dem Bücherregal stehen, mit den Händen in den Hosentaschen. Er stand vollkommen neben sich.

Endlich ertönte aus der Ferne das Martinshorn. Eberhard lauschte auf das Geräusch, das immer lauter wurde. Der Rettungswagen musste bereits in der Bismarckstraße angekommen sein. Plötzlich verstummte es, sie waren da. Türenklappern, Stimmengewirr, Schritte auf dem Gehweg, Klingeln. Eberhard stürmte zur Haustür.

Was dann geschah, lief ab wie im Film. Er war dabei, wie sich die Leute vom Rettungsdienst um seine Mutter bemühten, wie sie ihren Blutdruck nahmen und ihr eine Infusion legten. Er sah zu, wie seine Mutter von den Sanitätern auf eine Trage gelegt wurde. »Eins – zwei – drei«, ächzte einer von ihnen, und dann hoben sie gemeinsam die Trage an, schleppten sie nach draußen und verfrachteten sie in das Innere des Rettungswagens.

»Meine Mutter ist Diabetikerin«, rief Eberhard verzweifelt dem Notarzt zu. »Sie braucht jeden Tag Insulin. Muss man wissen.«

»Wir werden uns darum kümmern.« Der Notarzt war korpulent und hatte Schweißperlen auf der Stirn.

Eberhard sah Frau Tenfelde auf der Straße stehen, im rosa Strickkostüm, mit auftoupierten lila Haaren und Hündchen auf dem Arm. Herr Fleischhauer von nebenan war mal wieder dabei, den Gehweg zu fegen. Für einen Moment hielt er inne und sah zum Geschehen hinüber.

Im Haus schräg gegenüber bewegten sich die Vorhänge.

»Möchten Sie mitfahren?«, fragte eine mitfühlende Stimme.

»Wie bitte?«

»Ob Sie Ihre Mutter ins Krankenhaus begleiten möchten.« Der Notarzt hatte ihn sanft am Arm gepackt.

»Nein danke, ich rufe später an.« Eberhard stand in Strickjacke und Filzpantoffeln auf der Straße und sah zu, wie der Wagen mit seiner Mutter davonbrauste. Als er um die Straßenbiegung verschwunden war, ertönte das Martinshorn erneut.

Er raufte sich die Haare, schlurfte ins Haus zurück, müde und erschöpft wie ein alter Mann, dabei hatte er die 50 gerade erst überschritten. Hinter ihm fiel die Haustür ins Schloss. Er ging in die Küche, nahm ein Whiskeyglas aus der Vitrine, schenkte ein und genehmigte sich einen kräftigen Schluck. Dann setzte er sich auf einen Küchenstuhl und stützte sein Gesicht in beide Hände. Der Alkohol begann zu wirken. Eberhard entspannte sich und dachte nach. Was war passiert? Was war los mit seiner Mutter? Zuckerschock? Herzinfarkt? Schlaganfall? Der Notarzt und die Sanitäter hatten sich dazu nicht äußern wollen. Sie hatten alle Fragen ignoriert und versucht, ihn zu beruhigen. Eberhard hatte gerade noch verhindern können, dass sie ihm eine Spritze verpassten.

Margot hatte eigentlich ein kräftiges Herz. Sie war stolz auf ihren Cholesterinspiegel und ihren Blutdruck. »Wie bei einem jungen Mädchen, nimm dir mal ein Beispiel an mir, Eberhard«, pflegte sie zu sagen. »Meinen Diabetes habe ich gut im Griff, damit kann ich 100 werden.«

Eberhard wurde von einer feuchten Hundeschnauze angestupst. Rüdiger blickte ihn hoffnungsfroh an und trug seine Leine im Maul.

»Muss das sein, Rüdiger? Na gut, gehen wir eine Runde. Ich brauch selbst ein bisschen frische Luft.« Er schürzte die Lippen. »Muss man wissen.«

Als er Rüdiger anleinte, bellte der Hund wie immer vor Vorfreude. Gewöhnlich hielt er es die ganze Bismarckstraße entlang durch. Eberhard hatte es bisher nicht geschafft, ihm diese Angewohnheit auszutreiben. Ihn selbst störte es nicht, wäre da nicht Herr Fleischhauer von nebenan. Der Heilpraktiker, der bis vor wenigen Monaten seine Praxis im Keller seines Hauses betrieben hatte, war ein notorischer Hundehasser und sofort zur Stelle, wenn Rüdiger bellte. Wie ein Pawlowscher Hund schnellte er aus seiner Haustür, um entweder laut zu pfeifen oder seine bissigen Kommentare loszuwerden.

»Guten Tag.«

Diese Stimme kannte Eberhard nur allzu gut. Er versuchte auf stur zu schalten, doch es half nichts, Dirk Fleischhauer hatte ihn eingeholt.

»Warten Sie mal, Herr Pörschke, nicht so schnell. Was ist denn mit Ihrer Mutter?«

Das Spiel begann heute harmlos.

»Wir wissen noch nichts«, sagte Eberhard knapp, während Rüdiger bellte.

»Hoffentlich ist es nichts Ernstes«, sagte der Mittvierziger und stemmte seine Hände in die Hüften.«

»Nein, hoffentlich nicht. Rüdiger, sei still.«

»Es ist vermutlich nicht der richtige Zeitpunkt, aber …«

»Nein, vermutlich nicht.«

Rüdiger zog an der Leine und bellte. Er hatte keine Lust, stehen zu bleiben.

»Der Hund, Sie haben ihn einfach nicht im Griff. Können Sie nicht auf Ihren Hund einwirken, dass er nicht so viel bellt?«

»Herr Fleischhauer, wir haben dieses Thema etliche Male ausdiskutiert, denke ich. Der Hund bellt nur, wenn er Gassi gehen will.«

»Er bellt, wenn der Postbote kommt. Er bellt, wenn der Getränkelieferant kommt. Oder die Zugehfrau. Oder der Gärtner. Bei Ihnen ist ein ständiges Kommen und Gehen. Ich höre das Bellen sogar, wenn die Töle im Haus ist. Bei Ihnen ist immer irgendein Fenster offen.«

»Und wenn schon«, sagte Eberhard grimmig, »der Hund schläft zwischendurch stundenlang. So viel bellt er gar nicht.«

»Ich hole die Polizei, wenn das nicht aufhört. Das habe ich Ihnen mehr als einmal gesagt.«

»Ja, ich weiß«, sagte Eberhard. »Und die Polizei wartet nur darauf, dass Sie anrufen. Sie hat nämlich sonst nichts zu tun und langweilt sich auf dem Revier. Auf Wiedersehen.«

»Der Hund stört mich«, rief Dirk Fleischhauer ihm nach. »Ich meine das grundsätzlich. Es geht ums Prinzip.«

Eberhard holte tief Luft. Er kannte diese Diskussionen. Er hatte sie satt. Sie waren zermürbend und führten zu nichts. Eberhard hatte sich vorgenommen, sich ein dickes Fell zuzulegen und sich nicht aufzuregen, aber es wollte ihm nicht gelingen. Der Ärger über Herrn Fleischhauer wirkte jedes Mal stundenlang nach. Das war heute nicht anders. Eberhard spürte, wie ihm der Kragen am Hals eng wurde. Er ärgerte sich derart, dass er seine Mutter darüber vergaß.

Als er eine Stunde später wieder zu Hause eintraf, war er immer noch in schlechter Verfassung. Es war kein guter Tag. Obendrein nervte Volker ständig wegen der Villa. Er würde Eberhard den Kopf abreißen, wenn er erführe, dass er einen Makler eingeschaltet hatte. Obwohl sich Eberhard nach wie vor nicht sicher war. Der Makler war ihm unsympathisch. Doch noch hatte Eberhard nichts unterschrieben.

Lange dachte er über Volker nach. Warum nur war er so geworden, wie er heute war? Volker stammte aus bescheidenen Verhältnissen. Mit dem ersten eigenen Geld – schon als Schüler hatte er jeden Job angenommen, den er hatte kriegen können –, war er zum ›Popper‹ geworden. Einer dieser feinen Pinkel mit akkurat geschnittenen Haaren, pastellfarbenen Pullovern und Westen mit Rautenkaros, darunter ein gebügeltes Hemd. Dazu hatte Volker karierte Bundfaltenhosen und Leinenschuhe von Superga getragen. Waren damals der letzte Schrei gewesen. Mit der äußerlichen Veränderung war auch eine innere einhergegangen. Volker hatte sich von dem Milieu, aus dem er ursprünglich stammte, komplett verabschiedet. Zu seinen Eltern hatte er keinen Kontakt mehr. Er machte keinen Hehl daraus, dass er Menschen aus unteren sozialen Schichten im Grunde verachtete.

Eberhard hatte sich in seiner Nähe immer etwas unwohl gefühlt, obwohl er nicht hätte sagen können, woher das kam. Er wählte die Nummer des Klinikums. Vielleicht gab es ja inzwischen ein Untersuchungsergebnis. Er dachte das nüchtern, völlig neutral, als würde er sich Gedanken um einen Nachbarn machen, mit dem er nicht viel zu tun hatte, und war über sich selbst erschrocken, wie unberührt ihn das ließ. Früher war das einmal anders. Da wäre er vor Angst um sie fast wahnsinnig geworden.

*

Carola von Hünefeld war im Stress. Bjarne war mit einer 5 in Mathe nach Hause gekommen, was in ihren Augen einer absoluten Katastrophe gleichkam. Er sollte doch schließlich im nächsten Jahr auf das Gymnasium überwechseln. Und Friederike, die die zweite Grundschulklasse besuchte, hatte mal wieder keine Lust auf Hausaufgaben. Dabei musste Carola gleich in die Praxis. Sie war in Osnabrück eine angesehene Frauenärztin. Nun musste sie auf die Schnelle Nachhilfe für ihren Sohn organisieren und ihre Tochter motivieren. Sie band sich ihre blonden schulterlangen Haare zu einem Pferdeschwanz und trug den Schulranzen ihrer Tochter zum Esstisch. »Friederike, komm, fang endlich an. Du musst auch noch Geige üben. Sonst hast du heute gar keine Zeit mehr zu spielen.«

Friederike saß auf einem Sitzsack und kämmte in aller Ruhe ihrer Barbiepuppe die Haare. »Nö, keine Lust«, maulte sie. »Ich hasse Geige.«

»Hast du wenigstens deine täglichen zehn Vokabeln Chinesisch gelernt? Das hat dir doch immer so viel Spaß gemacht.«

»Ich hasse Chinesisch!«

»Auf, bitte, Friederike, ich muss nachher noch mal los in die Praxis. Heute ist Abendsprechstunde. Ihr müsst euch dann eine Weile selbst beschäftigen.«

»Und was ist mit Svetlana?«, fragte Friederike und kämmte unablässig weiter.

»Svetlana hat heute ihren freien Tag. Sie ist nicht da.«

Widerwillig ließ sich Friederike mitziehen. Sie setzten sich an den großen Tisch in der offenen Wohnküche, die den Blick auf den festgemauerten Kamin in der Wohnhalle freigab. Vor Jahren hatten sie das Haus in Hellern nach den Vorstellungen eines befreundeten Architekten bauen lassen. Carola hatte es mit viel Liebe zum Detail eingerichtet. Sie und ihr Mann sammelten Antiquitäten aus Europa, hauptsächlich aus England und Holland, und kombinierten sie mit modernen, edlen Möbeln. An den Wänden zeugten Lithografien von Impressionisten und ein zwei mal drei Meter großes zeitgenössisches Gemälde von Carolas und Matthias' Kunstgeschmack. Die Kaminwand war unverputzt und mit alten Osnabrücker Sandsteinfundamenten ummauert. Das Wohnzimmer war penibel aufgeräumt und ließ nicht erkennen, dass auch Kinder hier lebten.

»Also, womit willst du beginnen?«, fragte Carola leicht genervt. »Rechnen oder Schreiben?«

»Mir egal«, maulte Friederike und legte ihren Kopf auf den Tisch.

»Friederike!«, mahnte Carola, »hier ist dein Matheheft. Fang endlich an! Das kleine Einmaleins sitzt überhaupt nicht. Wie viel ist vier mal sechs?« Als Friederike keine Reaktion zeigte, stand Carola gestresst auf. »Muss kurz nach Bjarne sehen«, murmelte sie, als sie auf der Wendeltreppe war, die direkt von der Wohnhalle ins obere Stockwerk führte. »Und du bleibst da und machst weiter! Wenn du in einer halben Stunde nicht die Vierer- und die Sechserreihe kannst, wird es nichts mit dem Reiten morgen!«

Friederike hatte endgültig keine Lust mehr und beschloss, bei ihrer Freundin Camille aus der Nachbarschaft vorbeizuschauen. Vielleicht hatte die Zeit zum Spielen.

Während Carola den Computer ihres Sohnes ausschaltete, um mit ihrer Standpauke loszulegen, hörte sie unten die Haustür ins Schloss fallen. »Friederike!«, schrie sie, »Friederike!!!«

*

Birthe war mit Hans-Peter um 12 Uhr im Café Journal verabredet. Sie schob ihr Fahrrad durch die Fußgängerzone und warf im Vorbeigehen einen Blick in die Auslagen der Geschäfte. Die Schaufenster waren mit winterlichen Accessoires dekoriert, wie Rentiere mit Schlitten oder Elche, die neben Weihnachtsgeschenken posierten. Hier und da sah sie eine rote Zipfelmütze und einen weißen Bart aufblitzen. Und laut Kalender ist noch nicht einmal Herbst, dachte Birthe.

Zwei Minuten vor der verabredeten Zeit erreichte sie den Treffpunkt. Sie blickte sich um und hielt Ausschau nach dem dunklen Lockenkopf von Hans-Peter. Sie spähte durch die Fenster des Cafés, in der Hoffnung, ihn irgendwo zu entdecken, und war enttäuscht. Hans-Peter war der unzuverlässigste Mann, den Birthe jemals kennengelernt hatte. Jedes Mal schwor sie sich, ihn auf der Stelle zu verlassen, wenn er es wagen würde, sie erneut zu versetzen oder zu spät zu kommen, aber dann knickte sie wieder ein. Leider. Hans-Peter hatte etwas. Das war vom ersten Augenblick an so gewesen. Die Anziehungskraft zwischen ihnen war magisch – bis heute. Er vereinte jungenhaften Charme mit männlicher Ausstrahlung. Solange sie mit ihm zusammen war, war sie rundherum glücklich. Dass es mit ihm keine Zukunft geben würde, versuchte sie so gut es ging zu verdrängen. Birthe setzte sich an einen Fensterplatz und beobachtete die Passanten. Freundinnen stöckelten eingehakt in Richtung Lengermann & Trieschmann, um sich dort zum Kauf neuer Mode inspirieren zu lassen und an einer der vielen Bars einen Kaffee zu trinken. Viele Paare flanierten vorbei. Mütter schoben Kinderwagen, die neuesten Modelle, und zogen schick angezogene Kinder hinter sich her. Osnabrück war samstagmittags der reinste Laufsteg. Birthes Herz tat einen Satz. Das war einer der wenigen Momente in ihrem Leben, in denen sie merkte, dass ihr etwas fehlte. Dass ihr Leben nicht komplett war. Hatte ihre Mutter recht, sie an ihre biologische Uhr zu erinnern? Hatte sie das Ticken bisher nicht bemerkt?

Sie schaute auf die Uhr. Viertel nach zwölf, zu spät. Sie fühlte sich unbehaglich. Eine Gruppe von Leuten kam herein. Ein Pärchen wollte sich zu ihr setzen und fragte, ob die Plätze an ihrem Tisch frei seien. Sie warf schnell Jacke, Schal und Tasche darüber und murmelte verlegen: »Besetzt.« Zu allem Überfluss wurde sie rot. Fünf Minuten gab sie ihm, dann würde sie gehen.

»Haben Sie gewählt?«, fragte die Bedienung. Birthe bejahte und bestellte einen Cappuccino to go.

*

Eberhard Pörschke mochte den Geruch nicht, aber es musste sein. Die städtischen Kliniken weckten unangenehme Erinnerungen in ihm.

Er sah unsicher an sich herunter. Mit dem grünen Kittel samt farblich passender Haube und Überschuhen war er vom Klinikpersonal nicht mehr zu unterscheiden. Er war schockiert vom Anblick seiner Mutter, die matt und mit geschlossenen Augen an Kabeln und Schläuchen hing. Sie schien dem Tod näher zu sein als dem Leben. In der Nacht hatte Eberhard keinen Schlaf gefunden und fühlte sich wie ein Schluck abgestandene Cola.

»Darf ich Sie einen Moment sprechen?« Ein Arzt war an ihn herangetreten. Eberhard sollte ihm ins Besprechungszimmer folgen.

Er spürte sein Herz heftig schlagen, während er dem Doktor über einen langen Krankenhausflur hinterherschlich. Hier auf der Intensivstation herrschte hektische Betriebsamkeit. Jeder schien es eilig zu haben, überall piepste es und verschiedenfarbige Lämpchen blinkten nervös.

Eberhard hatte dem Arzt gegenüber Platz genommen und sah ihn erwartungsvoll an. Er verspürte ein Grummeln in der Magengegend.

»Nun, es ist so«, sagte der Arzt, »Ihre Mutter hat Vergiftungserscheinungen.«

»Vergiftungserscheinungen?« Eberhard wich die Farbe aus dem Gesicht. »Wie meinen Sie das?«

»Nun, ihr Körper zeigt die typischen Symptome einer Vergiftung. Blutdruckabfall, Kreislaufkollaps, Atemnot. Es können Übelkeit und Erbrechen hinzukommen, wenn sie aufwacht. *Falls* sie aufwacht. Schlimmstenfalls tritt der Herzstillstand ein. Ich will Ihnen keine Angst einjagen, aber die Möglichkeit besteht.«

Eberhard wurde blass. Jetzt, in der beklemmenden Atmosphäre des Krankenhauses, ging ihm das Schicksal seiner Mutter doch näher, als er sich eingestehen wollte. »Wie ist das möglich?«, keuchte er.

Der Arzt schlug ein Bein über das andere und sah Eberhard über seine randlose Brille hinweg prüfend an. Für eine Weile schwieg er, was Eberhard verunsicherte. »Ihre Mutter ist Diabetikerin, sagten Sie?«

»Seit vielen Jahren«, stammelte Eberhard mit einem Funken Erleichterung im Blick.

»Nun«, der Arzt kratzte sich am Kinn, »dann kann es sein, dass Ihre Mutter einen Zuckerschock hatte. Wir müssen allerdings erst weitere Untersuchungen abwarten. Aber auch eine Vergiftung kommt infrage.«

Auf Eberhards Stirn bildete sich eine steile Falte. »Was meinen Sie damit genau?«

Der Arzt erhob sich. »Lassen Sie uns die Ergebnisse abwarten. Im besten Fall kann uns Ihre Mutter bald selbst die Antwort darauf geben. Wir haben sie für ein paar Tage in ein künstliches Koma versetzt. Wenn wir Glück haben, ist sie danach schnell klar.«

Er streckte Eberhard seine Hand hin, der sie schlaff ergriff. »Beten Sie für Ihre Mutter«, sagte er. »Sie wird's brauchen.«

»Darf ich noch mal zu ihr?«

»Zehn Minuten. Der Besuch wird sie anstrengen.«

Eberhard lief den langen Gang zurück und fand schließlich die Tür wieder, hinter der seine Mutter mit dem Tod rang.

*

Birthe fuhr gerade die Krahnstraße entlang, als ihr Handy klingelte. Auf dem Display leuchtete die Nummer von Hans-Peter auf. Sie stieg vom Rad und stellte sich in eine windgeschützte Ecke neben einem Optikergeschäft. Mit einem mulmigen Gefühl in der Magengegend drückte sie die grüne Taste. »Hallo?«

»Hans-Peter. Birthe, es tut mir leid!«

Birthe stieg die Hitze ins Gesicht. »Hast du unsere Verabredung vergessen, du Idiot? Was ist es diesmal: ein plötzlicher Anruf von deinem Chef, Auto kaputt oder Wasserrohrbruch?«

»Ein wichtiges Telefonat. Tut mir leid, ich habe die Zeit vergessen.«

»Beim Telefonieren? Dann kann's nur eine Frau gewesen sein. Hast oft genug betont, wie sehr du Telefonieren hasst. Na bravo.« Birthes Stimme bebte vor Wut.

»Eine alte Bekannte. Wir haben ewig nichts mehr voneinander gehört, da wollte ich nicht gleich auflegen. Das wäre unhöflich gewesen.«

»Klar, das wäre unhöflich gewesen«, wiederholte sie mit erstickter Stimme.

»Tut mir leid, Birthe, dass ich dich hab warten lassen. Mache ich nie wieder.« Seine Stimme hatte einen weichen Klang.

»Das soll ich dir glauben?«

»Ich gebe mir Mühe. Es wird nicht wieder vorkommen. Ich verspreche es dir.«

»Es wird nicht wieder vorkommen, Hans-Peter, weil ...«, sie holte tief Luft, »ich genug von dir hab. Endgültig. Es ist aus. Ich habe deine dauernden Entschuldigungen satt. Ich will dich nicht wiedersehen.« Sie war selbst erschrocken über die Worte, die aus ihr herausgepurzelt waren.

»Gib mir noch eine Chance, Birthe, eine einzige. Heute Abend im Blue Note?«

»Vergiss es, Hans-Peter. Außerdem stecke ich in einem neuen Fall. Bin gerade auf dem Weg ins Büro. Gott sei Dank.« Sie legte auf.

*

Einen Moment blieb Eberhard vor der Tür stehen, rang mit sich, holte tief Luft, klopfte zaghaft und trat ein. Er warf einen flüchtigen Blick auf seine Mutter und zog einen Stuhl heran, den er neben ihr Bett stellte.

»Mensch, Mama, machst du mir Sorgen«, sagte er betont munter und gab seiner Mutter einen Kuss auf die kühle Stirn. »Wie ist das passiert mit dem Zuckerschock? Hast du dir deine Medikamente nicht gespritzt?«

Margot Pörschke antwortete nicht.

»Oder hast du etwas gegessen, was du nicht vertragen hast?«

Er wartete auf eine Reaktion, die jedoch ausblieb.

»Ich habe dir etwas mitgebracht, Mama«, sagte Eberhard. »Schau, hier, deine Lieblingspralinen. Du kannst sie essen, wenn du richtig eingestellt bist. Ich verstecke sie in deinem Nachttisch, damit die Schwester sie nicht gleich findet.« Er ergriff die schlaffe Hand seiner Mutter und streichelte sie. Es war vollkommen ruhig im Zimmer, wenn man vom schweren Atmen der Patientin absah. Die Tür ging auf und eine Schwester trat ein, um die Infusion zu überprüfen. »Zehn Minuten höchstens«, sagte sie streng, ehe sie den Raum verließ.

»Ach, Mama, ich bin glücklich«, sagte er leise, als die Schwester verschwunden war. »Ich muss dir was erzählen. Ich habe eine wundervolle Frau kennengelernt. Sie heißt Lydia und ist eine Schönheit. Sie ist bezaubernd, Mama, sie wird dir gefallen, davon bin ich überzeugt. Sie sieht aus wie ein Engel und sie *ist* ein Engel, Mama, sie ist wirklich ein Engel!«

Margots Augenlider flatterten.

»Siehst du, Mama, das gefällt dir, nicht wahr? Ich habe es gewusst. Ach, ich bin erleichtert, das kannst du dir nicht vorstellen.« Er küsste ihre Hand. Margot lag regungslos in ihrem Bett, die Augen fest verschlossen. Eberhard stand auf und ging unruhig im Zimmer auf und ab, während er auf seine Mutter einredete. »Sobald es dir besser geht, stelle ich dir Lydia vor. Wir könnten zu dritt leben, wir haben Platz genug in unserem Haus, oder, Mama? Was meinst du? Lydia und ich würden uns oben die Zimmer herrichten und du hättest unten dein Reich. Für alle wäre Platz genug. Das Haus ist über 300 Quadratmeter groß. Du hättest die Hälfte für dich allein. Oder brauchst du mehr? Keiner würde dich stören. Und wenn du etwas Gesellschaft brauchst, kommst du einfach zu uns. Du könntest mit Lydia zusammen Tee trinken und dich nett unterhalten. Oder bevorzugst du das Diakonie-Wohnstift am Westerberg? Das wäre sicher die bessere Lösung. Dort hättest du deine Ruhe und müsstest dich um nichts mehr kümmern. Du müsstest nicht mehr für mich kochen, waschen und bügeln und könntest dich den ganzen Tag lang ausruhen. Das hast du dir verdient. Wirklich, Mama, nach der langen Zeit, die du für mich gesorgt hast. Ich gönne dir diese Ruhe. Sonntags würde ich dich mit Lydia besuchen. Wir könnten Kaffee zusammen trinken in der Cafeteria. Im Sommer würden wir auf der Terrasse sitzen und uns von der Sonne verwöhnen lassen. Der Blick dort ist herrlich, Mama, weißt du? Wir haben uns das gemeinsam angeschaut. Dir hatte es sofort zugesagt. Es gibt sogar einen Strandkorb vor dem Haus, das magst du doch. Er wird dich an zu Hause erinnern und an unbeschwerte Ferientage am Meer. Lydia und ich würden Kuchen mitbringen. Du«, er nestelte an seinem Hemdkragen herum, »eigentlich wollte ich es dir nicht sagen, aber ... ich habe mir etwas überlegt.«

Sein Handy brummte. Eine SMS von dem Makler, diesem Marc Terlinden. ›Bitte melden Sie sich bei mir zwecks Unterschrift‹, las er. Er würde ihn nachher anrufen oder ihm eine Mail schicken. Nein, so weit war er noch nicht. Erst musste er seine Mutter weichklopfen. Ihre Einwilligung war ihm wichtig.

Er setzte sich und betrachtete nachdenklich seine schlafende Mutter.

»Auch wenn es dir nicht gefällt, ich … ich werde unser Haus verkaufen. Du hast es mir überschrieben, ich bin der Eigentümer. Ich kann allein entscheiden. Für mich ist das Haus zu groß und Lydia hängt an ihrer Wohnung. Ich fürchte, sie will nicht ausziehen. Ich finde ihre Wohnung schön.« Margots Gesicht zuckte leicht. Oder hatte er sich das eingebildet?

»Schläfst du, Mama? Hörst du mir überhaupt zu?« Eberhard rüttelte sanft an Margots Schulter. Als sie nicht reagierte, bildete sich auf seiner Stirn eine steile Falte.

»Jetzt kannst du mal nachempfinden, Mama, wie das ist, krank im Bett zu liegen und auf andere angewiesen zu sein. Als Kind musste ich oft im Bett liegen, wenn ich nur ein bisschen Husten hatte, weißt du das?«

Die Schwester steckte ihren Kopf zur Tür herein. »Die Besuchszeit ist in zwei Minuten vorbei. Bitte verabschieden Sie sich.«

Eberhard sah verwirrt zu ihr hinüber. »Übrigens, Mama, ich war gestern im ehemaligen Steinbruch«, sagte er leise, als die Schwester verschwunden war. »Ich war lange nicht mehr dort, du hattest es mir verboten, damals. Ich weiß nicht, warum ich mich an dieses Verbot gehalten habe. Selbst als Erwachsener. Eine innere Stimme hat mich davon abgehalten – verrückt ist das. Ich hatte Rüdiger mit, ihm schien es zu gefallen. Ich weiß, Hunde sind da verboten, aber ich habe ihn einfach reingeschmuggelt, es war gerade nicht viel los. Ich gehe da jetzt wieder öfter hin. Es ist ein schöner Ort. Du kannst mir nichts mehr verbieten. Ich muss los, Mama. Die Besuchszeit ist vorbei.« Er gab ihr einen Kuss auf die Wange. »Gute Besserung.«

Er musste aufräumen, dachte er, als er auf dem Weg zum Parkplatz war. Lydia würde heute Abend vorbeikommen und er wollte das Haus im besten Zustand präsentieren. Er hoffte, es würde ihm gelingen, seine Schüchternheit zu überwinden. Erst ein Mal hatte er den Versuch gewagt, ein Mädchen zu küssen. Sie hieß Monika und war seine Tanzpartnerin beim Abschlussball in der Tanzschule Knaul. Wahrscheinlich hatte sie das nicht gut gefunden, sie wollte anschließend nichts mehr von ihm wissen. Danach hatte er sich nie mehr getraut, ein Mädchen anzufassen. Irgendwann war es ihm egal, dass er bei Frauen nicht ankam, und er arrangierte sich mit seinem Leben. Er machte ein gutes Abitur, schloss sein Studium erfolgreich ab und wurde mühelos ins Referendariat übernommen. Alles lief glatt. Er schloss sein zweites Staatsexamen mit 1,5 ab und bekam sofort eine Planstelle am Ratsgymnasium. Kurze Zeit später wurde er verbeamtet. Seine Mutter war stolz auf ihn gewesen. Sie hatte ihn nie dazu ermuntert, sich eine Frau zu suchen und eine Familie zu gründen. Und er hatte sich mit seiner Situation abgefunden und irgendwann begonnen, seine Freiheit und Unabhängigkeit zu lieben. Er hatte genug Geld für Reisen und Bücher. Und sein liebstes Hobby, die Eisenbahn, die er nach und nach erweiterte. Regelmäßig fuhr er mit seiner Mutter auf Spielwarenmessen. Er hatte Unsummen in sein Hobby investiert.

Doch jetzt war er Lydia begegnet. Zum ersten Mal seit langer Zeit sah Eberhard seiner Zukunft mit fiebernder Aufregung entgegen.

4.

Fünf Tage später.

Birthe Schöndorf brauchte ihre ruhige halbe Stunde. Sie hatte Badewasser eingelassen und eine Duftkerze angezündet. Ein heißer Strahl strömte in die Wanne und ließ Schaumberge auftürmen, die herrlich nach Vanille und Erdbeere dufteten. Vorsichtig streckte Birthe ihren großen Zeh hinein und prüfte die Temperatur. Könnte gehen.

Wenig später lag sie mit geschlossenen Augen im warmen Wasser und genoss es, dass um diese Zeit keiner aus der WG das Bad für sich beanspruchen würde. »Ruft mich bitte, wenn es jemand vom Präsidium ist«, hatte sie zu Yuki und Hoi-Hoi gesagt, bevor sie das Badewasser einließ. »Das heißt, sollte Daniel Brunner anrufen, fragt ihn erst, ob es etwas Privates ist. In dem Fall bin ich nicht für ihn zu sprechen. Ach, und noch eins: Für Hans-Peter bin ich erst recht nicht da.«

Birthe schmierte sich ihr rechtes Bein mit Schaum ein und griff nach dem Rasierer. Sie war tief in Gedanken und merkte nicht sofort, dass jemand an die Tür klopfte. »Was ist?« Vor Schreck rutschte sie mit dem Rasierer ab und hinterließ einen kleinen Blutstropfen am rechten Unterschenkel. »Mist«, zischte sie.

»Telefon fül dich. Es ist jemand vom Pläsidium.«

»Oh nein, nicht schon wieder! Daniel Brunner?«

»Daniel Blunnel.«

»Frag bitte, ob es dienstlich ist«, rief Birthe. »Sag, dass ich in der Badewanne liege.«

Birthe hielt den Atem an und hoffte inständig, es möge nicht wichtig sein. Es interessierte sie nicht die Bohne, ob Daniel mit einer tollen Janine oder Jeannette zusammen war.

»Der Mann sagt, dass es sehl, sehl dlingend ist. El will dich sofolt splechen.«

Birthe stieg seufzend aus der Wanne. Sie fragte sich, wann sie das letzte Mal richtig ungestört hatte baden können. Hoi-Hoi hielt ihr das Telefon hin.

»Na, Kollege, du scheinst es zu mögen, wenn ich in der Badewanne liege. Und, wie heißt sie diesmal? Judy oder Jacky? Und ihre Körbchengröße würde mich interessieren.«

Daniel ging nicht darauf ein. »Willst du erst die wichtige Nachricht hören oder die superwichtige?«

»Erst die wichtige«, sagte sie wenig motiviert, »dann kann ich mich sammeln für die superwichtige.«

»Es gibt neue Erkenntnisse zum Knochenfund im Steinbruch. Schröder hat die Genanalyse rübergefaxt. Aufgrund des Schädels konnte eine Gesichtsrekonstruktion vorgenommen werden. Demnach gehen Schröder und Hasenecker von einem Mann mitteleuropäischer Abstammung aus, der zum Todeszeitpunkt etwa 40 Jahre alt gewesen sein dürfte.«

»Und etwa 40 Jahre lang lag der Tote dort begraben. Er wäre heute ungefähr 80 Jahre alt.«

»Bingo, Schatz, du kannst rechnen. Chemiker und Gerichtsmediziner machen allerdings weitere Untersuchungen. Die Größenbestimmung des Mannes steht bislang aus. Bist du bereit für die superwichtigen News?«

»Schieß los.«

»Es gibt noch einen Toten, beziehungsweise eine Tote. Diesmal nicht verwest, sondern brandaktuell.« Er erzählte in aller Ausführlichkeit, bis Birthe ihn unterbrach.

»Was sagtest du, wo?«, fragte sie, nun hellwach. »Wo ist die Tote gefunden worden? Bismarckstraße? Da wohnt meine Tante. Bist du gerade da? Ich mach mich sofort auf den Weg. Gib mir bitte ein paar Minuten.«

20 Minuten später erreichte Birthe die Bismarckstraße. Sie hatte sich warm angezogen und einen selbst gestrickten Schal um die feuchten Haare gewickelt. Eine Erkältung wäre das Letzte, was sie gebrauchen könnte. Offenbar ein neuer Mordfall, der letzte lag bereits einige Monate zurück. Osnabrück war eher ein ruhiges Pflaster, was Kapitalverbrechen anging.

Das Haus, in dem das Opfer gelebt hatte, war mit einem rot-weißen Absperrband gesichert. Die Leute von der Spurensicherung in ihren weißen Overalls waren vor Ort und erledigten mit schnellen, geübten Handgriffen ihre Arbeit.

»Einen Moment bitte, Frau Schöndorf«, sagte Roland Hasenecker. »Die Tote heißt Lydia Kosloff. Sie können gleich zu ihr.«

Daniel stand neben der Garderobe im Flur und nickte ihr zu. Sie stellte sich neben ihn und konnte von da aus einen ersten Blick auf die Leiche erhaschen, die mit seltsam verdrehten Gliedmaßen vor der geöffneten Schlafzimmertür auf dem Rücken lag. Es sah nach einem Krampfanfall aus. Sie schien äußerlich unversehrt zu sein. Wunderschöne, wellige rote Haare umrahmten ihren Kopf wie ein Heiligenschein. In der Wohnung roch es sauber.

»Wie ist sie ums Leben gekommen?«, wollte Birthe wissen.

»Keine Ahnung«, sagte Daniel achselzuckend, »wende dich an Hasenecker, ob erste Ergebnisse vorliegen.«

»Nun ja«, Hasenecker steckte seine Hände in die Hosentaschen, »möglich wäre Gift oder Medikamentenmissbrauch. Äußerlich sind kaum Verletzungen feststellbar. Die Wunde am Hinterkopf stammt möglicherweise vom Sturz.«

»Suizid kann man ausschließen?«

»Ausschließen kann man im Moment nichts. Sagen wir so, es sieht nicht danach aus. Im Mülleimer findet sich auf den ersten Blick nichts Interessantes, keine leere Medikamentenpackung oder ähnliche Hinweise. Im Schlafzimmer deutet nichts auf einen Selbstmord hin. In der Nachttischschublade lag der übliche Krimskrams, keine Arzneien außer Nasentropfen.«

»Von einem natürlichen Tod gehen Sie nicht aus, oder? Sonst wären wir nicht da.«

»Der Notarzt, der vorhin hier war und den Tod festgestellt hat, hat Bedenken geäußert. Er sagte, die Lage der Leiche, die verkrampfte Körperhaltung, der Gesichtsausdruck, die untypische Färbung der Leichenflecke und die Sekrete an Mund und Nase würden auf eine Vergiftung hinweisen. Die Staatsanwaltschaft hat eine Obduktion angeordnet.«

»Gut, ausgezeichnet. Wer hat die Polizei gerufen?«

»Die Nachbarin, die unten wohnt. Sie sagt, sie habe bei Frau Kosloff geklopft, weil sie die Küchenmaschine holen wollte, die Frau Kosloff bei ihr ausgeliehen habe. Die Wohnungstür sei nur angelehnt gewesen. Sie habe mehrmals geklopft und geklingelt, und als Frau Kosloff nicht geöffnet habe, sei sie einfach eingetreten und habe im Flur die Leiche gefunden.«

»Wie heißt die Frau?«

»Erika Tubbesing. Sie können sie gleich befragen.«

»Was lässt sich zum Todeszeitpunkt sagen?«

»Der Tod muss zwischen 15 und 16 Uhr eingetreten sein. Die Totenstarre ist noch nicht vollständig ausgeprägt. Bis jetzt sind erst Augenlider und Kaumuskeln davon betroffen. Wenn man von den Totenflecken ausgeht, die deutlich an der hinteren Rumpfwand bis zur Achsel auszumachen sind.«

»Woher stammt der Schaum vor dem Mund?«, fragte Birthe.

»Ich würde auf eine Vergiftung tippen. Dazu passen auch die Totenflecken, die nicht die übliche violette Färbung aufweisen, sondern eher hellrot sind. Womit sie vergiftet wurde, können wir natürlich erst feststellen, wenn wir sie geöffnet haben.«

»Sie können zu ihr«, sagte ein anderer Kollege. Birthe und Daniel näherten sich der Leiche und betrachteten sie. Eine attraktive, gut gekleidete Frau, die grünen sorgfältig geschminkten Augen halb offen, schlanke Figur mit weiblichen Rundungen – ein Typ Frau, auf den viele Männer standen.

Birthe ging vorsichtig um die Leiche herum und betrat das Wohnzimmer. Sie blieb beeindruckt stehen. Es strahlte eine gemütliche Atmosphäre aus – wenn man von den Umständen absah, die Birthe hierhin geführt hatten. Die Einrichtung – ein individueller Mix aus Möbeln und Gegenständen von Flohmarkt bis Ikea – trug ebenfalls zu diesem Eindruck bei. Das nächste Zimmer, das vom Flur ausging, das Schlafzimmer, war ebenfalls gemütlich eingerichtet. Auf dem antiken Himmelbett lag eine bonbonfarbene Tagesdecke. Ein paar Plüschtiere gruppierten sich um ein hellrosa Puschelkissen herum. Rechts neben dem Sprossenfenster befand sich eine Frisierkommode mit ovalem Spiegel, auf der zwei originelle Schmuckständer standen, an denen unzählige Ketten, Armbänder und Ringe aufgereiht waren. Ebenso war eine beachtliche Palette an Schminkutensilien darauf ausgebreitet. Birthe blieb etwas länger davor stehen und betrachtete fasziniert die Vielfalt an Farben, Pudern, Quasten und Lippenstiften. Sie selbst besaß nicht einmal einen Bruchteil davon. Mindestens zehn verschiedene Nagellacke waren fein säuberlich nebeneinander aufgereiht. Außerdem gab es mehrere Flakons namhafter Designer. Eine Tischlampe mit Zugbändchen befand sich mittendrin, wobei der Lampenfuß aus einem Schwein im Pyjama bestand. Sie wurde flankiert von einem Gartenzwerg mit Lesebrille. Birthe fühlte sich an den Film ›Die wunderbare Welt der Amélie‹ erinnert. Lydia Kosloff musste eine romantische Frau gewesen sein. Über einem Stuhl, ebenfalls antik mit schön geschwungener Rückenlehne, hingen ein paar Kleidungsstücke. Birthe öffnete die Tür des Kleiderschranks und entdeckte penibel sortierte Blusen, T-Shirts und Hosen, nach Farben geordnet. Die Labels verrieten Lydia Kosloffs Interesse für Mode, wobei teure Marken neben günstigen hingen. Birthe ging weiter und fand Bad und Küche in einem sauberen und gepflegten Zustand vor. Auf dem Küchentisch standen zwei rustikale Kerzenleuchter aus antikem Bauernsilber mit dicken weißen Kerzen. Die Küchenvorhänge waren mit bunten Rosenblüten bedruckt. Mit dem gleichen Stoff waren die Kissen auf der Eckbank bezogen. Auf der Anrichte befand sich eine große Schale mit Obst sowie eine Ansammlung verschiedener Teesorten in Blechdosen – Rooibostee, Yasmintee, Vanilletee, Holundertee, Ingwertee – und eine Kaffeemaschine mit einer sauberen Kanne. Dennoch hing Kaffeeduft in der Luft. Kosloff musste einen großen Hang zur Ordnung gehabt haben. Die ganze Wohnung machte einen frisch aufgeräumten und geputzten Eindruck. Es stand nichts herum, nicht eine benutzte Kaffeetasse.

Beneidenswert, dachte Birthe und stellte sich gerade das Durcheinander in ihrer WG-Küche vor. »Gibt es Einbruchspuren?«, wandte sie sich an Hasenecker, obwohl sie die Antwort bereits zu kennen glaubte.

»Keinerlei Einbruchspuren«, antwortete er wie erwartet, »die Tote muss ihrem Besuch selbst die Tür geöffnet haben.«

»Vermutlich hat sie den Täter gekannt, vorausgesetzt, es war Mord. Die Haustür hat einen Spion und eine Vorlegekette. Frau Kosloff hätte einem Unbekannten die Tür nicht öffnen müssen. Was ist mit Fingerabdrücken?«

»Jede Menge. Werden gerade untersucht.«

»Sie sagten, die Zeugin, die Nachbarin, habe die Tote gefunden. Hat sie jemanden ins Haus hinein- oder herausgehen sehen?«

»Nein, sie hat niemanden gesehen. Sie hat sich das im Nachhinein zusammengereimt.«

»Wir sind so weit fertig«, sagte jemand von der Spusi.

»Prima«, sagte Dr. Schröder. »Die Tote kann in die Gerichtsmedizin.«

Eine ältere Frau wurde ins Zimmer geführt. »Das ist Frau Tubbesing«, flüsterte Hasenecker.

Birthe gab ihr die Hand und stellte sich vor. »Kommen Sie, wir setzen uns in die Küche. Ich möchte Ihnen gern ein paar Fragen stellen.«

»Ich habe nichts gesehen und nichts gehört«, sagte Frau Tubbesing wie einstudiert. Sie hatte hektische rote Flecken im Gesicht.

Birthe ging voran und wies Frau Tubbesing einen Platz am Küchentisch zu. »Hat man Ihre Personalien aufgenommen?«

»Der Polizist, der eben bei mir war, hat mich vorhin befragt. Dem habe ich alles gesagt, nämlich, dass ich nichts weiß.«

Hasenecker kam und reichte Birthe das Protokoll. »Sie sind Erika Tubbesing, geboren am 23. November 1938 in Osnabrück?«, fragte sie.

Frau Tubbesing nickte.

»Sie wohnen im Erdgeschoss?«

Erneut ein Nicken.

»Sind Sie die Eigentümerin des Hauses?«

»Nein, ich habe die Wohnung gemietet.«

»Und wem gehört das Haus?«

»Einem Doktor, Fleckenschmidt heißt der.«

»Und der wohnt hier nicht, nehme ich an.«

»Der wohnt in Rheine.«

»Und Frau Kosloff war ebenfalls Mieterin?«

Tubbesing nickte.

»In welchem Verhältnis standen Sie zu Frau Kosloff?«

»Wir hatten nicht viel miteinander zu tun. Sie hat den ganzen Tag gearbeitet, ich habe sie kaum gesehen. Sie war eine ordentliche Person. Hielt sich an den Putzplan im Treppenhaus, hat kein Gerümpel im Flur abgestellt wie die Vormieter, war leise und unauffällig. Eine angenehme Nachbarin.« Frau Tubbesing zog ein Taschentuch aus ihrer Hosentasche und schnäuzte sich beherzt.

»Wie lange hat Frau Kosloff hier gewohnt?«

»Etwas mehr als zwei Jahre«, schniefte Frau Tubbesing.

»Hatte sie Angehörige?«, fragte Birthe.

Erika Tubbesing schüttelte den Kopf. »Ich habe sie danach gefragt, sie sagte, sie habe hier in Deutschland überhaupt keine Verwandten mehr. Ihre Eltern seien kurz hintereinander gestorben und sie war Einzelkind. Und ihre Verwandten im Osten kennt sie nicht. Zu denen hatte sie keinen Kontakt.«

»Hatte sie Freunde?«

Wieder nur ein stummes Nicken.

»Schlafbesuch?«

»Nee, hatte sie nie, jedenfalls habe ich das nicht mitbekommen. Meine Ohren sind eigentlich gut. Wo ich sogar den Fernseher von Frau Kosloff gehört habe. Aber zu laut war er nie eingestellt. Das Haus ist eben hellhörig. Bloß ihre Waschmaschine, die ratterte furchtbar. War ein älteres Modell. Manchmal war eine Frau hier, eine geschniegelte mit schickem Handtäschchen, Stöckelschuhen und Pferdeschwanz. Dann wurde es mal etwas lauter. Aber nie unangenehm. Sie lachten halt und redeten fröhlich miteinander. Wie zwei Frauen, die sich gut verstehen.«

»Wissen Sie, wie die Frau hieß?«

»Nein, danach frag ich nicht. Ist der ihre Privatsache, oder?«

»Hatte Frau Kosloff Männerbesuch?«

»Kann sein.«

»Wissen Sie zufällig den Namen?«

»Nein.«

»Wie sah er aus?«

»Ach, ein biederer Typ. Unauffällig, ich kann ihn nicht beschreiben, meistens im Anzug, wie ein Vertreter, größer als sie, als die Frau Kosloff, schlank, mehr weiß ich nicht.«

»Das Autokennzeichen wissen Sie nicht zufällig?«

»Ach wo. Ich weiß nicht die Automarke. Da unten stehen viele Autos herum.«

»Haben Sie heute mitbekommen, dass jemand gekommen oder gegangen ist? Ist Ihnen jemand aufgefallen?«

»Nein, nein, niemand.«

»Ist Ihnen irgendetwas verdächtig vorgekommen, war etwas anders?«

»Nein, nichts.«

»Haben Sie einen flüchtenden Mann gesehen?«

Erika Tubbesing sah Birthe erschrocken an. »Nein.«

»Hatte Frau Kosloff heute Besuch?«

»Keine Ahnung. Ich war nicht die ganze Zeit zu Hause.«

»In welchem Zeitraum waren Sie außer Haus?«

»Am frühen Nachmittag. Nach dem Mittagessen habe ich mich hingelegt und bin anschließend einkaufen gegangen.«

»Um welche Uhrzeit war das ungefähr?«

»Gegen drei, halb vier. Da war ich für eine Stunde weg. Kann auch länger gewesen sein. Ich muss alles mit dem Rad erledigen, fahre nicht Auto. Ich musste an den Saarplatz und da meine Einkäufe machen. Sparkasse, Post, Supermarkt, alles. Das hat eben ein Weilchen gedauert.

Danach habe ich mich ausgeruht und wollte einen Kuchen backen. Da ist mir eingefallen, dass ich der Frau Kosloff meine Küchenmaschine geliehen hatte. Vor einiger Zeit. Ich war ein bisschen ärgerlich, weil sie sie mir nicht sofort zurückgegeben hat. Das macht man nicht. Wenn ich mir etwas von den Nachbarn borge, bringe ich das gleich zurück, möglichst am selben Tag. Das ist nicht schön, wenn man hinter seinen Sachen herlaufen muss, oder?«

»Gut, Frau Tubbesing. Wenn Ihnen etwas einfallen sollte, melden Sie sich bitte. Ich gebe Ihnen meine Karte.«

»Dass so etwas in meinem Haus passieren muss, ausgerechnet hier, wo ich seit 20 Jahren wohne«, jammerte Frau Tubbesing, während sie aufstand. »Das war ein ordentliches Haus. Mein Mann hat früher für alle den Garten gemacht. Seit acht Jahren ist er tot. Ich war zuständig für den Putzplan im Treppenhaus. Und jetzt so was. Das steht in der Zeitung und ich hab keine Ruhe mehr. Die Reporter kommen bestimmt in Scharen, machen Fotos, befragen alle Leute und belagern das Haus. Wer weiß, was alles passiert.«

»Beruhigen Sie sich bitte, Frau Tubbesing, so schlimm wird es schon nicht.«

»Zu viel Trubel kann ich nicht gebrauchen. Ein Mord in diesem Haus. Ich bin nicht mehr die Jüngste. Der Arzt hat mir gesagt, ich soll mich nicht aufregen.«

»Gehen Sie in Ihre Wohnung und ruhen sich aus. Heute brauchen wir Sie nicht mehr. Auf Wiedersehen, Frau Tubbesing.«

Birthe atmete tief durch. »Haben Sie den Telefonspeicher ausgewertet?«, wandte sie sich an Roland Hasenecker.

»Bitte sehr.« Hasenecker schob ihr einen Zettel hin. »Das sind die beiden Nummern, die wir ihrem Telefon entnommen haben. Und diese Nummer hat Lydia Kosloff zuletzt angewählt.«

»Okay, danke.« Birthe tippte die zuletzt angerufene Nummer in ihr Mobiltelefon. Anschließend ging sie ins Wohnzimmer und stellte sich ans Fenster, wo es ruhiger war und sie einen besseren Empfang hatte. Es dauerte einen Moment, bis sich jemand meldete.

»Mit wem bitte spreche ich?«

»Pörschke.« Die Stimme hatte etwas von einem weiblichen Feldwebel.

»Guten Tag, mein Name ist Schöndorf von der Kriminalpolizei. Mein Kollege und ich würden Sie gerne persönlich sprechen.«

»Kriminalpolizei? Was habe ich damit zu tun? Ist etwas passiert?«

»In Ihrer Nachbarschaft ist etwas vorgefallen und wir würden Sie gerne dazu befragen.«

»Um diese Zeit? Wissen Sie eigentlich, wie spät es ist? Halb zehn, ich wollte gerade zu Bett gehen.«

»Es ist wichtig, Frau Pörschke. Es dauert nicht lange, höchstens ein paar Minuten. Sagen Sie mir bitte, wo Sie wohnen.«

Die Frau am anderen Ende der Leitung schien zu überlegen. Birthe ließ ihr Zeit. Sie rechnete damit, dass Frau Pörschke einlenken würde.

»Gut, kommen Sie. Sie haben Zeit bis 22 Uhr. Dann gehe ich schlafen.« Sie nannte ihre Adresse und legte auf.

»Daniel? Kannst du mir einen Gefallen tun? Geh du allein. Mir ist gerade eine Idee gekommen.«

»Und die wäre?«

»Erfährst du später.«

»He, ich denke, wir sind ein Team.«

»Ich darf meine unausgegorenen Gedanken erst für mich behalten, oder? Komm, sieh mich nicht so komisch an. Mach, dass du zu diesen Leuten kommst. Die Frau am Telefon klang nicht gerade freundlich.«

»Ich kling auch gleich nicht mehr freundlich«, brummte Daniel und zog sich die Jacke über.

»Dem Besitzer der anderen Nummer werde ich morgen einen Besuch abstatten. Und bitte besorge eine Verbindungsauflistung der Telefongesellschaft.«

»Mach ich morgen früh als Erstes. Allein oder darf ich mit?«, wollte Daniel wissen.

»Was meinst du? Den Besitzer der anderen Nummer ins Visier nehmen? Sehen wir noch. Sieh erst zu, dass du was aus der Pörschke herausbekommst.«

Er wandte sich zum Gehen.

»Ach, und Daniel?«

Er drehte sich um. »Was gibt's?«

Sie lächelte ihn an. »Sei ein bisschen charmant.«

Er grinste zurück. »Bin ich!«

Statt einer Antwort zog Birthe eine Augenbraue hoch.

*

»Sie kannten Lydia Kosloff?«, fragte Daniel und sah sich im Wohnzimmer der Pörschkes interessiert um. Wie in einem Museum, dachte er, hier ist *alles* alt, die Möbel, Lampen, Bilder, Ziergegenstände, Puppenstuben. Da konnte man Depressionen bekommen. Das war nicht mehr skurril-interessant wie das Wohnzimmer seines besten Kumpels Christian, bei dem sich Gartenzwerge und Pappmascheeschweine ein trautes Stelldichein auf einer Biedermeierkonsole lieferten – nein, das hier war auf eine traurige und verstörende Art ... tot. Das heißt, die Puppenstuben wären etwas für die Tochter seiner Freundin gewesen. Hier könnte sie stundenlang spielen und die meisterhaft dekorierten Miniaturvillen binnen weniger Minuten ins Chaos stürzen.

Daniel saß mit übereinandergeschlagenen Beinen in einem bequemen Ledersessel und begegnete dem strengen Blick von Margot Pörschke. Er ließ sich davon jedoch nicht beeindrucken, sondern wippte lässig mit dem Fuß.

»Ach Gott, was heißt kennen«, sagte Margot Pörschke und nippte an ihrem Tee, »wer kennt sich denn tatsächlich in der Bismarckstraße? Das ist doch vollkommen anonym hier, man plaudert vielleicht mal mit seinen direkten Nachbarn, aber mehr auch nicht. Viele Neureiche wohnen inzwischen in diesem Viertel. Das war früher anders.«

»Sie wissen, wer Lydia Kosloff war, kennen sie zumindest vom Sehen her.«

»Von den Leuten, die im hinteren Teil der Straße wohnen, kenne ich niemanden«, sagte Margot. »Wir grüßen uns nicht.«

»Woher wissen Sie, dass Lydia Kosloff am anderen Ende der Straße wohnte?«, fragte Daniel. »Wo Sie sie doch nicht kannten.«

»Ich vermute, dass sie da gewohnt hat«, sagte Margot in einem belehrenden Tonfall, »gerade *weil* ich sie nicht kenne.«

»Und Sie?«, wandte Daniel sich an Eberhard und musterte ihn abschätzend.

»Ich?« Eberhard öffnete den obersten Knopf seines Hemdes. »Flüchtig«, sagte er, »ich kannte sie flüchtig. Über Freunde sozusagen. Alte Freunde. Muss man wissen.« Er strich sich mit einer fahrigen Handbewegung übers Hemd.

Daniel betrachtete ihn irritiert. »Über Freunde?«, hakte er nach. »Sicher können Sie uns die Namen und Anschriften Ihrer Freunde nennen.«

»Wie sind Sie eigentlich auf uns gekommen?«, fragte Eberhard. »Ich meine, warum sind Sie bei uns?« Er nestelte nervös an seinem Hemdkragen herum.

»Ihre Nummer war im Speicher der Wahlwiederholung von Lydia Kosloffs Telefon. Das heißt, sie hat Sie zuletzt angerufen, und zwar heute um 14 Uhr 34«, sagte Daniel und ließ Eberhard nicht aus den Augen.

»Nein«, sagte Eberhard, »das kann nicht sein. Ich wurde nicht angerufen.«

»Ihre Nummer war im Speicher«, wiederholte Daniel unbeeindruckt. »Es wurde ein Gespräch von diesem Anschluss aus geführt.«

»Ich erinnere mich nicht«, sagte Eberhard. »Wann sagten Sie, soll das gewesen sein, um 14 Uhr …?«

»14 Uhr 34«, half Daniel ihm auf die Sprünge.

»Hm, nun«, murmelte Eberhard, »was habe ich gemacht um die Zeit? Da muss ich in der Schule gewesen sein. Dienstags bin ich länger in der Schule.«

»Wie lange?«

»Bis 16 Uhr 15.«

»Vielleicht hat Lydia Kosloff vorher versucht, Sie auf

dem Handy anzurufen. Das können wir leicht herausfinden«, sagte Daniel. »Sie haben ein Handy, oder nicht?« Sicher war sich Daniel da nicht.

»Natürlich«, antwortete Eberhard und nestelte an seiner Armbanduhr herum, »damit telefoniere ich nicht in der Schule. Mein Handy ist während der Schulzeit ausgeschaltet. Das ist nicht mein Stil. So etwas mag ich nicht. Muss man wissen.«

Daniel sah ihn mit zusammengezogenen Augenbrauen an.

»Darf ich Ihr Handy sehen?«

»Nein, das ist privat.«

»Wir ermitteln in einem Mordfall, da ist nichts mehr privat. Sobald ich eine richterliche Anordnung habe, haben Sie kein Privatleben mehr, Herr Pörschke. Mich wundert es sowieso, wie gefasst Sie beide auf die Todesnachricht von Lydia Kosloff reagieren. Ein Mord ist etwas, das einen normalerweise nicht unberührt lässt.«

»Ohne meinen Anwalt läuft hier nichts«, sagte Eberhard selbstbewusst. »Außerdem sind meine Mutter und ich eher nüchterne Menschen, die ihre Emotionen stets im Griff haben. Wir heulen und lamentieren nicht vor Fremden. Muss man wissen.«

»Ach, ich verstehe. Haben *Sie* Lydia Kosloffs Anruf am Dienstag um 14 Uhr 34 entgegengenommen?«, wandte sich Daniel an Margot Pörschke.

»Ich? Um Gottes willen, nein, warum sollte mich eine Frau anrufen, die ich überhaupt nicht kenne?« Margot Pörschke setzte hart ihre Teetasse auf. »Um die Zeit mache ich außerdem meinen Mittagsschlaf. Ich war lange krank und bin noch nicht genesen. Ich war für einige

Zeit in der Klinik und bin gerade erst entlassen worden. Nicht wahr, Eberhard?«

Eberhard nickte.

»Wann war das?«

»Erst vor zwei Tagen. Sie verstehen, dass ich meine Ruhe brauche.«

»Meine Mutter ist Diabetikerin und hatte einen Zuckerschock. Muss man wissen«, ergänzte Eberhard und kratzte sich hinterm Ohr. »Letzte Woche war sie auf der Intensivstation. Für zwei Tage, dann ging es ihr schlagartig besser.«

»Aha«, sagte Daniel kurz und stellte nun ebenfalls seine Teetasse ab. »Also keiner von ihnen hat mit Lydia Kosloff kurz vor ihrem Tod telefoniert und trotzdem wurde ein Gespräch mit diesem Anschluss geführt. Wie erklären Sie sich das?«

»Es muss ein Irrtum sein. Vielleicht hat sich diese Frau verwählt und wollte eine andere Person sprechen. Wenn Sie sich bitte verabschieden würden, ich bin erschöpft und möchte mich gerne ausruhen. Eberhard, bitte begleite den Herrn zur Tür.« Margot Pörschke griff nach ihrem Stock, der unter dem Tisch gelegen hatte, und stützte sich betont mühsam darauf auf. Sie humpelte aus dem Zimmer – ohne einen Blick auf den Ermittler zu werfen.

»Tut mir leid, aber so schnell werden Sie mich nicht los«, sagte Daniel an Eberhard gewandt. »Erst geben Sie mir die Liste der Freunde, von denen Sie gesprochen hatten. Namen, Anschriften, Telefon- und Handynummern.«

Eberhard sah ihn müde an. »Muss das sein? Ich muss morgen früh raus.«

»Bitte. Ein ordentlicher Mensch wie Sie wird sicherlich zwei Minuten dafür brauchen.« Er schenkte Eberhard ein süffisantes Lächeln. Es wirkte.

Eberhard erhob sich schwerfällig und ging zum Telefontisch, aus dessen oberster Schublade er ein kleines Adressbuch zog. Er befeuchtete die Finger, um die Seiten umzublättern. »Wenn Sie mitschreiben möchten: Der erste Name wäre Dr. Volker Holighaus, ein sehr alter Freund von mir und Bekannter von Lydia Kosloff. Er ist Zahnarzt und wir sind zusammen zur Schule gegangen. Ich diktiere Ihnen die Adresse.«

»Und weiter?«, fragte er, als er den ersten Namen notiert hatte.

Daniels Liste füllte sich nach und nach. »Ich denke, ich werde auf Sie zurückkommen«, sagte er Minuten später und erhob sich. »Wenn Ihnen noch jemand einfallen sollte, hier haben Sie meine Karte.«

Eberhard verabschiedete Daniel Brunner und beobachtete mit Besorgnis, wie er in seinen Dienstwagen stieg. Er nahm ein Reinigungstuch aus dem Spender und wischte sorgfältig die Türklinken ab. Anschließend ging er ins Wohnzimmer zurück, schenkte sich einen Whiskey ein und ließ sich aufs Sofa fallen. Seine Mutter hatte sich bereits zurückgezogen.

Mit dem Glas in der Hand saß er lange am großen Wohnzimmerfenster und starrte in die Dunkelheit. Die Angst schnürte ihm die Kehle zu. Niemand durfte wissen, dass er mit Lydia zusammen gewesen war, dass er mit ihr eine sexuelle Beziehung, wenn auch eine sehr kurze, gehabt hatte. Niemand.

5.

Sandra Mühlenkamp quälte sich aus dem Bett. Es war der 6. Oktober, ein trüber Morgen, und sie hatte überhaupt keine Lust, aufzustehen. Wenn Sonntag wäre, dachte sie, würde sie bis mittags schlafen oder überhaupt nicht aufstehen. Volker würde ihr das Frühstück ans Bett bringen und sie würden sich vom Bett aus eine DVD anschauen. Heute war nicht Sonntag. Es hatten sich zwar für den Tag nur zwei Kundinnen für eine Grundbehandlung angemeldet, die erste kam allerdings bereits um elf, und da musste sie sich langsam fertig machen. Als Kosmetikerin musste sie stets gepflegt aussehen, die Kundinnen orientierten sich an ihrem Vorbild. Um 10 Uhr saß sie endlich am Frühstückstisch. Volker war längst in seiner Praxis. Sie hatte ihn heute morgen nicht zu Gesicht bekommen. Die Neue Osnabrücker Zeitung lag zerfleddert neben Volkers Kaffeetasse, was eigentlich nicht seine Art war. Wenn er die Zeitung gelesen hatte, faltete er sie akkurat zusammen, als käme sie direkt aus der Druckerpresse. Er musste sehr in Eile gewesen sein. Sandra schenkte sich einen Kaffee aus der Warmhaltekanne ein, der mittlerweile nicht mehr heiß war. Sie trank ihn schwarz und aß dazu ein Toastbrot, dünn bestrichenen mit Butter und Quittenmarmelade.

Sie griff nach der Zeitung und stutzte gleich bei der Headline auf der ersten Seite. ›Mord am Westerberg‹, stand da, ›mehr auf Seite 10‹. Sandra suchte hektisch nach der entsprechenden Seite und wurde nervös, als sie sie nicht gleich fand. Sie war oft am Westerberg, da wohnte ihre Freundin und Kollegin Lydia.

Für einen Moment setzte ihr Herz aus. Voller Entsetzen blieb ihr Blick an einem Foto hängen, das ein gelbes Haus mit Runderker und Sprossenfenster zeigte. Es war das Haus, in dem Lydia wohnte. Davor war ein rot-weißes Absperrband gespannt. Im Hintergrund sah man zwei Polizisten in Uniform und weiß gekleidete Leute, vermutlich von der Spurensicherung. Sandras Herz begann wild zu klopfen, als sie den Text mit der rot unterstrichenen Überschrift las:

Mord am Westerberg schockt Osnabrücker Bevölkerung

In den späten Abendstunden des 5. Oktober wurde die Leiche einer 39-jährigen Osnabrückerin gefunden, die allein in der oberen Etage eines Mehrfamilienhauses im Osnabrücker Stadtteil Westerberg wohnte. Die Spätaussiedlerin arbeitete als Kosmetikerin in der Innenstadt. Die Polizei geht davon aus, dass sie Opfer eines Gewaltverbrechens wurde, und bittet die Bevölkerung um Hinweise. Wer hat die Tote in den letzten Tagen gesehen? Wer hat Beobachtungen gemacht, die mit der Tat in Verbindung stehen könnten? Hinweise nimmt die Polizei in Osnabrück sowie jede andere Polizeidienststelle entgegen.

Sandra ließ die Zeitung sinken. Dabei verschüttete sie etwas Kaffee, der in einem dünnen Rinnsaal auf ihre

Jeans tropfte. Sie spürte es kaum. Lydia war tot. Ihr Blick wanderte aus dem bodentiefen Fenster der Penthousewohnung auf die Große Straße hinaus, in der die Einzelhandelsgeschäfte gerade beliefert wurden. Sie registrierte geistesabwesend, wie Männer in Arbeitskleidung emsig damit beschäftigt waren, Paletten mit Kartons in die Geschäfte zu transportieren. Sie sah, wie die Lieferwagen langsam umeinander herummanövrierten und die wenigen Fußgänger, die es um die Zeit eilig zu haben schienen, aufpassen mussten, um nicht umgefahren zu werden.

»Oh Gott«, flüsterte sie. »Was für eine Katastrophe.« Sandras Hände zitterten. Ihr Herz raste. Etwas schnürte ihr die Kehle zu.

*

Gegen halb neun betrat Frauke Herkenhoff die Apotheke. Es war kalt und sie drehte die Heizung auf. Im Mantel sortierte sie die Kundenbestellungen in die Fächer, zeichnete die Nachbestellungen aus und vergewisserte sich, dass die frei verkäuflichen Grippe- und Erkältungsmittel gut sichtbar im Verkaufsregal direkt gegenüber dem Kundentresen platziert waren. Alles da – Vitaminpräparate, Grippemittel, Hustensaft, Nasenspray, Rheumasalben, Kopfschmerz- und Fiebermittel. Außerdem Kreislaufmittel und Säfte zur allgemeinen Kräftigung und Stärkung. Sie wischte mit Desinfektionsmittel über die Tresen und Auslagen. Im Herbst gingen auch Geschenkartikel gut, die mit Gesundheit zu tun hatten. Sie drapierte ein hellgrünes Tuch auf einem Verkaufstisch, um darauf Tees,

Kerzen, Duftstäbe und -lampen, Seifen und Shampoos zu präsentieren. Alles sollte sauber, appetitlich und hygienisch aussehen. Ein gläserner Teelichthalter fiel zu Boden und zerbrach.

»Mist!«, entfuhr es Frauke und sie holte schnell aus dem Personalraum einen Besen, um die Scherben zusammenzufegen. Es war klar, dass heute so etwas passieren musste. Sie war den ganzen Morgen schon nervös und fahrig. Gestern hatte es wieder mal Stress mit Tonia gegeben. Ihre Tochter steckte mitten in der Pubertät und war seit Monaten auf Konfrontationskurs. Selbst ihr Allheilmittel Yoga half nicht mehr weiter. In letzter Zeit war sie oft nervös, gereizt und litt unter Schlafstörungen. Sie wusste, dass diese Phase bei ihrer Tochter irgendwann vorbeigehen würde, aber im Moment war das kein Trost.

Nach und nach kamen ihre Kolleginnen, Frau Tönnies und Frau Poppe. Im Personalraum tauschten sie ihre Jacken gegen die weißen Kittel. Jetzt zog auch Frauke ihre Jacke aus.

»Morgen, Frau Herkenhoff, gibt's was Neues?«

»MTX ist im Moment nicht lieferbar. Ich habe ein ähnliches Rheumamittel bestellt. Wir müssen nachher bei den freiverkäuflichen Waren schauen, ob etwas abgelaufen ist und runtersetzen, bevor wir es nicht mehr loswerden. Besonders bei Babyartikeln verstehen Mütter keinen Spaß.«

Die Türglocke ertönte. Eberhard kam herein. Er trug einen hellen Trenchcoat und eine Aktentasche. Seine Gesichtsfarbe war aschfahl.

»Guten Morgen, Eberhard«, sagte Frauke freundlich. »Musst du heute nicht zur Schule? Bist du krank?«

»Hallo, Frauke«, grüßte Eberhard tonlos, »ich beginne heute erst zur dritten Stunde.« Er sah sich Hilfe suchend um.

»Was kann ich für dich tun?«

»Ich ... ich brauche diese Medikamente, du weißt ...« Sein Blick wanderte ruhelos hin und her. Die anderen Mitarbeiterinnen waren im hinteren Teil des Ladens beschäftigt und achteten nicht auf ihn.

»Ich kann sie dir nicht einfach geben«, sagte Frauke mit gesenkter Stimme. »Du weißt, die sind verschreibungspflichtig. Du musst sie dir von deinem Hausarzt verordnen lassen. Oder frag Carola, ob sie dir ein Rezept ausstellt. Vielleicht macht sie es.«

»Bitte, Frauke. Kannst du nicht eine Ausnahme machen? Du hast mir doch schon mal abgelaufene Medikamente mitgegeben. Bitte.«

»Ich komme in Teufelsküche. Ich darf das nicht, ich kann meine Approbation verlieren. Dann darf ich nie mehr als Apothekerin arbeiten. Was ist los? Warum brauchst du denn das Zeug wieder? Es ging lange ohne.«

»Du weißt ... nichts?«, fragte Eberhard leise.

Frauke wurde rot. »Nein, was denn?«, fragte sie erschrocken.

»Es ist etwas passiert, etwas Schreckliches.« Frau Tönnies und Frau Poppe hoben die Köpfe und starrten herüber.

»Lydia ... sie ist ... sie ist ... Weißt du nichts?«

Frauke schüttelte den Kopf und wurde blass. »Was ist mit Lydia?«

»Sie ist tot!«, presste Eberhard hervor. Auf seiner Stirn bildeten sich Schweißperlen. Er torkelte und hielt sich krampfhaft an der Ladentheke fest.

»Was? Lydia? Sag, dass das nicht wahr ist!« Frauke musste sich ebenfalls am Tresen festhalten. Sie wurde auf einen Schlag kreidebleich.

»Weißt du es noch nicht? Hast du heute noch keine Zeitung gelesen?«

Frauke schüttelte wie betäubt den Kopf. »Sag endlich, was mit Lydia ist. Wie ist sie ums Leben gekommen? Wann ist das passiert?«

»Sie ist ermordet worden. Gestern Nachmittag in ihrer Wohnung.«

»Was?!« Frauke hielt sich eine Hand vor den Mund. Frau Tönnies und Frau Poppe taten es ihr im hinteren Teil des Ladens gleich.

»Und die Polizei hat mich in Verdacht. Gleich gestern Abend wurde ich verhört. Und heute morgen, weil Lydia angeblich kurz vor ihrem Tod bei mir angerufen hat. Was allerdings nicht der Wahrheit entspricht. Ich habe nicht mit ihr telefoniert. Hoffentlich sind die jetzt zufrieden und lassen mich in Ruhe.« Er nestelte an seiner Armbanduhr herum. »Ich habe eine Bitte, Frauke. Das ist mir wichtig. Du musst mir etwas versprechen.«

»Was?«

»Bitte sag niemandem etwas davon, dass ich an dem Abend bei Volker – ähm, du weißt, dass ich mich gut mit Lydia verstanden habe. Sag es vor allem nicht der Polizei. Das könnte mir schwer schaden. Ich möchte nicht in etwas hineingezogen werden. Ich habe nichts mit Lydias Tod zu tun. Bitte glaub mir.«

»Warum sollte die Polizei mit mir sprechen wollen?«

»Sie wird mit dir sprechen. Ich musste dem Kommissar, der in der Mordnacht bei mir war, die Namen und

Adressen von Lydias Freunden herausrücken. Darunter war deine.«

»Oh nein.« Erneut hielt sich Frauke die Hand vor den Mund.

»Tut mir leid, es ging nicht anders. Sie werden ohnehin Lydias ganzen Freundes- und Bekanntenkreis abgrasen. Bitte, Frauke, versprichst du es mir?«

»Okay, ich versuche es.«

Sein Handy klingelte. Es war Marc Terlinden, der Makler. »Herr Terlinden, was gibt's? … Nein, ich bin momentan nicht gewillt, zu unterschreiben. Ich muss mir alles durch den Kopf gehen lassen, mit meiner Mutter sprechen. Sie hören von mir.« Er blickte nervös um sich. »Makler sind wie Läuse«, sagte er entschuldigend. »Wenn sie einmal an einem dran sind, wird man sie nicht mehr los. Also, was ist mit den Medikamenten?«

»Warte einen Moment, ich ruf Carola an.« Sie warf ihren Mitarbeiterinnen einen strengen Blick zu, die sofort verstanden und sich ihrer Arbeit zuwandten.

»Carola, Eberhard ist da.« Sie drehte sich mit dem Telefon weg und schottete es mit der Hand ab.

»Nein, er will dieses Zeug.« Sie warf Eberhard einen kurzen Schulterblick zu.

»Ich habe es ihm gesagt. Kannst du es nicht auf seine Mutter ausstellen? Margot Pörschke.«

Sie drehte sich zu Eberhard um. »Ich brauche das Geburtsdatum von deiner Mutter.«

Eberhard nannte es ihr und sie gab es an Carola weiter.

»Sie macht es«, sagte Frauke und legte ihre Stirn in Falten, »ausnahmsweise, ein letztes Mal. Du kannst das Rezept bei ihr abholen. Ich sehe dich später.«

»Ich danke dir«, flüsterte Eberhard mit gesenktem Blick, »du hast mir sehr geholfen.«

*

Hannelore Tenfelde fühlte sich nicht wohl. Seit dem Aufstehen plagten sie stechende Gelenkschmerzen in der Hüfte, die bis in die Füße ausstrahlten. Bei jedem Schritt stöhnte sie auf. Sie sah Babsi an der Haustür stehen und es brach ihr das Herz, dass sie es heute nicht schaffen würde, mit ihr rauszugehen. Babsi winselte und sprang an der Tür hoch.
»Ach, Schätzchen, was machen wir mit dir? Du musst leider ohne Frauchen raus. Frauchen kann heute nicht.« Sie nahm die Yorkshire-Terrierhündin auf den Arm und trug sie mühsam die Stufen in den Garten hinunter. Hannelore hielt sich streng an die Anweisungen ihres Tierarztes, den kleinen Hund wegen seiner Gelenkprobleme so wenig wie möglich Treppen steigen zu lassen. »Frauchen holt dich gleich rein, mein Schatz.« Sie setzte Babsi ab und humpelte ins Haus zurück.

Im Korridor klingelte das Telefon. Hannelore erkannte auf dem Display die Nummer einer ihrer Nichten und zog sich ins Wohnzimmer zurück. Sie legte sich auf die Couch und bettete die schweren Beine auf ein großes Kissen. Die Schmerzen wurden erträglicher und Hannelore konnte in Ruhe telefonieren. Es wurde ein längeres Gespräch. Die Nichte hatte Schwierigkeiten mit ihrer ältesten Tochter und brauchte einen Rat. Obwohl Hannelore keine eigenen Kinder hatte, hatte sie stets ein offenes Ohr für die Probleme anderer und patente Ideen und Lösungsvorschläge zur Hand.

Erst als sie nach einer Dreiviertelstunde auflegte, dachte sie wieder an Babsi draußen im Garten. Hannelore wunderte sich, dass sie die Hündin kein einziges Mal hatte bellen hören. Normalerweise machte sie sich bemerkbar, wenn sie rein wollte. Hannelore humpelte zur Haustür und rief Babsis Namen. Keine Reaktion. Sie rief und rief, der Hund kam nicht. Hannelore ging in die Küche, um die Dose mit den Leckerlis zu holen. Spätestens wenn sie diese schüttelte, kam Babsi auf ihren kleinen Beinchen angehoppelt. Heute tat sich allerdings nichts. Der kleine Hund blieb verschwunden. Hannelore warf sich eine Jacke über, um sich auf die Suche zu machen. Ihre Schmerzen waren nicht mehr wichtig. Immer wieder rief sie Babsis Namen. Sie war bereits heiser, als sie etwas am Zaun entdeckte. Ein Büschel Fell. Hannelore wurde kalt. Sie fasste es zaghaft an und begann zu schreien.

*

Daniel liebte Jettes Kotten in der ländlichen Idylle von Jeggen, hatte aber nach wie vor keine Lust, endgültig zu ihr rauszuziehen. Er hing an seiner kleinen Stadtwohnung und brauchte ab und zu seine Ruhe, denn seine Freundin hatte zwei quirlige Kinder im Grundschulalter.

»Dein Kaffee wird kalt«, rief Jette aus dem Wintergarten. »Du wolltest doch einen. Was ist los?«

Daniel surfte im Internet und ließ sich nicht stören. Schon seit Minuten blieb sein Blick auf einer Seite hängen. Er merkte nicht, dass Jette von hinten an ihn herantrat.

»Was machst du da?«

Er antwortete nicht, sondern starrte weiter auf den Bildschirm.

»Autos?«, fragte Jette gelangweilt.

Daniel notierte etwas auf einem Block.

»Was? Porsche? Bist du bekloppt?«

»Wieso nicht? Wollte immer schon mal einen haben.«

»Aber doch nicht einen Porsche. Das ist ja jetzt nicht gerade eine Familienkutsche.«

Daniel rollte mit den Augen. »Hab ich gesagt, dass ich eine Familienkutsche will?«

»Wusste nicht, dass du überhaupt ein neues Auto brauchst. Deins ist doch in Ordnung. Und mein Polo tut's auch noch.«

»Der Subaru geht mir auf den Geist«, sagte Daniel mit monotoner Stimme. »Der braucht zu viel Sprit. Außerdem stottert der Motor ab und zu und wird ab Tempo 120 so laut, dass ich meine Musik kaum noch höre.«

»Ach, und der Porsche ist kein Spritschlucker? Noch dazu ein Cabrio, das ist doch nicht wintertauglich, Daniel, echt, du spinnst.«

»Cabriofahren ist absolut geil, glaub mir. Und für den Winter haben wir immer noch deinen Polo.«

»Und wie willst du dann hier zu mir rauskommen?«

»Mit dem Cabrio natürlich. Wenn es unter dem Dach ein bisschen zieht, nehme ich das gern in Kauf.«

Jette schüttelte den Kopf und ging zurück in den Wintergarten. Daniel notierte sich noch zwei Telefonnummern und klappte den Laptop zu.

Während er den inzwischen lauwarmen Kaffee trank, hing er seinen Gedanken nach. Er sah sich zusammen mit Jette im offenen Porsche Carrera über die Landstraße brausen. Jette trug ihre Baseballkappe, summte gut gelaunt einen Hit aus dem Radio mit und er genoss das Gefühl, wie ihm der Fahrtwind durch die Haare strich. Er sah seine braun gebrannten Arme, wie sie lässig das lederüberzogene Lenkrad hielten und bekam eine Gänsehaut am ganzen Körper. Ein Porsche 911, silbern, Leder, 300 PS, Baujahr 99, ein ähnliches Modell, das der gut gebaute Typ im Fitnessstudio erworben hatte. Er rechnete aus, ob der Traum für ihn realisierbar wäre. Wenn er seinen Subaru zu einem guten Preis verkaufen könnte und obendrein nach einem raschen Abschluss des Kosloff-Falls befördert werden würde, was ohnehin langsam mal fällig wäre, könnte es mit einem kleinen Kredit klappen.

Das Ganze hatte nur einen winzigen Haken. Der Verkäufer des Autos wohnte nicht gerade um die Ecke, sondern in einem kleinen Kaff in der Nähe von Heidelberg. Aber das sollte dem Projekt nicht im Wege stehen. Er sah sich vorsichtig um. Jette saß mit übereinandergeschlagenen Beinen in einem Korbstuhl und blätterte in einer Zeitschrift. Es wäre zwar nicht unbedingt erforderlich, aber auf jeden Fall angenehmer, wenn er sie auf seiner Seite hätte.

»Was hältst du von einem Cocktail?«, rief Daniel mit aufgesetzter Fröhlichkeit.

»Vergiss es, Daniel«, konterte Jette wie aus der Pistole geschossen, ohne den Blick von ihrer Zeitschrift zu lösen.

*

Birthe schob ihr Fahrrad über die Große Straße, vorbei an Kolckmeyer, Lengermann & Trieschmann und Bücher

Wenner. Sie hatte keine Stiefel gefunden und steuerte die Schuhgeschäfte in Richtung Nikolaiort an. Als sie ihr Rad vor Zumnorde abstellte, summte ihr Handy. Sie erkannte Hans-Peters Nummer und zögerte. Ihre Augen füllten sich mit Tränen. Verflucht, sie hing noch an ihm. An diesem Mann, der nur Ausreden für sie hatte, für den sie nichts weiter war als eine Affäre. Sie hatte zu viele Gefühle investiert. Für ihn hingegen war sie lediglich ein Abenteuer. Er brauchte sie offenbar als Bestätigung für sein Ego. Sonst würde er auch mal auf ihre Bedürfnisse eingehen. Warum hatte sie nicht eher erkannt, dass die Beziehung mit Hans-Peter in eine Sackgasse führte? Warum hatte sie nicht viel eher die Notbremse gezogen?

»Ja, bitte?«, sagte sie schniefend und hielt das Handy dicht ans Ohr gepresst.

»Können wir uns heute sehen?«

Birthe fuhr sich mit dem Handrücken über die Augen und schluckte: »Ich glaube nicht, dass das Sinn macht, Hans-Peter.«

»Warum nicht?«

Erneut musste sie schlucken und holte tief Luft, um nicht die Fassung zu verlieren. »Weil ich deine ständigen Ausreden satt habe. Ich muss mich bei dir hinten anstellen. Alles andere ist dir wichtiger. Dein Sport, deine Clubs, dein Stammtisch, deine Ex-Ex-Exen, die du immer wieder datest. Du verletzt meine Gefühle damit und scheinst es nicht einmal zu merken. An mich denkst du nur, wenn dir langweilig ist. Ich habe allmählich keine Kraft mehr.«

»Ich würde mich gerne in Ruhe mit dir zusammensetzen und über alles reden. Wir finden eine Lösung für uns beide.«

»Ich möchte nicht mehr danach suchen. Es wird wieder eine Lösung für dich sein, nicht für mich. Es gibt keine gemeinsame Zukunft für uns, das hast du selbst oft genug gesagt. Du sagst, du kannst dich nicht festlegen, nichts versprechen. Du meldest dich manchmal tagelang nicht, sagst kaum noch ein liebes Wort zu mir, ich spüre keine Nähe mehr, nicht einmal, wenn wir miteinander schlafen. Ich komme nicht mehr an dich heran. Du lässt mich ja nicht. Du willst nicht mal mit mir in den Urlaub fahren. Du liebst mich nicht mehr.«

»Ich will dich sehen, Birthe«, sagte er ruhig.

»Hans-Peter, ich ...« Tränen flossen in Strömen über ihr Gesicht und benetzten ihren Schal. Schnell legte sie auf. Er sollte nicht mitbekommen, dass sie weinte. Warum hing sie bloß an diesem Kerl! Wenn er wüsste, wie sehr sie ihn im Grunde wollte! Am liebsten wäre sie sofort zu ihm gefahren, hätte sich ihm in die Arme geworfen und alles andere vergessen ...

Wenige Minuten später meldete sich ihr Verstand zurück. Sie hatte richtig gehandelt. Er verdiente es nicht, dass sie an ihm hing. Schließlich hatte er ihr mehr als klar gemacht, dass er keine gemeinsame Zukunft anstrebte. Erst letzte Woche hatte er gesagt: »Du weißt doch, ich lebe im Hier und Jetzt, bin Anhänger des Zen-Buddhismus. Der Sinn besteht darin, nur im Augenblick zu leben und sich nicht um die Zukunft zu sorgen. Das ist das ultimative Glücksgefühl. Wozu Pläne schmieden? Pläne blockieren dich nur.«

Sie konnte seiner Lebensauffassung nicht mehr folgen, verstand ihn nicht mehr. Was sie anfangs reizvoll gefunden hatte, nervte sie inzwischen. Sie würde einen

Schlussstrich ziehen. Mit Hans-Peter war es endgültig vorbei. Während sie ihr Fahrrad durch die Fußgängerzone schob, nahm sie sich fest vor, den Kontakt zu ihm abzubrechen.

Zum Shoppen hatte sie keine Lust mehr. Nicht heute. Nicht in diesem Zustand. In zwei Stunden musste sie im Präsidium sein. Sie hatte eher Lust auf einen Kaffee und beschloss, dem Café Laer in der Krahnstraße einen Besuch abzustatten. Mit einer großen Tasse Milchkaffee, Schwarzweißgebäck und der neuesten Ausgabe des Spiegel. Und sie nahm sich fest vor, nie wieder wegen Hans-Peter Tränen zu vergießen.

Um die Mittagszeit betrat Birthe ihr Büro auf der Wache am Kollegienwall. Nachdem sie ihre Jacke und Tasche aufgehängt hatte, packte sie ihr Strickzeug aus. Sie waren hier unter sich.

»Was gibt's Neues, Daniel? Was hat die erste Zeugenbefragung gebracht?«

»Du meinst Madame Pörschke? Eine alte Frau mit Krückstock halt. Steifer geht's nicht mehr, resolut, Typ Königinmutter. Dachte, sie könne mich einschüchtern. Konnte plausibel vermitteln, dass sie die Tote nicht kannte. Die Verbindungsauflistung der Telefongesellschaft hat jedoch ergeben, dass am 5. Oktober zwei Gespräche zwischen Kosloff und den Pörschkes stattgefunden haben. So schnell haben wir die noch nie bekommen, normalerweise dauert das länger. Es hat sich niemand verwählt, soviel steht fest. Die Gespräche sind zustande gekommen. Das erste ging vom Festnetz der Pörschkes aus und wurde um 14.20 getätigt. Das zweite erfolgte von Kosloffs Anschluss um 14.34. Da muss es also einen Kontakt gegeben haben.«

»Demnach lügen die Pörschkes.«

»Eindeutig. Sie müssen sich gekannt haben. Die anderen Nummern in Kosloffs Telefonspeicher führen zu einem Handy. Es sind die gleichen, sie konnten eindeutig einem Kerl zugeordnet werden, möglicherweise diesem Freund, von dem die Hausbewohnerin gesprochen hat. Matthias von Hünefeld heißt er, 49 Jahre alt, von Beruf Kreditberater. Arbeitet bei der Deutschen Bank in Osnabrück. Verheiratet mit Carola von Hünefeld, 50 Jahre, Frauenärztin. Eigene Praxis in Osnabrück.«

»Dachte ich's mir«, sagte Birthe. Die Nadeln klapperten. Die Weste nahm langsam Form an.

»Was?«

»Na, dass es einen Mann gegeben haben muss in Kosloffs Leben. Der Name Carola von Hünefeld ist mir begegnet. Eine der Freundinnen der Toten, oder nicht?«

Daniel nickte.

»Genau da ist die Verbindung. Hast du die Anschrift der Bank, wo ihr Mann tagsüber zu erreichen ist?«

Wieder nickte er. »Fahren wir hin?«

Birthe nahm einen großen Schluck Kaffee. »Nee, ich glaube, wir besuchen ihn bei sich zu Hause und zwar gleich heute Abend. Da kann man ihn besser konfrontieren, vor allem in Anwesenheit seiner Frau.«

»Und dann werden wir Eberhard und Margot Pörschke noch mal einen Besuch abstatten. Übrigens, die Spusi hat Fußspuren auf dem Parkett im Wohnzimmer und dem Fliesenboden in der Küche sichergestellt. Damenpumps mit spitzem Absatz in Größe 40 und Herrenschuhe Größe 43.«

»Und die Pumps können nicht Kosloff zugeordnet werden, nehme ich an?«

»Die Kosloff hatte Schuhgröße 37.«

»Was ist mit Fingerabdrücken?«

»Jede Menge, teilweise überlagernde. Sobald wir den Freundeskreis abgeklopft haben und damit die tatortberechtigten Personen, können wir abgleichen, ob sich unter den sichergestellten Fingerabdrücken welche von Unbekannten finden. Im Moment wissen wir, dass Lydia Kosloff ihrem Mörder selbst die Tür geöffnet hat, ob sie ihn persönlich kannte oder nicht, ist nicht bekannt.«

Eine Träne tropfte in Birthes Kaffee. Sie wischte sich verstohlen über die Augen und drehte sich weg, um sich Daniels Blicken zu entziehen.

Daniel verschränkte seine Arme hinter dem Kopf und musterte seine Kollegin aufmerksam. »Irgendwie gefällst du mir heute nicht. Deine Stimme ist anders. Du weinst doch nicht etwa?«

Birthe räusperte sich und fuhr ihren Computer hoch. »Nein, es ist nichts.«

»Ach komm, mich quetschst du aus wie eine Zitrone, wenn ich mich mit Problemen herumschlage. Du liest in mir wie in einem Buch und ich darf dich nie fragen, wie's dir geht.«

»Ob ich darauf antworte, ist eine andere Sache. Im Moment will ich meine Ruhe.«

»Geteiltes Leid ist halbes Leid.«

Birthe schenkte ihm einen kurzen Seitenblick. »Du mit deinen Sprüchen. Ich glaube nicht, dass du das verstehst. Von Liebeskummer hast du keine Ahnung.«

»Glaubst du das?«

»Bei deinem Frauenverschleiß? Das kann nie richtig tief gehen bei dir.«

»Ach, ich bin viel ruhiger geworden. Für mich gibt's nur noch Jette. Nach anderen Frauen guck ich nicht mehr.« Er zwinkerte ihr zu.

»Freu dich«, sagte Birthe und hackte etwas in ihren PC.

Daniel hielt inne, stand auf und trat hinter sie. Er legte eine Hand auf ihre Schulter. »Schlimm?« fragte er.

»Hast du ein Taschentuch?«

»Darf es ein benutztes sein?«

Birthe lächelte unter Tränen. »Lass gut sein. Bring mir bitte meinen Rucksack.«

Daniel zog ihn vom Garderobenständer. Birthe kramte lange darin herum, bis sie ein zerknülltes Tempo hervorzog.

»Ich nehme gerade Abschied«, erklärte sie, »und das tut eben weh.«

»Das stimmt«, sagte Daniel. »Jeder Abschied ist ein kleiner Tod.«

»Oh, Mann, deine Plattitüden!« Birthe schüttelte den Kopf. »Wo hast du die bloß alle her?«

»Ich sage nur: Mama!« Er grinste schief.

»Morgen bin ich darüber hinweg. Und kümmere dich einfach nicht mehr um mich. Versuch mich zu ignorieren. Dann geht es am schnellsten vorbei.«

Die Tür flog auf und Olaf Hurdelkamp rauschte herein. Er warf eine Akte auf Birthes Schreibtisch. »Morgen zusammen«, rief er, ohne jemanden direkt anzusehen.

Birthe und Daniel murmelten einen kurzen Gruß.

»Ihr macht mit dem Fall Kosloff weiter«, sagte der Dienstvorgesetzte. »Der hat oberste Priorität. Knochenfund Botanischer Garten/Steinbruch bearbeiten ab sofort Ackermann und Kohlhans. Ich denke, das Ganze ist eine Sackgasse. Bisher hat sich niemand auf den Zeitungsaufruf gemeldet. Es gibt keinen offenen Vermisstenfall von damals. Der damalige Betreiber des Steinbruchs ist tot und die Landwirte, die umliegend ihre Äcker hatten, sind teilweise ebenfalls unter der Erde oder können sich an nichts mehr erinnern. Ich gebe dem Fall sechs Wochen. Dann gehen die Überreste in die Sammelbestattung.« Er warf einen irritierten Blick auf Birthe. »Na, Frau Schöndorf, alles klar? Sie sehen ein bisschen übernächtigt aus heute.«

»Nein, nein, mir geht's gut«, beeilte sich Birthe zu sagen.

Er musterte sie ungläubig. »Na, da können Sie loslegen. Den Computer der Kosloff durchsehen. Ist alles sichergestellt. Holen Sie Leute von der Software dazu und hacken Sie sich in die Accounts ein. Die übliche Vorgehensweise. Mit wem hatte Kosloff zuletzt Kontakt? Wo hat sie sich in den letzten Stunden vor ihrem Tod aufgehalten? Mit wem war sie in der Zeit zusammen? Mit wem war sie verabredet? Hat jemand die Verabredung abgesagt?«

In Birthe krampfte sich alles zusammen. »Chef, ich mache das nicht zum ersten Mal«, sagte sie beleidigt.

»Wie Sie heute aus der Wäsche gucken, Frau Schöndorf, scheint es mir, als müsse man Ihnen ein bisschen unter die Arme greifen!« Er zwinkerte ihr zu. »Na dann, legen Sie los.«

6.

»Wissen Sie, wo meine Frau steckt?« Matthias von Hünefeld lockerte seinen Schlips, öffnete den obersten Knopf seines gestreiften Businesshemdes, krempelte die Ärmel hoch und setzte die Espressomaschine in Gang. Er kam gerade von einem Geschäftsessen.

»Ihre Frrau ist zum Tanzen gefahrren, Alando, hat sie gesaggt. Heute Ü-40-Parrty, trrifft mit Frreundin. Gett hinterrher essen ins EssTheaterr. Hierr ein Zettel«, sagte Svetlana und deutete auf die Kühlschranktür.

Matthias überflog das gelbe Post-it. ›Die Kinder haben gegessen und werden von Svetlana zu Bett gebracht. Reste vom Tofu und Blattspinat findest du im Kühlschrank.‹

»Möchten Sie einen Kaffee?«

Svetlana schüttelte den Kopf. »Vielen Dank, ich schonn genug hab heute.«

»Haben Sie Hunger? Reste sollen im Kühlschrank sein.« Er zwinkerte ihr zu.

»Nein, danke, ich habb mit Kinnerrn gegessen.«

»Lieber einen Wein?«

Sie legte den Kopf schief und lächelte. »Wunderrbarr.«

»Na, kommen Sie. Gehen wir auf einen kleinen Umtrunk ins Wohnzimmer.« Er nahm eine Flasche Weißwein aus dem Kühlschrank sowie zwei Gläser aus der Vitrine und ging voran in den angrenzenden Wohnraum. Er setzte sich kurz, sprang aber wieder auf, weil er den Korkenzieher vergessen hatte.

Svetlana hatte bereits mit übereinandergeschlagenen Beinen auf dem Sofa Platz genommen und sah ihn erwartungsvoll an. Ihr grauer Rock war sehr kurz und ihre weiße Bluse hatte einen ziemlich tiefen Ausschnitt. Er setzte sich neben sie und füllte die beiden Gläser. Eines davon reichte er ihr. »Zum Wohl«, sagte er und sah ihr in die Augen. Er gab sich Mühe, ihr nicht in den Ausschnitt zu starren.

»Cheerrio«, sagte sie und führte ihr Glas zum Mund. »Sehrrr süß.«

»Was, der Wein? Süß? Auf dem Etikett steht jedenfalls ›halbtrocken‹.«

Sie kicherte.

»Lachen Sie mich aus?«

»Neiiiin. Niemaals!«

Er lachte. »Ich bin Matthias«, sagte er locker und blickte ihr tief in die Augen.

»Svetlana«, hauchte sie.

»Ich glaube, wir müssen uns küssen«, sagte er lachend. »Oder was meinen Sie?«

»Warrum nicht?«, sagte Svetlana und strahlte ihn an.

Er prostete ihr zu und gab ihr einen kurzen, trockenen Kuss auf den Mund. Sie warf ihren Kopf zurück, nippte an ihrem Wein und betrachtete ihn herausfordernd. Anscheinend hatte sie mehr erwartet.

»Gefällt es dir bei uns, Svetlana?« Er blickte auf ihren kirschfarbigen Mund und drehte das Weinglas in seinen Händen.

»Sehrr schön, wirrklich.«

»Du fühlst dich nicht manchmal ein bisschen einsam?«

»Einsam schon. Da bin ich ehrrlich.«

»Und was machst du, wenn du dich einsam fühlst?«

»Weiß nicht. Telefonierre ich mit Mama oderr mit Frreundin.«

»Und dann geht es dir besser?« Er stellte sein Glas ab und streichelte ihr über die Hand. »Woher kommst du nochmal?«

»Pilsen«, sagte sie mit einem Augenaufschlag.

»Da, wo das Bier herkommt?«

»Da, wo Bierr herrkommt. Mitten in Tschechei.« Sie lächelte ihn an.

Er fackelte nicht lange, rückte näher zu ihr, zog ihren Kopf zu sich heran und küsste sie. Spielerisch ließ er ihre langen Haare durch seine Hände gleiten. »Schöne Haare hast du«, sagte er anerkennend. Sie lächelte. Er stand auf, um die automatischen Rollläden herunterfahren zu lassen. Als er wieder zurückkam, glitt seine Hand ohne Umschweife unter ihre Bluse. Sie ließ ihn gewähren, ließ es zu, dass er sie hochschob. Bereitwillig hob sie ihre Arme, sodass er sie ihr über den Kopf ziehen konnte. Er nestelte an den Ösen ihres Büstenhalters herum und hakte sie auf. Sie öffnete den Reißverschluss seiner hellgrauen Anzughose. In Windeseile flogen die Klamotten auf die Sofalehne.

»Du bist schön, Svetlana«, stöhnte er, »mein Gott, wie schön und jung!«

»Was ist mit Kinnerr?«, fragte Svetlana atemlos.

»Ich dachte, du hättest sie ins Bett gebracht.«

»Vorr einerr Stunde. Sie werrden schlafen.«

Er legte sich aufs Sofa und zog Svetlana zu sich heran. Es war breit genug, dass sie neben ihn passte, wenn sie sich auf die Seite legte. Er kuschelte sich an sie, streichelte und küsste sie. Svetlana schien für ihr Alter sehr erfahren zu sein. Er schloss genießerisch die Augen und vergaß Raum und Zeit. Aus der Ferne hörte er ein leises Motorengeräusch. Ein Auto fuhr heran und parkte direkt vor dem Haus. Sie vergaßen zu atmen. Sahen sich an, irritiert und ahnungsvoll. Ein Augenblick des schlechten Gewissens, der sie in die Wirklichkeit zurückkatapultierte. Es kam niemand, sodass sie einfach weitermachten wie zuvor. Sich liebten wie im Rausch, alles um sich herum vergessend.

Irgendwann, viel später, als sie entspannt nebeneinander lagen, hörte Matthias ein Geräusch von oben und schraubte seinen Oberkörper wie auf Knopfdruck in die Höhe. Er schob Svetlana sanft zur Seite, sodass sie sich genötigt fühlte, aufzustehen, und raffte in Windeseile seine Kleidung zusammen. Svetlana suchte nach ihrem Slip. Er war gerade im Begriff, sich sein Oberhemd überzustreifen und den Reißverschluss seiner Hose zuzuziehen, was ihm nicht gleich gelingen wollte, da stand Friederike vor ihm und rieb sich die Augen. Svetlana gab einen erstickten Laut von sich und griff nach der Wolldecke.

»Ich kann nicht schlafen, Papa.«

Matthias stopfte sein Hemd in die Hose und nestelte nervös an den Knöpfen herum. Er räusperte sich. »Was ist, mein Kleines? Warum kannst du nicht schlafen?«

Svetlana zog die Wolldecke eng um ihren Körper.

Friederike weinte. »Ich habe schlecht geträumt. Mama hat heute mit mir geschimpft, weil ich die chinesischen Wörter nicht konnte und weil ich danach keine Lust mehr auf Hausaufgaben hatte.«

»Was? Komm, setz dich einen Moment zu mir, Rike.«
Matthias nahm seine Tochter auf den Schoß. »Deshalb schimpft Mama? Das ist nicht nett von ihr. Hast du nicht mehr viel Zeit zum Spielen?«

Friederike schüttelte traurig den Kopf. »Ich darf erst spielen, wenn ich die Wörter alle weiß und Geige geübt habe. Wenn ich das nicht kann, darf ich nicht raus.«

Matthias und Svetlana wechselten einen Blick.

»Ich werde mit Mama sprechen, okay, Rike?«

Friederike nickte und schmiegte sich eng an Matthias. Er streichelte ihr über den Kopf. »Gehst du schlafen, kleine Maus? Soll ich mit dir gehen?«

Friederike antwortete nicht, sondern starrte Svetlana an. »Was ist mit Svetlana? Ist sie krank?«

Svetlana wurde rot. »Warrum?«, fragte sie alarmiert.

Matthias räusperte sich. »Mimimaus, wie kommst du darauf, dass Svetlana krank sein könnte?«

»Sie ist in eine Wolldecke gewickelt und hat vorhin laut gestöhnt und geschrien. Davon bin ich wach geworden. Ich dachte, Svetlana geht es nicht gut. Ist sie krank? Tut ihr was weh?« Sie richtete sich direkt an Svetlana: »Was hast du? Wo tut dir was weh? Soll ich pusten?«

Matthias stand auf. »Nein, mein Schatz, sie ist nicht krank, nur ein bisschen müde. Ich bringe dich jetzt ins Bett. Du darfst nicht Mami verraten, dass Svetlana müde war und sich in eine Wolldecke gehüllt hat, versprichst du mir das? Das bleibt unser Geheimnis, okay?« Er nahm Friederike an die Hand und ging mit ihr die Wendeltreppe hoch. »Willst du Cowboy spielen?«

»Au ja!«

Er nahm sie auf die Schultern und schüttelte sie ordentlich durch. Dazu machte er wiehernde Geräusche und sprang wie ein wildes Pferd auf und ab. Friederike schüttelte sich vor Lachen. So schnell kann man ein Kind glücklich machen, dachte er bitter.

»Gute Nacht, Svetlana«, rief Friederike fröhlich, als sie zur Hälfte oben waren, »geh ins Bett, wenn du müde bist!«

»Schlaff gutt, Rike!«, sagte Svetlana wie aus weiter Ferne.

Matthias hatte Friederike gerade zugedeckt und ihr einen Kuss auf die Stirn gegeben, da klingelte es. Er zuckte zusammen. Es war kurz nach 21 Uhr. Wer konnte das um diese Zeit sein? Carola hatte selbstverständlich einen Schlüssel und klingelte nie. Er hastete die Treppe hinunter.

Svetlana hatte sich in der Zwischenzeit angezogen und verharrte regungslos vor dem Sofa. Er gab ihr mit einer Handbewegung zu verstehen, dass sie besser gehen sollte. Nachdem sie sich zurückgezogen hatte, lief er nervös auf und ab, bis er sich schließlich einen Ruck gab und beherzt die Haustür öffnete. Davor standen eine Frau und ein Mann, die sich als Kriminalkommissare der Osnabrücker Polizei auswiesen. Matthias versuchte, sich seinen Schrecken nicht anmerken zu lassen, und bat die beiden hinein. Von Svetlana war nichts mehr zu sehen.

Das schlechte Gewissen gewann Oberhand. »Ist etwas mit meiner Frau?« Seine Stimme versagte. Angst schnürte ihm die Kehle zu. Jetzt nur nicht die Nerven verlieren.

»Sie sind Matthias von Hünefeld?«, fragte der Polizist.

»Ja, der bin ich. Sagen Sie mir endlich, was los ist.«

»Es geht nicht um Ihre Frau. Dürfen wir hereinkommen?«

»Bitte«„ sagte Matthias, ging voran und deutete auf die Sitzecke. Er bemühte sich, seine Emotionen im Griff zu behalten. »Nehmen Sie Platz. Darf ich Ihnen etwas zu trinken anbieten?« Die beiden Kommissare lehnten dankend ab. »Sie wissen wirklich nicht, warum wir hier sind, Herr von Hünefeld?«, fragte Brunner, nachdem er neben seiner Kollegin auf dem Sofa Platz genommen hatte.

Matthias schüttelte den Kopf und versuchte zu lächeln. »Nein, aber ich denke, ich werde es gleich erfahren.« Er sah auf die Uhr. »Machen Sie eigentlich gern zu später Stunde noch Besuche? Unangemeldet?«

»Ist es für Sie schon spät?«, fragte Daniel harmlos. »Entschuldigen Sie bitte. Wir wollten sichergehen, dass wir Sie zu Hause antreffen.«

»Worum geht es?«, fragte Matthias gereizt.

»Kennen Sie Lydia Kosloff?«, meldete sich Birthe Schöndorf zu Wort. »Ich gehe davon aus, dass Sie sie kannten. Ihre Handynummer war in ihrem Nummernspeicher. Und zwar mehrmals.«

Matthias wurde blass. Lydia. Er atmete schwer. Wie sollte er sich verhalten? Was wollte die Polizei von ihm, wie viel Informationen hatte sie bereits? Wie viel konnte er preisgeben, ohne sich verdächtig zu machen? Er nestelte an seiner Armbanduhr herum. Fuhr sich nervös durch die leicht schütteren dunkelblonden Haare. Hüstelte, bevor er das Wort ergriff.

»Was ist mit ihr? Nun, ich hatte beruflich mit ihr zu tun. Das heißt, eigentlich war sie eine Bekannte meiner Frau.«

»Sie hatten Besuch?«, fragte Birthe mit Blick auf die Weinflasche und die Gläser.

»Nein. Ich habe vorhin mit meiner Frau ein Glas Wein getrunken.«

»Und wo ist sie? Ihre Frau?«

»Sie ist nicht da. Sie wird sicherlich gleich wiederkommen.«

»Macht sie das? Erst Alkohol trinken und dann wegfahren?«

»Ich weiß nicht, ob sie weggefahren ist«, sagte Matthias. »Ich glaube, sie ist bei einer Freundin in der Nachbarschaft.

»Was ist mit Frau Kosloff? Ist ihr etwas zugestoßen?«

»Nun, Sie scheinen es noch nicht zu wissen. Es stand heute in der Zeitung. Sie ist einem Tötungsdelikt zum Opfer gefallen.«

»Was?« Matthias beugte sich vor. »Lydia Kosloff? Ermordet? Wann? Wo?«

»Gestern, in ihrer Wohnung«, sagte Schöndorf in ruhigem Tonfall.

»Das kann nicht sein.« Matthias schüttelte ungläubig den Kopf. »Ich bin noch nicht zum Zeitunglesen gekommen, wollte es gleich nachholen. In ihrer Wohnung, sagten Sie?«

»Sie haben gestern mit ihr telefoniert Lydia Kosloff hat um 12.05 Uhr versucht, Sie zu erreichen, und Sie haben um 14.02 Uhr zurückgerufen.«

Matthias räusperte sich. »Wenn Sie das sagen, kann es stimmen. Ich erinnere mich allerdings nicht genau daran. Ich weiß nicht mehr, worum es ging, tut mir leid.«

»Das sollten Sie«, sagte Daniel. »Kurze Zeit später ist Lydia Kosloff ermordet worden.«

Matthias sah ihn erschrocken an. Das Blut schoss ihm

in den Kopf und er krallte die Hände ineinander. »Sie glauben doch nicht, dass ich irgendetwas damit zu tun habe?«

»Wir untersuchen den Fall«, sagte Daniel, »mit Glauben hat das nichts zu tun. Was machen Sie eigentlich beruflich, Herr von Hünefeld?«

»Ich bin Betriebswirt. In der Kreditberatung tätig.«

»Und Lydia Kosloff war eine Kundin von Ihnen?«

»Sie brauchte einen Kredit für ihr Kosmetikstudio. Das ist eine Weile her. Ich weiß nicht auswendig, wann das war, müsste ich nachgucken.«

»Es war im Februar 2008«, sagte Birthe.

»Das kann hinkommen. Sie sind gut informiert. Ungefähr hatte ich das auch gedacht.«

»Da kannten Sie Kosloff schon?«

»Wie gesagt, sie war eine Bekannte meiner Frau. Ich glaube, sie haben sich im Fitnessstudio kennengelernt. Meine Frau hat den Kontakt hergestellt.«

»Und danach wurde der Kontakt intensiver«, sagte Birthe und sah ihm direkt in die Augen.

»Wie, intensiver? Gut, kann sein, dass sie mal hier war – bei meiner Frau, meine ich. Da müssten Sie meine Frau fragen.«

»Sie waren mit Lydia Kosloff bei Facebook befreundet.«

Matthias blickte überrascht auf. »Und? Das heißt nichts. Ich habe über 200 Facebook-Kontakte. Lydia Kosloff ist einer von ihnen. Eine lose Bekanntschaft. Sie hat nie etwas gepostet und kommuniziert haben wir nicht über dieses Netzwerk.«

»Was für eine Schuhgröße haben Sie, Herr von Hünefeld?«

Matthias betrachtete seine Füße und murmelte: »42 oder 43, wieso?«

Birthe nahm Matthias ins Visier. »Hatten Sie ein Verhältnis mit Lydia Kosloff?«

Er zögerte einen Moment zu lange, bevor er antwortete: »Nein, hatte ich nicht! Wofür halten Sie mich? Ich bin verheiratet, ein glücklicher Familienvater. Fühle mich verantwortlich für meine Familie. Ich hatte und habe kein Verhältnis!«

Daniel Brunner schaltete sich ein. »Können Sie sich jetzt erinnern, um was es in dem Telefongespräch ging?«

Matthias schüttelte den Kopf. »Beim besten Willen … es muss etwas Belangloses gewesen sein. Ach so, ich glaube, es ging um eine Terminbestätigung. Frau Kosloff wollte mit mir ein Kundengespräch in der Bank vereinbaren.«

»Für wann?«

»Ich weiß nicht. Wir konnten uns nicht einigen. Frau Kosloff wollte sich noch mal melden.«

»Herr von Hünefeld, was haben Sie gestern in der Zeit von 14 bis 17 Uhr gemacht?«

Matthias sah ruhelos von einem zum anderen. »Lassen Sie mich überlegen. Ich habe einen Gleittag genommen und war zu Hause, bei meinen Kindern.«

»Kann das jemand bezeugen?«

»Ja, sicher, meine Kinder.«

»Ihre Frau war nicht daheim?«

»Nein, sie war in der Praxis.«

»Am Mittwoch?«

»Sie hat dort immer etwas zu tun.«

»Ihren Fingerabdruck hätten wir gern.«

Matthias sah angewidert auf das Stempelkissen und folgte zögerlich der Anweisung.

»Hast du Fragen, Birthe?« Daniel klappte den Behälter zu.

Birthe schüttelte den Kopf.

»Ich bringe Sie hinaus«, sagte Matthias erleichtert. »Kommen Sie gut nach Hause.«

Daniel gab ihm die Hand. »Falls es nötig werden sollte, Herr von Hünefeld, müssten Sie uns für einen Gentest zur Verfügung stehen.«

Matthias fuhr zusammen. »Natürlich«, stotterte er, »selbstverständlich.«

Er sah die beiden Kommissare wie durch einen Nebelschleier verschwinden. Seine Beine zitterten, als er zurück in die Küche ging, um sich einen Jägermeister einzuschenken.

Svetlana erschien. Sie hatte sich umgezogen, die Haare gekämmt und Lipgloss aufgetragen. »Machst du mirr einen Drrink?«, fragte sie.

Er sah sie verwirrt an. »Tut mir leid, Svetlana, ich glaube, das da eben, das vergessen wir schnell. Ich habe einen Fehler gemacht. Du kannst dir selbst etwas zu trinken holen. Ich möchte bitte einen Moment allein sein.«

Svetlana starrte ihn fassungslos an. »Warrum? Warr ich nicht gutt? Warrum du bereust? Ich verstehe nicht!«

Als er nicht antwortete, machte sie auf dem Absatz kehrt und ging zurück in ihr Zimmer.

*

»Tante Hannelore, bist du's? Ich erkenne deine Stimme kaum. Ist etwas?«

Hannelore Tenfelde schniefte und rang mit Worten.

»Ach, Birthe, ich bin traurig. Du weißt es ja noch nicht: Babsi ist tot.«

»Was?«, fragte Birthe. »Dein kleiner Yorkshire? Wieso das, das Tierchen war doch nicht alt, oder?«

»Babsi war erst fünf. Sie hätte ein langes Hundeleben haben können und jetzt ist sie tot!«

Birthe hörte ein leises Schluchzen.

»Und hier in der Straße ist ein Mord passiert, stell dir vor. Na, ja, du wirst es wissen, du arbeitest schließlich bei der Polizei. Ist das nicht furchtbar? Ich fasse das alles nicht. Es ist unbegreiflich. Der Tierarzt hat gesagt, Babsi hätte wohl irgendwo Gift gefressen. Wer macht denn so was? Wer vergiftet einen kleinen, wehrlosen Hund?« Sie schluchzte laut auf.

»Tante Hannelore, soll ich nach der Arbeit mal vorbeikommen? Wäre dir das recht? Dann erzählst du mir alles in Ruhe und der Reihe nach, okay? Ich komme heute Abend. Koch dir einen Tee und geh ein bisschen an die frische Luft, dass du auf andere Gedanken kommst. Bis später!« Sie legte auf und wandte sich Daniel zu, der am Computer saß. »Hast du das gerade mitbekommen?«

»Nee, was denn?«, fragte er, ohne aufzuschauen.

»Du weißt doch, dass ich eine Tante habe, die in der Bismarckstraße wohnt. Eigentlich ist sie die Tante meiner Mutter und meine Großtante, egal. Tante Hannelore heißt sie. Sie ist etwas schrullig, aber sehr lieb. Ihr ein und alles war ihr Hund, so ein verzärteltes Yorkshirehündchen mit pelzbesetztem Mäntelchen und strassbesetztem Halsband, du weißt schon.«

Daniel blickte kurz auf und zog eine Augenbraue hoch. »Paris-Hilton-Hündchen«, sagte er knapp.

»Ungefähr. Dieses Hündchen ist tot, umgebracht wie Lydia Kosloff. Beides ist in derselben Straße passiert, an zwei aufeinanderfolgenden Tagen. Findest du das nicht merkwürdig?«

Daniel verschränkte die Arme hinter seinem Kopf. »Willst du damit sagen, dass wir wegen eines Schoßhündchens ermitteln sollen? Soll ich gleich die Spusi bei der alten Dame vorbeischicken?«

»Mach dich nur lustig«, sagte Birthe. »Für meine Tante ist das furchtbar. Babsi war für sie wie ein Kind. Sie trauert richtig.«

»Trotzdem, Birthe, bleib auf dem Teppich. Wir ermitteln in einem Mordfall. Da geht es um einen Menschen, nicht um einen Hund. Deine Tante könnte höchstens Anzeige erstatten wegen Tierquälerei. Dass du da einen Zusammenhang siehst, das geht zu weit.«

»Ich fahre gleich in die Rechtsmedizin«, sagte Birthe. »Mal sehen, was sie herausgefunden haben. Irgendein Irrer treibt sich am Westerberg herum.«

»Spinnst du?«, sagte Daniel. »Erstens geht das deine Tante überhaupt nichts an, halt bloß die Füße still und gib keine ermittlungstechnischen Details raus, und zweitens, lass den Köter aus dem Spiel. Um den geht es hier nicht, Birthe. Verstehst du, es geht hier nicht um einen Vierbeiner.«

Birthe lächelte spöttisch. »Davon verstehst du nichts, Daniel«, sagte sie.

7.

In der Gerichtsmedizin war es kalt und es roch scharf nach Desinfektionsmitteln. Dr. Schröder saß ihr gegenüber und sah sie ernst mit seinen stahlblauen Augen über die randlose Lesebrille hinweg an. Birthe kannte ihn nicht anders, er war sehr nüchtern und korrekt. Ob er wenigstens zu Hause lachte? Ob er manchmal mit seinen Arbeitskollegen oder Freunden ein Bierchen trinken ging? Richtig ausgelassen feierte? Sex hatte, sich Tagträumen hingab, bei Filmen weinte? Ob er überhaupt mal ein Kind gewesen war, ungestüm und verspielt, und ab und zu Eltern und Lehrer zur Weißglut getrieben hatte? Kaum vorstellbar.

Die Leiche von Lydia Kosloff lag nackt auf dem sterilen Seziertisch.

»Gift also, sagten Sie?«

Dr. Schröder kratzte sich die Halbglatze. »Wie man's nimmt. Für Kranke sind es lebenswichtige Medikamente, für Gesunde reines Gift. Überdosiert wirkt es letal. Eine hundertprozentig tödliche Wirkung hat es im Zusammenspiel mit einem anderen, ähnlichen Wirkstoff. Da laufen im Körper verheerende Wechselwirkungen ab. Die Toxizität des Giftes äußert sich durch Nierenentzündung und Thrombose. Nach wenigen Minuten tritt der Tod durch Kreislaufkollaps und Atemstillstand ein. Das Herz setzt aus und – zack! – das war's. Da ist nicht mal mehr Zeit für einen kurzen Abschiedsgruß.«

»Was ist es?«, fragte Birthe und hielt dem intensiven Blick Dr. Schröders stand.

»Blut- und Haarproben haben eindeutig ergeben, dass Lydia Kosloff Spuren von Digitoxin im Körper hatte. Digitoxin wird aus den Blättern des Roten Fingerhuts gewonnen – dem Digitalis purpurea – und gehört zur Wirkungsgruppe der Herzglykoside.«

»Wozu braucht man das?«

»Man behandelt Patienten mit Herzrhythmusstörungen damit. Diese Lydia Kosloff hat eindeutig eine Überdosierung des Medikaments erwischt.«

»War sie herzkrank?«

»Nein, das Herz war intakt. Die Herzkranzgefäße geben keinerlei Hinweise auf Verkalkung – alles unauffällig. Reguläre Herzklappen, kein Hinweis auf Verklumpung oder Thrombosen. Die Tote war kerngesund. Ich habe mich bereits mit ihrem Hausarzt Dr. Rechtziegel in Verbindung gesetzt. Ihr Kollege Brunner war so freundlich, uns diese Informationen zu geben. Er bestätigte, dass Lydia Kosloff in einem einwandfreien Gesundheitszustand war und überdurchschnittlich gute Blutwerte hatte. Ihr Blutdruck war niedrig, was keinen Anlass zur Besorgnis gab – eher im Gegenteil. Sie hat weder geraucht noch übermäßig Alkohol konsumiert. Damit hätte sie gute Voraussetzungen gehabt, steinalt zu werden.«

Birthe verschränkte die Hände ineinander. »Sie gehen also davon aus, dass hier ein Fremdverschulden vorliegt.«

»Lässt sich schwer sagen. Medikamentenmissbrauch kommt viel häufiger vor als ein Mord durch Medikamente. Hat man in ihrer Wohnung irgendetwas in dieser

Richtung gefunden – Verpackungen, leere Schachteln im Müll, irgendetwas?«

»Nichts.«

»Im Bad? Im Schlafzimmer? In der Küche?«

Birthe schüttelte den Kopf.

»Kosloff wird kaum die Kraft gehabt haben, die leeren Schachteln außerhalb des Hauses zu entsorgen, wozu auch?«

»Jemand hat Lydia Kosloff mit dem Herzmittel vergiftet und hinterher alle Spuren beseitigt.«

»Ich vermute es.« Dr. Schröder setzte seine Brille ab.

»Und wenn es kein Herzmittel war? Wenn es der Rote Fingerhut war? Als reines Gift?«

»Es war eindeutig ein Herzmittel mit dem Wirkstoff Digitoxin. Die Zusammensetzung des Medikaments lässt sich im Blut nachweisen. Doch das ist nicht alles. Ich sprach von einer Wechselwirkung. Außer dem Digitoxin haben wir Spuren des Betablockers Metoprolol festgestellt. Das hätten wir bei der üblichen Analyse nicht entdeckt, ich bin jedoch misstrauisch geworden und habe die Blutprobe an ein Speziallabor weitergegeben. Und siehe da, die Probe war positiv. Metoprolol. Da wollte jemand auf Nummer sicher gehen. Wenn ein Patient mit niedrigem Blutdruck Metoprolol einnimmt, senkt das den Gefäßdruck noch weiter ab. Überdosiert wird er das kaum überleben. Nimmt man Digitoxin und Metoprolol zusammen ein, potenziert sich zudem die Wirkung der Medikamente.«

Birthe hatte das Bedürfnis, sich zu bewegen, stand auf und lief im Raum hin und her. »Zwei verschiedene Medikamente, beide überdosiert«, sagte sie. »Wer macht so was? Der Täter muss sich mit Medikamenten auskennen. Auf jeden Fall medizinische Fachkenntnisse haben. Ich wüsste nicht, wie man mit Herztabletten töten kann.«

»Da stimme ich Ihnen zu«, sagte Dr. Schröder. »Lieschen Müller von nebenan würde das kaum hinkriegen. Nein, das muss jemand sein, der mit Medikamenten hantiert und Zugriff darauf hat – sie sind verschreibungspflichtig. Außerdem muss dieser Jemand die Möglichkeit gehabt haben, dem Opfer den Medikamentencocktail verabreicht zu haben. Ich gehe davon aus, dass Lydia Kosloff die Mittelchen nicht freiwillig eingenommen hat.«

»Sie wurde dazu gezwungen«, überlegte Birthe.

Dr. Schröder wiegte den Kopf hin und her. »Dazu sind Sie da, Frau Schöndorf, das herauszufinden. Das ist Ihre Aufgabe. Sie bekommen den Bericht mit und ich gebe hiermit die Leiche frei zur Bestattung. Sie können das den Angehörigen ausrichten.«

»Ich glaube, da sind kaum welche«, sagte Birthe. »Geschwister hatte sie keine und die Eltern sind bereits verstorben.«

»Ich habe davon gehört, dass sie eine Spätaussiedlerin war. Da ist es manchmal schwierig, Familienangehörige zu ermitteln.«

»Ich habe eine Liste mit Freunden und Bekannten«, sagte Birthe. »Mein Kollege hat sie mir gegeben. Sie erhebt allerdings keinen Anspruch auf Vollständigkeit. Die werde ich der Reihe nach abarbeiten. Vielleicht ist jemand dabei, der den entscheidenden Hinweis liefert. Was fand sich eigentlich in ihrem Mageninhalt außer den Medikamenten?«

»Nun, sie muss kurz vor ihrem Tod Schokolade zu sich genommen haben. Außerdem einige Tassen Kaffee und etwas Kuchen. Das war die letzte Mahlzeit.«

»Was für Kuchen?«

»Apfelkuchen.«

»Apfelkuchen? Das klingt nach gemütlichem Kaffeeklatsch. Da fällt mir ein: In der Küche roch es nach Kaffee. Die Kanne war blitzblank. Und der Filter fehlte. Er war nicht im Restmüll. Auch nicht draußen in den Tonnen.«

»Seltsam«, sagte Dr. Schröder, »das sieht nach planmäßigem Vorgehen aus. Wie viele Tassen standen herum?«

»Eine Tasse, eine einzige Tasse stand in der Spüle«, sagte Birthe nachdenklich. »Sauber gespült. Keine Teller, keine Kuchengabeln. Kuchen hat sie gegessen, sagen Sie? Er müsste herumgestanden haben. Da war aber nichts. Nicht mal Krümel. Die Leute von der Spusi haben alle Lebensmittel eingepackt. Das kann bedeuten, dass der Gast oder die Gäste alles mitgenommen haben, zumindest den Kuchen, den Filter, Kaffeebecher, Besteck. Fest steht, dass der oder die Täter hinterher ordentlich sauber gemacht haben, es roch nämlich überall nach Putzmitteln.«

»Interessant. Ich drücke beide Daumen, Frau Schöndorf. Und, meine Liebe: Mein Angebot gilt. Meine Frau ist mit den Kindern ausgezogen. Der Scheidung steht nichts mehr im Wege. Wann darf ich Sie zum Essen einladen?«

*

Es war bereits dunkel, als Daniel am darauf folgenden Tag die Sandsteinstufen der Pörschke-Villa erklomm. Als er die Klingel neben dem Messingschild betätigte, ertönte drinnen heiseres Hundegebell. »Aus dem Weg«, polterte eine energische Frauenstimme und dann wurde die Tür einen Spaltbreit geöffnet. Margot Pörschke spähte hinaus. Als sie Daniel Brunner wiedererkannte, öffnete sie die Tür ganz und setzte einen einschüchternden Gesichtsausdruck auf. Mit ihrem Stock hielt sie den Rauhaardackel in Schach, damit er nicht hinauslief. »Sie schon wieder«, sagte sie barsch. »Haben Sie etwas vergessen?«

»Ich nicht«, antwortete Daniel, »aber Sie, nehme ich an.«

»Ach ja?« Margot zog die Augenbrauen hoch.

»Sie haben vergessen, mir die Wahrheit zu sagen.«

»Wie meinen Sie das?«

»Genau so, wie ich es sage. Darf ich hereinkommen oder wäre es Ihnen lieber, mich auf die Dienststelle zu begleiten?«

»Jetzt um diese Zeit? Junger Herr, es ist gleich dunkel. Meine Sendung ›Das‹ fängt gleich an. Da möchte ich nicht gestört werden.«

»Dann bekommen Sie eine Vorladung für morgen früh um 8, wenn Ihnen das lieber ist. Bei mir im Büro. Ich gebe Ihnen meine Karte.«

»Zum Donnerwetter, dann kommen Sie eben.« Sie wich zurück, sodass er an ihr vorbeigehen konnte. »Ja, nur immer geradeaus, Sie kennen sich ja bestens aus«, spottete sie.

Daniel kam ihrer Aufforderung nach und betrat das geräumige Wohnzimmer. Er ließ sich ungefragt auf dem dunklen Chesterfield-Sessel nieder und schlug ein Bein über das andere.

»Setzen Sie sich doch«, sagte Margot ironisch. »Das ist übrigens der Lieblingsplatz meines Sohnes. Nicht, dass Sie deswegen mit ihm Ärger bekommen.«

»So lange wird es nicht dauern. Ist Ihr Sohn auch da?«

»Er ist im Keller. Ist es wichtig? Verlangen Sie von mir, dass ich ihn störe?«

»Ja, bitte, er sollte bei der Befragung dabei sein. Was macht er denn da?«

»Ich glaube, die Frage geht zu weit«, näselte Margot. Daniel hörte sie auf dem Flur laut nach ihrem Sohn rufen. Wenig später erschien Eberhard, fahrig, verstört. Mit wirren, zerzausten Haaren ließ er sich neben seiner Mutter auf dem Sofa nieder.

»So, da Sie beide da sind, werde ich mal zur Sache kommen«, begann Daniel. »Ich war letzte Woche bei Ihnen und hatte Sie nach dem Telefongespräch befragt, Sie erinnern sich, mit Lydia Kosloff.«

»Ach herrje, die schon wieder«, stöhnte Margot.

»Ich muss Sie bitten, Frau Pörschke, es geht hier um die Aufklärung eines Verbrechens, zu der Sie vielleicht beitragen können.«

»Und mit dem wir nichts zu tun haben.«

»Sie haben allerdings nicht die Wahrheit gesagt, als ich Sie fragte, ob Sie die Dame kannten. Sie haben die Frage verneint, aber das stimmt nicht, Sie kannten Frau Kosloff.«

»Nein«, entfuhr es Eberhard, »das stimmt nicht, was Sie sagen.«

»Wie kommen Sie dazu, so etwas zu behaupten?«, fuhr Margot den Kommissar an.

»Nun, das lässt sich leicht herausfinden, durch die Verbindungsauflistung der Telefongesellschaft. Es ist zweimal in kurzen Abständen hintereinander eine Verbindung mit Lydia Kosloff zustande gekommen.«

Eberhard sah Daniel ungläubig an.

»Darf ich Ihnen etwas zu trinken anbieten?«, fragte Margot mit kehliger Stimme.

»Ein Glas Wasser wäre nett«, sagte Daniel, nun etwas freundlicher.

Margot Pörschke verschwand in der Küche. Daniel wandte sich an Eberhard und wollte wissen, womit er sich im Keller beschäftigt hatte.

»Da unten pflege ich mein Hobby. Eine Märklin-Anlage mit reichhaltigem Zubehör«, sprudelte er hervor. »Interessieren Sie sich dafür?«

Daniel zuckte die Schultern. Eberhard verlor sich in ausschweifenden Erklärungen. Seine Mutter ließ sich viel Zeit.

»Muss das Wasser erst noch abgekocht und gefiltert werden?«, spottete Daniel. Da erschien Margot wieder, mit einem Tablett in der Hand, das sie auf dem Couchtisch abstellte. Sie schenkte jedem ein.

»Sie haben mich nach Frau Kosloff gefragt«, sagte sie seelenruhig, nachdem sie wieder neben ihrem Sohn Platz genommen hatte. »Gut, dann sage ich Ihnen jetzt, wie es war. Es ist ganz harmlos, Sie werden sehen. Ich kannte Frau Kosloff nicht, insofern habe ich nicht gelogen. Es ist so: Ich bin gehbehindert und brauche eine Fußpflege in der Nähe. Frau Kosloff ist mir von einer Bekannten empfohlen worden. Sie machte als Fußpflegerin Hausbesuche, deshalb habe ich sie angerufen. Eigentlich ist sie ja Kosmetikerin. Entschuldigung, sie *war* Kosmetikerin, wollte ich sagen.«

»War sie schon einmal bei Ihnen?«

»Nein, der Kontakt sollte gerade angebahnt werden. Sie war noch nicht hier. Ich habe sie noch nie gesehen.«

»Wussten Sie davon?«, wandte sich Daniel an Eberhard. Der schüttelte den Kopf.

»Und warum hat Frau Kosloff Sie dann zurückgerufen? Nur eine Viertelstunde später?«

»Sie wollte sich noch mal rückversichern. Sie fragte mich, wie ich ausgestattet sei, ob ich zum Beispiel eine Fußwanne habe. Sonst hätte sie eine mitgebracht.«

»Warum haben Sie das nicht gleich gesagt?«, fragte Daniel.

»Ach, Herr Kommissar, war das denn so schlimm, diese kleine Notlüge? Ich bin eine angesehene Bürgerin, eine alteingesessene Osnabrückerin, da wollte ich mit einem Verbrechen nichts zu tun haben. Ich bin überdies alt und ruhebedürftig. Ich darf mich nicht aufregen. Das müssen Sie doch verstehen. Zumal ich Frau Kosloff wirklich nicht persönlich gekannt habe.«

Daniel nippte an seinem Wasser und sah die alte Dame ernst an.

»Sonst noch was? Oder sind Sie jetzt zufrieden, Herr Kommissar?«

»Zufrieden bin ich erst, wenn der Fall gelöst ist«, sagte er und stand auf. »Sie hören noch von mir.«

8.

Am nächsten Nachmittag war Carola mit ihrem schwarzen BMW Cabrio auf dem Weg zum Reitstall am Rubbenbruchsee. Wie immer, wenn sie mit ihrer Tochter unterwegs war, ließ sie keine Minute ungenutzt, um sie zum Lernen anzuhalten. »Wie viel ist fünf mal sieben?«

Friederike nahm die Finger und zählte umständlich nach.

»Friederike, das muss schneller gehen. Demnächst bekommst du das kleine Einmaleins in der Schule, da blamierst du dich, wenn du immer noch mit den Fingern rechnest.«

»Zwölf«, sagte Friederike schnell.

»Nein, Friederike, denk doch mal nach. Du hast addiert, nicht multipliziert!«

»Können wir nachher zu McDonald's fahren? Da gibt's gerade eine tolle Spielbox mit Karten. Hat Sophie auch.«

»Das Thema haben wir schon durch, denke ich. Du weißt, wie ich über Fast Food denke.«

»Alle gehen immer zu McDonald's, bloß wir nicht.«

»Alle bestimmt nicht, übertreib nicht. Das Essen dort ist ungesund und der Verpackungsmüll belastet die Umwelt. Ich will das nicht mehr diskutieren. Punkt.«

»Einmal. Ein einziges Mal. Bitte, Mami!«

»Schluss jetzt, hab ich gesagt. Ich warte immer noch auf die Antwort. Fünf mal sieben, wie viel ist das?«

»13?«

»Quatsch! Hör auf zu raten«, sagte Carola genervt. »Wenn das so weitergeht, brauchst du bald Nachhilfe wie dein Bruder. Oder übt Svetlana nicht mit dir? Das gehört zu ihren Aufgaben! Ich werde mich mit ihr unterhalten müssen.«

Da fiel Friederike etwas ein. »Mama?«, fragte sie, »Ist Svetlana eigentlich krank?«

»Krank? Wieso?« Carola lenkte den Wagen scharf auf den Parkplatz vor den Reitställen.

»Sie war neulich in eine Wolldecke gewickelt, weil sie fror. Und sie hat vor Schmerzen laut gestöhnt. Guck, so!« Sie versuchte, das Geräusch nachzumachen.

Carola drehte sich um »Wo war das?«, fragte sie alarmiert.

»Bei uns zu Hause, auf dem Sofa.«

»Und wann? Wann hat sich das Ganze abgespielt?«

»Das war neulich, als du abends weg warst und ich nicht schlafen konnte.«

»War sie allein?«

»Nein, Papa war bei ihr. Gott sei Dank, er hat sie getröstet! Sonst hätte sie bestimmt Angst gehabt und lauter gestöhnt.«

Carola wurde knallrot. »Der Papa hat sie getröstet, sagst du? Wie hat er das gemacht?«

»Er hat sie in den Arm genommen, das habe ich von oben gesehen und lieb gehabt. Und geküsst hat er sie.«

Carola schnappte nach Luft. »Friederike, du kannst aussteigen. Ich hole dich in einer Stunde ab, okay?«

»Du wolltest heute zugucken, hast du versprochen! Ich habe heute meine erste Springstunde. Bitte, Mama!«

»Schatz, ein anderes Mal, ja? Lass Mami jetzt in Ruhe.

Ich muss telefonieren und will ein bisschen am See spazieren gehen. Bald schaue ich dir zu, versprochen.«
»Mama, Versprechen muss man halten!!«
»Friederike, bitte! Steig aus!«
Friederike nahm ihren Reithelm und trottete mit gesenktem Kopf in Richtung der Reitställe. Doch das registrierte Carola nicht mehr.

*

Kosloffs Hausarzt Dr. Rechtziegel hatte seine Praxis in der Osnabrücker Innenstadt. Während Birthe den Wall entlangradelte, spulte sie in Gedanken die Fragen ab, die sie Dr. Rechtziegel stellen würde. Kosloff war an einer Überdosis Pillen gestorben. Dr. Rechtziegel hatte allerdings bereits angegeben, dass Kosloff kerngesund gewesen sei. Das passte nicht zusammen. Es sei denn, jemand aus dem Umfeld von Lydia Kosloff war herzkrank und nahm diese Medikamente. Er oder sie muss um die verheerende Wechselwirkung, gerade bei Gesunden, gewusst haben und hat sie bewusst eingesetzt, um Kosloffs Tod herbeizuführen. Birthe stellte ihr Fahrrad ab und betätigte den Klingelknopf direkt neben dem verwitterten Messingschild ›Dr. Paulfried Rechtziegel, Arzt für Allgemeinmedizin, Sprechstunden nach Vereinbarung‹. Der Summer ertönte und sie schob die schwere Eichentür auf. An der Anmeldung war viel los. Birthe stellte sich auf eine minutenlange Wartezeit ein. Doch es ging schneller als erwartet.

»Sie wünschen bitte?« Eine pausbäckige Sprechstundenhilfe musterte sie missmutig. »Haben Sie einen Termin?«

»Er erwartet mich«, bluffte sie. Hoffentlich fragte die schlecht gelaunte Dame nicht weiter nach.

Sie warf Birthe einen mürrischen Blick zu und verschwand im Sprechzimmer. Kurz darauf kam sie zurück, überraschenderweise mit einem Lächeln im Gesicht, und bat sie, auf einem der vier Stühle vor dem Behandlungszimmer Platz zu nehmen. Wenigstens war sie einen Schritt weiter.

»Sie sind gleich dran. Fassen Sie sich bitte kurz, der Doktor hat nicht viel Zeit.«

Wäre was Neues, dachte Birthe, ein Arzt mit viel Zeit. Sie nahm auf dem einzigen freien Stuhl Platz und griff nach einem abgewetzten Käseblatt, das auf einem kleinen Tisch herumlag. Zum Lesen fehlte ihr die Ruhe, sie blätterte hastig die Seiten um und überflog die Schlagzeilen und Bilder. Viel Wind und Wirbel um die europäischen Königshäuser, nichts als Intrigen, Streit und Verrat, das übliche eben. Lovestorys und Trennungen bei Stars und Sternchen, Schicksalsschläge bei Otto Normalverbrauchern. Angewidert legte sie das Grabbelblatt weg und ließ ihren Blick über den Flur schweifen. Alles ein bisschen eng hier, dachte sie, eine Renovierung könnte nicht schaden. Die beleibte Frau neben ihr klagte über Wasser in ihren Beinen und wurde von ihrer betagten Sitznachbarin gefragt, ob sie eine schwache Blase habe. Endlich ging die Tür auf und Dr. Rechtziegel trat hinaus, den weißen Mantel bis oben hin zugeknöpft. Das strenge Antlitz erinnerte an einen Mediziner aus dem vorletzten Jahrhundert. Dazu passte die kleine, randlose Brille mit den goldenen Bügeln, die er auf der Nasenspitze balancierte.

»Frau Schöndorf, bitte«, sagte er sonor und legte sein

freundliches Mondgesicht in unzählige Runzeln. Er hatte wenige Fusselhaare, die er sich gerade liebevoll ordnete, und sah mit seinen Segelohren aus wie ein etwas zu groß geratenes Baby. Als Birthe aufstand und ihm die Hand gab, überragte sie ihn um Kopfeslänge.

Dr. Rechtziegel hatte mittlerweile an seinem großen gediegenen Eichenschreibtisch Platz genommen und wies Birthe freundlich lächelnd den Besucherstuhl zu. Seine großen Ohren zuckten unmerklich.

»Bitte schön, Frau Schöndorf, was führt Sie zu mir?« Das Mondgesicht strahlte über beide Wangen.

»Ich ermittle in einem Mordfall«, sagte Birthe. »Es geht um Lydia Kosloff, eine Ihrer Patientinnen.«

»Ich habe davon gehört«, sagte Rechtziegel, nun etwas ernster. »Schlimme Sache.« Er griff mit seinen kurzen, dicken Fingern nach einem schwarzen Füllfederhalter und spielte damit herum.

»Natürlich haben Sie davon gehört«, sagte Birthe, »Sie sind ja gleich zu Beginn der Ermittlungen nach dem Gesundheitszustand von Frau Kosloff befragt worden. Sie haben ausgesagt, sie sei kerngesund gewesen.«

»Nun«, sagte Rechtziegel, »wie ich sagte, krank war sie nicht. Sie kam einmal im Jahr zum allgemeinen Gesundheitscheck, den wir in unserer Praxis anbieten. Dazu gehört ein großes Blutbild, ein Belastungs-EKG, Blutdruckkontrolle und eine Stuhluntersuchung. Bei Frau Kosloff waren die Werte jedes Mal äußerst zufriedenstellend. Immer im oberen Bereich, weit über dem Durchschnitt.«

»Haben Sie ihr Herzmittel und Betablocker verordnet?«

»Nein, habe ich nicht!«

»Bei der Obduktion konnten Spuren zweierlei Medikamente in ihrem Blut nachgewiesen werden.«

»Nein, soweit mir bekannt ist, nahm sie ausschließlich einen Ovulationshemmer ein, den ich ihr allerdings nicht verschrieben habe.« Er drückte ein paar Tasten auf seinem PC. »Augenblick bitte, gleich müssten wir's auf dem Monitor haben.«

»Haben Sie ihr dafür ein Rezept ausgestellt?

»Nein, natürlich nicht. Das war ihr Frauenarzt.«

»Beziehungsweise ihre Frauenärztin.« Birthe fischte im Trüben.

»Das stimmt, sie ging zu einer Gynäkologin.« Rechtziegel starrte auf den Bildschirm. »Wie ich schon sagte, die Pille nahm sie. Allerdings in der letzten Zeit nicht mehr, da ließ sie sich die Dreimonatsspritze setzen. Den Befund der Frauenärztin von der letzten Vorsorgeuntersuchung im August habe ich hier. Alles in Ordnung. Frau Kosloff war kerngesund.«

Rechtziegel griff wieder nach seinem Füller.

»Das war nicht zufällig Frau Dr. von Hünefeld?«

Rechtziegels Augen blitzten. »Na, da haben Sie gut recherchiert.«

»Ich wollte es von Ihnen hören. Also, Frau Dr. von Hünefeld war Kosloffs Frauenärztin.«

Rechtziegel legte seinen Füller weg, stieß sich vom Schreibtischstuhl ab und verschränkte die Arme hinter seinem Kopf, sodass die Segelohren mehr zur Geltung kamen. »So ist es.«

»Wir haben in Lydia Kosloffs Blut Spuren der Medikamente Digitoxin und Metoprolol gefunden«, sagte Birthe und sah Rechtziegel ungerührt in die Augen.

»Digitoxin und Metoprolol«, echote er und hatte wieder seinen Füller in der Hand. Er betrachtete ihn ausgiebig, als sähe er ihn zum ersten Mal. »Mittel gegen Herzrhythmusstörungen und Bluthochdruck. Alle beide kontraindiziert bei einer Patientin wie Lydia Kosloff.«

»Haben Sie eine Erklärung dafür, wie Kosloff an die Medikamente herangekommen sein könnte?«

Der Arzt wiegte den Kopf hin und her. »Wenn ich das wüsste«, sagte er mit traurigem Mondgesicht.

»Ich habe hier eine Liste der Personen aus Kosloffs Umfeld. Kennen Sie jemanden davon? Ist vielleicht einer Ihrer Patienten darunter?« Sie übergab Rechtziegel den Zettel, der ihn sorgfältig betrachtete. Vielleicht hatte er ja einem Bekannten des Opfers die Medikamente verschrieben.

»Ach, die Frau Dr. von Hünefeld ist auch unter Kosloffs Freunden«, sagte er nach einer Weile und kratzte sich hinterm Ohr, »Die kenne ich persönlich als Kollegin von einem Ärztekongress, ich glaube, der war in Münster, aber sonst muss ich passen. Kein Einziger von denen ist Patient von mir, tut mir leid.« Er überreichte Birthe mit einem freundlichen Lächeln das Papier. »Kann ich sonst noch etwas für Sie tun?«

Birthe hatte keine Fragen mehr.

Draußen atmete sie tief durch und fischte ihr Handy aus dem Rucksack. Sie wählte Daniels Nummer.

*

Eine halbe Stunde später stand sie mit Daniel vor der Praxis von Dr. Carola von Hünefeld. Sie berichtete ihm von dem Gespräch mit dem Hausarzt von Lydia Kosloff und den Ergebnissen des Gerichtsmediziners.

»An einer Überdosis Medikamente?« Daniel sah zweifelnd aus.

»Es deutet einiges darauf hin, dass sie die Medikamente nicht freiwillig genommen hat. Dann hätten wir zumindest die zugehörigen Verpackungen entdecken müssen. Es wurde zudem kein Abschiedsbrief oder ähnliches gefunden.«

»Ein als Selbstmord getarnter Mord?«

»Der Gedanke war mir auch schon gekommen, Daniel, aber ich denke, eher nicht. Gerade dann hinterlässt der Täter häufig einen fingierten Abschiedsbrief. Keine Ahnung. DNA-Spuren und Fingerabdrücke von mehreren Personen wurden gefunden, aber noch nicht alle ausgewertet. Sicher ist, dass Lydia Kosloff kurz vor ihrem Tod Schokolade gegessen hat. Die fand sich in ihrem Mageninhalt. Außerdem Apfelkuchen und viel Kaffee. Die Lebensmittel aus ihrem Kühlschrank sowie die Abfälle werden noch untersucht. Sonderbar ist, dass der in ihrer Wohnung befindliche Verpackungsmüll komplett von anderen Lebensmitteln stammt. Lydia Kosloff isst Schokolade vor ihrem Tod, hat in ihrer Wohnung aber weder Reste davon noch die zugehörige Verpackung, nichts. Die einzig sichergestellte Schokoladenverpackung gehörte der Nachbarin Erika Tubbesing, die unter Lydia Kosloff wohnt. Ritter Sport, ihre Lieblingsmarke, wie sie ausgesagt hat. Sie wurde in ihrem gelben Sack gefunden.

»Oh, vielleicht war sie's.« Daniel zog eine Grimasse.

»Wie bitte?«

»Kannst du's ausschließen?«

»Jemand muss den Müll von Lydia Kosloffs letztem Lebenstag aus dem Haus geschafft haben.«

»Ihr Mörder, wer sonst. Um dich auf dem Laufenden zu halten, Birthe, was hier so alles los war: Ich war noch mal bei Mutter und Sohn Pörschke. Die Sache mit den Telefonaten scheint sich aufgeklärt zu haben. Die Alte suchte lediglich eine Fußpflege in der Nähe, weil sie nach eigener Aussage gehbehindert ist. Kosloff soll Hausbesuche durchgeführt haben.«

»Hast du's nachgeprüft?«

Daniel sah verdutzt aus. »Nein, noch nicht. Aber ich werde es noch machen. Im Moment wird die Nachbarschaft befragt. Es geht darum, ob ein Anwohner gesehen hat, wie jemand mit einer Mülltüte das Haus der Kosloff verlassen hat. In der Bismarckstraße wohnen hauptsächlich Berufstätige ohne Kinder. Außerdem einige Rentner. Unter ihnen eine reiche Erbtante. Stell dich gut mit ihr, rate ich dir.«

»Mach ich sowieso. Das brauche ich mir nicht vorzunehmen. Es ist allerdings schon enttäuschend. Bisher haben wir mit unseren Befragungen nichts erreicht. Mich wundert's langsam nicht mehr, denn die Bismarckstraße ist tagsüber so gut wie ausgestorben. Jeder lebt für sich allein, man sieht keine Grüppchen von Leuten, die auf einen Schwatz zusammenstehen, oder alte Leute, die sich ein Kissen auf die Fensterbank legen, um ein bisschen herauszuschauen. Das gibt's hier nicht. In der Bismarckstraße sind die Leute viel zu fein dafür. Man spürt deutlich die Distanz zwischen den Anwohnern.«

»Du kannst es dir ja mit einem Kissen auf der Fensterbank gemütlich machen. Das stelle ich mir sehr aufregend vor. Zumindest für die Passanten.«

Birthe verdrehte die Augen. »Komm, lass uns hineingehen.«

Sie meldeten sich bei der Empfangsdame an und nahmen im Wartezimmer Platz. Die Atmosphäre war freundlich, modern und hell, im Gegensatz zur Praxis von Dr. Rechtziegel. Eine Schwangere wurde gerade in den Sonografieraum geführt. Birthes Handy piepte in ihrer Jackentasche. Eine SMS von Hans-Peter. Ausgerechnet jetzt. Sie konnte nicht anders, sie musste sie öffnen, sofort, obwohl sie bereits zu wissen glaubte, was drin stand. ›Bekomme ich eine Chance?‹ Birthe schüttelte den Kopf und steckte das Handy ein. Ihre Augen füllten sich mit Tränen und sie drehte sich von Daniel weg. Um sich abzulenken, atmete sie tief durch, schaute sich die Bilder an den Wänden an, fixierte jedes Detail auf den Drucken, die auf den ersten Blick teuer wirkten und in Wahrheit wahrscheinlich von Ikea stammten. Sie war sich sicher, sie dort gesehen zu haben.

Warum hatten sie es bei diesem Fall nur ständig mit Ärzten zu tun? Birthe hasste Arztbesuche – die Zeitverschwendung in meist langweiligen Wartezimmern. Und der Geruch, der ihr leichte Übelkeit verursachte. Endlich fielen ihre Namen. Dr. Carola von Hünefeld wartete hinter einem riesigen Schreibtisch aus schwarzem Schleiflack. Mit ihrer weißen Kleidung, dem blonden Pferdeschwanz und den Perlenohrringen sah sie aus wie eine Frau aus der Waschmittelwerbung.

Die Ärztin stand auf, zeigte ein routiniertes Lächeln, bei dem sie die obere, tadellose Zahnreihe entblößte, und reichte den beiden Kommissaren die Hand. »Was kann ich für Sie tun?«

»Wir ermitteln in dem Mordfall Lydia Kosloff«, sagte Birthe mit betont fester Stimme. »Sie sollen ihre Freundin gewesen sein.«

Carola sah sie überrascht an. Es dauerte einen Moment, bis sie das Wort ergriff. »Ach Gott, Freundin«, sagte sie. »Das klingt, als sei ich ihre einzige Freundin gewesen, was nicht stimmt. Gut, ich kannte sie, aber eher flüchtig. Wir haben manchmal zusammen im Fitnessstudio trainiert. Aber in der letzten Zeit habe ich sie nicht mehr dort gesehen.«

»Das ist bei uns anders angekommen«, sagte Birthe. »Ich habe gehört, dass sie befreundet waren und sich privat oft getroffen haben.«

»Wir haben uns nie allein getroffen. Höchstens auf Partys bei Freunden.«

»Wer waren diese Freunde?«, mischte sich nun Daniel ein.

Carola sah etwas überrumpelt aus und antwortete zögernd: »Eberhard Pörschke, Volker Holighaus, Sandra Mühlenkamp und Frauke Herkenhoff.«

»Volker Holighaus und Sandra Mühlenkamp sind ein Paar, habe ich gehört?«

»Die zwei wohnen zusammen. Volker ist Zahnarzt und hat eine eigene Praxis. Sandra ist Kosmetikerin und arbeitet ebenfalls hier in der Nähe, allerdings am andern Ende. Die Lotter Straße ist ja lang. Sie hatte das Studio zusammen mit Lydia Kosloff.«

»Hat Ihr Mann Ihnen von unserer Unterhaltung erzählt?«

»Unterhaltung?« Auf Carolas Stirn bildete sich eine steile Falte.

»Nun, wir waren neulich abends bei Ihnen, als sie außer Haus waren. Mein Kollege und ich haben ihn über sein Verhältnis zu Lydia Kosloff befragt.«

»Welches Verhältnis?«, fragte Carola und wurde knallrot.

Birthe zögerte. »Nun, Verhältnis eben, wie er zu der Toten stand. Können Sie uns weiterhelfen?«

»Leider nein«, sagte Carola. »Ich gehe davon aus, dass es nur einen sehr lockeren Kontakt gab, mehr oder weniger über uns Frauen. Mein Mann hatte keine Meinung zu Lydia Kosloff. Persönlich war sie ihm egal.«

»Und *Ihr* Verhältnis zu Lydia Kosloff? Wie würden Sie das beschreiben?«

Carola ließ sich viel Zeit, musste sich die Antwort anscheinend erst zurechtlegen. »Lydia war liebenswürdig, lebensfroh, leider etwas oberflächlich und für meinen Geschmack wenig kultiviert. Richtige Gespräche konnte ich mit ihr nicht führen, jedenfalls nicht über anspruchsvollere Themen. Ihr Interesse galt hauptsächlich der Mode und Kosmetik. Sandra ist da ähnlich, lieb und nett, etwas simpel gestrickt. Frauke ist mir näher. Sie kenne ich schon ewig.«

»Seit wann?«

»Seit der Schulzeit. Wir waren in einer Klasse, gemeinsam mit Eberhard Pörschke und Volker Holighaus.«

»Und seither sind Sie alle miteinander befreundet.«

»Nein, mit Frauke erst seit der Oberstufe. Volker, Eberhard und ich sind ganz alte Freunde. Seit der Kindheit.«

»Wann haben Sie Frau Kosloff das letzte Mal gesehen?«

Carola musste nicht lange überlegen. »Ungefähr eine Woche vor ihrem Tod. Wir waren zusammen zum Abendessen eingeladen, bei Volker Holighaus.«

»Was machte sie für einen Eindruck?«

»Wie immer. Sie war nett, gesprächig, offen … und oberflächlich.«

»Hatte sie viel getrunken?«, fragte Daniel.

»Nein, nicht übermäßig viel, wie wir alle.«

»Hat sie mal geäußert, dass sie sich von jemandem bedroht fühlte?«

»Nein.«

»Hatte sie Feinde?«

»Nicht, dass ich wüsste.«

»Kam sie alleine zu dem Essen oder war sie in Begleitung?«

»Sie kam allein.«

»Hatte sie einen Freund?«

Carola stutzte und sagte dann sehr schnell: »Nein, hatte sie nicht. Sie war alleinstehend.«

Birthe sah sie prüfend an und wiederholte: »Lydia Kosloff war alleinstehend.«

Carola hielt ihrem Blick stand. »Ja, so ist es.«

»Wissen Sie, ob Lydia Kosloff nach dem Essen allein aufbrach oder in Begleitung?«

Carola schien angestrengt nachzudenken. »Ich glaube, sie ist vor uns gegangen, vor Matthias und mir. Und allein, wie sie gekommen ist.«

»Also, Lydia Kosloff ist allein gekommen und allein gegangen«, fasste Birthe zusammen. »Hat sie an dem Abend von einer neuen Bekanntschaft erzählt?«

»Nein.«

»Hat sie erwähnt, dass sie Angst hatte? Fühlte sie sich von jemandem bedroht?«

»Das haben Sie vorhin schon gefragt, Frau Schöndorf. Nein, wie gesagt, sie war so wie immer.«

Birthe klemmte sich eine Strähne hinters Ohr. Jetzt kam der entscheidende Punkt. »Frau Dr. von Hünefeld, uns ist bekannt, dass Lydia Kosloff nicht nur Ihre Freundin war, sondern auch Ihre Patientin.«

»Ja, das stimmt«, sagte Carola ungerührt.

Als sie keinerlei Anstalten machte, weiterzusprechen, fuhr Birthe fort: »Weshalb kam sie zu Ihnen?«

»Haben Sie schon mal was von ärztlicher Schweigepflicht gehört?«

»Hier geht es um einen Mordfall.« Birthe wusste, dass sie keine Handhabe hätte, wenn sich Dr. von Hünefeld auf ihre ärztliche Schweigepflicht berufen würde.

»Was soll's, es war nichts Spektakuläres. Lydia kam ein- bis zweimal im Jahr, nicht öfter, hauptsächlich zur Vorsorge.«

»Und da war alles in Ordnung.«

»Ja, sie war gesund. Allerdings hatte sie Myome. Das ist nichts Außergewöhnliches in ihrem Alter, das haben viele Frauen. Absolut gutartig.«

»Wurde sie deshalb operiert?«

»Nein, das war nicht nötig. Die Myome haben keine Beschwerden verursacht.«

»Und wann haben Sie das festgestellt?«

»Bei der letzten Vorsorgeuntersuchung. Warten Sie, ich schaue nach, wann das war.« Sie drückte ein paar Tasten und starrte auf den Bildschirm. »Hier haben wir's. Am 9. Mai.«

»Haben Sie ihr Medikamente verschrieben?«

»Orale Kontrazeptiva. Was mit den Myomen nichts zu tun hat.«

»Also die ganz normale Pille. Und außerdem?«

»Sonst nichts. Lydia brauchte nichts weiter. Das heißt, am 9. Mai hat sie sich die Dreimonatsspritze setzen lassen.«

»Aus einem bestimmten Grund?«

»Sie sagte, sie sei es leid, täglich die Pille zu schlucken.«

»Dass sie herzkrank war, wussten Sie.« Birthe startete einen neuen Versuch, um von Hünefeld zum Sprechen zu bringen.

»Nein!« Carola starrte Birthe aus großen Augen an.

»Uns ist bekannt geworden, dass Sie ihr Herzmedikamente verschrieben haben.«

»Nein!« Carola saß kerzengerade, als hätte sie einen Stock verschluckt. »Dafür bin ich nicht zuständig! Fragen Sie ihren Hausarzt Dr. Rechtziegel. Ich bin Gynäkologin, ich verschreibe keine Herzpräparate.«

»Von ihm kommen wir gerade«, sagte Daniel ruhig.

»Und? Was sagt er?«

Birthe überhörte die Frage. »Frau Dr. von Hünefeld, was haben Sie am Mittwoch, den 5. Oktober, nachmittags zwischen 14 und 17 Uhr gemacht?«

Die Frage kam unerwartet. Carolas Gesicht wechselte die Farbe. Sie wurde leichenblass. »Ähm. Mittwoch, 5. Oktober, sagten Sie? Mittwochnachmittags ist die Praxis geschlossen. Ich war zu Hause, bei meinen Kindern.«

»Kann das jemand bezeugen?«

»Ja, meine Kinder.«

»Wie alt sind die?«

»Bjarne ist 10 und Friederike 8.«

Birthe und Daniel wechselten einen Blick. »Ich gebe Ihnen meine Karte«, sagte Birthe. »Sollte Ihnen noch etwas einfallen, zögern Sie nicht, mich anzurufen. Alles könnte wichtig sein. Sie werden noch Ihre Fingerabdrücke abgeben müssen. Auf Wiedersehen, Frau Dr. von Hünefeld.«

»Fingerabdrücke?«, fragte Carola verwirrt.

»In Kosloffs Wohnung wurden zahlreiche Fingerabdrücke gefunden.«

Carolas Unterkiefer klappte herunter. »Wenn Sie mich bitte entschuldigen würden, das Wartezimmer ist voll und ich möchte die Geduld meiner Patientinnen nicht überstrapazieren. Auf Wiedersehen, Frau ... Schöndorf und Herr ...? Entschuldigung, mir ist Ihr Name entfallen.«

»Brunner«, sagte Daniel mit unmerklich verzogenen Mundwinkeln.

Carola erwiderte das angespannte Lächeln. »Nehmen Sie es mir nicht übel, wenn ich mir eigentlich kein Wiedersehen wünsche.«

»Nein, nein, ich verstehe das.« Birthe griff nach Jacke und Rucksack. Als Nächstes würde sie sich die ehemalige Geschäftspartnerin Sandra Mühlenkamp vornehmen. Vielleicht war aus der mehr herauszubekommen – oberflächlich und wenig kultiviert, wie sie nach Aussage ihrer sogenannten Freundin war.

»Was hältst du von der?«, fragte sie, als sie Daniel auf dem Gehweg eingeholt hatte.

»Arrogante Ziege.« Er fischte sein neues Handy aus der Jackentasche.

»Findest du sie glaubwürdig?«

»Glaubwürdig? Die? Nee, auf keinen Fall. Die hat Dreck am Stecken, sieh sie dir bloß an. War früher wohl die Klassenbeste, Streberin erster Güte und hält sich für was Besseres. Solche Leute waren mir immer schon unheimlich. Gehen wir eine Kleinigkeit essen?«

»Einer von beiden lügt«, sagte Birthe.

»Du hast recht, das ist mir auch aufgefallen. Die Hünefeld oder ihr Mann.«

»Genau. Beide wollen an dem Tag zu Hause bei ihren Kindern gewesen sein. Keiner von beiden hat die Anwesenheit des anderen erwähnt.«

In diesem Moment klingelte Birthes Handy.

Daniel beobachtete, wie sie ganz entspannt das Gespräch annahm und sich nach wenigen Sekunden ihr Gesicht verzog. Die berühmte Dackelfalte mitten auf ihrer Stirn wurde sichtbar.

»Wo wurde das gefunden?«, fragte sie. »Das sind interessante Neuigkeiten. Bin gespannt, wie er reagiert, wenn er damit konfrontiert wird.«

»Was gibt's?«, fragte Daniel, nachdem sie aufgelegt hatte.

Sie lächelte ihn vielsagend an. »Klar gehen wir essen«, sagte sie, »dann erzähl ich es dir.«

9.

Sandra saß in ihrem schwarzen Minikleid und ihren neuen Stilettos auf der weißen niedrigen Ledercouch von Rolf Benz und nippte an ihrem Wein. Als sie merkte, dass ihre Hand zitterte, stellte sie das Glas ab. Volker fläzte sich ihr gegenüber auf der zweiten, etwas kleineren Couch, und öffnete eine weitere Weinflasche.

»Sag mir ehrlich, Schnuckiputz, hast du etwas damit zu tun?«, fragte Sandra und beobachtete Volkers Reaktion. »Du mochtest Lydia nicht. Ich weiß das, du brauchst mir nichts vorzumachen. Du warst eklig zu ihr, hast sie produziert, wo du konntest.«

»*Provoziert* meinst du. Halt die Luft an, Sandra. Bist du komplett übergeschnappt? Schau mich an, sieh mir in die Augen: Sieht so ein Mörder aus?« Volker war erregt aufgestanden. Sein künstlich gebräuntes Gesicht war wutverzerrt.

»Ich weiß nicht, wie ein Mörder aussieht. Ich meine ja nur, weil du etwas gegen Lydia hattest. Du konntest sie nicht ausstehen, das hast du mir gegenüber oft genug betont. Ich weiß noch, wie du mal ›Russenschlampe‹ gesagt hast. Und schlimmere Worte. Setz dich hin, du machst mich nervös.«

Er nahm erneut Platz und knetete seine Hände im Schoß. »Mein Gott, was sagt man nicht alles, wenn man zu tief ins Glas geschaut hat und einen finanzielle Sorgen plagen, sodass man nachts kein Auge zukriegt. Willst du jedes Wort von mir auf die Goldwaage legen?«

»Du wolltest mir verbieten, Lydia hier übernachten zu lassen, als sie Liebeskummer hatte, weißt du das nicht mehr?«

Volker lehnte sich ein Stück vor. »Sandra, ich möchte dich daran erinnern, wie auch du dich mehr als einmal über Lydia ausgelassen hast. Geschimpft und geheult hast du und ich musste mir dein Genöle anhören, immer und immer wieder. Mein Gott, hat mich das angenervt.«

»Kann sein, aber das schlimme Schimpfwort, das ich jetzt nicht wiederholen möchte, war gemein. So etwas wäre mir nie über die Lippen gekommen.«

»Gedacht hast du es. Tu nicht so scheinheilig. Lydia hat das Kosmetikstudio für ihre Zwecke missbraucht und du hast es hingenommen. Den Schaden hattest du. Seit Lydia mit im Laden war, hast du kaum nennenswerte Umsätze gemacht.«

»Na und? Ich bin nicht so verdammt geldgeil wie du. Für mich hat's gereicht.« Sandra spielte mit den Anhängern ihres Armbandes.

»Für deine Klamotten vielleicht. Oder warum kommst du so oft angekrochen, heulst dich bei mir aus und bettelst um Geld? Außerdem: Was heißt ›geldgeil‹? Es wäre schön gewesen, wenn du dich mehr angestrengt hättest, Kohle ranzuschleppen, um unseren Lebensstil zu verbessern.«

»Aber so was wie die Lydia will ich nicht machen.«

»Du sagst selbst, es wäre keine Prostitution. Lydia hätte nur diese ›Massagen‹ angeboten, oder irre ich mich da?«

Sandra schwieg und knibbelte an ihren Fingernägeln.

»Weißt du mehr als ich?«, bohrte Volker nach.

»Nein! Das wollte ich nicht wissen. War ihre Sache.«

»Du hast nicht das Recht, mich zu beschuldigen, etwas mit dem Tod von Lydia Kosloff zu tun zu haben. Gut, ich habe keinen Hehl daraus gemacht, dass ich sie nicht besonders leiden konnte, aber ich hätte ihr doch niemals etwas angetan. Das könnte ich nicht. Das weißt du. Niemals. Vielen Menschen möchte man am liebsten aus dem Weg gehen und wünscht sich, ihnen nie begegnet zu sein, deshalb bringt man sie nicht gleich um. Und solltest du es wagen, diesen Verdacht anderen gegenüber auszusprechen, kannst du deine Koffer packen. Das ist dir klar, oder, Sandra?«

Sandra kaute auf ihrer Unterlippe und hatte Tränen in den Augen. »Tschuldigung, Monchichi«, murmelte sie kleinlaut. »Ich wollte dich nicht komprimieren. Ich bin im Moment völlig durcheinander.«

Volker lachte. »Komprimieren.« Er schüttelte den Kopf. »*Kompromittieren* meinst du! Deutsche Sprache, schwere Sprache, ich weiß, mein Schatz.« Er zwinkerte ihr zu.

»Mach dich nur über mich lustig. Mann, du verstehst nicht, wie ich mich im Moment fühle. Ich sehe sie vor mir, lebendig, ich rieche noch ihr Parfüm, von dem ich Kopfschmerzen bekam, wenn sie zu dicht an mich herantrat, und habe ihr Lachen im Ohr. Ich fass das alles nicht. Auf der Arbeit war sie wie immer. Gut gelaunt und witzig. Und jetzt ist sie tot!«

Volker stand erneut auf und stellte sich ans Fenster. »Dass du das schon gemerkt hast«, sagte er sarkastisch. »Und merke dir bitte: Ich habe nichts damit zu tun.« Bei den letzten Worten hatte er sich umgedreht und sie böse angefunkelt.

»Nein, hast du nicht«, beschwichtigte Sandra. Sie fühlte sich unwohl in ihrer Haut. Hätte sie bloß ihren Mund gehalten. Sie stellte sich hinter ihn und legte eine Hand auf seine Schulter.

Plötzlich drehte er sich um, sah sie an und zog sie mit einem Ruck in die Arme. In seinen Augen sah sie animalisches Verlangen. Sein wirrer Gesichtsausdruck machte ihr Angst. Er griff nach ihrem Kopf und presste seine Lippen auf ihren Mund. Sie wollte sich erst wehren, aber er war stärker als sie, und deshalb fügte sie sich. Für einen Moment war sie sich unschlüssig, wie sie das finden sollte. Er hatte lange nicht mehr mit ihr geschlafen und eigentlich hatte sie Lust darauf. Aber so auch wieder nicht.

Volker riss sie zu Boden. Sie spürte keinen Schmerz, sah ihn nur ungläubig an. Er zerrte an ihrem Kleid, bis sie ihm zur Hilfe kam und es freiwillig hochschob. Sie zog sich selbst Strümpfe und Slip aus und wehrte sich nicht. Sie ließ es zu, dass er sie nahm, ungeduldig, hart und fest, wie sie es nicht von ihm kannte. Er atmete schwer und schwitzte, arbeitete sich ab und sah sie kein einziges Mal dabei an. Es dauerte nicht lange, da stöhnte er laut auf und lag schließlich keuchend halb auf ihr.

Sie stieß ihn angeekelt weg. »Spinnst du, Volker? Was ist in dich gefahren?«

Er sah sie nicht an, als er murmelte: »Weiß ich selbst nicht. War über mich gekommen. Tut mir leid. Ich will dich nicht verlieren, Sandra. Ich brauche dich!«

»Mach das nicht wieder, hörst du? Versprich mir: Mach das nie wieder!«

Volker erhob sich schwerfällig und knöpfte sich die Hose zu. »Das wolltest du doch auch.«

»Was?«

»Na, das da eben. Hast doch mitgemacht!«

»Ja, hätte ich denn eine Wahl gehabt? Du bist viel stärker als ich!«

»Wenn es dir keinen Spaß gemacht hat, tut es mir leid. Weißt du, was mir gerade aufgefallen ist?«

Sie sah ihn beleidigt an und sagte nichts.

»Du hast mich eben bei meinem Namen genannt.«

»Was?«

»Hat mir gut gefallen. Ich mag es viel lieber, wenn du mich bei meinem Namen nennst.«

»Hm. Wenn du meinst. Kommst du wenigstens mit zur Beerdigung?«

»Weiß ich nicht. Hängt davon ab, wann die ist. Meine Praxis mache ich dafür bestimmt nicht zu.« Volker räusperte sich. »Sag mal, Sandra, hast du eigentlich was wegen der Villa gehört? Hat Lydia etwas zu dir gesagt, kurz vor ihrem Tod, wie das ablaufen soll mit dem Hausverkauf? Eberhard wird hoffentlich nicht kneifen.«

Sandra starrte Volker fassungslos an, zog sich noch im Liegen das Höschen an, rappelte sich auf, strich sich das Kleid glatt und verließ wortlos den Raum.

*

Carola beobachtete vom Küchenfenster aus, wie der dunkle BMW ihres Mannes in die Einfahrt fuhr. Sie riss wie ferngesteuert Blätter vom Kopfsalat ab und warf sie in eine große Schüssel. Ihr Herz wummerte unangenehm. Sie wusste nicht mehr, welches Öl und welche Sorte Essig sie für den Salat verwendete und griff wahllos nach den

Flaschen. Gedankenverloren schüttete sie zu viel vom Inhalt in die Schüssel. Sie hörte, wie die Haustür aufgeschlossen wurde. Es rumorte und raschelte in der Garderobe. Sie vernahm ein klapperndes Geräusch und Matthias' energische Schritte auf dem Fliesenboden. Er trat von hinten an sie heran und wollte sie küssen. Sie wehrte ihn ab und sah ihn aus rot umrandeten Augen an.

»Was ist los?«, fragte er irritiert.

»Das fragst du?«

Ihm wurde kalt. Er starrte sie an, ahnungsvoll, angsterfüllt. »Was ist? Willst du reden?«

Sie antwortete nicht gleich, sondern wischte sich die Hände am Küchenhandtuch ab.

»Nicht hier«, sagte sie. »Svetlana kommt gleich zurück. Gehen wir nach oben, da haben wir unsere Ruhe.«

Ins Schlafzimmer wollte sie nicht, das war ihre Rückzugszone. Sie öffnete die Tür zu Bjarnes Zimmer. Wie immer herrschte hier ein unbeschreibliches Chaos. Normalerweise hätte Svetlana oder sie selbst die Unordnung beseitigt, weil sie ihr grundsätzlich unerträglich war, aber im Moment tat sie ihr gut. Sie spiegelte das Chaos in ihrem Inneren wider. Sie setzte sich auf das Bett ihres Sohnes und wies ihrem Mann den unbequemen Schreibtischstuhl zu.

»Die Polizei war hier?«, fragte sie leise.

In Matthias' Kopf schrillten sämtliche Alarmglocken. »Woher weißt du das?«

»Stell dir vor, sie haben mich vernommen. In der Praxis, vor allen Leuten. Das heißt, meine Mitarbeiterinnen und einige Patientinnen haben mitbekommen, dass ich von der Polizei verhört wurde.«

»Na, na, Verhör nicht gerade, eher eine Befragung, nehme ich an.«

»Ist doch dasselbe«, zischte Carola.

Er lehnte sich vor und sah seine Frau ernst an. »Nein, Carola, zum Verhör wirst du vorgeladen, wenn du verdächtigt wirst.«

»Und du? Was wollten die von dir?«

»Nichts. Reine Routinebefragung. Die grasen mehr oder weniger alle ab, die irgendwie mit Lydia in Kontakt standen.«

»Was ist mit Svetlana?«, platzte Carola unvermittelt heraus.

»Nichts«, log ihr Mann.

Carola sagte so ruhig sie konnte: »Du hast etwas mit ihr.«

»Nein! Wie kommst du darauf?«

»Friederike hat eine Andeutung gemacht. Und ich habe so ein Gefühl. Schon seit einiger Zeit.«

»Friederike!«, lachte er. »Sie ist ein Kind! Du glaubst, was ein kleines Kind sagt? Seit wann das?«

»Sie ist nicht mehr klein genug, um nicht mitzubekommen, was hier geschieht. Außerdem ist sie hochbegabt. Sie ist viel weiter als andere Kinder in ihrem Alter. Das hast du anscheinend vergessen. Bei deinem Testosteronüberschuss.« Sie verzog ihren Mund zu einem spöttischen Lächeln.

»Ich bitte dich, Carola, hochbegabt, lass den Quatsch. Friederike ist ein normales Kind. Außerdem: Was soll gewesen sein? Wahrscheinlich meint Friederike die Situation neulich, als du im Alando warst und ich mit Svetlana und den Kindern allein zu Hause geblieben bin. Du hattest selbst deinen Spaß. Ich sage nichts dazu, dass du in deinem Alter regelmäßig in eine Diskothek gehst. Ich gönne es dir und nehme an, du unterhältst dich an dem Abend nicht nur mit deinen Freundinnen. Aber, wie gesagt, ich halte meinen Mund und zeige meine Eifersucht nicht. Und das solltest du auch nicht tun. Svetlana fühlte sich ein bisschen einsam und da habe ich ein Glas Wein mit ihr getrunken. Mehr nicht!«

»Friederike hat die Situation vollkommen anders geschildert. Svetlana wäre in eine Wolldecke gewickelt gewesen, weil sie fror, und du hättest sie gestreichelt und geküsst.«

»Nein, nein und nochmals nein!« Er gestikulierte wild herum. »Das stimmt nicht. Gut, Svetlana fror ein bisschen. So war es wohl. Sie sagte, sie hätte sich irgendwo eine Erkältung eingefangen. Da habe ich ihr eine Wolldecke gegeben. Und ein bisschen Alkohol zum Aufwärmen. Das war alles. Du glaubst mir nicht? Was soll ich mit einem Teenie? Nie und nimmer würde ich etwas mit einem Teenie anfangen!«

»Svetlana ist 21, kein Teenie mehr!«

»Ja, und? Trotzdem viel zu jung für mich. Ich stehe nicht auf unreife Frauen. Es war nichts mit Svetlana, glaub mir bitte!«

»Friederike sagt, du hättest Svetlana gestreichelt. Du wärst mit ihr intim gewesen!«

»Intim! Das Kind kennt solche Ausdrücke nicht.«

»Natürlich hat sie es anders formuliert. Du weißt, was ich meine!«

»Nein, weiß ich nicht! Und Herrgott noch mal, ich habe nicht mit Svetlana geschlafen. Zum letzten Mal. Und jetzt lass mich bitte gehen. Ich habe zu tun.« In der Tür drehte er sich um. »Carola, bitte sei nicht eifersüchtig und misstrauisch. Das ist einfach dumm und unüberlegt. Du könntest unsere Ehe damit aufs Spiel setzen.«

»Ich setze unsere Ehe aufs Spiel? Ich? Wer ist fremdgegangen?«

»Ich jedenfalls nicht. Du bist rasend eifersüchtig, das ist nicht mehr normal. Und du riskierst damit das Glück unserer Familie. Aber das alles scheint dir nichts mehr zu bedeuten. Vor lauter Egoismus siehst du den Wald vor Bäumen nicht mehr. Bleib auf dem Teppich, Carola, es ist nichts passiert. Hörst du, absolut nichts! Und sei nicht dumm und schenk einem Kind mehr Vertrauen als mir.«

»Du verdrehst die Tatsachen. Immer wenn du dich in die Enge getrieben fühlst, tust du das. Auch jetzt wieder. Das ist typisch für dich, dass du einfach gehst. Außerdem ist es nicht einfach nur *ein* Kind, es ist *unser* Kind, Matthias, unser *gemeinsames* Kind«, sagte Carola, während er zur Tür hinausging. In dem Moment klingelte es. Sie lief zum Treppengeländer. Dort blieb sie stehen und hörte, wie er die Tür öffnete. Sie lauschte. Die weibliche Stimme kam ihr bekannt vor. Sie erschrak. Es war die Kommissarin. Sie rang mit sich, die Treppe hinunterzugehen, schließlich war sie die Ehefrau, aber etwas hielt sie zurück. Sie lehnte sich über das Geländer und versuchte, Gesprächsfetzen mitzubekommen.

Matthias bat die Kommissarin herein. Er wies ihr den Weg in die Wohnhalle und sie bezogen die Sessel, die sich gegenüberstanden. Sie sprachen leise, sodass Carola kaum etwas verstand.

»Sie können sich denken, warum ich hier bin?«, fragte Birthe.

»Nein, kann ich nicht«, sagte Matthias atemlos und lockerte seinen Schlips.

»Ihre Fingerabdrücke waren in Lydia Kosloffs Wohnung«, sagte Birthe und ließ Matthias nicht aus den Augen.

Er rieb sich die Nase; er konnte ihrem Blick nicht standhalten. »Ja«, sagte er nach einer Weile, »stimmt, wo Sie mich daran erinnern – ich war bei ihr in der Wohnung. Zusammen mit meiner Frau. Nicht lange. Darum war es mir nicht mehr präsent. Wir haben etwas getrunken und auf Frau Kosloffs Erfolg angestoßen. Das war alles.«

»Wann war das?«

»Ach, ich müsste lügen. Für so etwas habe ich ein schlechtes Gedächtnis. Fragen Sie am besten meine Frau. Es ist schon länger her. Vor ein paar Monaten vielleicht.«

»Die Fingerabdrücke in Lydia Kosloffs Wohnung waren frisch«, sagte Birthe. »Erst wenige Tage alt. Das lässt sich an der Farbe und Konsistenz des Staubs feststellen. Sie müssen sich also erst kürzlich dort aufgehalten haben.«

»Mein Gott!« Matthias stand erregt auf. »Wenn das alles so wichtig ist, gut, ich war noch mal bei ihr, weil ich eine Unterschrift brauchte.«

»Ist das üblich im Kreditwesen? Dass man die Kunden zu Hause wegen einer Unterschrift aufsucht?«

»Üblich nicht, aber Frau Kosloff war eine entfernte Bekannte. Da macht man eine Ausnahme.«

»Und die Ausnahme sieht vor, dass man selbstverständlich das Bad benutzt.«

»Wie bitte?«

»Sie haben mich richtig verstanden.«

Er wand sich. »Möglich, dass ich die Toilette aufsuchen musste. Ist das verboten?«

»Wie erklären Sie sich Ihre Fingerabdrücke auf dem Zahnputzglas?«

Matthias sah sie verständnislos an.

»Auf der Zahnpastatube? Auf der Körperlotion?«

Er wurde rot.

»Sie hatten ein Verhältnis mit Lydia Kosloff«, sagte sie ihm auf den Kopf zu.

Matthias sah an sich herunter und entfernte eine imaginäre Fussel von seiner Krawatte. »Gut«, sagte er. »Es ist, wie Sie sagen, aber es war bereits zu Ende, als Lydia starb. Damit habe ich nichts zu tun, glauben Sie mir. Bitte sprechen Sie leise, meine Frau …«

»Sie waren der Mieter der Wohnung, Herr von Hünefeld«, sagte Birthe betont langsam und etwas leiser.

»Wie bitte? Woher …?«

»Wir haben Unterlagen in Kosloffs Kellerverschlag gefunden. In einem Umzugskarton fand sich der Mietvertrag, ausgestellt auf Ihren Namen.«

Matthias atmete tief durch. »Na und, das beweist nichts.«

»Außerdem haben wir Kontoauszüge gefunden. Sie müssen eigens ein Konto eingerichtet haben für Ihr kleines Abenteuer. Die Auszüge weisen regelmäßige Abbuchungen vor.«

Matthias starrte sie an.

»Nicht nur ihre Miete, auch Unterhalt haben Sie Frau Kosloff gezahlt. Zwei Jahre lang. Warum?«

Er nestelte nervös an seinem Hemdkragen herum. »Ich habe sie geliebt«, sagte er kaum hörbar. »Aber irgendwann ging es nicht mehr.«

»Als Sie das merkten, haben Sie mit ihr Schluss gemacht.«

Er nickte.

»Und wie hat sie es aufgefasst?«

Er zuckte mit den Schultern.

»Sie hat Ihnen eine fürchterliche Szene gemacht, hab ich recht? Sie unter Druck gesetzt, möglicherweise erpresst, sie wollte alles Ihrer Frau erzählen und dann sind Sie durchgedreht.«

»Nein!«, entfuhr es ihm. »So war es nicht!«

»Wie denn? Erzählen Sie es mir!«

»Lydia hat verstanden, dass unsere Beziehung keinen Sinn mehr hatte, und war einverstanden mit der Trennung. Mit dem Mord habe ich nichts zu tun. Ich war geschockt darüber, was ihr angetan wurde.«

»Sie haben vor zwei Monaten alle Zahlungen eingestellt. Sie wussten, dass Frau Kosloff sich die teure Miete niemals würde leisten können. Damit haben Sie sie vor die Tür gesetzt.«

»Ich war ihr nichts schuldig. Es war vorbei, das musste sie einsehen. Ich konnte nicht ewig für sie aufkommen.«

»Sie sind sich keiner Schuld bewusst.«

»Ich habe keine Schuld, nein. Bitte, erzählen Sie nichts meiner Frau. Ich habe eine Familie, kleine Kinder, bitte!«

»Herr von Hünefeld, Sie wissen, dass Sie kein Alibi haben?«

Matthias wurde bleich. »Wie meinen Sie das?«, fragte er mit belegter Stimme.

»Sie sagten, Sie seien am Tag des Mordes an Lydia Kosloff zu Hause bei den Kindern gewesen, aber das stimmt nicht.«

»Doch ... es stimmt, ich war bei den Kindern.«

»Ihre Frau behauptet das Gleiche. Sie hätten sich ja begegnen müssen«, sagte Birthe ironisch. »Aber davon haben Sie nichts erwähnt. Im Gegenteil, Sie sagten, Ihre Frau sei außer Haus gewesen.«

Er rang mit sich. Es war ihm deutlich anzusehen, wie unwohl er sich in seiner Haut fühlte. »Vielleicht war sie auch daheim, ich weiß es nicht mehr genau.«

Birthe stand auf. »Überlegen Sie noch mal in Ruhe, was Sie am Nachmittag des 5. Oktober gemacht haben. Ich lasse Sie jetzt allein.«

Er begleitete sie zur Tür.

Carola kam die Treppe herunter und er fixierte sie mit wirrem Blick.

10.

Ein nicht enden wollender Trauerzug schlängelte sich über den Heger Friedhof, dessen hohe Bäume in den schönsten Gold- und Rottönen gefärbt waren. Die Herbstsonne tauchte alles in ein gleißendes, mildes Licht. Einer der letzten warmen Tage des Jahres. Birthe hatte sich dem Trauerzug erst anschließen wollen, dann aber gemerkt, dass er nicht Lydia Kosloff galt. Sie blickte sich suchend um und entdeckte hinter einer Seitenkapelle die kleine Trauergemeinde, die sich an einem offenen Grab versammelt hatte. Daniel war schon da und stand etwas abseits. Birthe ging langsam auf ihn zu und bemühte sich darum, kein Aufsehen zu erregen.

»Im Namen des Vaters, des Sohnes und des Heiligen Geistes. Amen. Wir sind hier zusammengekommen, um Abschied zu nehmen von Lydia Kosloff, die vom Herrn über Leben und Tod im 40. Lebensjahr von uns genommen wurde.« Der Pfarrer hatte eine angenehme Bassstimme und einen ungepflegten grauen Vollbart. Unter dem Talar trug er dreckige, braune Schuhe und das Beffchen hing schlapp herunter. Richtig weiß war es nicht mehr.

Er erinnerte Birthe an jemanden. Sie war sich sicher, ihn schon mal irgendwo gesehen zu haben – ohne Talar und Trauermiene. Sie ließ ihren Blick schweifen und beobachtete diskret die Anwesenden. Lydia Kosloff schien in der Tat kaum Angehörige und keinen großen Freundeskreis gehabt zu haben. Am Grab standen etwa zehn Personen, darunter die engsten Freunde, die sie mittlerweile fast alle kennengelernt hatte. Der gebräunte Playboy musste der Zahnarzt sein, daneben seine Freundin Sandra. Die beiden passten optisch gut zusammen, stellte sie fest. Matthias von Hünefeld war nicht dabei. Ein bisschen abseits von den anderen erblickte sie einen gut aussehenden, verklemmt wirkenden Typen mit einer älteren Dame am Arm.

Daniel hatte ihren Blick verfolgt und raunte ihr zu: »Eberhard Pörschke mit seiner Frau Mutter.«

Birthe verstand. Der Junggeselle sah schnell weg, als er ihren Blick bemerkte. Seine Mutter machte einen völlig versteinerten Eindruck. Eine andere Frau hob den Kopf und winkte ihr strahlend zu. Birthe wurde puterrot. Eva Siebkötter, schoss es ihr durch den Kopf. Sie kannte sie aus einem anderen Fall. Eva Siebkötter hatte als Putzfrau im Pastorenhaushalt Meierbrink gearbeitet. Birthe jagte ein Schauer über den Rücken. Was machte sie hier? Ihr wurde schlagartig klar, woher sie den Pastor kannte: Es war niemand anderer als Pastor Meierbrink. Der hatte damals seine Wirkungsstätte irgendwo im Landkreis Osnabrück. Vielleicht hatte er sich hierhin versetzen lassen. Oder er vertrat einen Kollegen.

Kosloffs Nachbarin erkannte sie ebenfalls unter den Trauergästen. Sie nickte ihr herzlich zu.

»Ein Leben, das davon geprägt war, zu kämpfen, um eigene Ziele zu erreichen. Gleichzeitig geprägt von einer großen Kraft, einem starken Willen bis zuletzt. So hat sich Lydia Kosloff, aus eigenem Antrieb und mit bescheidenen finanziellen Mitteln ausgestattet, zusammen mit einer Geschäftspartnerin ein Kosmetikstudio aufgebaut. Ein Beruf, in dem sie aufging und den sie engagiert ausübte.«

Birthe beobachtete Sandra Mühlenkamp. Was mochte in der ehemaligen Arbeitskollegin vorgehen? Birthe wusste, dass es zuletzt Streit um die Ladenmiete gegeben hatte.

»Ein Wesenszug Lydia Kosloffs wurde mir von ihrer Nachbarin so beschrieben: Sie hatte ein großes Herz und ging jedem Streit aus dem Weg. ›Selig sind die Sanftmütigen, denn sie werden das Himmelreich besitzen.‹ Dieser Satz aus der Bergpredigt passte zu Lydia Kosloffs Leben. Gerade die Seligpreisungen am Beginn der Bergpredigt verheißen den Menschen Gottes Zuwendung, die im Leben manches haben tragen müssen, denen manches zugemutet wurde.«

Na, das gerade nicht, dachte Birthe. Wenn es das liebe Geld betraf, war die Kosloff anscheinend genauso wenig sanftmütig gewesen wie die meisten anderen Menschen.

Birthe studierte die Gesichter der Anwesenden. Vielleicht war einer von ihnen Kosloffs Mörder oder kannte ihn zumindest. Einige zogen nun ihre Taschentücher heraus. Nur die Männer und die alte Frau Pörschke hatten unbewegliche Mienen.

»Hätten wir diesen Glauben, dieses Vertrauen nicht, dann bliebe nur noch dieses unbarmherzige Schicksal, das zugeschlagen hat. Lydia Kosloff starb einen grausamen, einsamen Tod. Niemand war bei ihr außer der Mörder selbst, der nun eine unermessliche Schuld mit sich herumträgt.«

Wenn der hier und jetzt unter seiner Schuld zusammenbräche, dachte Birthe, bliebe uns ein Haufen Arbeit erspart.

»Was bleibt, ist unser Glaube daran, dass Gott selig macht, was im Glauben begonnen worden ist. In dieser Hoffnung übergeben wir Lydia Kosloff in Gottes Hände. Amen.«

Pastor Meierbrink murmelte ein Gebet und schippte Erde auf den Sarg. Dann reichte er die Schaufel an die Aufgedonnerte mit den High Heels weiter, die direkt neben ihm stand. Der Reihe nach nahm die Trauergemeinde Abschied.

Minuten später setzte sie sich in Bewegung, um im nahegelegenen Café zusammenzukommen. Birthe suchte unauffällig die Nähe des Pastors.

Er nahm ihre Hand und drückte sie lange. »Schön, Sie hier zu sehen, Frau ...«

»Schöndorf«, half ihm Birthe auf die Sprünge. »Meinen Namen konnten Sie sich schon damals nicht merken. Ich habe, ehrlich gesagt, nicht mit Ihnen gerechnet. Wie geht es Ihnen?«

Er kratzte sich hinterm Ohr. »Nun«, sagte er, »den Umständen entsprechend. Ich bin jetzt Pastor in Hellern. Zusammen mit meiner neuen Frau. Sie erinnern sich: Nadine Wagenbach.«

»Die Kirchenmusikerin, nicht wahr?«

»Genau. Auch sie hat ihre neue Wirkungsstätte in Hellern gefunden. Leitet zwei Chöre und hat ein Oratorium zur Aufführung gebracht.«

»Glückwunsch, Herr Meierbrink, Gruß an Ihre Frau und weiterhin alles Gute für Sie beide!«

Als sich Birthe gerade Daniel zuwenden wollte, zupfte sie jemand am Ärmel. Sie drehte sich um und blickte in das freundliche Gesicht von Eva Siebkötter.

»Nanu, sind Se auch hia?«, strahlte sie. »Iss es nich schlimm, nich waa, iss es nich schlimm, schon wieda ein Moad? Moad un Tootschlach mitten inne friedliche Osnabrück, ich wead noch ma bekloppt. Ich haps inne Zeitung geleesn, nich waa, un dachte, da gehste ma hin un kuckste ma. Nich dass ich neugierich wär, näh, ach was, ich doch nich, aba kuckn daaf man ja ma, oda? Nach allem, was ich duachgemacht hap. Da daaf man doch ma kuckn, dass es annan auch nich bessa geen tut, nich waa. Ich sach auch schon zum Pastor Meierbrink: Gucken Se ma, Hea Pastor, annern geht's auch nich bessa, nich waa.«

»Wie geht es Ihnen heute, Frau Siebkötter?«, fragte Birthe geduldig. Frau Siebkötter hatte sich aufgrund der Ereignisse im Fall Meierbrink einer Therapie unterzogen.

»Guut, hörn Se ma, richtich guut. Ich such was Neues zum Putzen. Muss ma wieda was tun, nich waa. Nua rumsitzn iss ja nix. Da wirste bekloppt von.« Sie wandte sich an Daniel. »Ich hap Se nich vagessn. Das waa schöön, hörn Se ma, alls Se bei mia waan. Wissen Se noch? Wie wia beide Tee getrunkn ham bei mia inne Wohnzimma? Se seen imma noch aus wie de Florian Silbaeisen. Jetz noch mea, wo Se de Haarn länger ham. Wie waa noch ma Ihr Naame?«

»Brunner. Daniel Brunner.«

Birthe lachte laut auf. »Tschuldigung«, stammelte sie. »Das hat nichts mit Ihnen zu tun, Frau Siebkötter, wirklich nicht.«

»Komm Se beide noch ma mit auff 'n Kaffe? Komm Se, nur 'n Tässeken. Ich hap jetz richtich Kaffeduast, wissen Se, aba so richtich. Und noch zwei, drei lecka Hedeweggen dazu. Nich, dass ich mir aus Schlickersachen was machen tu, aber die ess ich wüaklich gean. Soo 'ne Beerdigung iss ja ma was anstrengend, oda?«

»Frau Siebkötter, seien Sie uns bitte nicht böse«, schaltete sich Daniel ein, »aber wir müssen weiter. Leider. Wir haben noch zu tun.« Er lächelte charmant.

»Och Keale«, sagte Frau Siebkötter enttäuscht, »das iss ja jetz schaade. Wüaklich, wo wa uns soo lange nich mea geseen ham, nich waa. Naja, vielleicht 'n andama. Bei de nächsten Beerdigung.«

»Hoffentlich nicht bald«, sagte Birthe und gab ihr die Hand. »Machen Sie es gut, Frau Siebkötter. Auf Wiedersehen. Und danke noch mal für Ihre Mithilfe in dem anderen Fall.«

Frau Siebkötter sah sie überrascht an. »Wie meinen Se? Ach so, da nich für. Hab ich wüaklich gean gemacht.« Sie lächelte glücklich.

Sie schlugen den Weg zum Parkplatz ein und sahen, wie Frau Siebkötter hinter der Gruppe mit dem Playboy herrannte. »Halt, waaten Se ma. Sie kenn ich doch«, rief sie laut, »Sind Se nich dea Zahnarzt? Ich kenn Ia Bild aus se Zeitung, da tun Se ja imma Weabung machen.«

*

Birthe saß inmitten einer Unmenge Kissen auf dem dunkelroten Plüschsofa und hielt ihr Strickzeug in den Händen. Vor ihr dampfte eine Tasse Ostfriesentee mit Kluntjes und Sahnehäubchen. Draußen goss es in Strömen und der Wind rüttelte an den Fensterläden. In ihrer Hosentasche vibrierte es. Eine SMS war eingegangen. Sie hoffte inständig, dass sie nicht von Hans-Peter war, gleichzeitig wünschte sie es. Als sie nachsah, beruhigte sich ihr Puls. Die SMS war von ihrer Mutter. ›Denk dran, Tante Renate hat morgen Geburtstag‹. Birthe lächelte. Typisch Mama. Sie gab den Termin in ihr Handy ein. »Tante Hannelore, hast du irgendeinen Verdacht, wer es gewesen sein könnte?«, fragte sie und nahm ihr Strickzeug wieder auf. »Gab es jemanden, der sich über Babsi beschwert hat?«

»Da brauch ich nicht lange zu überlegen«, sagte Hannelore Tenfelde traurig, »da muss ich nur nach gegenüber schielen und weiß, wer dahintersteckt. Allerdings hat er sich nie über die Babsi beschwert, sondern über den anderen Hund, den von Pörschkes, den Rüdiger.«

»Soll ich hingehen und mit ihm reden?«

»Nein, Kind, lass das bloß bleiben«, sagte Hannelore. »Das bringt nichts. Der streitet alles ab und hinterher gibt er mir die Schuld. Ich lebe hier allein. Ich kann mir keinen Streit mit den Nachbarn erlauben, schon gar nicht mit Herrn Fleischhauer. Er guckt immer so böse und macht mir Angst. Weißt du, dass er mal Heilpraktiker war? Ist nicht lange her.«

»Hm, als Heilpraktiker kommt er an alle möglichen Substanzen heran«, sagte Birthe mit gerunzelter Stirn. »Und du meinst, der hantiert mit Gift?«

»Ach, weiß man nicht«, wiegelte Hannelore ab. »Vorstellen kann ich es mir zwar, aber ob er das wirklich getan hat? In der direkten Nachbarschaft einen Hund vergiften. Nein, so dumm kann er nicht sein.«

»Eben hast du ihn verdächtigt«, sagte Birthe. »Dieser Herr Fleischhauer war der Erste, der dir eingefallen ist. Das muss einen Grund haben. Weißt du, womit deine Babsi vergiftet wurde? Hat man sie untersucht?«

»Nein, das wollte ich nicht. Das hätte 100 Euro gekostet. Nicht dass ich die nicht gehabt hätte, aber ich dachte mir, Kind, 100 Euro für einen toten Hund auszugeben, was bringt das. Also habe ich sie da gelassen.«

»In der Tierarztpraxis?«

Hannelore nickte.

»Hast du die Telefonnummer?«

»Birthe, lass gut sein. Ich möchte keinen Ärger, verstehst du? Was anderes. Ermittelst du in dem Mordfall von dieser Russlanddeutschen da hinten in der Straße?«

Birthe sah sie ernst an.

»Und sie ist auch vergiftet worden?«

»Tante Hannelore, du weißt doch, ich darf dir nichts darüber sagen. Was meinst du mit ›vergiftet‹? Hannelore seufzte. »Also gut, ich sag, wie es ist. Ich habe Babsi *doch* untersuchen lassen und es kam heraus, dass sie mit Roter Fingerhut vergiftet wurde. Jemand hat einen Köder ausgelegt.«

»Sagtest du *Roter Fingerhut*?«

»Ja, warum, ist die Kosloff etwa auch damit vergiftet worden?«

Birthe ging nicht darauf ein. »Tante Hannelore?«, fragte sie harmlos. »Ich habe eine Frage. Du weißt, ich suche eine neue Wohnung. Ich habe ein bisschen Ärger mit meinen Mitbewohnerinnen. Könnte ich eine Zeit lang bei dir wohnen? Vorübergehend, bis ich etwas Neues gefunden habe.«

»Warum nicht?«, strahlte Hannelore. »Du könntest das Mansardenzimmer haben. Und dazu das Gästebad für dich allein. Ich würde mich freuen. Allerdings gibt es da ein kleines Problem«, sagte sie zögernd.

»Und das wäre?«

»Ich habe im Moment keine Zugehfrau«, sagte Hannelore zerknirscht. »Meine hat gekündigt. Sie muss nach Polen zurück, ihre kranke Mutter pflegen. Wer weiß, wann sie wiederkommt. Allein schaffe ich es nicht mehr, das Haus auf Vordermann zu bringen. Du müsstest mir helfen. Könntest du dir das vorstellen?«

»Klar, das wäre kein Problem«, sagte Birthe. »Ob ich bei mir in der WG putze oder hier bei dir – wo ist der

Unterschied? Obwohl – Tante Hannelore, ich glaube, ich habe eine viel bessere Idee.«

11.

Frau Schmittendorf-Mehrenkamp steckte ihren Kopf zur Tür herein. »Herr Doktor, draußen warten zwei Leute von der Polizei.«

Volker Holighaus fuhr herum. Eine Haarsträhne hatte sich von seiner Stirn gelöst und fiel ihm in die Augen. Er strich sie mit einer energischen Handbewegung zur Seite. »Was? Was sagen Sie da?«

Die Patientin hatte den Mund voller Wattebäusche und verfolgte neugierig den kurzen Dialog zwischen Zahnarzt und Assistentin.

»Bin gleich wieder da«, sagte er mit geübt sanfter Stimme zu der Patientin und folgte seiner Angestellten ins Wartezimmer.

»Wenn Sie mir bitte unauffällig folgen wollen«, zischte er Birthe und Daniel zu und wies ihnen den Weg zu seinem Büro. Die beiden Kommissare wechselten einen Blick. Ihren ursprünglichen Plan, als Nächstes die Geschäftspartnerin der Kosloff zu vernehmen, hatten sie verworfen, nachdem sie Sandra Mühlenkamp nicht erreicht hatten.

Der Eingangsbereich war in dunklem Anthrazit gehalten. In großen Bodenvasen waren künstliche Zweige und Gräser in grauen und violetten Farbtönen drapiert. An den Wänden hingen Bilder, auf denen ebenfalls die Farben grau, pink und violett dominierten. Die Zahnarztpraxis verströmte nicht den üblichen Angst einflößenden Duft nach Reinigungs- und Desinfektionsmitteln, sondern roch fruchtig-frisch nach Erdbeere und Orange. Birthe bemerkte Diffuser mit Bambusstäbchen auf dem Empfangstresen.

Volker stieß eine Tür auf und bat seine ungebetenen Gäste hinein. Mit einer knappen Handbewegung wies er ihnen ihre Plätze zu und schloss leise die Tür. Hier roch es nach frisch aufgebrühtem Kaffee. »Müssen Sie hier unangemeldet aufkreuzen?«, herrschte er die beiden Kommissare an. »Sie verschrecken meine Patienten.«

»Nur ruhig, kommen Sie mal wieder runter, Herr Holighaus, wir haben lediglich ein paar kurze Fragen.«

»Für Sie *Dr.* Holighaus bitte!«, knurrte Volker.

»Also, Herr *Dr. Holighaus*, wenn Sie hübsch kooperieren, sind wir schnell fertig.«

»Zwei Minuten«, sagte Volker, »dann sind Sie beide raus hier, und zwar so unauffällig wie möglich!«

»In welchem Verhältnis standen Sie zu Lydia Kosloff?«, fragte Birthe ungerührt.

Volkers blassblaue Augen verengten sich zu Schlitzen. Er fixierte Birthe mit eisigem Blick, als könne er sie damit einschüchtern. Er atmete hörbar ein und langsam wieder aus. Es hörte sich an wie ein Pfeifen. »Lydia Kosloff«, sagte er gedehnt, »eine Arbeitskollegin meiner … Lebensgefährtin. Dazu kann ich Ihnen nicht viel sagen, da müssen Sie meine Freundin fragen.«

»Das hatten wir vor, aber wir konnten sie nicht erreichen, weder in ihrem Studio noch zu Hause. Auch telefonisch hatten wir keinen Erfolg.«

»Meine Lebensgefährtin ist zu ihrer Mutter gefahren. Aber sie kommt heute zurück«, gab Holighaus knapp Auskunft.

»Sie sagten, Sie haben nicht viel zu Frau Kosloff zu sagen, dass heißt für mich: Sie haben einiges zu sagen, und das tun Sie bitte!«, forderte Daniel.

Volker verschränkte die Arme. Sein Blick wanderte über den Schreibtisch und blieb an der kleinen Buddhafigur mit Teelicht hängen, als versuche er, sich selbst zu beruhigen. »Lydia Kosloff war ein scharfer Feger, der mehrere Eisen im Feuer hatte.« Er machte eine Kunstpause und ließ seinen Blick zwischen Birthe und Daniel hin- und herwandern.

»Und weiter?«, bohrte Birthe. »Was wollen Sie uns damit sagen?«

»Ich nehme an, Sie wissen bereits, dass Lydia und Sandra, meine Lebensgefährtin, gemeinsam ein Kosmetikstudio betrieben. Während Sandra sich hauptsächlich der weiblichen Kundschaft widmete, war Lydia eher für die Bedürfnisse der männlichen zuständig.«

Daniel zog eine Augenbraue hoch.

»Massagen, wenn Sie verstehen«, fuhr Volker fort, »erotische Massagen. Lydia verstand sich darauf.« Er verzog seinen Mund zu einem süffisanten Lächeln. »Hier würde ich ansetzen, meine Herrschaften. Durchforsten

Sie die männliche Kundenkartei von Frau Kosloff. Mich werden Sie da nicht finden. Dafür genügend andere Herren, denen Sie einen Besuch abstatten könnten. Ich bin sicher, Lydias Mörder findet sich darunter.«

»Warum sind Sie da sicher?«, fragte Birthe.

»Intuition«, sagte Volker und griff nach einem Kugelschreiber, den er nervös in seinen Händen drehte, »wenn Sie wollen. Ich könnte mir vorstellen, unter Lydias Kunden gab es einige, denen eine Massage irgendwann nicht mehr reichte. Sie wollten mehr, und ob Lydia ihnen das gab – keine Ahnung. Wahrscheinlich eher nicht, das brachte die Herren gegen sie auf. Vielmehr war es ein Herr, dem das alles nicht mehr reichte und der sich an ihr rächte.«

»Würden Sie etwas konkreter werden, Herr Dr. Holighaus?«, fragte Daniel.

Volker schüttelte langsam und bedächtig den Kopf. »Kann ich Ihnen nicht mit dienen, meine Herrschaften, leider. So gern ich auch wollte! Ich weiß doch nicht, welche Kunden bei der Kosloff ein und ausgingen.«

Birthe strich sich eine Haarsträhne hinters Ohr. »Und wie sieht's mit Ihnen aus, Herr Dr. Holighaus? Hatten Sie persönlichen Kontakt zu Lydia Kosloff?« Ihr Blick wanderte sehnsüchtig zur Espressomaschine, die auf der schwarz glänzenden Anrichte stand. Sie hatte nichts gegen einen starken Kaffee einzuwenden. Doch der Zahnarzt schien nicht daran zu denken, ihr diesen Gefallen zu erweisen.

»Habe ich Ihnen nicht schon eine Antwort gegeben? Nein!, lautet sie.« Er strich eine Knitterfalte aus seinem schwarzen Lacoste-Poloshirt. »Lydia war hin und wieder

Gast bei Freunden, aber da ich mich nicht für sie interessiert habe, habe ich kein Gespräch mit ihr gesucht. Also dürfen Sie davon ausgehen, dass ich sie nur vom Sehen her kenne. Reicht Ihnen das?«

»Es soll eine Party gegeben haben, vor Kurzem, in Ihrer Wohnung. Lydia Kosloff war auch eingeladen. Sie sind also einer der Letzten, der sie lebend gesehen hat.«

Für einen Augenblick spiegelte sich Überraschung in Volkers Gesicht. Schnell fasste er sich jedoch wieder. »Ja, und? Was wollen Sie mir damit sagen? Ich hatte Lydia nicht eingeladen, das war meine Lebensgefährtin. Mehr kann ich dazu nicht sagen.«

Birthe straffte ihren Oberkörper. »Herr Dr. Holighaus, sagen Sie mir bitte, was Sie am 5. Oktober zwischen 14 und 17 Uhr gemacht haben!«

Volker klopfte mit dem Kugelschreiber auf den Schreibtisch. »Was für ein Wochentag soll das gewesen sein?«

»Ein Mittwoch.«

»Mittwochnachmittags ist die Praxis geschlossen. Wahrscheinlich war ich auf dem Golfplatz.«

»Auf welchem Golfplatz?«

»Auf meinem Stammplatz, Golf Club Osnabrück, in Bissendorf-Jeggen. Spielen Sie Golf?«

Birthe und Daniel verneinten.

»Sollten Sie bei Gelegenheit ausprobieren. Herrlicher Sport. Sehr kommunikativ. Schauen Sie sich um auf der Anlage. Sie ist sehr gepflegt. Zwar nur 18 Loch, gehört jedoch zu den Leading Golf Resorts. Schwer zu spielen, aber durchaus machbar. Loch 9 wird zurzeit umgebaut. Wenn es fertig ist, das kann ich garantieren, wird die 9 der absolute Knaller. Und wenn Sie anschließend der Hunger überfällt, es gibt dort ein ausgesprochen gutes italienisches Restaurant. Gefällt sogar Sandra, meiner anspruchsvollen Lebensgefährtin. Sie liebt dort vor allem den Salat und den Cappuccino.«

»Wenn Sie auf dem Golfplatz waren, kann das sicher jemand bestätigen«, stellte Birthe unbeeindruckt fest.

»Sicher«, brummte Volker. »Müsste nachschauen, mit wem ich an dem Tag unterwegs war. Weiß ich nicht aus dem Kopf.«

»Schauen Sie in aller Ruhe nach, Herr Dr. Holighaus. Wir melden uns.«

»Sie finden den Weg?«, fragte Volker und gab Birthe und Daniel die Hand. Als sie draußen waren, stützte er den Kopf in beide Hände, atmete ein paar Mal tief durch und griff zum Telefon.

*

»Jette, gibst du mir bitte den Zollstock?« Daniel stand auf einer Leiter und versuchte mit den Armen Maß zu nehmen. »Ich weiß nicht, ob die Tapete bis zum nächsten Muster reicht. Sonst müssen wir welche nachkaufen.«

»Och nee, nicht schon wieder in den Baumarkt«, stöhnte Jette. »Ich bin's langsam leid. Ich glaube, ich habe in den letzten Monaten mehr Zeit in Baumärkten zugebracht als anderswo.« Sie hatte eine Latzhose und ein kariertes Männerhemd an und ein breites Band um ihre kurzen dunklen Haare gebunden.

»Keine Chance«, murmelte Daniel und maß nach. »Nee, das wird nie und nimmer reichen. Wollen wir gleich los oder erst 'nen Kaffee trinken?«

»Tja, dann müssen wir wohl. Um sechs sollen wir Konrad und Sinje bei meinen Eltern abholen.«

Er stieg von der Leiter und drückte Jette an sich. Sie war etwas erhitzt und roch nach frischer Farbe. Seine Liebe zu ihr hatte für ihn etwas Endgültiges. Es war nicht mehr das Glück des Augenblicks, wie bisher, wenn er sich mit einer Frau traf, sondern die viel tiefer gehende Freude auf eine gemeinsame Zukunft.

»Mama will dich kennenlernen«, raunte er ihr ins Ohr, »dich und die Kinder. Wie wäre es mit einem gemeinsamen Ausflug am nächsten Wochenende?«

»Och, Schatz«, sagte sie und streichelte seinen Hinterkopf, »ich hab's dir gesagt, ich kann das noch nicht. Schau mal, ich hänge an der Familie meines Mannes. Versteh das bitte nicht falsch, eines Tages will ich sie kennenlernen. Aber jetzt nicht. Schließlich habe ich mich nicht freiwillig von Boris getrennt.«

»Dann machen wir einfach so eine Autotour! Du und ich und die Kinder. Am Wochenende soll es noch mal schön werden, da wäre ein Ausflug mit dem Cabrio gar nicht mal so schlecht, was meinst du?«

Jette riss sich das Band vom Kopf und raufte sich die Haare. Sie sah Daniel finster an. »Was sagst du da?«

»Tjaaa«, sagte er stolz, »so schnell kann das gehen. Morgen fahre ich nach Süddeutschland und sehe mir den Schlitten an. Wenn er so in Schuss ist, wie mir der Typ am Telefon weismachen wollte, dann ist die Sache bereits unter Dach und Fach. Ein richtiges Schnäppchen, mein Hase.« Er rückte näher und wollte ihr einen Kuss geben, aber sie wandte ihren Kopf ab.

»Doch nicht der Porsche?«, fragte sie argwöhnisch.

»Was hast du eigentlich dagegen?«, konterte er nun etwas lauter. Die Ader an seiner Schläfe schwoll an und begann zu pochen.

»So ein Angeberauto passt nicht zu uns!«

»Aber es passt zu mir!«

Sie ließ ihn stehen, drängte sich an ihm vorbei. Ihr Gesichtsausdruck war verschlossen.

»Wo gehst du hin?«, fragte er verstimmt.

»Ich brauch jetzt doch einen Kaffee«, rief sie aus der Küche.

Er folgte ihr, fasste ihr von hinten an die Schultern.

»Jette!«, bat er eindringlich.

Sie wischte sich eine Träne weg.

»Du heulst doch nicht etwa? Wegen eines Autos, das ich erstens noch gar nicht habe und mit dem du zweitens nichts zu tun hast?«

»Das ist es ja gerade«, sagte sie und drehte sich zu ihm um. »Ich dachte, du seiest im Grunde ein Familienmensch, würdest auch ein bisschen an mich und die Kinder denken. Zumindest hast du mir eine Weile das Gefühl gegeben. Und jetzt planst du wieder nur für dich allein. Ein Porsche ist viel zu gefährlich für die Kinder und ich will nicht, dass sie mitfahren. Und auch ich bin nicht versessen darauf, mit dir die Landstraßen unsicher zu machen.«

»Glaubst du, ich drücke das Gaspedal runter, wenn die Kinder dabei sind? Ich halte mich an die Geschwindigkeitsregeln, das hat mit der Automarke nichts zu tun!«

Sie seufzte. »Also morgen fährst du los?«, fragte sie, um eine bessere Stimmung bemüht.

Er nickte. »Ich nehme den Zug um 9.37 Uhr und bin am frühen Nachmittag in Heidelberg. Dann ist noch viel

Zeit für eine Probefahrt. Abends bin ich wieder da. Mit oder ohne Auto. Aber ich denke mal, eher mit.« Er zwinkerte ihr zu.

Jette schenkte sich Kaffee ein. »Kannst du dir denn einfach so frei nehmen? Ich denke, ihr steckt in einem Mordfall, da habt ihr doch Urlaubssperre.«

»Eigentlich ja«, sagte er ausweichend, »aber mach dir deswegen keine Gedanken. Morgen habe ich frei.« Er sah ihr sehnsüchtig zu, wie sie den Kaffeebecher zum Mund führte.

»Bekomme ich auch einen?«, fragte er mit jenem Ausdruck im Gesicht, den Jette jedes Mal schwach werden ließ.

12.

Birthe befüllte die letzte Umzugskiste. Ihren ganzen Hausstand würde sie nicht mitnehmen, nur das Nötigste. Sie hatte nicht vor, sich für längere Zeit bei ihrer Tante einzuquartieren. Sie pfiff vor sich hin und freute sich darauf, endlich aus der WG herauszukommen. Kein Fischgeruch mehr, keine langen schwarzen Haare im Waschbecken, dafür viel Ruhe, um über ihren Liebeskummer hinwegzukommen. So schnell würde sie sich nicht wieder verlieben, schwor sie sich.

»Bilthe, was machs du da?«, fragte Yuki durch die offene Zimmertür. »Nich dein Elnst! Mach du Reise oda was?«

»Wonach sieht das denn aus?«, fragte Birthe ironisch. »Was glaubst du? Erholungsurlaub mit Bananenkisten? Irgendwie ist das ein bisschen wie Urlaub, wenn ich daran denke, frühstücken zu können ohne begleitende Fischdünste.« Sie blickte in Yukis traurige Augen und es tat ihr sofort leid. Sie zwinkerte ihr zu, um das Ausgesprochene abzumildern, und setzte ihre Arbeit fort.

»Ach, tut leid, Bilthe«, sagte Yuki und führte ihre Hände wie zum Gebet zusammen, »wilklich. Wie beiden möögen dich, du weiß. Bleib doch. Wollte nich, wilklich!« Sie drehte sich um und rief nach ihrer Freundin: »Hoi-Hoi, komm schnell! Bilthe zieht aus!«

Nun erschien auch Hoi-Hoi und besah sich staunend das Durcheinander in Birthes Zimmer. »Nich gehen, Bilthe, wi wollen keine neuen Bewohnel, bitte bleiben!«

Als Birthe in die flehenden Augen der beiden Asiatinnen sah, wurde sie weich. Sie ging auf sie zu und schloss sie in die Arme. »Ist nur vorübergehend«, sagte sie. »Ich ziehe zu meiner Tante, für ein paar Wochen. Ihr braucht keinen Nachmieter für mich zu suchen. Ich komme regelmäßig vorbei, um zu lüften und Staub zu wischen. Und meine Miete und die Nebenkosten werden rechtzeitig überwiesen. Versprochen.«

Draußen hupte ein Auto. Sie sah aus dem Fenster. »Mein Vater«, sagte sie. »Er hilft mir beim Umzug.«

Manfred Schöndorf stieg gerade aus. Birthe riss das Fenster auf.

»Der Umzugshelfer ist da!«, schrie ihr Vater und winkte fröhlich. Er hatte sich von einem Bekannten einen Kleinbus geliehen.

»Ich mach auf!«, rief Birthe zu ihm hinunter.

Wenig später inspizierte er die Kisten in ihrem Zimmer. »Die Möbel sollen alle hier bleiben?«

»Ja, es ist schließlich nur für kurze Zeit«, sagte Birthe. »Ich brauche ein bisschen Abstand, vielleicht bin ich dann nicht mehr so genervt.«

»Aber nicht der Fernseher?«

»Bleibt auch hier.«

Manfred sah seine Tochter ungläubig an. »Warst du nicht ein Fernsehjunkie?«

»Keine Zeit mehr«, sagte Birthe.

»Bist du sicher, was du da tust?«, fragte er, »Tante Hannelore hat ihre Eigenarten. Sie lebt schon lange allein. Einfach ist sie nicht.«

»Wer ist das schon«, entgegnete Birthe, »wie gesagt, ist nicht von Dauer. Mein WG-Zimmer löse ich jedenfalls nicht auf.«

»Kluge Entscheidung«, sagte Manfred und nippte am Tee. »Sag mal, Birthe, was macht eigentlich dein Mordfall? Du ermittelst doch am Westerberg? Ist das der Grund, warum du zu Tante Hannelore ziehst?«

Birthe lächelte und sagte nichts.

Manfred setzte sein gewinnendes Lächeln auf. »Hab ich mir gleich gedacht. Ich kenne doch meine Tochter. Erzähl mal, wie weit seid ihr? Was habt ihr herausgefunden? Spann mich nicht auf die Folter!«

»Papa!!«

»Es bleibt unter uns. Kein Wort zu Mama, versprochen.« Er presste seine Hand aufs Herz und sah Birthe charmant an.

»Keine Chance«, sagte sie.

»Wie sind die Leute in Tante Hannelores Nachbarschaft?«, fragte er beiläufig. »Sind sie mitteilsam?«

Birthe schwieg. Sie musste sehr auf der Hut sein.

»Wenn du mich fragst, war es eine Frau. Männer töten mit Fäusten, Messern und Pistolen, Frauen morden leise und hinterhältig. Giftmorde gehen auf das Konto einer Frau. Wahrscheinlich war's die beste Freundin. Tatmotiv: Eifersucht. Wegen eines Kerls. Oder die Eigentümerin, weil sie ihrer Mieterin wegen Eigenbedarf gekündigt hatte, die Tussi aber nicht loswurde. Manchmal reichen Gründe, wie Krankheit, Schwangerschaft oder Prüfung, um so eine Kündigung aus den Angeln zu heben. Guck nicht so, das kommt vor.«

Birthe betrachtete ihren Vater schweigend und schenkte sich Tee nach.

»Vielleicht war es auch die Schwester. Weil sie allein ans große Erbe wollte.«

»Interessant, deine Theorien, aber bleib besser bei deinen Versicherungen.«

Manfred sah auf die Uhr. »Hab ich vor. Wo du mich so freundlich daran erinnerst, fällt mir ein, dass ich nachher zu einem Kunden muss. Also, packen wir's. Hast du alles? Ich fang mit der großen Kiste da vorne an.«

Birthe nickte. »Papa, ich komme gleich. Ich spül schnell die Tassen und räume die letzten Sachen aus dem Bad zusammen, okay?«

»Wie lange hast du eigentlich Urlaub?«

»Urlaub?« Birthe lachte. »Nur heute, Papa, gleich morgen früh habe ich eine Vernehmung. Ich stecke mitten in einem Fall, da ist nicht an Ausspannen zu denken.«

Im Flur roch es nach Fisch. Birthe öffnete die Küchentür und begegnete den melancholischen Blicken von Yuki und Hoi-Hoi, die gerade Lauch und Schwarzwurzel schnippelten. Der Reiskocher brodelte. Auf dem Herd brutzelte etwas. Das Fenster war beschlagen und die Luft zum Zerschneiden.

»Gees los?«, fragte Hoi-Hoi.

»Ja, gleich. Ich pack ein bisschen was zusammen und mach mich dann auf den Weg. Hier ist übrigens die Telefonnummer von meiner Tante, falls etwas sein sollte. Meine Handynummer habt ihr. Ich bin nicht aus der Welt. Und falls mein Ex anruft, der kann mich mal. Bitte gebt ihm nicht diese Nummer. Es reicht, wenn er es auf dem Handy versucht, das sehe ich zum Glück auf dem Display. Und, ihr beiden Hübschen, was gibt's heute Leckeres?«

Yuki strahlte. »Fisch mit Leis un Gemüseblühe. Will du mal smecken?«

Birthe schüttelte den Kopf und verzog ihren Mund zu einem schiefen Grinsen. »Gerne ein anderes Mal. Irgendwann. Vielleicht. Ich wünsche euch jedenfalls guten Appetit. Macht's gut, ihr zwei. Und grüßt mir den Andreas. Bis die Tage.« Sie umarmte die beiden, zog die Tür zu und atmete tief durch. Geschafft. Jetzt musste sie ihre Tante bearbeiten, in den nächsten Wochen keinen Fisch zu braten. Das tat sie nämlich gerne.

13.

Das Gelände rund um den ehemaligen Steinbruch hatte sich verändert. Hier sah es überhaupt nicht mehr aus wie früher, als Eberhard ein Kind war. In seiner Erinnerung kam ihm alles viel größer vor, tiefer, unheimlicher, besonders, wenn die Dämmerung hereinbrach. Der Steinbruch war der beste Abenteuerspielplatz gewesen, den sich Eberhard in seiner Kindheit hatte vorstellen können – naturbelassen, formbar und immer wieder anders. Er hatte diesen Ort geliebt wie keinen anderen. Es machte ihm Spaß, dort seine Kräfte und Geschicklichkeit auszuprobieren, und er fühlte sich wie ein Abenteurer und Forscher, wenn er die steilen Abhänge hinunterrutschte, um nach besonderen Steinen und Fossilien zu suchen. Natürlich war das verboten, aber wen kümmerte das. Oft hatte er Glück und fand die Versteinerung eines Farns oder eines Insektes. Er war jedes Mal fasziniert, nahm die Fundstücke mit nach Hause, um sie dort unter seinem Mikroskop zu untersuchen und anschließend zu archivieren. Für diesen Zweck hatte er eine mit Stoff ausgeschlagene Zigarrenkiste, die er in einem Werkzeugschrank in der Garage aufbewahrte. Dort war sie einigermaßen sicher vor seiner Mutter, die nie erfahren durfte, dass er unerlaubterweise im Steinbruch spielte.

Seine Freunde wussten, wo sie Eberhard finden konnten. Der Steinbruch war ihr heimlicher Treffpunkt. Dort spielten sie Räuber und Gendarm, Winnetou und Old Shatterhand und blieben bis zum Einbruch der Dunkelheit. Dann fuhren sie mit ihren Rädern über den Westerberg nach Hause, müde, verschwitzt, hungrig und durstig, aber glücklich. Bei der Rundbrücke trennten sich ihre Wege.

Volker fuhr dann allein weiter, mit seinem klapprigen, rostigen Kinderfahrrad, das schon mehreren Kindern vor ihm gehört hatte und dessen Reifen ständig aufgepumpt werden mussten. Er wohnte damals mit seinen Eltern und Geschwistern in der Natruper Straße, einer viel befahrenen, kinderfeindlichen Gegend. Sein Vater verdiente als Arbeiter nur wenig, sodass seine Mutter als Akkordkraft in einer Fabrik etwas dazuverdienen musste. Es kam häufig vor, dass Volker in der Schule zu spät kam, kein Pausenbrot dabeihatte und die anderen mit ihm teilen mussten.

Carola hatte es besser getroffen. Sie wohnte in Eberhards Nachbarschaft, der Friedrichstraße, einer vornehmen Wohngegend mit gediegenen Villen und Kopfsteinpflaster, in der die Kinder gefahrlos auf der Straße oder in den weitläufigen Gärten spielen konnten. Hier und da gab es noch eine Kriegsruine zwischen den Häusern, die eine wunderbare Kulisse für fantasievolle Spiele war. Manchmal schleppten die Kinder Möbel und Haushaltsgegenstände vom Sperrmüll hinein und spielten Mutter, Vater und Kind.

Aber keiner von ihnen wuchs dermaßen im Wohlstand auf wie Eberhard. Seine Eltern waren nicht nur wohlhabend, sie waren reich. Der Vater Chefarzt in den Städtischen Kliniken, die Mutter Lehrerin. Eberhard war wie Carola ein Einzelkind und bekam alles, was er sich wünschte. Er hatte als Erster ein Bonanzarad, auf dem er sich wie Eddy Merckx fühlte, wenn er über Kopfsteinpflaster und selbst gebaute Rampen bretterte. Er besaß eine Stereoanlage mit den angesagtesten Platten, die von Ilja Richter in der ›Disco‹ vorgestellt wurden und ein beeindruckendes Spielzimmer mit Tischtennis, Billard und Kicker. Er trug die coolsten Klamotten: Jeans oder Cordhosen mit Schlag, enge gestreifte Hemden mit großen, spitzen Kragen, Pullunder und Blousons im Rautenmuster. Dazu die neuesten Schuhe mit Blockabsatz. Eberhard hatte einen Pilzkopf wie die Beatles. Jeder wollte sein wie er. Und jeder hätte am liebsten Eltern gehabt, die waren wie seine, die ihm jeden Wunsch von den Augen ablasen.

Als er 13 war, verließ sein Vater ihn und seine Mutter, ein kleiner, schmächtiger Mann mit Halbglatze und randloser Brille. Er ging nach Amerika, um Karriere als Schönheitschirurg zu machen. An seiner Seite eine wesentlich jüngere Frau. Von da an wurde alles anders. Eberhard spielte nie mehr im Steinbruch. Das Bonanzarad stand meistens in der Garage. Wenig später verkaufte er es und schaffte sich ein Rennrad an. Mit dem fuhr er zur Schule, zum Ernst-Moritz-Arndt-Gymnasium in der Lotter Straße. Die selbst gebauten Rampen verbrannte er im Steinbruch. Die Discomusik verschenkte er und kaufte Platten von Barclay James Harvest und Genesis. Die Zigarrenkiste holte er nie mehr hervor. Er traf sich nicht mehr mit seinen Freunden. Eberhard hatte sein einsames Leben an der Seite seiner Mutter begonnen.

Er setzte sich auf eine Bank und starrte zum ehemaligen Steinbruch hinüber, der inzwischen Teil des Botanischen Gartens war. Viel zu gepflegt und langweilig. Er bedauerte die heutigen Kinder, die auf die tollen Abenteuerspielplätze von früher verzichten mussten. Ein großer Vogel zog mit seinen ausladenden Schwingen Kreise über dem Gelände und Eberhard sah ihm träumend hinterher. Ein Kranich – der letzte Bote des Sommers. Die Bäume ringsum nahmen langsam ihre Herbstfärbung an, der Himmel war tiefblau und nahezu wolkenlos. Immer mehr Kraniche versammelten sich hoch in der Luft und bildeten laut schreiend ihre Formation. Wahrscheinlich war dies einer der letzten milden Tage des Jahres. Schade, dass er Lydia diesen wunderschönen Ort nicht mehr zeigen konnte. Er hätte ihr sicher auch gefallen. Er starrte vor sich hin und hing seinen Gedanken nach. Plötzlich verflog seine gute Stimmung. Ein düsteres Bild aus seiner Vergangenheit drängte sich auf. Irgendetwas musste da gewesen sein, vor vielen, vielen Jahren. Es lag tief in ihm vergraben, er konnte es nicht fassen, so sehr er sich bemühte. Es fröstelte ihn und er rief nach seinem Hund, um ihn anzuleinen. Rüdiger wollte lieber weiterschnuppern. Eberhard ging zu ihm und packte ihn am Halsband. »Komm, Rüdiger, gehen wir heim«, rief er atemlos. »Mama erwartet uns mit Tee und Leckerchen.«

*

Das Kosmetikstudio machte von außen einen unscheinbaren Eindruck. Ein kleines Schaufenster mit einem Werbeplakat für Nageldesign und der Pflegeserie einer bekannten Kosmetikmarke. Birthe trat ein und sah sich kurz um. Alles war in weiß gehalten, die Wände, der Boden, die Regale, der Verkaufstresen.

Eine Frau erschien und setzte ein professionelles Lächeln auf. »Was kann ich für Sie tun?«

»Frau Mühlenkamp?«

Die Angesprochene nickte. Birthe stellte sich vor und die beiden Frauen gaben sich die Hand. »Ich würde Sie gern in Ruhe sprechen. Ist das hier möglich?«

»Selbstverständlich. Ich habe eine halbe Stunde Zeit für Sie, dann kommt der nächste Termin. Wir können in den Aufenthaltsraum gehen.«

Birthe folgte ihr durch einen schmalen Flur in ein kleines Zimmer im asiatischen Stil, das einen intensiven Duft verströmte. Ihr wurde ein Platz auf einem Rattanstuhl zugewiesen.

»Ihr Geschäft geht gut?«, wollte Birthe wissen.

»Danke, ich kann nicht klagen.«

»Ihr Lebensgefährte hat Andeutungen gemacht, dass es in letzter Zeit nicht mehr so rund lief.«

»Volker?«, merkte Sandra alarmiert auf. »Was hat er gesagt?«

»Ihre Geschäftspartnerin soll sie über den Tisch gezogen haben.«

»Wieso?«, fragte Sandra mit Unschuldsmiene.

»Sie sollen sich die weibliche und männliche Kundschaft aufgeteilt haben.«

Sandra nagte an ihrer Unterlippe. »Das stimmt«, sagte sie nach einer Weile.

»Ich nehme an, Sie waren eher für die weibliche Kundschaft zuständig?«

Sandra atmete tief durch. »Das hat sich so nach und nach ergeben. Geplant war das nicht und es hat mich sehr geärgert. Lydia war ein ganz anderer Typ als ich, viel mutiger und aufgeschlossener. Sie hat erst das normale Wellnessprogramm angeboten und ist irgendwann zu erotischen Massagen übergegangen. Das hat sich wohl bei den Männern rumgesprochen, sodass immer mehr kamen. Zeitgleich gingen bei mir die Umsätze zurück.«

»Wann fing das an?«

»Mit den erotischen Massagen? Vielleicht vor zwei Jahren, so genau weiß ich das nicht mehr.«

»Und das haben Sie einfach so hingenommen?«

»Nein, natürlich nicht. Ich habe nach einem Ausgleich gesucht, und da ich die Hauptmieterin bin, habe ich von Lydia mehr Miete verlangt. Ich hätte das viel eher machen sollen, ich habe viel zu lange gewartet.«

»Wann haben Sie die Miete erhöht?«

»Anfang des Jahres. Ist ja wohl auch üblich so.«

»Wie hat Lydia Kosloff darauf reagiert?«

»Erst war sie sauer auf mich, hat es überhaupt nicht eingesehen. Nach ein paar Tagen jedoch hat sie sich entschuldigt und war mit der Mieterhöhung einverstanden.«

Birthe beugte sich leicht vor. »Ich würde den Raum gern mal sehen, in dem Ihre Geschäftspartnerin praktiziert hat.«

»Kein Problem, folgen Sie mir.«

Wieder ging es über den schmalen Gang bis zur letzten Tür. Dahinter verbarg sich ein mittelgroßes Zimmer mit einem geriffelten Milchglasfenster, vor dem eine pinkfarbene Jalousie halb heruntergelassen war. Im ganzen Raum dominierten Rottöne. In der Mitte war die Massageliege, mit einem rotem Spannbettuch bezogen. In der Ecke befand sich eine tomatenrote Ledercouch. Rechts davon stand ein Regal mit roten Handtüchern und Decken. Auf einem Beistelltisch waren Duftkerzen in verschiedenen Rot- und Pinktönen angeordnet.

»Hier fanden also die Massagen statt«, stellte Birthe fest.

Sandra nickte. »Das war Lydias Bereich. Sie hat den Raum alleine eingerichtet, ich hatte hier keinen Zutritt.«

»Haben Sie die Männer gesehen, die zu Ihrer Geschäftspartnerin kamen?«

»Nein, sie hat ihre Dienste erst nach Feierabend angeboten, da war ich nicht mehr in der Praxis.«

»Machen Sie auch Hausbesuche?«

Sandra sah sie irritiert an. »Hausbesuche? Wie meinen Sie das?«

»Nun, Ihre Partnerin hat als zusätzlichen Service offensichtlich Hausbesuche angeboten.«

»Davon weiß ich nichts! Das muss sie, wenn überhaupt, im Alleingang gemacht haben. Abgesprochen war das nicht. Sie ging also auch zu den Männern nach Hause?«

»Vielleicht auch zu Männern, vermutlich sogar. Aber wohl eher als Fußpflegerin, soweit mir bekannt ist. Oder wissen Sie mehr?«

»Ich wusste nicht mal, dass sie eine Ausbildung zur Fußpflegerin hat. Ich meine, wir bieten auch Pediküre an, aber medizinische Fußpflege, nein, dazu kann ich nichts sagen.«

Birthe sah auf ihre Uhr. »Verstehe. Ich muss gleich weiter, aber bevor ich gehe, würde ich gern noch einen Blick in Ihren Terminkalender werfen.«

Sandra wurde rot. Sie räusperte sich. »Meinen Terminkalender? Gut, dann kommen Sie. Der liegt vorne bei der Anmeldung. Wir müssen sowieso daran vorbei.«

*

Eberhard hatte auf dem Behandlungsstuhl Platz genommen und rutschte unbehaglich hin und her. Er hasste den Geruch. Er musste an früher denken und kämpfte gegen einen Brechreiz an.

»Gute Entscheidung, deine Freistunden für den Zahnarztbesuch zu opfern, mein Lieber.« Volker stocherte ungerührt in Eberhards Zähnen herum und gab abschätzende Kommentare ab. Er nahm seinen Mundschutz ab. »Tja, das war höchste Zeit. Gut, dass du dich endlich überwinden konntest. Ich war schon lange an dir dran.«

»Wenn du mich nicht mit deinen Anrufen genervt hättest, wäre ich heute nicht hier. Dann könnte ich in Ruhe in meinem Buch weiterlesen.«

»Das kannst du nachher noch. Wenn ich meinen Behandlungsplan aufgestellt habe.«

»Mach's kurz«, sagte Eberhard resigniert.

»Sandra hat ausnahmsweise recht gehabt. Das hab ich dir bereits am Telefon gesteckt, was sie über dich gesagt hat: Attraktiver Mann, schöne Augen, schöne Hände, aber schlechte Zähne.«

»Ja, ja.«

»So ist es leider, Eberhard. Du hast schlechte Zähne, das hat sogar Sandra gesehen, obwohl sie nur Kosmetikerin ist. Aber dagegen kann man etwas tun, mein Lieber!« Er klopfte Eberhard jovial auf die Schulter.

»Nun sag schon, was auf mich zukommt.«

»Erst nehme ich deine alten Füllungen heraus und ersetze sie durch Inlays und Onlays.«

»Bitte auf Deutsch!«

»Inlays werden mithilfe eines Gipsabdrucks im Labor modelliert und vorgefertigt. Sie passen exakt in deinen

Zahn, der zuvor ausgehöhlt wurde, und sind eine Superalternative zu herkömmlichen Füllungen. Sie halten einfach viel länger und sehen deutlich natürlicher aus. Onlays werden gemacht, wenn eine Füllung nicht mehr ausreicht, eine komplette Krone aber noch nicht nötig ist. Auf deine unregelmäßigen, verfärbten Schneidezähne werde ich Veneers setzen, dünne Keramikschalen, die einfach aufgeklebt werden. Das sieht superschick aus. Du hast dann schneeweiße Zähne, wie ein Hollywoodstar.«

Eberhard stöhnte. »Und was kostet das alles? Hört sich nicht gerade billig an. Ich habe noch nie für einen Zahnarzt aus eigener Tasche bezahlt und habe nicht vor, das zu tun.«

»Du warst ja auch immer nur bei einem Kollegen, der inzwischen in Rente ist. Nein, Qualität hat ihren Preis. Aber, wie ich dir am Telefon sagte, mache ich dir ein Supersonderangebot. Du bekommst alles zum Material- und Einkaufspreis. Du hast vorhin mein Labor gesehen? Hauseigenes Labor – wer hat das schon. Das reduziert die Kosten. Und garantiert eine einwandfreie Arbeit. In deinem Fall übernehme ich Labor- und Behandlungskosten. Das kostet dich keinen Cent. So ein Angebot bekommst du nie wieder, das ist dir hoffentlich klar.«

»Und wo ist der Haken?«

»Kein Haken, mein Lieber. Du bist mir dann nichts mehr schuldig.«

»Wie, dann?«

Volker Holighaus lehnte sich ein Stück vor, stützte beide Hände auf den Oberschenkeln auf und schenkte Eberhard ein charmantes Lächeln. »Wenn du mir dein Haus verkaufst.«

Auf Eberhards Stirn bildete sich eine steile Falte. »Das kann ich nicht so schnell entscheiden.«

»Was heißt *schnell*? Unser erstes Gespräch über dieses Thema liegt eine Weile zurück. Und damals konnte es dir nicht schnell genug gehen mit dem Verkauf. Am liebsten hättest du sofort Nägel mit Köpfen gemacht.«

»Die Situation war eine andere. Lydia war noch am Leben und ich dachte …« Er schluckte.

Volker legte ihm eine Hand aufs Knie. »Ich verstehe dich, Eberhard. Überleg es dir in Ruhe und ruf mich an wegen des Vorvertrags beim Notar, okay? Mein Angebot mit der Zahnbehandlung steht auf jeden Fall. Ich mach dir das, keine Frage. Es liegt an dir.«

»Carola will es doch auch«, jammerte Eberhard. »Was soll ich machen? Ich will es mir mit keinem von euch verscherzen. Ihr seid alle beide gute, alte Freunde. Ihr müsst euch untereinander einig werden.«

Volker funkelte ihn aus zusammengekniffenen Augen böse an. »Weißt du, was du da verlangst?«, fragte er und ließ sich von seiner Assistentin die Spritze reichen. »Mit Carola kann man sich nicht einigen. Es kann nur einer die Villa bekommen. Du entscheidest, Eberhard. Und solange du dich nicht dazu durchringen kannst, kann ich bei dir keine kostenintensive Behandlung zum Einkaufspreis vornehmen. Du müsstest sie schon selbst bezahlen. Alternativ biete ich dir einfache Kunststofffüllungen an, die deine Krankenkasse übernimmt. Du kannst es dir jederzeit anders überlegen.«

14.

Birthe riss das Fenster ihres Mansardenzimmers auf und spähte auf die Straße hinunter. Von hier aus sah die Pörschke-Villa noch imposanter aus als von unten. Es war das mit Abstand größte Haus in der Bismarckstraße. Birthe dachte darüber nach, wie zwei Personen allein eine riesige Villa bewohnen konnten. Sie mussten sich darin verlaufen. Vielleicht funktionierte das Zusammenleben von Mutter und Sohn aber deshalb, weil sie sich aus dem Weg gehen konnten.

Vor dem Nachbarhaus, das beinahe unscheinbar neben der Pörschke-Villa wirkte, fegte ein schmächtiger Mann Laub zusammen. Das musste der ehemalige Heilpraktiker Dirk Fleischhauer sein, der in seinem Haus bis vor Kurzem praktiziert hatte. Bei der routinemäßigen Erstbefragung durch einen Kollegen hatte er ausgesagt, Lydia Kosloff nie gesehen zu haben. Er wirkte missmutig. Die Schultern waren nach vorn gezogen und eine graue Haarsträhne baumelte vor seinem Gesicht. Obwohl Birthe auf Naturheilkunde schwor, fragte sie sich, ob Fleischhauer ein angesehener Heilpraktiker gewesen war, ob er einen Draht zu seinen Patienten gehabt hatte oder eher wie ein überlasteter Hausarzt auf die Schnelle Rezepte ausstellte. Birthe hatte bisher niemanden getroffen, der von Fleischhauer behandelt worden war.

Ansonsten wirkte die Bismarckstraße wie ausgestorben. Birthe beschloss, Daniel anzurufen, der wegen einer

Mandelentzündung krankgeschrieben war. Es dauerte nicht lange, bis er am Telefon war.

»Na, Großer, alles klar bei dir?«

»Und bei dir, Prinzessin? In deinem hochherrschaftlichen Schloss, in dem du neuerdings residierst?«

»Du verwechselst da was. Hochherrschaftlich haben wir hier gegenüber, Tante Hannelore wohnt relativ bescheiden. Kleines Häuschen aus den 20er-Jahren.«

»Hm, nicht schlecht.«

»Nur kein Neid, Daniel, ich bewohne hier lediglich ein Zimmer, ein Mansardenzimmer obendrein, wie früher die Dienstmädchen.«

»Wie romantisch. Lädst du mich ein?«

»Weiß ich nicht. Bin mir nicht sicher, ob Jette das gut finden würde. Wie geht's dir eigentlich? Was macht die Triefnase? Hast du genug Taschentücher?«

»Na ja, halb so wild. Wollen wir's mal nicht so hoch hängen, ne? Bin ganz okay. Ich denke, in ein paar Tagen kann ich dir schon wieder mit meiner Anwesenheit auf den Geist gehen. So, nun erzähl mal. Gibt's was Neues?«

»Ich war bei der Apothekerin Frauke Herkenhoff. Ihre Apotheke befindet sich in der Lotter Straße.«

»Und? Was hat sie gesagt?«

»Leider nicht viel. Sie war ziemlich zugeknöpft. Ihr sei nicht bekannt gewesen, dass Kosloff Medikamente gebraucht habe. Von ihr habe sie sie jedenfalls nicht bezogen. Lydia Kosloff sei sehr lebenslustig gewesen. Und gesund, soweit ihr bekannt war. Für die Tatzeit hat Herkenhoff übrigens ein Alibi. Sie hatte einen Kosmetiktermin bei Sandra Mühlenkamp.«

»Also hat Mühlenkamp automatisch ein Alibi.«

»So ist es. Falls sie sich nicht gegenseitig eins geben. Übrigens war ich noch mal bei ihr.«

»Ja, und?«

»Ich habe mir den Terminkalender von Lydia Kosloff zeigen lassen. Du weißt ja, dass sie die männliche Kundschaft gerne in den Abendstunden empfangen hat. Also habe ich mir besonders die Termine nach 18 Uhr angesehen. Da hatte Sandra Mühlenkamp nämlich Feierabend. Auffällig war, dass diese Abendtermine mit Initialen und Handynummern versehen waren, während bei allen anderen der volle Name und meistens eine Festnetznummer vermerkt waren.«

»Jeden Abend?«

»Wie bitte?«

»Hat sie jeden Abend männliche Kunden empfangen?«

»Nicht jeden«, sagte Birthe, »vielleicht zwei-, dreimal die Woche. Es waren immer dieselben Nummern und Initialen. In den letzten Wochen waren es vier Männer, die diese Massagedienste in Anspruch genommen haben. Ich werde der Sache nachgehen, das ist klar. Alle Männer bekommen Besuch in den nächsten Tagen. Ich habe Mühlenkamp gefragt, ob ihr eine der Nummern bekannt vorkommt, sie hat jedoch verneint. Außerdem wusste sie nichts darüber, dass ihre Kollegin auch als Fußpflegerin tätig war. Du, ich muss leider aufhören. Es klingelt. Ich ruf dich später noch mal an, okay?«

Draußen stand Eva Siebkötter. »Ich haps gleich gefunden!«, schrie sie aufgeregt. »Auch ohne Navi!«

Birthe schmunzelte. »Na, kommen Sie rein. Meine Tante erwartet Sie.«

Frau Siebkötter drückte Birthes Hände und strahlte sie unverwandt an. »Mensch, bin ich froh, das Se mich angeruufn hamm. Wo wa uns auffe Beerdigung neulich geseen hamm, nich waa. Da hätt ich nich gedacht, dass ich so schnell was Neues zum Putzen finn tu. Und dannoch bei Ihn, nich waa. Da bin ich so froo, könn Se ma glaum.«

»Nicht bei mir«, widersprach Birthe, »bei meiner Tante. Ich wohne nur vorübergehend hier. Meine Tante braucht eine neue Putzfrau. Entschuldigung, Haushaltshilfe wollte ich sagen.«

»Ach was, is egaal«, sagte Frau Siebkötter, »da neem was nich so genau mit, oda? Wo kann ich 'n meine Sachn hintun?«

Birthe zeigte ihr die Garderobe. »Tante Hannelore«, rief sie in Richtung Wohnzimmer, »Frau Siebkötter ist da!« Sie stellte beide Frauen einander vor und verabschiedete sich.

»Ich muss was erledigen«, sagte sie. »Warte nicht mit dem Essen auf mich.«

»Wo gehst du hin?«

»Überraschung«, grinste Birthe. »Bis nachher!«

Als sie ihre Jacke anzog, hörte sie Eva Siebkötters durchdringende Stimme von nebenan. »Wie de Zeit wieda rennt, nich waa, Frau Tenfelde, saagen Se blooß, is das nich bekloppt? In zwei Monaten hamm wa schon wieda Weihnachten!«

Als Birthe knapp zwei Stunden später wieder zurück war, hingen diverse Teppichläufer und Badezimmermatten aus den Fenstern. Vor der Haustür waren leere Abfalleimer postiert. Keine Frage, Frau Siebkötter war fleißig am Werk. Birthe hob den Mops-Mischling aus dem Auto. Seine Sachen konnte sie später holen. »Komm, Pepelein, das hier ist dein neues Zuhause«, lockte sie. Der Rüde wackelte begeistert mit dem Schwanz.

»Schöner als im Tierheim, oder?«, lachte sie und knuddelte den kleinen Hund. Ganz wohl war ihr nicht. Ihr Herz wummerte vor Aufregung. Was würde ihre Tante dazu sagen?

Die Haustür war angelehnt und Birthe drückte sie auf. »Tante Hannelore! Besuch ist da!«

Birthe schnupperte. Ein merkwürdiger Geruch stieg ihr in die Nase. Im Haus roch es nicht nur nach Reinigungsmitteln.

»Frau Tenfelde ist nich da!«, ertönte die schrille Stimme von Frau Siebkötter. »Sie ist nua eben ma zua Apotheeke und kommt gleich wieda. Falls es Ihn ziehen sollte: Ich hab alle Fenster los gemacht.«

In dem Augenblick fing Pepe an zu bellen. Eva Siebkötter erschien mit hochrotem Kopf. »Nee, oda?«, fragte sie und deutete mit dem Putzwedel auf den Hund. »Der bleibt aba nich?«

Birthe ignorierte sie. »In der Küche kocht etwas vor sich hin. Hat meine Tante vergessen, den Herd auszustellen?«

»Nee, nee, heute mach ich Mittach«, warf sich die Putzfrau in die Brust. »Mein Lieblingsessen, Ramanken. Mein Kalle mag das nich, aber die Frau Tenfelde schwärmt davon, nich waa, also darf ich annen Head. Und Sie, Frau Schöndorf?«

»Hm, wenn ich ehrlich bin, ist Steckrüben-Eintopf auch nicht so mein Ding. Aber schön, dass Sie sich einbringen.«

»Ich kann Ihnen viele Rezepte verraaten, wenn Se wollen.«

»Ein anderes Mal vielleicht, Frau Siebkötter, ich gehe jetzt mit Pepe in den Garten.« Eva Siebkötter wandte sich beleidigt ab. »Pepe heißt de Köta also«, murmelte sie, »auch kein Hundename. Und ich tu nie wieda auf son Viech aufpassen. Von den Pastors habe ich noch die Nase voll. Imma nua 'nen Kinogutschein und 'nen Aldiwein, nee, muss nich sein.«

15.

Carola war bereits auf dem Heimweg, als ihr einfiel, dass sie zusätzlich zum teuren Montblanc-Füller eine Flasche Wein für Eberhard besorgen könnte. Auf Wein sprach er vielleicht eher an. Sie hatte sich in Schale geworfen, mehr als sonst, und sich großzügig mit ihrem Lieblingsduft eingesprüht. Auf dem Beifahrersitz lag ihre neue dunkelgrüne Prada-Tasche. Passend dazu trug sie Pumps in gleicher Farbe. Sie lenkte den schwarzen BWM auf einen Parkplatz. Im angrenzenden Supermarkt würde sie den Wein für Eberhard besorgen und eventuell eine Kleinigkeit für seine Mutter. Den Wein hatte sie nach wenigen Minuten gefunden, einen teuren Riesling in edler Verpackung, stand jedoch lange vor dem Regal mit den Süßigkeiten und konnte sich nicht entscheiden. Sie würde noch einen kleinen Abstecher machen müssen, um für Eberhards Mutter einen Blumenstrauß zu besorgen. Die Sache war ernst, da durfte sie sich nicht kleinlich zeigen. Also hielt sie kurze Zeit später bei Blumen Niemann und ließ sich für 60 Euro einen Strauß binden. Er sah edel aus – das hob ihre Stimmung. Sie fuhr sehr langsam über das Kopfsteinpflaster und suchte nach dem Haus ihrer Kindheit, aber sie konnte sich kaum orientieren, denn das Nachbarhaus war Mitte der 70er-Jahre abgerissen worden, um einem gesichtslosen Betonklotz zu weichen. Später hatten ihre Eltern ein moderneres Haus in der Goebenstraße bezogen. Auch das war mittlerweile nicht mehr im Besitz der Familie, denn die Mutter war nach dem Tod des Vaters nach Bad Oeynhausen gezogen. Es gab keine Verbindung mehr zu Carolas Kindheit. Sie lenkte ihren Wagen nach rechts in die Bismarckstraße und legte sich eine Strategie zurecht.

Eberhard hatte nie einen Hehl daraus gemacht, dass er Carola toll fand. Schon in der Oberstufe war er einer ihrer Verehrer gewesen, aber im Gegensatz zu anderen konnte er seine begehrlichen Blicke schlecht verbergen. Carola hatte immer so getan, als bemerke sie nichts. Sie fühlte sich geschmeichelt, wollte ihm aber nicht die geringste Hoffnung lassen, dass mehr aus ihrer Freundschaft werden könnte. Dennoch mochte sie ihn, seine ruhige, besonnene Art und seine Hilfsbereitschaft. Ja, die besonders. Er hatte nichts dagegen, dass sie Hausaufgaben bei ihm abschrieb und half ihr bei der Ausarbeitung von Referaten.

Jetzt ging es nicht mehr um Schulnoten, sondern um etwas anderes, viel wichtigeres. Carola überlegte fieberhaft, wie weit sie gehen würde, um den Zuschlag für die Villa zu bekommen. Sie hoffte, dass sie es schaffen würde, Eberhard herumzukriegen ohne ihn verführen zu müssen. Aber sollte es nicht funktionieren, würde sie sich keinen Zacken aus der Krone brechen, mit ihm zu schlafen. Er war immer noch nicht ihr Typ, aber mittlerweile ein durchaus passabel aussehender Mann. Fast konnte man ihn als attraktiv bezeichnen. Wenn sie ihm in Stilfragen beratend zur Seite stehen könnte, wäre er es. Ein anderer Haarschnitt, modische, gut sitzende Kleidung – und er wäre ein ganz anderer. Aber auch so war er sympathisch, er roch gut, ja, sie könnte es sich vorstellen. Was allein zählte, war ihr Ziel, das sie nicht aus den Augen verlieren durfte, unter keinen Umständen.

Sie holte die Geschenke aus dem Kofferraum und betätigte die Türklingel.

Im Flur ging ein Licht an. Die Haustür wurde geöffnet und im nächsten Moment stand sie Eberhard gegenüber. Er sah sie entgeistert an.

»Carola … du? Mit dir hätte ich am wenigsten gerechnet.«

Carola überreichte ihm den Wein. »Der Strauß ist für die Frau Mama.«

»Wie schön. Da wird sie sich freuen. Aber was soll das alles? Der Füller ist klasse und den Wein hast du gut ausgewählt. Warum? Ich habe nicht einmal Geburtstag.«

Carola winkte ab. »Willst du mich nicht hineinbitten?«

»Verzeihung«, sagte er und wies ihr den Weg.

»Wo ist sie?«

»Wen meinst du? Mama? Sie hat sich hingelegt. Sie ist momentan nicht auf dem Damm, muss man wissen.«

Carola atmete hörbar auf. Eberhard ging voraus ins Wohnzimmer und bot ihr einen Platz auf dem dunklen Chesterfield-Sofa an. Sie setzte sich, überkreuzte ihre langen Beine und sah Eberhard erwartungsvoll an.

»Darf ich dir etwas zu trinken anbieten?«

Sie wollte ihn um ein Glas Wasser bitten, da besann sie sich eines Besseren und strahlte Eberhard an. »Oh gerne«, sagte sie, »ein Sekt wäre nicht schlecht. Oder hast du zur Feier des Tages vielleicht ... Champagner?«

»Ich werde nachsehen, erst sagst du mir, was dich zu mir führt.«

»Ich wollte dich einfach überraschen!«

»Ah«, sagte er und verließ den Raum.

Carolas Blick blieb an einem der nostalgischen Puppenhäuser hängen und sie kräuselte den Mund. Das alles muss man sich wegdenken, dachte sie. Sie versuchte zu überschlagen, was eine Renovierung kosten würde. Einige Bodendielen waren offensichtlich locker und müssten erneuert werden. Und an manchen Stellen warf die Tapete Blasen. Dahinter war bestimmt Feuchtigkeit. Nun, es würde sich im Rahmen halten. Sie wusste nur eines: Sie wollte dieses Haus – unbedingt!

Der Champagner schäumte in den Gläsern. Eberhard stieß mit Carola an. »Zum Wohl«, sagte er, »du bist mir herzlich willkommen, Carola. Muss man wissen.«

»Das freut mich«, sagte sie und schenkte ihm ein charmantes Lächeln. »Prost, Eberhard, auf unsere Freundschaft! Sag, willst du eigentlich da hinten sitzen bleiben? Komm ein bisschen näher, ich beiße nicht.«

Eberhard wand sich und rückte schließlich näher an Carola heran. Sie legte ihre Hand auf seinen Oberschenkel. »Wie lange sind wir inzwischen befreundet, Eberhard? Weißt du's?« Erneut lächelte sie.

»30 Jahre?«, riet er.

»Falsch. Es sind exakt 41 Jahre. Seit wir aufs Gymnasium gekommen sind, so lange kennen wir uns!«

»Unglaublich«, staunte Eberhard, »Und du bist schön wie damals.«

»Ach komm, übertreib nicht. Ohne deine Komplimente: Du bist mir der Allerliebste. Ewiger Junggeselle – ich liebe das –, das gibt mir das Gefühl, du wärest noch zu haben.«

»Du hättest mich haben können, aber du wolltest nicht. Du hast dich anders entschieden.«

»Ich habe mich anders entschieden, das stimmt. Du hast trotzdem einen Platz in meinem Herzen, Eberhard. Für immer.«

»Was willst du, Carola?«

»Was ich will? Wenn du so konkret fragst: Das weißt du doch. Dein Haus!« Sie flirtete mit ihrer Stimme und ihren Blicken. Darauf verstand sie sich.

Eberhards Augen verengten sich. »Du bist aber forsch.«

»Wenn ich das nicht wäre, hätte ich es nicht so weit gebracht.«

»Ja, das stimmt. Du und Volker, ihr seid die Einzigen in der Klasse mit Doktortitel.«

»Ist doch egal, so wichtig sind Titel nicht. Komm, lass uns noch ein Gläschen zusammen trinken. Der Champagner schmeckt hervorragend.« Die Gläser klirrten. »Eberhard, ich habe morgen einen Termin bei der Bank. Was darf ich denen sagen?« Ihre Füße begegneten sich wie zufällig unter dem Couchtisch.

Eberhard stellte sein Sektglas ab. Er wurde blass.

Carola öffnete ihre Handtasche und zog einen Prospekt heraus. »Schau, das ist ein Flyer von der Diakonie in Osnabrück. Ich habe mir die Mühe gemacht und mit der Leiterin der Einrichtung gesprochen. Eine sehr sympathische Frau übrigens. Sie hat mir ein paar Apartments in der Seniorenresidenz gezeigt und ich habe das schönste für deine Mutter reservieren lassen. Es ist ein Doppel-Apartment, das vorher ein Ehepaar bewohnt hat. Hervorragend geschnitten und sorgfältig renoviert. Es hat einen großen Balkon mit Abendsonne, eine voll eingerichtete moderne Küchenzeile, ein behindertengerechtes Bad, neuen Parkettboden und isolierte Fenster. Wir haben die Option bis zum ersten Dezember, was ungewöhnlich ist, normalerweise muss man sich sofort entscheiden. Aber ich habe der Leiterin einen Scheck überreicht, eine großzügige Spende meinerseits – tja, und da hat sie eben eine Ausnahme gemacht. Da kannst du sehen, Eberhard, was ich alles für dich mache. Jetzt musst du deine Mutter überzeugen, in diese Residenz einzuziehen. Setz dich einfach mit der Leiterin in Verbindung – die Nummer und E-Mail-Adresse stehen auf dem Flyer – und mach einen Termin aus. So schnell wie möglich, Eberhard, die Zeit läuft uns davon. Im Handumdrehen ist eine Woche vorbei.«

Eberhard starrte auf den Prospekt und drehte und wendete ihn hin und her. In seinem Gesicht zeigten sich tiefe Furchen.

»Das ist nicht alles. Auch an dich habe ich gedacht.« Erneut öffnete sie ihre Handtasche und holte eine Visitenkarte hervor. »Da schau, ich hatte einen Termin beim besten Makler in Osnabrück. Er hat zurzeit wunderschöne Eigentumswohnungen am Westerberg, die zum Verkauf stehen, zu relativ günstigen Konditionen. Solltest du dich für eine dieser Wohnungen entscheiden, übernehme ich die Makler- und Notarkosten. Was sagst du nun, Eberhard?« Carola sah ihn erwartungsvoll an.

Eberhard knetete die Visitenkarte in seinen Händen und schwieg. Er schien lange zum Entziffern der Buchstaben zu brauchen.

»Was ist«, drängelte Carola, »gibst du mir grünes Licht für meinen Besuch bei der Bank morgen?« Sie streichelte seinen Arm, versuchte, Augenkontakt mit ihm aufzunehmen. Er wirkte jedoch seltsam verstört und abwesend. Das Prickeln von vorhin war verschwunden. Ihr dämmerte, sie könnte es versemmelt haben. Hoffentlich war nicht alles zu spät.

Eberhard sah schweigend aus dem Fenster, hinunter in den weitläufigen, parkähnlichen Garten mit alten Bäumen. Am unteren Ende stand eine von Efeu umrankte, verwitterte Gartenbank. Als Kind hatte er oft dort gesessen und vor sich hingeträumt. Ein wundervoller Platz, voller Ruhe und Frieden. In diesem Moment wurde ihm bewusst, wie sehr er an dem Haus hing. Und dann blieb sein Blick am Strandkorb hängen und sein Herz schlug schneller. Ein plötzliches Unwohlsein stieg in ihm auf.

Er sah weg und betrachtete Carola. Wie elegant sie aussah, wie gut sie roch. Sie hatte etwas mädchenhaft Zauberhaftes an sich.

»Eberhard, weißt du was?«, riss ihn Carola aus seinen Gedanken, »mir ist gerade etwas eingefallen. Ich lade dich zum Essen ein. Du und ich, was hältst du davon? Ins ›La Vie‹, gleich nächste Woche. Sagt dir das was? Kennst du das Lokal?«

Eberhard schüttelte den Kopf. Er blickte trüb ins Leere.

»Ein Gourmet-Restaurant, zwei Michelin-Sterne. Direkt gegenüber dem Rathaus in der Altstadt. Ich reserviere einen schönen Tisch für uns zwei und bestelle ein Menü vor. Nächsten Samstag, was denkst du? Würde dir das passen?«

Eberhard atmete tief durch. Wie verlockend das alles klang! Wie stolz wäre er gewesen, sich in der Öffentlichkeit an Carolas Seite zu zeigen, sich der Illusion hinzugeben, mit ihr zusammen zu sein, und sei es nur für einen Abend. Aber er war nicht käuflich. »Ich glaube nicht«, sagte er zögerlich.

Sie schien damit gerechnet zu haben, denn ihre Antwort kam prompt. »Sei nicht dumm, Eberhard. Ich habe euch an dem Abend bei Volker beobachtet, dich und Lydia. Und soll ich dir was sagen? Lydia hat mich in der Nacht angerufen und mir voller Begeisterung erzählt, sie habe sich in dich verliebt und sei mit dir zusammen. Ach, sieh einer an, wie rot du wirst! Wie niedlich! Es stimmt also. Und ich denke, du hast ein Interesse daran, dass das unter uns bleibt, oder?« Jetzt klang sie nicht mehr so charmant.

»Was weißt du?«, fragte er mit trockenem Mund.

»Alles«, sagte sie vage.

Er hatte Carola nach draußen begleitet und ihrem Wagen hinterhergesehen. Schließlich war er ins Haus zurückgegangen und hatte sich mit einem Whiskey in seinen tiefen Sessel gesetzt. Seine Erinnerungen wanderten zurück zu Volkers Geburtstag.

Lydia hatte kurz vor ihm die Feier verlassen. Er hatte mitbekommen, dass sie sich ein Taxi bestellt hatte, und war ihr gefolgt. Am Adolf-Reichwein-Platz holte er sie ein. Dort wartete sie auf den Fahrer.

»Würde es dir etwas ausmachen, wenn ich mitfahre?«, fragte er. »Wir könnten uns das Taxi teilen, ich muss in dieselbe Straße. Was meinst du?«

Sie war einverstanden. Der Wagen kam, sie stiegen ein und nahmen hinten Platz. Während der Fahrt sprachen sie nicht miteinander, doch sie wechselten Blicke. Auf der Höhe des Felix-Nussbaum-Hauses fasste er sich ein Herz und nahm ihre Hand. Sie hielt sie dankbar fest und ließ sie nicht mehr los. In der Bismarckstraße angekommen, bezahlte er. Sie wollte ihm nach dem Aussteigen die Hälfte wiedergeben, er lehnte jedoch ab. »Viel lieber würde ich mit dir noch ein Glas Wein trinken«, sagte er.

Sie hatte einen Moment überlegt und dann ja gesagt. So war sie mit ihm gegangen, in sein Haus, in sein Schlafzimmer.

*

»Sind Sie Herr Koch?« Der Angesprochene kam mit hochrotem Kopf hinter der Motorhaube seines Autos hervor und musterte Birthe mit finsterer Miene.

»Was wollen Sie von mir?«

Birthe zeigte ihren Dienstausweis und stellte sich vor. »Können wir irgendwo in Ruhe reden?«

»Woher haben Sie meinen Namen?«

»Rainer Koch, Sie standen im Terminkalender von Lydia Kosloff.«

Koch blickte sich nervös um. »Kommen Sie.«

Er führte sie in eine Doppelhaushälfte im Stadtteil Wüste. »Sie haben Glück, dass meine Frau nicht da ist.«

Wenig später saßen sie in der Essecke eines modern eingerichteten Wohnzimmers zusammen.

»Was ist mit Frau Kosloff?«, fragte er heiser.

»Sie ist tot.«

Er sah sie misstrauisch an. »Doch nicht … ermordet?«

»Wie kommen Sie darauf?«

»Ich meine ja nur, weil Sie von der Kriminalpolizei sind.«

Birthe ging nicht darauf ein. »Sie haben Dienste von Frau Kosloff in Anspruch genommen.«

Koch senkte den Kopf und knetete seine Hände. »Massagedienste, mehr nicht.«

»Kam es zum Geschlechtsverkehr?«

»Nein, nein, das nicht.«

»Weil Sie es nicht wollten?«

»Weil das nicht zur Debatte stand. Frau Kosloff machte das nicht. Und ich habe es akzeptiert.«

»Waren Sie oft bei Frau Kosloff?«

Er verneinte und teilte Birthe in knappen Worten mit, dass er die Kosmetikerin etwa einmal im Vierteljahr aufgesucht habe.

»Herr Koch, hat Frau Kosloff Ihnen gegenüber erwähnt,

dass sie in Problemen steckte, dass sie sich bedroht gefühlt oder vor etwas Angst gehabt hat?«

Er schüttelte den Kopf und sah aus dem Fenster. »Bitte kommen Sie zum Schluss. Ich sehe das Auto meiner Frau in der Einfahrt.«

»Erinnern Sie sich daran, was Sie am Mittwoch, den 5. Oktober nachmittags gemacht haben?«

»Mittwoch, sagten Sie? Da muss ich nicht lange überlegen. Ich habe gearbeitet. Ich bin Krankenpfleger im Marienhospital.«

»Das wird sich leicht nachprüfen lassen.«

»Bitte sehr. Tun Sie Ihre Pflicht.« Er nannte ihr den Namen der Station und seiner Dienstvorgesetzten und stand auf, um seiner Frau entgegenzugehen.

*

»Kannst du mir sagen, was das werden soll?« Volker war unbemerkt an Sandra herangetreten und schielte ihr über die Schulter.

»Ich schreibe was für die Zeitung, eine Anzeige, warum?«

»Was für eine Anzeige?«

»Na, ich suche eine neue Kollegin.«

»Und wozu soll das gut sein?«

»Allein ist mir die Miete zu teuer. Außerdem ist es langweilig allein im Salon.«

»Schatz, leg den Stift weg und hör mir zu. Ich habe Eberhard so weit: Er ist bereit, zu verkaufen. An mich. – Was siehst du mich an? Er ist von selbst auf mich zugekommen. Wir sind uns einig geworden. Er will nur

650.000 für das Haus. Du weißt, es ist mindestens das Doppelte wert. Mindestens. Bei den Grundstückspreisen am Westerberg. Püppi, ich bin dann mal so großzügig und überlasse dir zwei wunderhübsche Räume für deine gediegene Kundschaft. Einen davon sogar mit Runderker. Wir arbeiten sozusagen Hand in Hand. Ich schicke dir die Kunden rüber und du mir die Patienten. Du brauchst keine neue Kollegin zu suchen. Vorerst jedenfalls nicht. Verstehst du, was ich sage?«

»Meinst du das ernst?«

»Vertrau mir einfach, Sandra. Ich habe nächste Woche einen Termin beim Notar – für den Vorvertrag. Wenn das klappt und Eberhard unterschreibt, kann mir Carola nicht mehr dazwischenfunken.«

»Und du hast so viel Geld?«

»Ach, bist du naiv. Natürlich nicht, mein Häschen. Aber wen kümmert's? Die Bank hat's, alles andere interessiert keinen. Ich muss plausibel machen, wofür ich das Geld brauche, für welches Projekt und was dabei so rausspringen könnte. Langfristig. Reicht doch, wenn ich den Kredit in 20 Jahren zurückgezahlt habe, oder? Und das habe ich locker, bei dem, was ich vorhabe. Das klappt, glaub mir. Wozu hat man Freunde?«

»Wie meinst du das?«

»Na, Matthias, er hat mir schon einmal aus der Patsche geholfen.«

»Matthias soll dir einen Kredit geben? Wo seine Frau selbst das Haus haben will? Das ist nicht dein Ernst!«

»Matthias will nicht, dass seine Frau das Haus bekommt. Also wird er seinen Mund halten.«

»Warum bist du so gierig, Volker?«

»Warum ich gierig bin, warum ich gierig bin, fragst du?« Er war erregt aufgestanden. »Ich hatte eine megaharte Kindheit, das weißt du. Ich will nie wieder in meinem Leben so scheißarm sein. Ich erzähle dir eine Episode aus meinem Leben, aus meiner Kindheit: Ich laufe neben Eberhard her. Wir gehen über den Westerberg und sind auf dem Weg zum Steinbruch. Ich trage die ausgebeulten und geflickten Hosen von meinem ältesten Bruder Michael, das verwaschene Hemd von meinem zweitältesten Bruder Andreas und die abgestoßenen und ausgelatschten Schuhe von meinem drittältesten Bruder Carsten. Ich schiebe einen Schrotthaufen von Fahrrad neben mir her, das einen Platten hat. Eberhards funkelnagelneues giftgrünes Bonanzarad glitzert in der Sonne. Es hat Seitenreflektoren und einen coolen extralangen Sattel. Er schiebt nicht, nein, er fährt Kurven um mich herum, sodass ich dieses beschissene Fahrrad im Blick habe. So ein Fahrrad hätte ich selbst gern gehabt, aber natürlich bekam ich es nicht. Eberhard trägt angesagte Klamotten, eine Wrangler-Jeans mit Schlag und ein gestreiftes Hemd mit großem, spitzen Kragen. Er gibt an mit seiner Stereoanlage, die riesige Lautsprecherboxen hat und auf der sich die neuen Platten von den Stones und Uriah Heep super anhören. Ich schiebe mein Fahrrad mit hochrotem Kopf und lasse mir nichts anmerken. Ich bin der blöde Volker, der kleine blonde Junge mit den Pausbacken, von dem alle sagen, er sähe aus wie der Junge auf der Zwiebackpackung. Scheiß auf den Zwieback-Volker! Den mit den vielen Geschwistern, der überforderten Mutter und dem Vater, der abends betrunken von der Kneipe nach Hause kommt. Davon erfährt Eberhard nichts, er darf sowieso nicht bei mir zu Hause spielen. Wir müssen immer raus, bei Wind und Wetter, dürfen nie drinnen spielen in einem geilen Spielzimmer wie bei Eberhard zu Hause. Eberhard erzählt vom Skiurlaub in Kitzbühel und von der bevorstehenden Urlaubsreise an die Costa Brava. Der vornehme Eberhard fährt in allen Ferien in den Urlaub, residiert in den besten Hotels, während ich ein einziges Mal verreisen durfte, nämlich nach Juist, in eine verdammt abgelegene Jugendherberge, mit dem OTB-Sportverein. Na super. Das war eine Kindheit, sage ich dir. Und nicht nur das. Weißt du, wie lange mein Studium gedauert hat? Zwölf Jahre. Nicht, weil ich zu doof dafür war. Nein, ich musste mir alles selbst finanzieren, hauptsächlich mit Taxifahren. Nachts stinkende alkoholisierte Kerle durch die Gegend kutschieren, die mich an meinen Vater erinnerten, tagsüber vornehme alte Damen mit Pudel auf dem Schoß. Und arrogante Kotzbrocken mit zu viel Geld, die höchstens 50 Pfennig Trinkgeld gaben. In den Semesterferien schuftete ich bei Karmann, Schrauben für die Arbeiter zurechtlegen. Gerade in den Jahren, die für andere die geilste Zeit ihres Lebens ist, musste ich besonders hart ran. Und Eberhard? Der war nach fünf Jahren fertig und wurde nach seinem Referendariat ruckzuck verbeamtet. Der lag in seinen Semesterferien irgendwo am Strand in der Sonne. Damit ist Schluss. Eberhard hat lange genug in seinem Schloss residiert, nun bin ich dran. Ich will einen Teil von seinem Leben, darauf war ich immer schon scharf. Jahrelang, nein jahrzehntelang. Und ich bin so kurz davor, es zu bekommen, so kurz.« Er machte eine entsprechende Handbewegung. »Es ist mir eine Genugtuung, ihn endlich zu entthronen. Endlich kann ich es mir leisten, so zu leben wie er.«

Sandra hatte mit offenem Mund zugehört und holte tief Luft. »Dass du so unter deiner Kindheit gelitten hast, Volker. Das waren normale Zustände in den 60ern und 70ern, wenn man von dem alkoholkranken Vater absieht. Meine war nicht anders, na und? Ich habe mich nie darüber beklagt. Hatte auch seine guten Seiten. Wir hatten viel mehr Freiheit als die Kinder heutzutage. Konnten spielen, so viel wir wollten. Bis es dunkel wurde. Wir waren längst nicht so verplant wie die Kinder heute. Niemand hat uns zu Freunden hingefahren und später abgeholt. Keiner hat hinter uns hertelefoniert oder von uns verlangt, dass wir uns regelmäßig melden. Handys gab es nicht und Telefonieren war teuer. Unsere Eltern wussten, dass wir irgendwann genug vom Spielen haben und müde und dreckig von allein zurückkommen würden. Und heute? Heute geht's uns richtig gut. Wir können uns alles leisten. Lass die Vergangenheit ruhen, Volker. Woher kommt dein Hass auf die Reichen?«

Volker nahm auf dem weißen Rolf-Benz-Sofa Platz und lehnte sich zurück. »Ich hasse sie nicht«, sagte er leise, »ich will nur so sein wie sie.«

»Bist du doch längst. Sieh dich um. Schau mal, was du dir aufgebaut hast, was du dir alles leisten kannst. Wohin man guckt, teure Sachen. Echte Bilder an den Wänden, Markenmöbel, Antiquitäten, exquisites Zeugs.«

»Oh, Sandra, du machst dich«, sagte er zynisch, »das erste richtig benutzte Fremdwort, ich fasse es nicht!«

Sandra ließ sich nicht beirren. »Dieses Penthouse, die teure Einrichtung, die Zahnarztpraxis, reicht dir das nicht?«

»Schatzi, warum sollte ich fade Wasserbrötchen backen, wenn es schmackhafte Milchbrötchen gibt? Und die sich viel besser verkaufen lassen als die faden? Wenn jeder klein denken würde wie du, hätte es niemand zu etwas gebracht. Es gäbe keinen Reichtum. Um reich zu sein, muss ich in großen Kategorien denken, etwas wagen, riskieren, über mich hinauswachsen. Gut, ich kann fallen, dann rappel ich mich auf und mache weiter. *No risk, no fun.* Ich bin ein guter Zahnarzt, Sandra. Wahrscheinlich sogar der beste in Osnabrück. Aber ich muss das auch nach außen hin zeigen, weißt du? Das kann ich nicht mit meiner alten Praxis, wo wir uns gegenseitig auf die Füße treten. Jeder soll sehen, wie sehr ich mich angestrengt habe, was ich kann, sonst weiß am Ende keiner, dass ich spitze bin. Nur mit Privatpatienten wird sich da in Zukunft etwas tun. Und die wollen ein repräsentatives Ambiente, wollen sich wohlfühlen, egal, wo sie sind. Ich will die große Kohle machen, die richtig geile Karriere will ich.«

»Bleib auf dem Teppich. Du bist blöd, Glitzerprinz.«

»Na und? Dann bin ich eben blöd. Ich will das Haus, Sandra, ich will verdammt noch mal das Haus!«

Eine Weile schwiegen sie. Schließlich stand Sandra auf. »Ich gehe trainieren. Bauch, Beine, Po. Und damit du's weißt: Ich werde nie wieder eine …« Sie stockte und suchte nach dem passenden Fremdwort. Es lag ihr viel daran, sich in Volkers Gegenwart gewählt auszudrücken. »… eine Kombination mit dir führen auf dieser Ebene«, vollendete sie den Satz.

Er lachte. »Nein, mein Schatz, so eine Konversation führen wir gewiss nicht mehr«, sagte er spöttisch.

»Oh, Sandra, das ist typisch für dich. Jedem Streit gehst du aus dem Weg. Na, dann trainiere mal deinen hübschen Arsch. Glaub nicht, dass ich hier auf dich warte.« Volker sah ihr missmutig hinterher, wie sie ihre Haare schüttelte und aus dem Zimmer ging. Früher hatte sie sich wenigstens über ihn geärgert. Dass sie es nicht mehr tat, ärgerte jetzt ihn. Er stand auf und schenkte sich an seiner eigenen Bar einen Martini ein. Er wusste, dass das nicht sein einziger bleiben würde.

16.

Daniel wurde es allmählich langweilig – seit drei Stunden war er unterwegs. Er hatte einen Fensterplatz neben einem korpulenten Geschäftsmann, der unentwegt Zahlen in seinen Laptop hackte. Als eine Frau mit einem Getränkewagen vorbeikam, war er froh über die Abwechslung. Er nahm ihr einen Becher Kaffee und eine Brezel ab. Allein der Duft weckte seine Lebensgeister wieder. Der Kaffee war sehr heiß. Daniel schlürfte vorsichtig daran und verbrannte sich fast die Zunge. Er biss in die Brezel und sah aus dem Fenster, konnte aber den Ausblick auf den

Rhein nicht genießen. Er war viel zu aufgeregt. Außerdem plagte ihn ein schlechtes Gewissen. Er war in Wirklichkeit nicht krank, sondern brauchte nur eine Auszeit. Was Hurdelkamp dazu sagen würde, war ihm egal, aber Birthe belog er nur ungern. Wenn sie wüsste, dass er schon seit Stunden im Zug auf dem Weg nach Heidelberg saß. Sie würde ihn nicht verstehen. Und alles nur wegen einer fixen Idee, eines Jugendtraums.

Er sah sich schon in dem Porsche sitzen, das Lederlenkrad in der einen Hand, die andere Hand ruhte lässig auf dem Schalthebel. Er sah den silberfarbenen Porsche auf dem Betriebshof der Polizei in der Sonne glitzern. Die Kollegen würden vor Neid erblassen. Nur Birthe nicht, in der Beziehung war sie wie Jette. Autos mussten vor allem sicher und praktisch sein, alles andere interessierte sie nicht. Frauen waren ohnehin nur schwer zu beeindrucken, das wusste er inzwischen. Vor allem jene Sorte Frauen, mit denen er es ernster meinte, die ihm etwas bedeuteten. Jette zuliebe einen familienfreundlichen Kombi anzuschaffen, sah er trotzdem nicht ein. Das hatte Zeit. Schließlich war er noch Single und konnte sein Geld ausgeben, wofür er wollte. Da ließ er sich nicht reinreden.

Bei dem Gedanken wurde ihm kälter ums Herz. Das Geldbündel in seinem Rucksack war geliehen. Seine Bank hatte ihm einen Kredit bewilligt, aber es würde Jahre dauern, ihn zurückzuzahlen. Wenn es überhaupt gelänge. Sein Subaru würde beim Verkauf nicht viel einbringen, seinen Nebenjob als Fußballtrainer einer Kindermannschaft konnte er in der Beziehung vergessen, sein Konto war so gut wie leer und Ersparnisse hatte er kaum.

Der Typ im Fitnessstudio hatte etwas von einem Modeljob erzählt, mit dem er sich hin und wieder etwas dazuverdiente. Ob das auch etwas für ihn wäre? Knackig sah er ja noch aus für sein Alter, einigermaßen durchtrainiert war er auch. Er konnte sich durchaus in seinen Boxershorts sehen lassen. Bräuchte er als Model eine Genehmigung vom Arbeitgeber? Gleich morgen würde er es in Erfahrung bringen. Er müsste ja nicht sagen, was genau er vorhatte. Hurdelkamp war im Moment nicht gut auf ihn zu sprechen. Wenn er überhaupt mal jemanden hervorhob, dann Birthe. Ihn nie, Daniel konnte sich nicht erinnern, wann sein Chef ihn das letzte Mal gelobt hatte. Er traute ihm einfach nichts zu. Vielleicht hatte er sogar recht. Daniel wusste selbst, wo sein Problem lag. Er ließ sich zu leicht ablenken, war mit seinen Gedanken oft woanders. Außerdem machte er nicht gerne Überstunden, dazu war ihm seine Freizeit viel zu lieb. Er trieb regelmäßig Sport und sah sich gern Sportsendungen im Fernsehen an. Trotzdem wäre es mal wieder an der Zeit, allen zu beweisen, was in ihm steckte. Wenn er im Fall Kosloff wenigstens einen Anhaltspunkt hätte, einen winzigen, der ihn weiterbringen würde.

Daniel griff nach seinem Pappbecher und trank einen Schluck von dem immer noch zu heißen Kaffee. Auf der anderen Rheinseite entdeckte er einen idyllisch gelegenen Campingplatz. Er sah Leute in der milden Herbstsonne sitzen und Kaffee trinken. Sie schienen unglaublich viel Zeit zu haben. Zeit und vor allem Freiheit. Daniel hatte noch nie zuvor Camper beneidet. Zum ersten Mal in seinem Leben tat er es.

*

Birthe zog sich Parka und die Doc Martens an und nahm den Mops an die Leine. »Ich geh kurz mit Pepe raus, bevor meine Spätschicht beginnt«, rief sie in den Flur.

Tante Hannelore erschien mit Blümchenschürze in der Küchentür. »Zieh ihm ein Mäntelchen an«, mahnte sie. »Es ist kalt heute.«

»Ach nee, Tantchen. Wenn du jetzt damit anfängst, bei gerade 10 Grad, verzärtelst du ihn. Und bei Minusgraden holt er sich eine Erkältung.«

Hannelore Tenfelde ging zum Barometer und klopfte dreimal an die Scheibe. »Sind es 10 Grad?«, fragte sie. »Ich habe Babsi ein Mäntelchen angezogen, wenn es unter 15 Grad war. Gut, vielleicht hast du recht, härten wir den Pepe eben ein bisschen ab. Sobald die Temperatur unter 10 Grad fällt, ziehst du ihm aber dieses Mäntelchen an, warte, ich zeig es dir.«

Sie öffnete die oberste Schublade der Flurkommode und zog einen blau karierten Minimantel hervor, an dem noch das Preisschild hing. »Hier sind Pepes Sachen, falls du etwas suchst. Seine Badetücher und der Badeponcho sind im Bad. Du findest sie im weißen Rattanregal, direkt neben dem Hundeshampoo und dem Hundepuder. Ich habe einen Bademantel in hellblau gekauft, ich finde, der rosafarbene passt nicht zu Pepe.«

»Ich bin weg«, sagte Birthe und zog die Tür hinter sich zu.

Draußen atmete sie auf. Sie war froh, dass sich ihre Tante mit Pepe arrangiert hatte. Es war allerdings nicht einfach gewesen. Erst hatte sie ein Riesentheater veranstaltet, von wegen, sie sei zu alt für einen neuen Hund und traue sich die Verantwortung nicht mehr zu. Im ersten Moment war sie so aufgebracht gewesen, dass sie den Hund eigenhändig ins Tierheim zurückbringen wollte. Birthe hatte die Aktion bereut. Aber dann hatte Pepe gesiegt. Er hatte Hannelores Herz im Sturm erobert. Dass er bleiben würde, war keine Frage mehr.

Eine Stunde später betrat sie das Präsidium am Kollegienwall. Fast wäre sie mit Ackermann und Kohlhans zusammengestoßen, die gerade das Gebäude verlassen wollten.

»Na, Knochenjäger, was macht euer Steinbruch-Skelett?«, fragte sie gut gelaunt.

»Tja, da haben wir schön dran zu nagen, an diesen Knochen. Du, ehrlich gesagt, tut sich da gar nichts. Wir haben nicht die kleinste Spur. Trotz mehrmaliger Zeitungsaufrufe hat sich niemand gemeldet, der irgendwas zur Aufklärung beitragen könnte. Die Knochen werden demnächst freigegeben zur Sammelbestattung.«

»Na ja, war wohl zu erwarten, nach so langer Zeit. Bin auf dem Weg zu Hurdelkamp. Hat er schlechte Laune?«

Ackermann wiegelte ab. »Wie man's nimmt, aber wenn er deine Dreckklumpen sieht, springt er im Dreieck.«

Birthe sah an sich herunter. »Oh, Mist«, entfuhr es ihr, »Ich war gerade mit Pepe draußen, dem Hund meiner Tante. Ich hätte mir andere Schuhe anziehen sollen.«

»Wie wär's mit Putzen?«, zwinkerte Kohlhans ihr zu.

»Das würdest du wirklich für mich tun?«, neckte Birthe.

17.

Margot Pörschke beäugte missmutig die Prospekte auf dem Wohnzimmertisch. »Was soll das?«, herrschte sie Eberhard an.

»Das sind Broschüren von der Diakonie, Wohnstift am Westerberg. Muss man wissen. Ich habe gedacht, du könntest … wo du angedeutet hast, du würdest unter Umständen eventuell … na, sieh dir die Sache einfach mal an.«

»Du glaubst nicht im Ernst, dass ich ins Altersheim gehe? Das hast du dir fein ausgedacht, Eberhard. Mich einfach abzuschieben. Ich habe gehört, wie du im Krankenhaus davon gesprochen hast. Ich habe getan, als würde ich schlafen, aber in Wirklichkeit habe ich alles mitgekriegt. Deine Mutter ist nicht dement. Noch nicht, mein Lieber. Du willst mich loswerden, mich, deine alte Mutter, die immer für dich gesorgt hat. Dein ganzes Leben war ich für dich da. Und was ist der Dank? Auf den kann ich lange warten. Du denkst nur an dich, schaust nicht nach links und rechts und willst deine Mutter, jetzt, wo sie alt ist und Hilfe braucht, einfach entsorgen. Aber wie denkst du dir das eigentlich? Wer soll sich um dich kümmern? Du kannst das nicht. Du schaffst es nicht einmal, dir ein Spiegelei zu braten. Du hast zwei linke Hände, wie dein Vater. Du wärst vollkommen aufgeschmissen ohne mich!«

Eberhard hatte mit gesenktem Kopf zugehört. »Mama, keiner will dich abschieben. Ich dachte nur, wir werden alle älter, auch ich. Eines Tages stehe ich allein da und habe dieses riesige Haus am Hals. Im Augenblick hätte ich zwei Interessenten dafür. Beide haben mir einen guten Preis geboten. Wenn ich zu lange warte, Mama, springen sie mir ab. Die Gelegenheit ist günstig und wir sollten zugreifen. Vielleicht kommt sie nie wieder.«

»Junge, dieses Haus hat Vater von seinen Eltern geerbt. Es ist in der dritten Generation in der Familie und da soll es bleiben. Sieh zu, dass du endlich heiratest und eine Familie gründest. Erst dann werde ich hier ausziehen.«

»Mama, darf ich dich daran erinnern, dass dieses Haus mir gehört?«, wagte Eberhard einen neuen Anlauf. »Du hast es mir bereits überschrieben.«

»Warum habe ich es dir überschrieben? Denk nach. Damit du dir die Erbschaftssteuer sparen kannst, mein Sohn. Weißt du, wie hoch die ist? Da kann sich jemand wie du mit einem einfachen Beamtengehalt leicht überschulden. Und dann könntest du das Haus nicht halten und wärst gezwungen, es zu verkaufen. Das ist der einzige Grund. Wenn ich gewusst hätte, wie schamlos du meine Großzügigkeit ausnutzen wirst, hätte ich diese Dummheit nie begangen!«

»Mama, es tut mir leid, ich …«

»Mir tut es leid. Ich schäme mich für meinen eigenen Sohn!«

»Entschuldige, Mama, ich wollte dich nicht …«

»Ich habe alles für dich getan, Eberhard. Und du? Du würdigst es nicht, du demütigst mich, wo du kannst, und willst mich loswerden!« Sie sah ausgesprochen wütend aus. Vor diesem Blick hatte sich Eberhard sein Leben lang gefürchtet.

»Nein, Mama«, sagte er verzweifelt, »keiner will dich loswerden. Ich weiß, was ich dir zu verdanken habe und was du heute noch für mich tust, obwohl du nicht mehr die Jüngste bist. Aber das brauchst du nicht, du kannst dich langsam zurückziehen und an dich denken. Ich bin alt genug, Mama, ich komm zurecht.«

»Nein, Eberhard, du irrst dich. Nein, nein, du kannst nicht allein leben.«

»Vielleicht finde ich noch eine Frau«, sagte Eberhard kleinlaut.

»Eine Frau? Eberhard, ich glaube, der Zug ist endgültig für dich abgefahren. Damit hättest du früher anfangen sollen. Mit über 50 ist es dafür zu spät. Außerdem haben es Frauen, wenn überhaupt, auf dein Geld abgesehen. Frauen machen dich auf Dauer nicht glücklich, lass das besser sein.«

»Vorhin hast du gesagt, ich soll heiraten und eine Familie gründen.«

»Habe ich das? Ach was, kann ich mir nicht vorstellen. Und wenn, war es nicht ernst gemeint.«

»Ich brauche frische Luft, Mama. Ich gehe eine Runde mit Rüdiger über den Westerberg.«

»Nein, die Idee hatte ich gerade selbst. Ich nehme Rüdiger mit. Und wäre gern allein!« Sie ging in die Garderobe und stieg, ohne um Erlaubnis zu fragen, in Eberhards Burberrys Gummistiefel, da sie beide die gleiche Schuhgröße hatten. Als Margot jung war, hatte sie Probleme, schicke Schuhe zu finden, da die meisten Modelle bereits bei Größe 40 endeten. Heute gab es viel mehr Auswahl. Eines der wenigen Dinge, die im Vergleich zu früher besser waren.

Nachdem die Haustür ins Schloss gefallen war, zog sich Eberhard in den Keller an seine Anlage zurück. Er ließ den neuen Güterzug fahren. Zu mehr reichte seine Konzentration nicht. Seine Gedanken waren sofort bei Lydia.

Sie hatte sich zu seiner großen Enttäuschung bei ihrem Besuch nicht für seine Eisenbahn interessiert. Erst hatte sie zwar Interesse bekundet und war bereitwillig mit ihm nach unten gegangen, doch nach wenigen Minuten hatte sie auffällig gegähnt und auf die Uhr gesehen. Sie wollte nichts über seine Leidenschaft wissen, stellte keine einzige Frage dazu.

»Möchtest du lieber nach oben?«, fragte er traurig und sie nickte erleichtert. Er versuchte, sich seine Enttäuschung nicht anmerken zu lassen, während er die Anlage ausschaltete.

Im Wohnzimmer machte er ein Feuer und öffnete einen Burgunder. Sie leerten die Flasche in kurzer Zeit und er holte Nachschub aus der Speisekammer.

Was dann passierte, konnte Eberhard nur bruchstückweise rekonstruieren. Sie landeten in seinem Schlafzimmer. Und sie schliefen miteinander. Danach musste er eingeschlafen sein. Und als er wieder wach wurde, war Lydia verschwunden.

*

Birthe hatte die erste Diskussion mit Herrn Fleischhauer überstanden – »Sehen Sie zu, dass Sie den Hund so erziehen, dass er nicht bellt, und fegen Sie die Blätter vor Ihrem Haus weg, sonst wehen die alle zu mir herüber!« –, den ersten Fußmarsch mit Pepe über die Blumenthalstraße bis zur Edinghäuser Straße – dem Beginn des Botanischen Gartens – geschafft, und befand sich nun auf dem Rückweg, als sie einer großen, alten Dame mit Rauhaardackel begegnete. An ihrem steifen Gang erkannte Birthe die Nachbarin Pörschke. »Ach, da ist ja noch so ein kleiner, niedlicher Hund«, sagte Birthe mit aufgesetzter Fröhlichkeit. »Wie heißt er?«

»Rüdiger«, antwortete Frau Pörschke mit verkniffener Miene.

»Ach, was für ein origineller Name für einen Hund«, säuselte Birthe. »Und wie alt ist er?«

»Rüdiger ist acht.«

»Ein ausgesprochen hübscher Hund. So einen schönen Rauhaardackel habe ich noch nie gesehen. Die Fellzeichnung ist ausgezeichnet.«

Margot Pörschkes Laune besserte sich schlagartig. »Wissen Sie, Rüdiger stammt aus einer besonderen Leistungslinie. In den ersten Jahren waren mein Sohn und ich regelmäßig auf Ausstellungen mit ihm. Er hat zahlreiche Preise gewonnen. Darunter allein drei erste Plätze bei der Deutschlandsiegerschau in den Kategorien ›Bestes Baby‹, ›Bester Junghund‹ und ›Bester Rüde‹. Leider ist er letztes Jahr knapp von Emilio Anatol Lancelot von Dachshaus abgehängt worden.«

»Was Sie nicht sagen! Das ist großartig. Ich meine all diese Preise. ›Bestes Baby‹, höchst interessant. Ich finde Zuchtschauen sehr spannend, wissen Sie, ich bin regelmäßig auf Ausstellungen mit meinem kleinen Mops hier. Aus welcher Zucht stammt Rüdiger?«

»Aus dem Zwinger Hubertus Freiherr von Hohenfels«, sagte Margot feierlich, »Rüdiger ist blaublütig. Ihr Mops auch?«

»Selbstverständlich. Hohes Adelsgeschlecht. Ach, ich hoffe, ich erscheine nicht aufdringlich, aber würde es Ihnen etwas ausmachen, mir eventuell die Preise zu zeigen? Ich bin neugierig!«

»Warum nicht«, sagte Frau Pörschke hoch erfreut. »Kommen Sie morgen Nachmittag zum Tee. Passt es Ihnen um fünf?«

»Zum Fünfuhrtee, ausgezeichnet!«, rief Birthe. »Darf ich meinen Hund mitbringen? Pepe liebt Rüdiger anscheinend heiß und innig.« Birthe wunderte sich über sich selbst, wie anpassungsfähig sie in ihrem Sprachstil war.

»So?«, fragte Margot und zog eine Augenbraue hoch. »Na, meinetwegen, bringen Sie ihn eben mit. Bei der Gelegenheit kann ich Ihnen gleich meinen Sohn Eberhard vorstellen. Er ist Hundefan wie ich. Sie werden sofort auf derselben Wellenlänge sein.«

»Wunderbar«, strahlte Birthe. »Ich freue mich auf morgen.«

»Auf Wiedersehen, Frau …«

»Schöndorf«, sagte Birthe mit strahlendem Lächeln. »Und Sie sind Frau …«

»Pörschke!« Margot Pörschke streckte ihr die Hand entgegen, die Birthe zaghaft ergriff, als ahne sie, wie fest der Händedruck sein würde.

»Bis morgen«, presste Birthe hervor und rieb sich die schmerzende Hand. »Ich freue mich …«

*

Daniel hatte es sich gewünscht, aber im Grunde nicht daran geglaubt, dass er tatsächlich mit seinem eigenen Porsche die Heimreise antreten würde. Es hatte alles genau so geklappt, wie er es sich vorgestellt hatte. Er war pünktlich in Heidelberg angekommen, hatte am Bahnhof ein Taxi genommen und sich nach Ziegelhausen bringen lassen. Der Verkäufer schien schon auf ihn gewartet zu haben. Der silberfarbene Porsche glänzte in der Sonne. Daniel war vom ersten Augenblick an restlos begeistert, bemühte sich aber darum, es nicht zu sehr zu zeigen, um den Preis drücken zu können. Er handelte eine Probefahrt aus, fuhr mit offenem Dach den Neckar entlang, genoss den Fahrwind, das Motorengeräusch, den weichen, bequemen Ledersitz, das lederbezogene Lenkrad, das so gut in der Hand lag, und den satten Sound der Anlage. Nur schade, dass er wegen der Geschwindigkeitsbegrenzung nicht alles aus dem Porsche herausholen konnte.

Wieder in Ziegelhausen angekommen, wurde man sich bei einer Tasse Kaffee in der Küche rasch handelseinig. Daniel war überrascht über den unerwartet fairen Preis. Es blieb sogar noch etwas aus dem Umschlag übrig.

»Autorennen fahren Sie nicht, nehme ich an?«

»Wieso?« Daniel stutzte und nahm die Papiere entgegen.

»Der Porsche fährt sich super, das haben Sie ja gesehen, aber bei sehr hohen Geschwindigkeiten … nun ja, Sie haben dann vielleicht nicht mehr ganz so viel Freude. Der Motor könnte etwas lauter werden. Aber wann kann man schon mal richtig Gas geben?«

»Eben«, sagte Daniel, der sich seine Freude nicht nehmen lassen wollte. »Aus dem Alter bin ich raus, da würde auch meine Freundin nicht mitmachen.«

»Na dann, viel Vergnügen mit dem neuen Spielzeug!«

Daniel bedankte sich und hatte es plötzlich sehr eilig, in seinen Porsche zu steigen. Den Hinweis des Verkäufers, vorsichtshalber noch mal eine Werkstatt seines Vertrauens aufzusuchen, überhörte er.

Nun war sein Traum tatsächlich Wirklichkeit geworden. Daniel fühlte sich wie neugeboren. Einen Porsche zu fahren war ein ganz neues Lebensgefühl. Dieses Auto passte zu ihm, nicht zu vergleichen mit dem Subaru. Ein Porsche war eine ganz andere Liga. Daniels Selbstwertgefühl hatte von einem Moment auf den anderen einen enormen Auftrieb bekommen. So fühlte sich Glück an. Er hatte eine Gänsehaut am ganzen Körper und war voller Energie. Seine Gedanken wanderten zu Jette und er war sich sicher, dass sie sich mit ihm freuen würde. Wenn er am Abend nicht zu ermattet wäre, würde er noch heute mit ihr eine kleine Runde drehen. Sie würde es genießen, genau wie er, da war er sich sicher. Vielleicht sollte er ihr etwas mitbringen. Dann wäre sie von Anfang an in der richtigen Stimmung. Nachher würde er bei einer Raststätte anhalten und für sie ein, zwei Flaschen Sekt besorgen, vielleicht noch eine CD dazu, dann hätte er auf jeden Fall bessere Karten. Daniel summte gut gelaunt das Lied aus dem Radio mit.

Er fuhr gerade mit 150 km/h über die A5, als er bemerkte, dass das Lenkrad flatterte. Das war ihm vorher nicht aufgefallen. Er musste ständig gegensteuern. Ihm wurde kalt. Was war da los! Ein Porsche war für höhere Geschwindigkeiten ausgelegt, nicht zuletzt hatte er 300 PS.

Er nahm etwas Geschwindigkeit zurück, da hörte das Flattern auf. Aber kaum ging er über die 150 km/h-Grenze, musste er wieder gegensteuern. Daniel war genervt. Er rief den Verkäufer an und blaffte ihn über die Freisprechanlage an. Seine Laune war auf dem Tiefpunkt.

»Habe ich Ihnen doch gesagt«, schmetterte der andere zurück, »Sie sollen eine Werkstatt aufsuchen und erst mal nicht so schnell fahren. Das ist nur ein Miniproblem und schnell behoben. Dafür bin ich Ihnen ja auch preislich enorm entgegengekommen. Entschuldigen Sie mich jetzt bitte, ich habe noch ein Gespräch in der anderen Leitung.«

Er legte auf. Daniel konnte sich beim besten Willen nicht erinnern, dass der Verkäufer etwas von Problemen gesagt hatte. Er bemühte sich darum, nicht schneller als 120 zu fahren und hatte die ganze Zeit über ein ungutes Gefühl.

Er rief Jette an und berichtete ihr, dass alles bestens geklappt habe und er in circa drei Stunden zu Hause sei. Sie erzählte von sich und den Kindern und er war froh, ihre Stimme zu hören. Dann setzte er den Blinker, um eine Raststätte anzusteuern.

*

Eva Siebkötter fegte vor dem Haus von Hannelore Tenfelde Laub zusammen, als sich der Nachbar von schräg gegenüber annäherte.

»Guten Tag, mein Name ist Fleischhauer«, stellte er sich höflich vor.

Frau Siebkötter zuckte zusammen. »Keale noch ma, was hamm Se mich erschreckt!«

»Ach, das wollte ich nicht. Nochmals: Guten Tag!«

»Tach«, sagte Eva Siebkötter und fegte weiter. Sie hatte keine Lust auf Small Talk.

»Wohnen Sie hier?«

»Nee, aufm Land, kurz hinterm Bärch.«

»Und mit wem habe ich die Ehre?«

»Ich aabeite hia für de Frau Tenfelde, nich waa.«

»Und Ihr Name ist …?«

»Höan Se ma, Sie lassn aba gaa nich locka, was? Na guut, wenn Ses unbedingt höan wolln, mein Name iss Siebkötta.« Sie schob das Laub zu einem kleinen Häufchen zusammen, das sie mit der Schaufel aufnahm.

Fleischhauer strahlte zufrieden. »Na, klappt doch. Frau Siebkötter, unter uns, ich bin froh, dass hier jemand richtig die Straße fegt. Manchmal habe ich den Eindruck, ich bin in der Bismarckstraße der Einzige, der sich um Ordnung und Sauberkeit kümmert.«

»Was Se nich saagn«, antwortete Eva unbeeindruckt und fegte weiter.

»Ich habe mitbekommen«, fuhr Fleischhauer scheinheilig fort, »dass ein Hund hier Einzug gehalten hat. Das ist nicht zufällig Ihr Hund?«

»De kleine Tööle, ach was«, sagte Eva Siebkötter, »das issa Pepe, von 'ne Nichte dea Frau Tenfelde ia Köta. Nich mein Hund, nich waa, Gott bewaare! Ich tu hia nua putzen.«

»Dann sind wir uns ja einig. Wenn auch Sie etwas gegen Hunde haben, vielleicht können wir uns da zusammentun, was meinen Sie?«

»Wie, was soll ich mein? Ich hap nix geegn Hunde, wenn Se das mein, nua brauch ich das nich. Ich happn schwieriges Kind zu Haus, den Kalle, mitten inne Pubateet, wissen Se, dea reicht mia komplett. Da wirs se noch ma bekloppt von dem sein Gedööns den ganzen Tach, nich waa.«

Fleischhauer wand sich. »Könnten Sie nicht auf die Damen hier im Haus einwirken, dass sie von Anfang an den Hund richtig erziehen? Noch ist er klein und es besteht Hoffnung. Ich habe etwas gegen bellende Hunde, verstehen Sie, ich kann das Geräusch nicht ertragen. Und ich habe etwas dagegen, wenn sie gegen meine Hecke pinkeln – oder schlimmer – gegen meine Mülltonne.«

»Aha.« Eva Siebkötter fegte unbeirrt weiter. »Weiß nich, wie alt der Köta iss, iss mir auch egaal.«

»Es ist einfach unhygienisch. Ich weiß, was ich sage, Frau Siebkötter, ich bin von Beruf Heilpraktiker.«

Das war exakt Eva Siebkötters Stichwort, denn sie war eine begeisterte Anhängerin der Homöopathie. Deshalb stellte sie ihren Besen beiseite und trat einen Schritt näher an Herrn Fleischhauer heran. »Höansema, vielleich könn Se mia helfn. Ich hap da son 'ne Stelle am Bauch woos imma ma wiida zwicken tut, op das jetz dea Daam is oda de Galle – keine Ahnung. Nachts iss es besondas schlimm, höan Se ma, ich find einfach keine Ruuhe meea. Ap zwei Uua inne Früüh bin ich hellwach und tu bügeln oda putzn, weil ich nich mea schlaafn kann. Is das nich bekloppt? Was is das blooß? Hamm Se vielleich 'n paa hemopathische Küügelchn füa mich oda was anneres, was helfen tut? Bin einfach nich gut zufrieden im Moment.«

Fleischhauer zuckte die Schultern. »Kann ich leider auf die Schnelle nicht beurteilen. Dann müssten wir mal einen Termin ausmachen. Eigentlich praktiziere ich nicht mehr, aber für Sie würde ich eine Ausnahme machen. Sprechen Sie mich ruhig bei Gelegenheit an. Und denken Sie bitte daran, Frau Siebkötter«, sagte er, während er sich bereits entfernte, »dass Sie auf die beiden Damen im Haus einwirken. Ich habe es probiert, aber die junge Frau wurde gleich kiebig. Ein erzogener Hund ist das A und O, sonst funktioniert das Zusammenleben hier nicht!« Die letzten Worte hatte er gerufen. Anscheinend war es ihm egal, ob jemand außer Frau Siebkötter sie hören konnte, oder er hatte es extra darauf angelegt.

Eva Siebkötter zuckte die Schultern und fuhr mit ihrer Arbeit fort. In Gedanken war sie bei ihrer Einkaufsliste. Hoffentlich gab es hier in der Nähe einen Aldi. Sie müsste auf dem Nachhauseweg Waschmittel besorgen, denn Kalle, ihr Sohn, hatte keine saubere Jeans mehr.

18.

Birthe fühlte sich unbehaglich in ihrem knielangen, plump wirkenden Schottenrock und den biederen Pumps, die ihre Tante ihr geliehen hatte. Sie kam sich vor wie eine Darstellerin in einem Rosamunde-Pilcher-Film, als sie den Klingelknopf neben dem Messingschild mit der geschwungenen Aufschrift ›Pörschke‹ betätigte. Drinnen bellte heiser ein Hund.

Frau Pörschke öffnete schwungvoll die Tür. Sie trug ein kleinkariertes Kostüm mit Rüschenbluse und hatte auftoupierte Haare. Anscheinend war sie gerade beim Friseur gewesen. Ein feiner Kaffeeduft waberte von der Küche in den Hausflur. Also kein Tee. »Herzlich willkommen, Frau Schöndorf«, sagte die Hausherrin schmallippig, »Wo haben Sie Ihren Hund gelassen? Ich dachte, Sie würden ihn mitbringen!«

Rüdiger hörte auf zu bellen und beschnupperte Birthe schwanzwedelnd.

»Das stimmt, aber meine Tante wollte gern ein bisschen mit ihm spazieren gehen. Guten Tag, Frau Pörschke, und danke für die Einladung«, sagte sie artig.

»Na, kommen Sie herein in die gute Stube. Ich habe den Kaffeetisch im Salon für Sie gedeckt.«

Birthe fühlte Unbehagen in sich aufsteigen. Als Kommissarin war sie einiges gewohnt und hatte sich Souveränität und Selbstbewusstsein angeeignet. Doch jetzt konnte sie sich nicht hinter ihrem Amt verstecken. Das machte sie unsicher.

Als Birthe das Wohnzimmer betrat, bemerkte sie einen Geruch, der den Kaffeeduft überdeckte. Sie hatte ihn schon mal irgendwo wahrgenommen, wusste allerdings nicht mehr, wo und in welchem Zusammenhang. Sie war zu aufgeregt, um länger darüber nachzudenken.

Am runden Tisch im Salon wartete bereits Pörschkes Sohn Eberhard. Eigentlich sieht er nicht schlecht aus, dachte sie. Er ähnelte ein bisschen diesem österreichischen Schauspieler, der vor einigen Jahren einen Oscar bekommen hatte. Birthe fiel dessen Name nicht ein. Sehr ernst, ein bisschen melancholisch, sehr markantes Gesicht, sehr schöne, warme braune Augen. Leider etwas bieder angezogen.

Sie wurden einander vorgestellt und Birthe merkte, wie ihre Hand zitterte und ihre Stimme ein wenig belegt war, als Eberhard ihr direkt in die Augen sah. Er hatte eindeutig etwas. Sie konnte sich seinem Blick kaum entziehen. Auf dem Tisch lag eine gestärkte schneeweiße Tischdecke mit Lochstickerei. Darauf stand eine kleine silberne Vase mit rosa Röschen, ein messingfarbenes Stövchen mit Kaffeekanne aus der Serie ›Heiderose‹, die dazugehörenden Porzellantässchen und Untertassen, ein Milchkännchen und eine Etagere mit Gebäck und Pralinen. Alles sehr fein, sehr vornehm. Birthe fühlte sich leicht deplatziert. Sie musste vorsichtig sein, damit sie sich nicht verriet.

»Sie wohnen herrlich hier«, sagte sie bemüht und ärgerte sich über ihre brüchige Stimme. Sie räusperte sich.

»Ach ja, doch«, sagte Margot Pörschke, »man hat es sich halt nach und nach schön gemacht. Mein Gatte – Gott hab ihn selig – verfügte über die nötigen finanziellen Mittel.«

»Ihr Mann lebt nicht mehr?« Birthes Blick wanderte zwischen Margot Pörschke und ihrem Sohn hin und her.

»Mein Mann ist vor vielen Jahren nach Amerika ausgewandert, als Eberhard klein war. Anfangs hat er mir geschrieben, ohne Absender, aber irgendwann kamen keine Briefe mehr. Ich habe lange nichts mehr von ihm gehört. Deshalb nehme ich an, dass er nicht mehr lebt. Sicher weiß ich das nicht. Bedienen Sie sich bitte. Nehmen Sie sich vom Gebäck und von den Pralinen. Sie können es sich leisten. Mein Sohn und ich müssen hingegen etwas aufpassen.«

Birthe griff nach einem Keks. »Kann man das nicht feststellen, was aus ihm geworden ist? Haben Sie keine Nachforschungen angestellt?«

»Ach Gott, wozu«, sagte Margot, »das ist viel zu aufwendig. Man soll die Vergangenheit ruhen lassen. Meine Ehe war nicht gut. Mein Mann hat mich verlassen. Die übliche Geschichte. Allerdings hat er Maßnahmen getroffen, dass Eberhard und ich gut versorgt waren. Das muss man ihm zugutehalten. Dir hat es an nichts gefehlt, oder, Eberhard?«

»Nein, Mama«, sagte Eberhard mit gesenktem Blick.

»Eberhard hatte eine schöne Kindheit. Ich habe alles dafür getan, dass es ihm gut ging. Er sollte es besser haben als andere Kinder. Auch ohne Vater.«

Birthe beobachtete Eberhard, der langsam einen Keks zermalmte und weit weg zu sein schien.

»Hatten Sie hier früher viele Kinder zum Spielen?«, richtete sie das Wort an ihn. Sie musste sich in Erinnerung rufen, dass sie hier privaten Small Talk führte.

Eberhard sah sie ernst an. »In dieser Straße nicht«,

sagte er tonlos. »Hier wohnten damals viele alte Leute. Muss man wissen.«

»Das stimmt nicht!«, protestierte Margot. »Hier wohnten auch Familien. Aber du hast dich so abgekapselt, dass du es nicht einmal bemerkt hast. Du hast dich viel mit deinem Fahrrad herumgetrieben. Mein Gott, wie oft habe ich nach dir gesucht.«

»Haben Sie sich Sorgen gemacht um Ihren Sohn?«, hakte Birthe nach.

»Oh, das hab ich. Dieses Kind hat mich viele Nerven und schlaflose Nächte gekostet. Manchmal verstehe ich nicht, wie Eberhard trotzdem groß werden konnte. Ich habe laufend damit gerechnet, dass die Polizei vor der Tür steht, um mir eine grauenhafte Nachricht zu überbringen.«

»Mutter, bitte!!!« Eberhard fixierte sie mit warnendem Blick.

»Wieso?«, fragte Birthe harmlos und griff nach ihrer Tasse.

»Na ja, Eberhard war oft stundenlang weg. Er sagte nicht, wohin er ging, was er vorhatte und wann er wiederkommen würde. Er war ein Kind der Freiheit. Das war schwer für mich als Mutter. Ich konnte es nicht akzeptieren. Er ist mein einziges Kind.«

Eberhard lachte bitter. »Und deshalb warst du froh, wenn ich krank war. Dann musstest du nicht nach mir suchen. Ich war als Kind oft krank, muss man wissen.«

»Ich war nicht froh, wenn du krank warst!«, empörte sich Margot. »Wie kannst du so etwas Ungeheuerliches sagen! Und das vor unserer neuen Nachbarin. Ich habe mir Sorgen gemacht als Mutter, viel zu viele Sorgen. Aber ich wollte doch nicht, dass du krank warst! Du hast es genossen, im Bett zu liegen und dich von mir umsorgen zu lassen. Alle paar Minuten hast du nach mir gerufen und ich musste dir etwas bringen.«

Birthes Blick flog zwischen Eberhard und seiner Mutter hin und her. Gespannt folgte sie der Unterhaltung.

»Nein, Mutter, das wolltest du nicht. Sicher nicht.« Er sah sie mit traurigem Hundeblick an.

»Was hatte Ihr Sohn als Kind?«, fragte Birthe belanglos.

»Ich hatte nichts«, antwortete Eberhard anstelle seiner Mutter.

»Nein? Ich dachte …«

»Denken Sie nicht so viel, Birthe. Ich darf doch Birthe sagen? Ich habe zufällig heute gehört, wie Ihre Tante nach Ihnen gerufen hat. Nehmen Sie eine dieser herrlichen Pralinen. Aus meiner Lieblingskonditorei, ganz frisch.«

»Oh ja, da sage ich nicht nein«, sagte Birthe und nahm sich gleich zwei. Eine steckte sie sich sofort in den Mund. »Hm, köstlich. Zart und luftig. Zergeht auf der Zunge«, sagte sie mit vollem Mund.

Margot Pörschke lächelte mit dem zufriedenen Ausdruck der perfekten Gastgeberin. »Bitte, bedienen Sie sich. Die dürfen alle aufgegessen werden.«

»Zu verlockend, Frau Pörschke, aber nach diesen beiden hier ist Schluss. Sonst fühle ich mich morgen wie ein Walross.« Sie sammelte sich und fuhr nach einem kurzen Räuspern fort: »Meine Tante erzählte mir, hier in der Straße sei kürzlich ein Mord passiert. Haben Sie etwas davon mitbekommen?«

Frau Pörschke wechselte einen kurzen Blick mit ihrem Sohn. »Nein, nein. Das muss irgendwo weiter hinten passiert sein. Zu denen haben wir keinen Kontakt. Ich bin froh, dass wir nicht direkt betroffen sind. Ich habe gehört, dass im hinteren Teil der Straße die Nachbarn ständig Auskunft geben müssen. Das ist sicher sehr unangenehm für sie. Obendrein ist es anstrengend und zeitraubend. Die Leute tun mir leid.«

»Kannten Sie die Tote?«, fragte Birthe.

»Nein, wir kannten sie nicht, Gott sei Dank.«

»Wir? *Sie* kannten sie auch nicht?«, wandte sich Birthe an Eberhard. Der schüttelte den Kopf und schob sich einen weiteren Keks in den Mund.

»Und warum sind Sie froh, die Tote nicht gekannt zu haben?«, insistierte Birthe.

»Ach, wissen Sie, zu Ausländern haben wir eigentlich keinen Kontakt.«

»Also kannten Sie sie doch!«

»Nein, ich kannte sie nicht!«

»Sie wissen, dass das Mordopfer einen Migrationshintergrund hatte!«

»Das habe ich gehört. Warum fragen Sie so viel? Sie sind aber neugierig! Dermaßen interessant ist dieser Mordfall nun auch wieder nicht.«

»Na ja«, versuchte Birthe zu beschwichtigen, »wenn in der eigenen Straße ein Mord passiert, hat das etwas Beunruhigendes, finden Sie nicht? Da kann man nicht einfach tun, als ginge einen das nichts an. Also, ich würde wahrscheinlich Angst bekommen.«

»Sie wohnen doch jetzt auch hier.«

»Na ja, aber noch nicht lange genug.«

»Eberhard und ich leben ziemlich zurückgezogen. Wir interessieren uns nicht so sehr für andere Menschen, vor allem nicht für die Nachbarn am anderen Ende der Straße.«

»Aber zu Ihren direkten Nachbarn haben Sie Kontakt. Zum Beispiel zu meiner Tante.«

»Natürlich. Ich schätze Ihre Tante sehr.«

»Und zu Herrn Fleischhauer?«

»Herrn Fleischhauer grüßen wir nicht mehr. Er hat unseren Hund beleidigt und pfeift jedes Mal, wenn er bellt.«

»Er ist Heilpraktiker, nicht wahr?«

»Er *war* Heilpraktiker. Zum Glück praktiziert er nicht mehr.«

»Warum ›zum Glück‹?«

»Sie lassen nicht locker, meine Liebe.«

Birthe rief sich zur Ordnung und erzählte ausführlich von den gesundheitlichen Problemen ihrer Tante. Sie schloss damit, dass diese auf der Suche nach einem Heilpraktiker sei, sodass das Gespräch doch wieder auf Fleischhauer kam.

Margot Pörschke ging sofort darauf ein. »Herr Fleischhauer ist nichts für Ihre Tante. Er ist der unsympathischste Mensch, den ich kenne. Nehmen Sie sich vor ihm in Acht. Er ist bösartig, ein Despot. Er würde am liebsten das ganze Viertel beherrschen und alle Regeln zu seinen Gunsten umformen. Ein notorischer Hundehasser und Gartenfetischist. Gartenliebhaber kann man nicht sagen, denn dieser Mensch hat überhaupt keine Liebe in sich, nicht einmal zu Pflanzen. Er will selbst die Natur beherrschen, in ein Korsett zwingen. Schauen Sie sich nur seine Hecke und den Vorgarten an. Wie mit dem Lineal ausgerichtet. Da sitzt jedes Blatt, wo es sitzen soll. Das hat mit Natur nichts mehr zu tun das ist grüne Betonkultur. Beängstigend.«

»Ich höre heraus, dass Sie ihn nicht leiden können«, sagte Birthe mit Unschuldsmiene.

»Nun, er ist der einzige Mensch, dem ich nichts Gutes wünsche. Ich hoffe, er wird irgendwann das bekommen, was er verdient.«

»Was denn?«, fragte Birthe alarmiert.

»Ach, ist egal.« Margot Pörschke erhob sich und griff nach ihren Krücken. »Seine Strafe hat er schon. Er darf nicht mehr arbeiten. Das ist schlimm genug für einen Mann.«

»Warum darf er nicht mehr arbeiten?«

»Ach Kind, Sie stellen Fragen. Das kann und will ich Ihnen heute nicht beantworten. Vielleicht ein anderes Mal, wenn wir uns besser kennen. Aber wollten Sie sich nicht die Pokale ansehen? Deshalb sind Sie doch hier, nicht wahr? Die Preise, die unser Rüdiger für uns gewonnen hat. Kommen Sie, ich zeig sie Ihnen.«

Birthe folgte Frau Pörschke zur Glasvitrine. Ihr Blick streifte die dunklen Ölgemälde an den Wänden und die Fotografien, die in silbernen Rahmen auf einer antiken Kommode standen. Vor einem Bild blieb sie stehen. Es zeigte einen kleinen, schmächtigen Jungen auf einem Roller. »Ist das Ihr Sohn?«, fragte sie.

»Ja, das ist mein Eberhard als Kind. Ein hübscher Junge, nicht wahr?«

Birthe betrachtete das ernste Jungengesicht und erkannte darin den melancholischen Mann von heute. Derselbe in sich gekehrte Blick, dieselben braunen Augen. Die Haarfarbe war damals heller. Der Junge streckte einen

Arm zur Seite aus, als würde er ein anderes Kind an der Hand halten. Aber das sah man nicht. Birthe nahm das Foto zur Hand. Nun erkannte sie, dass jemand daran herumgeschnitten hatte. Der Junge musste jemanden an der Hand gehalten haben. »Hatte Eberhard Geschwister?«, fragte sie und schauderte.

»Nein. Eberhard ist Einzelkind«, sagte Margot bestimmt. »Warum fragen Sie?«

»Na ja, das Foto sieht aus, als sei es durchgeschnitten worden. Wer fehlt darauf?«

»Wie meinen Sie?«

»Eberhard hält jemanden an der Hand. Das sieht man.«

»Nein, nein, da täuschen Sie sich.« Margot warf Birthe einen misstrauischen Seitenblick zu.

Eberhard war herangetreten und nahm Birthe das Foto ab. »Carola fehlt«, sagte er. »Mama, warum hast du Carola weggeschnitten?«

Margot Pörschke warf ihm einen warnenden Blick zu, hakte Birthe unter und führte sie zur Glasvitrine. »Da schauen Sie. Dieser Pokal hier bedeutet mir am meisten. Bei der Deutschlandsiegerschau 2011 gewann unser Rüdiger. Ist das nicht großartig? Nicht wahr, mein Dickerchen, das hast du fein gemacht!«, sagte sie in Richtung des Rauhaardackels, der in seinem Körbchen lag und fortwährend mit dem Schwanz wedelte. »Damals war er schlanker. Und hier sehen Sie die Pokale, die Rüdiger als Welpe und Junghund gewonnen hat. Er war seit jeher vielversprechend, das haben alle Preisrichter bestätigt.«

»Wirklich, ein toller Hund«, sagte Birthe und gab sich Mühe, beeindruckt auszusehen.

»Diese modernen Pokale gefallen mir überhaupt nicht«, näselte Margot Pörschke gerade.

»Wie bitte?«

»Finden Sie die Pokale etwa schön? Die mit den Zacken? Die sind so abstrakt, würden besser zu einem Tennis- oder Golfspieler passen. Was meinen Sie? Das hat mit Hunden nichts mehr zu tun, oder?«

»Das ist alles sehr interessant«, sagte Birthe. »Aber ich muss leider gehen. Ich habe noch einen Termin.«

Margot Pörschke musterte sie kritisch. »Was machen Sie eigentlich beruflich? Ich sehe Sie zu den verschiedensten Zeiten mit dem Hund herumgehen. Sie sind nicht etwa arbeitslos?«

»Nein, nein«, beeilte sich Birthe zu sagen. Sie hatte mit dieser Frage gerechnet und sich eine passende Antwort zurechtgelegt. »Ich bin Studentin. Lehramtsstudentin im achten Semester.« Sie lächelte gewinnend.

»Ach, wie schön. Sie möchten Lehrerin werden. Das war ich auch und wie mein Sohn heute unterrichtete ich früher am Ratsgymnasium. Bleiben Sie auf einen Cognac. Eberhard würde sich freuen, wenn Sie ihm ein bisschen Gesellschaft leisten könnten. Vielleicht kann er Ihnen Tipps geben, nicht wahr, Eberhard? Das machst du doch? Was für Fächer studieren Sie denn, meine Liebe?«

19.

Birthe saß am Schreibtisch ihres Büros und konnte keinen klaren Gedanken fassen. In der Nacht hatte sie kaum Schlaf gefunden. Ihr Körper fühlte sich wattig an und ihre Gliedmaßen schmerzten. Ihr Gesicht glühte und ihre Augen brannten, als habe sie stundenlang geweint. Seit einigen Tagen schon hatte sie nicht mehr richtig geschlafen. Schlafmangel konnte richtig krank machen, stellte sie fest. Sie fuhr ihren Computer hoch und durchforstete ihre E-Mails, als das Telefon klingelte. Birthe schrak zusammen. Sie musste unbedingt etwas gegen ihre Schlaflosigkeit unternehmen. Heute Abend würde sie zwei Gläser Rotwein trinken. Oder einen Spaziergang machen. Oder am besten beides, in umgekehrter Reihenfolge. Es war Daniel.

»Ich wollte nur sagen, dass ich morgen wiederkomme.«

»Echt? Das ist ja toll! Bist du wieder gesund?« Sie hatte versucht, fröhlich zu klingen, merkte jedoch selbst, wie lahm das rüberkam.

»Ja, klar, wieder ganz der Alte.«

»Dann gebe ich dir mal kurz das neueste Update. Du weißt ja, dass diese Sandra Mühlenkamp was erzählt hatte von – na ja, illegalen Massagediensten ihrer Kollegin, quasi als Zusatzbonbon nach Feierabend. Ich habe daraufhin sämtlichen infrage kommenden Herren einen Besuch abgestattet. Alle haben ein einwandfreies Alibi. Da ist nichts dran zu rütteln. Ich war jetzt auch bei Herrn und Frau Pörschke gegenüber und konnte mir endlich persönlich ein Bild von ihnen machen. Etwas merkwürdig, die beiden, da hast du ausnahmsweise recht. Und ich habe mit Herrn Fleischhauer gesprochen, dem ehemaligen Heilpraktiker nebenan.«

»Ja, und?«

»Also, der Reihe nach: Mutter Pörschke hat eindeutig die Hosen an. Das hatte sie wahrscheinlich schon immer, liegt in ihrem Naturell. Irgendwas muss da gewesen sein in der Kindheit ihres Sohnes. Er sprach von Krankheiten und wurde irgendwie zynisch. Ich vermute, er war als Kind oft krank und seine Mutter hat sich nicht um ihn gekümmert.«

»Hast du nicht nachgehakt?«

»Doch, aber sie haben komplett dicht gemacht. Ich lasse da nicht locker, keine Angst. Aber ich muss vorsichtig sein. Ich will ja ihr Vertrauen gewinnen, um was über die Leute in der Nachbarschaft zu erfahren. Gut, die beiden sind seltsam. Es ist nicht normal, wie die zusammenleben, als Mutter und Sohn. Eine merkwürdige Symbiose ist das. Obwohl es das häufiger geben soll. Das Auffällige ist, wie die Mutter mit ihrem Sohn umgeht. Als wäre er ein Kind. Dominant, ja fast autoritär. Und er lässt sich das gefallen.«

»Davon abgesehen, wie schätzt du ihn ein?«

»Er tut mir leid. Sieht eigentlich nicht schlecht aus, ist jedoch von seinem Verhalten her linkisch und gestelzt. Er macht komische Bewegungen mit seinen Händen und spricht ein bisschen altertümlich. Das fällt halt auf. Gut, er ist Lehrer am Gymnasium, das erklärt vieles. Er wirkt irgendwie gebremst, als könne er nicht aus seiner Haut. Irgendjemand hindert ihn daran, wahrscheinlich seine

Mutter. Er scheint Angst vor ihr zu haben. Zumindest sehr viel Respekt.«

»Den Eindruck hatte ich auch. Ich fand die absolut merkwürdig. Ein Muttersöhnchen, dieser Pörschke, ein Weichei durch und durch, total abartig.«

»Na ja, abartig würde ich ihn nicht nennen. Ungewöhnlich, aber nicht unsympathisch. Wenn er einen ansieht, wird man schwach. Ich zumindest. Er hat einen durchdringenden Blick. Schöne, traurige Augen, mit denen er einen Hilfe suchend anschaut. Ich kann mich denen kaum entziehen. In den nächsten Tagen gehe ich noch mal hin. Tante Hannelore hat überreife Quitten in ihrem Garten, die sie an die Nachbarschaft verschenken will.«

»Und der andere Nachbar?«

»Dirk Fleischhauer, Heilpraktiker. Den beobachte ich schon die ganze Zeit. Er ist täglich draußen zugange, an seinem Auto oder am Gartenzaun, den er gerade repariert. Ich hab dir erzählt, dass der Hund meiner Tante vergiftet worden ist. Und dass ich einen kleinen Mischling aus dem Tierheim geholt habe, weil meine Tante ansonsten vereinsamt, wenn ich wieder weg bin. Sie tat zwar erst, als ob sie sauer sei, aber ich weiß, dass sie eine Aufgabe braucht. Der Hund tut ihr gut. Und gleich beim ersten Spaziergang drohte mir Fleischhauer, ich würde gewaltigen Ärger mit ihm bekommen, wenn ich den Hund nicht richtig erziehe.«

»Hä?«

»Er soll nicht bellen und sein Beinchen nicht an seinem bescheuerten Jägerzaun heben. Ich blieb freundlich, obwohl es mir äußerst schwer gefallen ist, das kannst du dir vorstellen, aber es wäre unklug gewesen, gleich aus der Haut zu fahren. Ich tat höflich und versprach, dass ich auf ihn Rücksicht nehmen würde. Gleich am nächsten Tag klingelte ich bei ihm, um einen medizinischen Rat einzuholen. Da war er wie ausgewechselt. Charmant und superfreundlich, kaum wiederzuerkennen. Er führte mich ins Souterrain, wo er früher seine Praxis hatte. Noch immer vollständig eingerichtet, obwohl er nicht mehr praktiziert. Der Kellerraum ist komplett mit Regalen ausgestattet. Darin unendlich viele Tiegel und Töpfe, Apothekenfläschchen und Salben. Außerdem Schröpfteile, Schlingen, Massagezubehör, das ganze Zeugs. Ein großes Sofa, davor ein alter Sessel, eine Massageliege, ein Behandlungsstuhl, Umkleide mit Vorhang und Spiegel – und ein riesiger antiker Schreibtisch. Als Fleischhauers Frau ihn ans Telefon holte und er den Raum verließ, hatte ich etwas Zeit, mich umzusehen. Das hatte ich vorher mit Hurdelkamp abgesprochen. Er sollte zu einer bestimmten Zeit bei Fleischhauer anrufen und ihn minutenlang mit seiner Fragerei nerven. Das klappte wie am Schnürchen. Als Erstes durchforstete ich die Regale. Alles schön aufgeräumt. Er ist in der Tat ein ordentlicher Mensch, dieser Fleischhauer. Geradezu vorbildlich. Und was fand ich – hinter Massageöl? Eine braune Apothekenflasche mit der Aufschrift ›Digitalis‹. Ich habe gleich hinterher im Internet nachgesehen – es ist ein Fingerhut. Dasselbe Gift also, von dem der Gerichtsmediziner gesprochen hat. Ein Drittel der Flasche war leer. Meine Tante sagte, auch ihre Babsi sei damit vergiftet worden. Was sagst du nun?«

»Ehrlich gesagt, Birthe, nichts. Schön, dass du dich für deine Tante einsetzt, aber bitte vergiss nicht: Wir sind die Mordkommission und ermitteln in einem Mordfall.

Für Tierquälerei sind wir nicht zuständig. Wenn du den Verdacht hast, dass dieser Fleischhauer das Tier getötet hat, sag das deiner Tante und die soll Anzeige erstatten.«

»Und wenn Fleischhauer auch die Kosloff umgebracht hat? In ihrem Blut fanden sich Spuren von Digitoxin.«

»Das eindeutig durch ein Herzmittel zugeführt wurde, zusammen mit einem anderen hochwirksamen Medikament. Kannte er die Kosloff? Habt ihr das überprüft?«

»Bei der Erstbefragung hat er nein gesagt. Aber jetzt pass auf: Ich hab mich nicht nur in den Regalen umgesehen, sondern auch auf dem Schreibtisch. Alles altmodisch bei Fleischhauer. Kein Computer, nichts, dafür ein Rollcontainer mit Hängemappen. Darin hat er die Patientendaten und Befunde abgeheftet. Alles handschriftlich. Es dauerte nicht lange, da hatte ich die Akte von Lydia Kosloff in der Hand. Ich hab sie übrigens schnell rausgenommen – es war nur ein Blatt – und unter meinen Pulli gesteckt. Er wird sie kaum vermissen. Die Hängemappe mit ihrem Namen habe ich zurückgelassen.«

»Nun sag schon. Was steht drin?«

»Lydia Kosloff war einige Male bei ihm. Aber lies es dir selber durch, wenn du wieder im Büro bist. Fleischhauer hat sich lediglich ein paar handschriftliche Notizen gemacht.«

»Du machst mich neugierig. Freu mich auf morgen. Muss jetzt aufhören. Jette hat mir Hühnerbrühe gekocht und ruft schon die ganze Zeit zum Essen.«

»Oh, dann wünsch ich dir guten Appetit. Bis morgen!«

20.

Carola räumte missgelaunt die Spülmaschine ein. »Was macht diese blöde Kuh bloß den ganzen Vormittag?«, sagte sie laut zu sich selbst. »Ein bisschen Staub saugen und fröhlich mit dem Po wackelnd den Wedel hin- und herschwingen, damit füllt man keine vier Stunden. Die Betten hat sie nicht gemacht, der Tisch ist nicht abgeräumt und die Spülmaschine nicht in Gang. Dumme Pute, die kann mich mal.« Sie schmetterte das Besteck in den Korb und fluchte, als ein Messer mit Nutellaresten das Ziel verfehlte und auf den weißen Fliesenboden fiel. »Ich brauch unbedingt ein neues Au-pair-Mädchen. Muss heute noch die Agentur anrufen. So geht das nicht weiter.«

Das Telefon klingelte. Carola pfefferte die Tür der Spülmaschine zu. »Von Hünefeld«, herrschte sie in den Hörer. Plötzlich entspannten sich ihre Züge. »Ach, Sandra, du bist es! Wie geht's dir, Süße?« – Ihr Blick fiel zufällig auf eine halbseitige Anzeige in der Neuen Osnabrücker Zeitung.

Weil das Lächeln die Visitenkarte eines Menschen ist, möchten wir gemeinsam mit Ihnen dieses Lächeln perfektionieren. Haben Sie nicht immer schon von strahlend weißen Zähnen geträumt? Wir behandeln Sie so, wie auch wir von Ihnen behandelt werden möchten – mit Liebe und Zuwendung. Auch ängstlichen Patienten möchten wir diese Behandlung zukommen lassen. Wir bieten jede Art von Betäubung an, individuell auf Sie zugeschnitten. Von Hypnose bis zum Dämmerschlaf – kommen Sie mit Ihren Ängsten zu uns, verschlafen Sie einfach die Behandlung und wachen Sie auf mit strahlenden neuen Zähnen.

Ein Lächeln huschte über ihr Gesicht. ›Dr. Volker Holighaus‹ stand unter der Anzeige, ›Zahnästhetiker und Anthropologe‹. Anthropologe! Sie musste laut lachen. Volker sollte sich auf die Lehre des Menschen verstehen. Ausgerechnet Volker.

»Entschuldige, Sandra, ich lache nicht über dich. Ich musste gerade an einen Witz denken. Och, nun sag bloß! Nicht so gut? Warum?« Erneut las sie die Anzeige und schüttelte den Kopf.

»Volker behandelt mich wie Luft.«

»Er redet nicht mehr mit dir? Seit wann?«

»Ich weiß nicht genau, wann das angefangen hat. Vor ein paar Tagen.«

»Hattet ihr Streit?«

»Ja, mal wieder wegen Lydia. Ich brauche Abstand, fahre zu meiner Mutter.«

»Und wie lange bleibst du?«

»Höchstens zwei Tage. Länger kann ich das Studio nicht schließen.«

»Kann nicht verkehrt sein. Bestimmt tut euch die Auszeit im Moment gut. Hinterher sieht man alles mit anderen Augen. Kopf hoch. Das wird schon wieder. Na ja, ich hab gut reden, oder? Matthias ist wie ein Sechser im Lotto. Er unterstützt mich, wo er kann. Kümmert sich rührend um die beiden Kleinen. Gerade Friederike ist ja hochbegabt. Sie braucht eine besondere Förderung, weißt du? Auch da unterstützt mich mein Mann. Kommt zwischen seinen Kunden eben vorbei und bringt sie zu ihren Kursen. Für mich bleiben meist nur die Fahrten zur Musikschule und zum Reitstall. Das übernehme ich gerne, weil ich da joggen kann. Das reicht aber auch. Ich habe echt genug um die Ohren.«

»Ja, das hast du. Ich bewundere dich, Carola, und beneide dich, wirklich.«

»Du brauchst mich nicht zu beneiden, Sandra. Du bist fast 15 Jahre jünger als ich. Du bist im besten Alter überhaupt. Genieße dein Leben! Heiraten kannst du immer noch. Nur, ich muss mich leider verabschieden, hab noch zu tun, sorry. Muss gleich die Kids von der Schülerbetreuung holen. Ich melde mich, mach's gut.« Sie legte auf und wandte sich wieder ihrer Spülmaschine zu. Sie hatte auf einmal eine Idee. Ein kribbeliges Gefühl der Vorfreude überkam sie.

*

Sandra hielt noch immer das Telefon in der Hand. Das Gespräch mit Carola hatte sie deprimiert. Carola wusste nicht, was für ein großes Los sie gezogen hatte. Einen tollen Mann, der gut verdiente, süße Kinder, sogar eine hochbegabte Tochter. Sie wohnte mit ihrer Familie in einem schicken Haus in einer angesagten Wohngegend und nicht mitten in der Fußgängerzone, wo es nie ganz ruhig war. Morgens stundenlang der Anlieferverkehr, der sie immer dann störte, wenn sie spätere Termine hatte, und nachts das Gegröle der Jugendlichen und der Betrunkenen, besonders am Wochenende. Da nutzte auch das schickste Penthouse nichts.

Sandra war den Tränen nahe. Ihr Kosmetikstudio lief schlechter denn je, seitdem Lydia nicht mehr da war. Der Mord schien sich herumgesprochen zu haben. Anders konnte sich Sandra die schlechten Umsatzzahlen nicht erklären. Die Zeit vorher war auch nicht gerade rosig gewesen. Bei Lydia schien es immer besser zu laufen, während sie selbst hin- und herrechnen musste, um einigermaßen in die Gewinnzone zu kommen. Ohne Volkers Unterstützung hätte sie das nicht geschafft. Es war ein harter Konkurrenzkampf, der mit der Zeit immer stärker wurde.

Sandra hatte sich über Lydias aufwendigen Lebensstil gewundert. Zeitweise schien sie regelrecht im Geld zu schwimmen. Sie hatte eine große Wohnung in einer der besten Wohngegenden Osnabrücks. Sandra hätte sich so eine Wohnung allein nie leisten können. Die Miete war sicher teuer. Trotzdem schien Lydia nicht sparen zu müssen, sondern gab ihr Geld mit vollen Händen aus. Eine ganze Weile ging das so. Hatte sie geerbt oder im Lotto gewonnen? Nur mit dem Zusatzservice im Kosmetikstudio konnte sie es nicht so weit gebracht haben. Sandra hatte sich diese Frage oft gestellt, ohne zu einem Ergebnis gekommen zu sein. Sie sah diese Ungerechtigkeit irgendwann nicht mehr ein und erhöhte Lydias Anteil an der Miete. Schließlich hatte die Kollegin ja auch den größeren Raum für sich in Anspruch genommen. Sie hatten sich heftig deswegen gestritten. Aber schließlich hatte Lydia eingelenkt und die Mieterhöhung akzeptiert. Das schien ihrem Lebensstil jedoch keinen Abbruch getan zu haben.

Aber irgendwann wendete sich das Blatt. Sandra konnte sich nicht mehr genau erinnern, wann das war. Eines Tages war ihre Geschäftspartnerin verheult zur Arbeit erschienen und hatte erklärt, sie stecke in finanziellen Schwierigkeiten, sähe sich gezwungen, ihre Wohnung am Westerberg aufzugeben und sich eine günstigere zu suchen. Sie bat wieder um eine niedrigere Raummiete, aber Sandra blieb hart. Sie hatte das Gefühl, das Ganze sei nur von Lydia inszeniert, um wieder an mehr Geld zu kommen.

Doch mit der Zeit merkte sie, dass an Lydias Geldsorgen etwas dran sein musste. Es gab mehrere Anzeichen dafür. Sie ging kaum noch aus, blieb meistens abends zuhause vor dem Fernseher. Ihre Haare waren längst nicht mehr so gestylt wie vorher. Anscheinend erlaubte sie sich nur noch seltene Friseurbesuche. Sie interessierte sich zwar weiterhin für Mode und Schuhe, kaufte diese aber nicht mehr in den schicken Läden, sondern bei billigen Ketten. Es waren keine Prestige- und Markenartikel mehr, sondern nur noch No-Name-Produkte. Sie ging nicht mehr in die edlen Innenstadt-Supermärkte, sondern zu Aldi. Sie kündigte ihre Mitgliedschaft im Fitnessstudio. Was war passiert? Sandra hatte immer wieder versucht, es herauszubekommen, aber Lydia wollte nicht darüber reden. Sie machte ein riesiges Geheimnis daraus.

21.

Carola stand in ihrem begehbaren Schrank und suchte hektisch die Kleiderstangen und Regale ab. Viel Zeit blieb ihr nicht. Was sollte sie anziehen? Ihre Augen wanderten zwischen den Hosenanzügen, den Bleistiftröcken, dem kleinen Schwarzen und dem kirschroten Etuikleid hin und her. Sie zog jedes Teil nacheinander heraus, stellte sich vor den großen Spiegel, hielt es vor sich hin und überprüfte die Wirkung. Sie war sich nicht sicher. Sexy, klassisch-elegant oder besser lässig in Edeljeans und Pulli? Worauf stand er? Sie wusste es nicht, probierte die Kleidungsstücke der Reihe nach an. Sie drehte sich vor dem Spiegel und achtete darauf, bei welchen Klamotten ihre Figur am besten zur Geltung kam. Schließlich fiel ihre Wahl auf einen kurzen auberginefarbenen Rock mit schwarzer, leicht transparenter Bluse. Für darunter wählte sie dunkelrote Spitzendessous. Der BH schimmerte durch, aber das machte nichts – im Gegenteil, es sah ein bisschen frivol aus, gerade richtig, nicht zu viel und nicht zu wenig. Vorsichtig zog sie sich die hauchdünnen schwarzen Strümpfe mit der rückwärtigen Naht an und schlüpfte in ihre High Heels. Sie kämmte sich die hellblonden Haare und ließ sie offen. Sorgfältig schminkte sie sich und sprühte sich dezent mit ihrem Lieblingsduft ein. Jetzt war das Gefühl wieder da. Das Gefühl von früher, wenn sie einen Mann unbedingt wollte und bekam. Carola war die Femme Fatale, die sie vor ihrer Heirat war, begehrenswert und erotisch, zugleich kühl und distanziert.

Sie hatte Glück gehabt, dass alles gut geklappt hatte. Sie hatte Svetlana frei gegeben und sie gedrängt, heute bei einer Freundin zu übernachten. So war das Au-pair-Mädchen aus der Schusslinie. Matthias war ausnahmsweise früh von der Arbeit gekommen und hatte sich bereit erklärt, die Kinder zu übernehmen. Sie hatte ihm plausibel machen können, dass sie mit ihrer Freundin ausgehen würde, erst ins Blue Note und dann ins Kino, in die Spätvorstellung. Sie hatte sich mit Frauke für 22.30 Uhr vor dem Hasetor verabredet. Wenn sie irgendwann spätabends wiederkäme, schliefe er sicher vor dem Fernseher. So hatte sie ihn früher oft vorgefunden, zumindest, bevor Svetlana ins Haus gekommen war. Sie nahm ihre Handtasche, packte die Sachen ein, die sie zurechtgelegt hatte, ging die Treppe hinunter, elegant und aufrecht wie ein Model, und verabschiedete sich mit knappen Worten von ihrem Mann und ihren Kindern, die im Wohnzimmer auf der großen Couch zusammensaßen, um einen Zeichentrickfilm zu sehen.

»Wo ist eigentlich Svetlana?«, fragte Matthias in leicht genervtem Tonfall. »Warum kann sie nicht die Kinder ins Bett bringen?«

»Sie braucht ihren freien Tag. Und heute bist du dran, Matthias.«

Er musterte sie kühl. »Hast du einen neuen Mantel?«

Carola erwiderte nichts darauf, sondern warf eine Kusshand in den Raum. Dann stand sie kurz vor der geschlossenen Haustür, unschlüssig, ob sie tatsächlich gehen sollte.

*

Eberhard sah zärtlich dem ›Schweizer Krokodil‹ hinterher, wie sie sich durch Berg und Tal schlängelte, Bäche, Flüsse und hübsche Schwarzwalddörfer passierte. Er hatte die Elektrolokomotive aus der Serie 6/8 II der Schweizer Bundesbahn im Februar auf der Nürnberger Spielwarenmesse gesehen und wenig später im Internet bestellt.

Von dem Märklin-Modell hatte er schon als kleiner Junge geträumt – ein maßstabgetreues, detailgenaues Modell mit Kultcharakter. Eberhard war fasziniert von der modernsten Antriebstechnik und den hervorragenden Fahreigenschaften des Krokodils. Er wünschte, er selbst könne in diesem Zug sitzen, weit wegfahren und alles hinter sich lassen. Eberhard wusste, ohne seine Eisenbahn hätte er dieses Leben niemals ertragen. Die Routine in der Schule; Kollegen, die kaum mit ihm redeten und ihn nicht ernst nahmen; Schüler, die ihn mit ihrem unverschämten Verhalten und Desinteresse zur Weißglut trieben und ihm an manchen Tagen das Leben zur Hölle machten; Eltern, die ihn unter Druck setzten und sich wegen jeder Kleinigkeit beim Oberstudiendirektor beschwerten. Zu Hause seine Mutter, die ihn wie ein kleines Kind behandelte, ihn je nach Laune triezte und schikanierte und im nächsten Moment maßlos verwöhnte. Und nun musste er den Tod seiner Geliebten verkraften.

Er hatte geglaubt, er könne seinem Leben endlich eine andere Richtung geben, ihm etwas Warmes, Heiteres, Positives abgewinnen und dann hatte sich herausgestellt, dass dieser Weg in eine Sackgasse führte. Warum musste Lydia sterben, warum? Sie war jung und schön. Sie hatte das Leben vor sich. Ein gemeinsames Leben mit ihm. Er hätte gern noch einmal mit ihr geschlafen, nein, nicht nur einmal, viele Male. Mit Lydia hätte er zusammen alt werden können. Sie hatte ein weiches Herz, war fürsorglich, verständnisvoll und warmherzig, die Frau, nach der er sich gesehnt hatte. Für einen kurzen Moment war sie für ihn die Mutter gewesen, die er nie gehabt hatte, nach der er gesucht hatte, sein ganzes Leben lang. Lydia hätte ihm helfen können, die Schatten seiner Vergangenheit zu vertreiben. Und nun war sie fort. Was war passiert in jener Nacht? Hatten sie sich gestritten? Hatte er ihr die Erlebnisse aus seiner Kindheit anvertraut, von denen er eigentlich nie jemandem erzählen wollte? Hatte er oder hatte er nicht?

Sein Handy klingelte. ›Marc Terlinden‹ las er auf dem Display. Er sammelte sich einen Moment.

»Herr Terlinden, ich muss Sie leider enttäuschen, es wird momentan nichts aus dem Hausverkauf. Vielleicht zu einem späteren Zeitpunkt, ich werde auf Sie zukommen. Nein, melden Sie sich bitte nicht. Vielen Dank.«

Er steckte das Handy ein.

Was war geschehen in der Nacht mit Lydia? Er konnte sich nicht mehr erinnern – er hatte einen totalen Blackout, was diese Nacht anging. Irgendwann, während Lydia geschlafen hatte, war er aufgestanden, weil er aufgrund von Rückenschmerzen nicht mehr hatte liegen können – das wusste er noch – und hatte im angrenzenden Arbeitszimmer Hefte korrigiert. Lydia muss das Haus im Morgengrauen verlassen haben, denn als er um kurz nach sechs nach ihr schaute, war sie nicht mehr da. Sie hatte das Bett gemacht und war einfach gegangen. Nichts deutete mehr auf eine gemeinsame Nacht hin. Das war das letzte Mal, dass er Lydia gesehen hatte. Den ganzen Mittwoch war sie nicht zu erreichen gewesen, weder im Kosmetikstudio, wo sie nicht erschienen war, noch zu Hause. Das bereute er nun bitter. Dann hätte er wenigstens dieses Gespräch als Erinnerung zurückbehalten.

Eberhard starrte trübsinnig dem ›Schweizer Krokodil‹ hinterher, wie sie in einem langen Tunnel verschwand. Er stützte seinen Kopf in beide Hände und ließ den Tränen freien Lauf.

*

Carola verließ den Fahrstuhl und steuerte auf das rechte Appartement zu. Ein freundlicher älterer Herr hatte ihr die Tür aufgehalten, sodass sie nicht unten hatte läuten müssen. Sie drückte auf den Klingelknopf neben dem Namensschild ›Holighaus‹.

»Ja bitte?«, dröhnte es aus der Sprechanlage.

»Ich bin's«, rief sie, »Carola.«

Die Tür ging auf. Volker stand vor ihr und musterte sie von oben bis unten. Er sah verdammt gut aus in seiner ausgeblichenen Jeans und dem schwarzen Rollkragenpullover.

»Du, Carola?«

»Wie du siehst, Volker!«

»Was willst du?«

»Soll ich dir das hier draußen sagen oder würdest du mich freundlicherweise hineinbitten?«

»Komm halt rein.« Er trat einen Schritt zur Seite, sodass sich Carola an ihm vorbeizwängen konnte.

Er half ihr aus dem Mantel, hängte ihn auf einen Bügel an der Garderobe und wies ihr den Weg ins Wohnzimmer.

»Du siehst toll aus. Möchtest du einen Drink?«

»Gern, einen Baileys mit Eis.«

»Wie früher?«

»Wie früher.«

»Nimm schon mal Platz.«

Carola ließ sich nicht bitten, sie saß bereits. Sie sah ihn in der offenen Küche hantieren und warf einen Kontrollblick in ihre Handtasche. Sie atmete tief durch und zwang sich, ruhig zu bleiben.

Volker kam mit zwei Gläsern zurück und reichte ihr eins. »Sag schon, was willst du?«

»Dich!«, sagte sie mit einem Augenaufschlag. Sie bemühte sich um gleichmäßige Atemzüge. Er sah sie überrascht an und setzte sich ihr gegenüber aufs Sofa. »Ach! Auf einmal? Das hättest du einfacher haben können.«

»Ich weiß. Aber wie du dich verhalten hast, damals, da ging's eben nicht mehr.«

»Ich hab mich entschuldigt! Sofort! Ich wollte das nicht, das habe ich dir gleich gesagt.«

»So etwas ist nicht zu verzeihen. Ich will keine Erklärung von dir hören. Ich habe versucht, zu vergessen, aber es will mir nicht gelingen. Je älter ich werde, desto schwerer wird es. Alle Erinnerungen von damals kommen langsam hoch. Wie jemand, der im Meer ertrunken ist und nach einer gewissen Zeit wieder auftaucht.«

Er zuckte die Schultern. »Wenn eine Frau mich abblitzen lässt, sehe ich rot. Das hängt mit meiner Kindheit zusammen, das weißt du.«

»Ja, schon klar«, sagte Carola gelangweilt. »Immer entschuldigst du alles damit. Irgendwann sollte Schluss sein. Du bist erwachsen und kannst nicht erwarten, dass jeder Verständnis für deine verkorkste Kindheit hat.«

»Tut mir leid wegen damals. Ich wollte das nicht, echt nicht.«

»Ich könnte dich immer noch anzeigen.«

Er suchte ihren Blick. »Das würdest du nicht tun. Außerdem ist das längst verjährt.«

»Klar ist das verjährt, das weiß ich selbst. Was mich nicht davon abhält, mit der Geschichte an die Öffentlichkeit zu gehen. Die Presse würde sich darauf stürzen und sicher ein ganz großes Ding daraus machen. Und ob das deiner Karriere förderlich wäre, bezweifle ich.«

Er sah sie hasserfüllt an. »Das würdest du nicht wagen.«

Sie lächelte süffisant und schwenkte provozierend das Glas in ihrer Hand. »Sandra denkt, dass du etwas mit dem Mord zu tun hast.«

»Sandra hat mit dir darüber gesprochen?«

Carola nickte. »Sie traut es dir zu.«

»Das hat sie gesagt.« Er erhob sich und ging mit seinem Glas zum Fenster. »Wenn du tatsächlich an die Öffentlichkeit gehst, werde ich mich wehren, mit allen Mitteln, die mir zur Verfügung stehen. Du wirst es bereuen, das schwör ich dir. Ich werde das Ganze aus meiner Sicht erzählen, werde sagen, was ich von dir halte und dass du mich genötigt hast. Du hast mich zumindest provoziert.«

»Wozu? Mich zu vergewaltigen?« Carola war ebenso aufgestanden und stellte sich hinter ihn.

»Ich habe dich nicht vergewaltigt.«

»Du hattest es vor! Es war versuchte Vergewaltigung und auch das ist strafbar, mein Lieber. Wenn ich nicht so stark gewesen wäre, hättest du es geschafft.«

»Es ist lange her.«

»Nicht lange genug.«

»Du kannst nichts mehr beweisen. Du hättest sofort zum Arzt gehen und mich anzeigen müssen. Das hast du nicht getan.«

»Weil ich mich selber nicht beschmutzen wollte. Ich hatte Angst, dass mir keiner glaubt.«

»Dann kannst du die Sache auf sich beruhen lassen. Nach der langen Zeit.«

»Vielleicht habe ich gerade jetzt einen Grund, die alte Geschichte aufzuwärmen. Vielleicht macht es jetzt Sinn? Lass uns den Gedanken weiterspinnen. Stell dir vor, wie das wäre, wenn dein Name plötzlich in der Presse auftaucht! Dann könntest du deine Karriere als Zahnarzt, entschuldige, Zahnanthropologe«, sie lachte künstlich, »ein für alle Mal in den Wind schreiben.«

Er drehte sich abrupt um und funkelte sie wütend an. »Was willst du? Geld? Wie viel?«

»Ich will kein Geld. Ich will Eberhards Haus!«

Volker lachte laut auf. »Das Haus kannst du dir abschminken. Eberhard war längst beim Notar und hat einen Vorvertrag aufgesetzt.«

»Wann war das?« Carola wurde blass.

Volker zuckte mit den Schultern. »Keine Ahnung. Donnerstag oder Freitag letzte Woche. Er wollte mich anrufen.«

»Also hast du noch nicht unterschrieben?«

Statt einer Antwort nahm er einen großen Schluck Baileys. Hart stellte er das Glas ab. »Da du das Haus nicht bekommst, womit kann ich dir sonst dienen?«

Carolas Augen blitzten. »Wolltest du mich nicht schon mal haben?«

Er sah sie feindselig an. »Mag sein. Aber du glaubst doch nicht, dass ich gerade jetzt Sex mit dir will!«

Carola bemühte sich um einen weichen Gesichtsausdruck. »Wenn wir nun all das vergessen, was wir vorhin besprochen haben? Wenn wir die Vergangenheit ruhen lassen und so tun, als hätten wir uns gerade erst kennengelernt?«

»Ich weiß nicht, worauf du hinauswillst.«

Carola warf ihre Haare zurück. »Den Weg zum Schlafzimmer kenne ich. Ich warte da auf dich.«

Er sah sie durchdringend an. »Sandra wird es merken.«

Sie hielt seinem Blick stand. »Quatsch. Mach dir deswegen keine Sorgen.« Sie ging voraus und er folgte ihr.

»Zieh dich aus!«, befahl sie.

22.

Birthe stand am Fenster ihres Büros und schaute auf den Fuhrpark der Polizei hinunter. Die Fahrzeuge interessierten sie nicht, aber hier konnte sie am besten ihre Gedanken bündeln – besser als am Schreibtisch. Sie war sich sicher, dass der Mörder oder die Mörderin von Lydia Kosloff im Kreis der Freunde und Bekannten zu finden war. Der Reihe nach ging sie jeden von ihnen noch einmal durch. Wer könnte ein Motiv gehabt haben, Kosloff umzubringen und wer hatte Zugang zu den Medikamenten?

Spontan fiel ihr die Apothekerin ein, Frauke Herkenhoff. Sie konnte mühelos auf alle Medikamente zurückgreifen, ohne dass es auffiel. Aber sie hatte in der Befragung keinerlei Verdacht erregt, wirkte ruhig, gelassen, mit sich im Reinen. Welches Motiv könnte sie gehabt haben? Eifersucht? Neid? Warum? Wo lag die Verbindung? Viel Kontakt schienen beide Frauen nicht gehabt zu haben. War Frauke Herkenhoff vielleicht eine Kundin von Lydia Kosloff? Das musste Birthe noch in Erfahrung bringen. Hatte Kosloff ihr Dinge anvertraut, die die andere zum Kochen gebracht hatten? Die ihren Neid oder ihre Missgunst erweckt haben könnten? Liebten beide womöglich denselben Mann? Auch Carola von Hünefeld kam als Ärztin leicht an Medikamente heran. Es war vorstellbar, dass sie von der Affäre ihres Mannes mit Kosloff wusste und ihre Nebenbuhlerin aus dem Weg geräumt hat. Eifersucht war ein sehr starkes Motiv.

Das kam hier durchaus infrage. Außerdem hatte sie kein richtiges Alibi. Sie sei bei den Kindern gewesen. Genau das gleiche behauptete auch ihr Mann. Aber einer von beiden oder auch beide erzählten nicht die Wahrheit.

Matthias von Hünefeld hätte auf jeden Fall ein starkes Motiv für den Mord. Er war der Liebhaber von Lydia Kosloff. Seine Ehe, sein Ansehen standen auf dem Spiel. Er wollte die Affäre beenden, aber Kosloff könnte ihm einen Strich durch die Rechnung gemacht haben. Möglicherweise hatte sie ihn erpresst. Er hatte zeitweise ihren hohen Lebensstil mitfinanziert und sie dann fallen lassen. Das musste für Kosloff schwer zu ertragen gewesen sein. Für Hünefeld war es ein Leichtes, entweder über seine Frau oder Frauke Herkenhoff an die Herzmittel heranzukommen. Er hatte zudem kein überzeugendes Alibi.

In diesen Personen sah Birthe die Hauptverdächtigen. Volker Holighaus arbeitete zwar auch als Mediziner, aber ihr fiel beim besten Willen kein Motiv ein. Oder hatte er eins, das noch im Verborgenen lag? Seine Freundin Sandra Mühlenkamp hingegen hätte durchaus eins. Eifersucht, Neid, Habgier oder Stolz. Ihre Geschäftspartnerin hatte sie ausgetrickst, war an ihr vorbeigezogen. Die Digitoxin-Herzmittel und Betablocker hätte sie leicht über ihre Freunde beziehen können.

Außerhalb des Freundeskreises erschien Birthe der Heilpraktiker Dirk Fleischhauer verdächtig. Er hantierte in seiner Praxis mit Digitalis. Dem Gift des Roten Fingerhutes. Birthe zwirbelte an einer Haarsträhne. Der mysteriöse Heilpraktiker von gegenüber, der nicht mehr praktizieren durfte. Sie ging zu ihrem Schreibtisch zurück und gab seinen Namen in die Suchmaschine ein. Dabei stieß sie auf einen brisanten Artikel.

*

Volker lag nackt auf seinem Bett und sah irritiert zu, wie Carola in ihre Handtasche griff und ein Paar fellbesetzte Handschellen hervorzog.

»Was soll das werden?«

»Abwarten, mein Lieber! Rutsch ein Stück vor und halt deine Hände hinter den Kopf.«

Sie spielte ein bisschen mit den Fesseln herum, befühlte das Material und ließ Volker die ganze Zeit über nicht aus den Augen.

»Du machst es aber spannend«, sagte er und verzog seinen Mund zu einem frivolen Grinsen. »Nur zu, Carola, ist mal was anderes. Mit Sandra kann ich so was nicht machen. Sie mag das nicht.«

»Keine Ahnung, ob du das magst«, sagte Carola und ließ ihr Spielzeug kreisen. »Wir werden sehen. Ist mir eigentlich egal, weißt du.« Sie kam auf ihn zu, packte energisch seine hinter dem Kopf positionierten Handgelenke und fixierte sie mit einem klickenden Geräusch an den Eisenstäben seines Bettes. Den Schlüssel ließ sie in ihre Handtasche fallen. Die Beine fesselte sie mit einem Tuch. Da Volker mit seiner Körpergröße mühelos die gesamte Länge des Bettes ausfüllte, war es ein Leichtes, die Beine ebenfalls an den Stäben zu fixieren.

Langsam, ganz langsam, knöpfte Carola ihre Bluse auf. Ihr dunkelroter Spitzen-BH kam zum Vorschein. Volker genoss es offensichtlich, zu beobachten, wie sie sich in einer sinnlichen Bewegung die Bluse von den Schultern strich und sie lässig auf seinen Herrendiener warf. Er hielt den Atem an, als sie den Reißverschluss ihres Rockes öffnete und ihn sich mit rotierenden Bewegungen über die Hüften schob. Nun stand sie vor ihm – in ihren hauchdünnen Spitzendessous. Volker zeigte augenblicklich die von ihr gewünschte Reaktion.

»Ziehst du dich ganz aus?«, stöhnte er.

Sie hatte einen zynischen Zug um den Mund, als sie erneut in ihre Handtasche griff. Er folgte ihrem Tun mit geöffnetem Mund. Sie hatte eine Tube in der Hand.

»Was ist das?«, krächzte er und reckte seinen Kopf hoch.

Sie quetschte den gesamten Inhalt der Tube auf seine behaarte Brust aus. Eine schokoladenbraune Masse quoll heraus. Carola steckte einen Finger hinein und leckte ihn ab.

»Hm, Schokolade«, presste er heiser hervor. »Das fühlt sich gut an auf meiner Haut. Und riecht lecker.«

Sie setzte sich neben ihn aufs Bett und verteilte die angenehm duftende Paste mit kreisenden Bewegungen über seinen ganzen Körper. Dabei sah sie ihn an.

Er stöhnte lustvoll. »Und jetzt? Wirst du es ablecken?«

»Glaubst du das wirklich?« Carola ließ für einen Moment von ihm ab und holte einen Gegenstand hervor, den sie anscheinend bereitgelegt hatte. »Mach die Augen zu«, sagte sie so zärtlich, wie es ihr möglich war.

Er schloss genießerisch die Augen. Lange war er nicht mehr von einer Frau so verwöhnt worden.

Auf einmal verspürte er einen spitzen Schmerz. Volker

riss die Augen auf und biss sich auf die Lippen. Er gab einen zischenden Laut von sich. Jetzt sah er, dass Carola einen Federkiel in der Hand hielt und damit in seine Haut ritzte, wieder und wieder. Sie übte einen viel stärkeren Druck aus, als nötig gewesen wäre.

»Spinnst du? Das tut weh!«

Carola musterte ihn spöttisch. »Das ist meine Absicht, mein Lieber.«

Plötzlich konnte er wieder klar denken und es dämmerte ihm, wie dumm er gewesen war, sich auf sie einzulassen. Ihn fröstelte. Sie fuhr fort, weiter in die breiige Masse hineinzuritzen, langsam und genussvoll. Große Buchstaben, die Volker nicht erkennen konnte.

»Kannst du bitte damit aufhören? Ich finde das nicht lustig.« Er wand sich hin und her und versuchte sich zu befreien. »Stillhalten! Ich bin noch nicht fertig.« Carola setzte unbeirrt ihre Arbeit fort, während Volker sie in einem fort beschimpfte.

»So. Geschafft«, sagte sie schließlich und warf die Feder auf das Bett.

»Was steht da?« Er starrte sie hasserfüllt an. In seinen Augen hatten sich Tränen des Schmerzes, der Wut und Scham gebildet.

»›Ich bin ein Arschloch‹ – was sonst?«, sagte sie hämisch und zog sich an.

»Und für diese Nummer hast du dich extra ausgezogen?«, krächzte er.

»So hat's mir mehr Spaß gemacht. Und ich wollte, dass auch du ein bisschen was davon hast.« Sie lachte künstlich und warf ihm einen spöttischen Blick zu. »Ich lass dich allein, Volker. Hab noch etwas anderes vor.«

»Hast du was eingenommen? Mach wieder auf! Lass mich los!« Erneut riss er mit den Handschellen an den Bettpfosten und versuchte gleichzeitig, die Beine aus den Schlingen zu ziehen. Carola hatte jedoch ganze Arbeit geleistet und das Tuch fest verknotet.

»Ich komme zurück, Volker, keine Angst. Ich nehme den Haustürschlüssel mit. Du hast genug Zeit, dir das in aller Ruhe noch einmal zu überlegen.«

»Was?«

»Die Sache mit dem Vorvertrag. Eberhard soll zurückziehen, das ist alles, was ich verlange. Und das will ich schriftlich von dir.«

»Carola, das kannst du nicht machen. Ich muss mal, lass mich frei!«

Carola knöpfte hektisch ihre Bluse zu und sammelte die benutzten Gegenstände ein, um sie in ihrer Handtasche verschwinden zu lassen. Er starrte ihr ungläubig hinterher, wie sie den Raum verließ, und hörte wenig später die Haustür ins Schloss fallen.

23.

So hatte sie Daniel noch nie wahrgenommen. Als kleinen, verängstigten Jungen, der sich an seinem Smiley-Becher festklammerte und hineinstarrte, als könne er darin etwas finden. Keine Spur mehr von seinem unerschütterlichen Selbstbewusstsein.

»Hey, Daniel, endlich!« Sie ging auf ihn zu, lächelte und drückte ihn kurz, was sie sonst nie tat. Er erwiderte ihr Lächeln nicht, sondern wirkte wie benommen.

»Was ist?«, fragte sie besorgt.

Er sah sie kurz an und blickte wieder in seinen Becher. »Wenn du's genau wissen willst: Richtig beschissen geht's mir.«

Birthe konnte sich keinen Reim darauf machen. »Was meinst du damit?«

Daniel stieß einen tiefen Seufzer aus. »Ich habe Dummheiten gemacht. Ein Auto von privat gekauft, das nichts taugt.«

»Dann bring es zurück.«

»Geht nicht so einfach.« Er biss sich auf die Lippe, um ihr nicht zu erzählen, dass er in Heidelberg gewesen war.

»Was ist mit dem Auto?«

»Ach, das Lenkrad fing an zu flattern, sobald ich etwas schneller fuhr. In der Werkstatt sagte man mir, da kämen wohl auch noch andere Sachen auf mich zu. Und die haben sofort gesehen, dass die Reifen abgefahren waren.«

»Das hat der Verkäufer doch sicher gewusst. Das hätte er noch richten müssen.«

»Ich habe die Karre für einen Spottpreis erstanden. Sonst wäre ich nie zu einem Porsche gekommen.«

»Porsche?« Birthe lachte ungläubig. »Brauchst du so was?«

Daniel verdrehte die Augen. »Jetzt fang du nicht auch noch an. Jette liegt mir schon andauernd in den Ohren.«

»Hast du Geld für neue Reifen?«

Er zuckte die Schultern. »Das ist nicht alles«, sagte er resigniert. »Die Kupplung greift nicht richtig. Beim Schalten in den 3. Gang gibt es jedes Mal Probleme. Und der Rückwärtsgang klemmt.«

Birthe stützte ihr Gesicht auf den Händen ab und sah Daniel mitleidig an. »Oh, Daniel.«

»Ich habe einen Kumpel gefragt, was es kosten würde, wenn ich alles richten lasse. Er sagte, wenn ich eine neue Kupplung brauche, wird es richtig teuer. Ich sollte probeweise mal mit angezogener Handbremse losfahren. Wenn dann der Motor ausgeht, ist eine neue Kupplung fällig.«

»Und?«

»Der Motor ist ausgegangen.« Daniel senkte den Blick.

»Ich würde das Auto zurückbringen«, sagte Birthe resolut.

»Es ist ein Porsche!«

»Na und?«

»Mein Traumauto.«

Birthe sah ihn verständnislos an. »Komm runter. Du klingst gerade trotzig wie ein kleines Kind. Du wirst jetzt mit Arbeit zugedeckt, mein Lieber, dass du nicht mehr weißt, wo rechts und links ist. Hier, lies dich schon mal ein.« Sie warf eine Akte auf seinen Schreibtisch. »Schlag mal auf unter Fleischhauer. Da findest du unter anderem die Krankenakte von Lydia Kosloff. Sehr aufschlussreich.«

Als sie fünf Minuten später zurückkam, hatte er einen völlig anderen Gesichtsausdruck – wacher, konzentriert. Na also, dachte sie, was Arbeit doch bewirken kann.

»Diese Geschichte ging durch die Medien«, sagte er, ohne den Blick von der Akte zu nehmen. »Ein Heilpraktiker, der den Tod eines Mädchens verschuldet hat. Schlimme Sache. Ich hab's in der Zeitung gelesen.«

Birthe setzte sich zu ihm auf den Schreibtisch. »Na, was sagst du? Interessant, oder?«

»Deshalb durfte dieses Schwein seinen Beruf nicht mehr ausüben.«

»Na ja, der wollte bestimmt nicht, dass das Mädchen stirbt. Trotzdem, was für eine Tragödie.«

»Er hat den Tod des Mädchens verschuldet. Hätte er die Behandlung des Mädchens nicht selbst übernommen, sondern erfahrenen Spezialisten überlassen, wäre die Kleine sicher noch am Leben.«

»Hast du gesehen? Lydia Kosloff war wegen der gleichen Sache bei ihm wie dieses Mädchen.«

»Hm. Aber die Behandlung endete nicht Anfang April, als das Mädchen starb, sondern ging weiter, obwohl Dirk Fleischhauer längst keine Heilpraktikererlaubnis mehr hatte. Das ist eine riesengroße Schweinerei.«

»Als ob ihm ein Todesfall nicht gereicht hätte.« Sie gab ihm einen Zeitungsartikel. Er war datiert vom 4. Juli 2011.

Mysteriöser Todesfall nach Heilpraktikerbesuch
Laura H. (10) war schwer krank. Sie litt an hoch aggressivem Lymphdrüsenkrebs. Unter der ersten Chemotherapie hat sie so stark gelitten, dass ihre Eltern ihr keine weitere mehr zumuten wollten.

Deswegen gaben ihre Eltern sie in die Behandlung des Osnabrücker Heilpraktikers Dirk F., der sich angeblich auf diese Krebsart spezialisiert hatte. Mit Injektionen wollte er die Immunabwehr des Kindes stärken. Das umstrittene Krebsmittel ›Galavit‹ sollte die Zerstörung von Krebszellen bewirken. In der Nacht zum 2. Juli starb Laura an einem allergischen Schock, nachdem sie wenige Stunden zuvor in Fleischhauers Praxis mit dem Krebsmittel behandelt worden war. Erste Nachfragen ergaben, dass der Heilpraktiker die Injektionen niemals hätte verabreichen dürfen. Die Kriminalpolizei ermittelt.

»Woher hast du den Zeitungsartikel?«, fragte Daniel.

»Ich war bei ihm in der Praxis. Habe die Akte von Lydia Kosloff mitgehen lassen. Daraus geht hervor, dass sie an Krebs erkrankt war, und zwar an Gebärmutterhalskrebs. Da sie eine aggressive konventionelle Therapie ablehnte, suchte sie Hilfe bei Fleischhauer. Und da erinnerte ich mich an die Geschichte mit dem Mädchen und habe im Archiv geforscht.«

»Hat nicht der Hausarzt von Lydia Kosloff behauptet, sie sei kerngesund gewesen?«

»Hat er. Und das behauptet er immer noch. Und auch Kosloffs Frauenärztin, die von Hünefeld, unterstreicht nach wie vor, Lydia Kosloff habe keinen Behandlungsbedarf gehabt. Gerade sie als Gynäkologin hätte den Gebärmutterhalskrebs feststellen müssen.«

»Allerdings. Wenn nicht sie, wer dann?«

»Das passt nicht zusammen.«

»Nee, absolut nicht. Würde sagen, da ist was faul. Was muss ich mir eigentlich unter einer alternativen Krebstherapie vorstellen?«

»Galavit soll das Immunsystem ankurbeln und gegen Krebszellen wirksam sein. Hier, lies selbst.«

Daniel vertiefte sich in die Broschüre. Schließlich ließ er das Blatt sinken und sah Birthe ratlos an. »Puuh«, sagte er, »ich ahne es. Fleischhauer gehört zu denen, die das Mittel zu übertreuerten Preisen verkauft haben. Eine Schweinerei gegenüber den Krebskranken.« Er verschränkte seine Arme hinter dem Kopf. »Fleischhauer ist der Schlüssel zum Mord an Lydia Kosloff«, sagte er. »Er wollte sie aus dem Weg räumen, damit sie ihren Mund hält. Wahrscheinlich war sie mit ihm unzufrieden und wollte ihn bei der Polizei anschwärzen. Er hatte bereits seine Heilpraktikererlaubnis verloren und hätte niemals weiterbehandeln dürfen. Das stand unter Strafe und sie wusste das.«

»Den Fleischhauer habe ich von Anfang an verdächtigt. Jemand, der unschuldige Tiere tötet, der schreckt vor nichts zurück.«

»Das ist nicht bewiesen«, fiel ihr Daniel ins Wort. »Die einzige Frage, die ich mir stelle, ist, warum er zu Herzmedikamenten gegriffen hat, um die Kosloff umzubringen. Warum nicht einfach eine Überdosis Galavit, das wäre viel unauffälliger gewesen?«

»Glaubst du?«, fragte Birthe. »Nach dieser Geschichte? Alternative Krebstherapie mit umstrittenen Mitteln – so häufig kommt das nicht vor. Und gerade dieses Drama mit dem Kind – das war jedem im Gedächtnis geblieben. Jeder wäre sofort auf Fleischhauer gekommen. Er war clever genug, um das zu verhindern.«

»Was machen wir nun?«

»Ich denke, wir werden der Familie des verstorbenen Kindes einen Besuch abstatten, also den Eltern der kleinen Laura.

Hörnschemeyer heißen die, habe ich bereits recherchiert.«

»Gut, und den beiden Doktoren noch mal auf den Zahn fühlen, Rechtziegel und von Hünefeld, warum sie uns die Krankheit der Kosloff verschwiegen haben.«

»In der Kantine habe ich übrigens heute mit Kohlhans zusammengesessen. Er sagte, die Ermittlungen zum Knochenfund am Westerberg seien eingestellt worden. Die Knochen gehen Ende des Monats in die Sammelbestattung.«

24.

Carola schlenderte die Krahnstraße entlang in Richtung Prelle Shop. Sie konnte keinen klaren Gedanken fassen. Wie ferngesteuert blieb sie immer wieder vor den Auslagen der Geschäfte stehen, ohne etwas wahrzunehmen. Es gab nichts, was ihr Interesse fand. Sie wusste nur, dass sie nicht nach Hause wollte. Sie kam gerade von ihrer Bank. Eigentlich war sie dort gewesen, um den Kreditrahmen für den Hauskauf zu ermitteln. Natürlich musste sie sämtliche Konten offen legen und erhielt Einsicht in die ihres Mannes. Was dabei heraus kam, riss ihr den Boden unter den Füßen weg. Er hatte über Jahre hinweg Miete bezahlt für eine Wohnung, von der sie nichts wusste. Er war dumm genug, den Verwendungszweck bei seinem Dauerauftrag anzugeben. Monat für Monat waren über 1.200 Euro von seinem Konto abgegangen, einfach so. Was steckte dahinter? Sie musste Matthias zur Rede stellen, heute noch, aber sie wurde von bösen Ahnungen überfallen. Eine gemietete Wohnung, von der sie nie etwas mitbekommen hatte. Ein Liebesnest – Carola wurde schlecht. Bestimmt steckte eine andere Frau dahinter, eine andere als Svetlana. Bei Svetlana hatte er alles abgestritten und sie wusste selbst nicht mehr, wem sie glauben sollte, ihm oder Friederike – im Zweifelsfall lieber ihm. Aus purem Selbstschutz. Weil sie ihm glauben *wollte*. Aber was war das jetzt? Das Blut rauschte in ihren Ohren.

Matthias musste oft Überstunden machen, war viel unterwegs und besuchte regelmäßig Fortbildungen.

Eine Affäre hätte er zwischen diesen diversen Terminen leicht einschieben können, ohne ihren Verdacht zu wecken. Wenn er abends erst gegen 22 Uhr nach Hause kam, müde und genervt, woher sollte sie wissen, dass er nicht direkt von der Arbeit, von einem Kunden, sondern von seiner Geliebten kam? Wie hatte sie nur so blind sein können? Er hatte sie betrogen, die ganze Zeit über. Das war womöglich auch der Grund dafür, dass er nicht mehr mit ihr schlief. Er liebte eine andere Frau anscheinend so sehr, dass er ihr eine Wohnung finanzierte, eine schicke, mit gehobener Ausstattung, in einer attraktiven Wohnlage, denn 1.200 Euro waren viel für eine mittelgroße Stadt wie Osnabrück, die einen moderaten Mietspiegel hatte. Carola wurde schwindelig bei dem Gedanken. Sie musste sich dringend irgendwo hinsetzen und einen Kaffee trinken. Sie betrat das Café Leysieffer, suchte sich aus Gewohnheit im Vorraum ein Tortenstück aus, das sie nicht anrühren würde, und stieß die Schwingtür auf, um sich gleich auf einem der ersten Plätze niederzulassen. Sie spürte die Blutleere in ihrem Kopf, fühlte Übelkeit aufsteigen und suchte die Damentoilette auf.

*

Volker lag auf seinem Bett und wälzte sich hin und her. Er konnte sich nicht erinnern, wann er sich das letzte Mal so dreckig gefühlt hatte. Das Laken unter ihm war durchnässt – er hatte den Urin nicht länger zurückhalten können. Er zitterte vor Kälte und Unbehagen und hatte Juckreiz am ganzen Körper, wegen der unangenehmen Nässe und der eingetrockneten Schokolade auf seiner

Haut. Er hätte ein ganzes Fass austrinken können – so sehr quälte ihn der Durst. Und inzwischen zudem der Hunger. Die Handgelenke waren wundgescheuert von den Handschellen. Außerdem waren Hände, Arme und Beine taub wegen der unnatürlichen, überstreckten Haltung, in der sie sich seit Stunden befanden. Die Schultern und der Rücken taten ihm weh und er wand sich unruhig hin und her. Er verspürte einen unbändigen Hass auf Carola. Wenn sie hier gewesen wäre, in seiner Nähe, und ihn befreit hätte, hätte er für nichts garantieren können.

Wie spät mochte es sein? Volker vermisste seine Armbanduhr, die er dummerweise im Bad hatte liegen lassen. Die Digitalanzeige seines Radioweckers konnte er nicht erkennen, da Carola ihn verschoben haben musste; ob mit oder ohne Absicht spielte keine Rolle. Durch die Ritzen der Jalousie fiel etwas Licht herein – es musste bereits Morgen sein, wenn nicht Vormittag. Carola hatte versprochen, dass sie zurückkommen würde. Spätestens morgen wäre Sandra zurück. Verhungern würde er keinesfalls. Doch der Durst war eine Qual. Lange würde er das nicht mehr aushalten. Sandra machte sich bestimmt längst Sorgen. Mehrmals hatte sein Handy geklingelt, das in seiner Jeanstasche steckte. Das hatte ihn beinahe verrückt gemacht, dieser unerbittliche, nervenaufreibende Klingelton seines Mobiltelefons und die Tatsache, dass er nicht herankam.

Da hörte er ein Geräusch an der Tür. Ein Schlüssel drehte sich im Schloss, unendlich langsam, wie ihm schien, und endlich vernahm er Schritte auf dem Fliesenboden.

»Carola?«, rief er ängstlich.

Keine Antwort.

»Hallo? Carola, bist du's?«

Jemand machte sich im Flur an etwas zu schaffen. Er hörte Papier rascheln, Schubladen wurden aufgezogen, Stöhnen. Eindeutig eine Frau.

»Antworte endlich! Carola!«, rief er verzweifelt.

Da erschien sie endlich im Türrahmen. Groß, sehr schlank, die blonden Haare hochgesteckt, musterte sie ihn kalt. Sie sah nicht so gut aus wie gestern. Ein bisschen krank, übernächtigt, mit gräulicher Gesichtsfarbe und Schatten unter den Augen. Das hellgraue Kostüm mit anthrazitfarbener Bluse verstärkte diese Wirkung.

»Wo hast du einen Stift?«, fragte sie übergangslos. »Ich habe leider keinen.«

Er blickte irritiert auf. »Wozu brauchst du einen Stift?«

Sie antwortete nicht.

»Mach mich los und ich gebe dir einen.«

Sie schüttelte den Kopf. »Nein, du sagst mir erst, wo ich einen finde, dann binde ich dich los.«

Jetzt platzte ihm der Kragen. »Verdammt noch mal, Carola, weißt du überhaupt, was für eine Nacht ich hinter mir habe? Wegen dir? Die beschissenste Nacht meines ganzen Lebens! Ich habe kein Auge zugemacht, alles tut mir weh, wenn ich mir nicht die Gelenke verstaucht habe, das fühlt sich nicht gut an. Das ist Folter, was du mit mir machst, dafür wirst du büßen. Ich werde dich verklagen, du Miststück, du kommst mir nicht ungeschoren davon, Körperverletzung und Freiheitsberaubung, weißt du, was dir dann blüht? Als vorbestrafte Oberschichtlady kannst du keinen Staat mehr machen, das ist dir klar? Kannst deine Tussi-Praxis dichtmachen, weil du deine Approbation loswirst. Jetzt befrei mich von dem Scheiß hier, verdammt!«

Carola ließ sich nicht aus der Ruhe bringen. »Langsam, mein Lieber. Ich habe das nicht umsonst gemacht. Erst unterschreibst du mir etwas. Und das mit der Anzeige würde ich mir gut überlegen. Sonst werde ich meine grauen Hirnzellen aktivieren und überlegen, was damals geschehen ist zwischen uns und ob das alles gentlemanlike war, was du mit mir gemacht hast.«

»Was hast du jetzt mir vor?«, keuchte er.

»Deine Unterschrift will ich«, sagte sie, »hier unter das Schriftstück.«

»Was ist das?«, fragte er heiser und reckte seinen Kopf hoch, um besser sehen zu können.

»Eine Verzichtserklärung. Auf das Haus. Wir haben gestern darüber gesprochen, also tu nicht so, als ob du nicht wüsstest, worum es geht. Wir sollen uns einig werden, hat Eberhard gesagt. Du wirst hier und jetzt mit deiner Unterschrift geltend machen, dass du kein Interesse mehr an der Villa hast.«

Er lachte höhnisch. »Das könnte dir so passen. Warum sollte ich? Und dir den Vortritt lassen, ausgerechnet dir? Du hast dir immer schon genommen, was du wolltest, standest auf der Gewinnerseite, egal, ob du es verdient hattest oder nicht. Schon als Kind hattest du die besseren Karten. Meinst du nicht, einmal im Leben könntest du verzichten?«

Carola stand auf. »Du musst dich nicht sofort entscheiden, Volker. Ich kann gehen. Allerdings weiß ich nicht, wann es mir möglich ist, wiederzukommen. Heute ist ein stressiger Tag. Ich muss gleich in die Praxis und

habe später einiges vor mit den Kindern. Aber morgen, morgen komme ich sicher. Und dann reden wir in Ruhe über alles. Auch über das, was damals passiert ist, als wir Kinder waren. Im Steinbruch, du weißt schon. Ich will das nicht mehr mit mir herumschleppen. Die Wahrheit muss ans Licht. Ich will endlich meinen Frieden haben.«
Sie wandte sich zum Gehen.

»Halt! Bleib hier, Carola! Wir können über alles reden. Aber bitte, bleib hier!«

Sie drehte sich um und sah ihn an. Sekundenlang. Sie genoss ihre Überlegenheit und beobachtete fasziniert sein Mienenspiel. So verzweifelt hatte sie ihn nie zuvor gesehen. Carola weidete sich an seinem Anblick.

»Lass mich wenigstens zur Toilette«, bettelte er.

»Wie ich sehe, hast du dir inzwischen selbst zu helfen gewusst«, sagte sie sarkastisch, »du weißt also, wie es geht. Wenn du nichts dagegen hast, bediene ich mich an deiner Espressomaschine. Ich brauche unbedingt einen starken Kaffee. Anschließend frage ich dich noch einmal. Sei dankbar, dass ich dir diesen Aufschub gewähre. Ich könnte gleich gehen.«

Sie stöckelte durchs sonnendurchflutete Wohnzimmer, das von der offenen Küche durch eine Theke abgetrennt war. Bevor sie den noblen Kaffeeautomaten in Gang setzte, wechselte sie das Wasser aus und säuberte die Brühgruppe, die bereits von Algen befallen war. Danach startete sie das automatische Spülprogramm. Sie setzte sich auf einen Barhocker, stützte die Ellenbogen auf und dachte nach. Volker hatte recht, von Anfang an hatte sie die besseren Chancen gehabt. Während er in den abgetragenen Klamotten seiner Geschwister herumlaufen musste, wurde sie vom Kindermädchen von Termin zu Termin gefahren. Tennis, Reiten, Nachhilfe in Mathematik und Fremdsprachen – sie führte das Leben eines behüteten Oberschichtenkindes. Dennoch hatte sie diese Kindheit nie als Glück empfunden. Ihre Eltern, die beide als Ärzte in einer Privatklinik arbeiteten, hatten kaum Zeit für sie und die Kindermädchen wechselten ständig. Die Liebe ihrer Tochter zu Pferden tolerierten ihre Eltern nur, solange sie dem sportlichen Ehrgeiz diente und Carola als Springreiterin Erfolge vorweisen konnte. Ihren größten Wunsch nach einem eigenen Reitpferd schlugen ihr die Eltern ab, weil sie die Verantwortung nicht übernehmen wollten und ihrer Tochter diese nicht zutrauten. Carola als ihr einziges Kind reichte ihnen vollkommen und überforderte sie mit ihrer Lebhaftigkeit bereits. Eines der Kindermädchen hatte es Carola einmal zugesteckt, als es sich über sie geärgert hatte.

Wenn ihre Gedanken in die Kindheit zurückwanderten, spürte sie die Einsamkeit und Verlassenheit erneut wie eine schwere Last auf ihrem Rücken. Der einzige Lichtblick waren ihre Freunde, Volker, Eberhard und später Frauke, mit denen sie viel Zeit verbracht hatte. Aber Volker hatte sie bitter enttäuscht. Als sie 17 gewesen waren, gingen sie eine Zeit lang miteinander, bis sich Carola auf einer Geburtstagsfeier in einer Kleingartenkolonie am Westerberg in einen anderen verguckte, mit ihm die Party verließ, um im ›Büdchen‹ ein paar Bierchen zu trinken. Volker bekam wohl mit, wie sie sich mit Markus Arm in Arm von der Feier entfernte. Wahrscheinlich folgte er ihnen und musste miterleben, wie sie sich küssten. Wie sie schließlich aus dem ›Büdchen‹ herauskamen und sich erneut küssten, sich kaum voneinander lösen konnten. Dann stieg Carola auf ihr Rad, leicht torkelnd und laut lachend – es war das erste Mal, dass sie einen Schwips hatte – und winkte Markus fröhlich und Kusshand werfend zu. Sie fuhr über den Kamm in Richtung Brücke und bemerkte nicht, dass Volker sie mit dem Rad verfolgte. Rasend vor Wut stellte er sie am Steinbruch. Sie erschrak fast zu Tode, als er plötzlich vor ihr stand und ihr den Weg abschnitt. Er stieß sie vom Rad und zerrte sie ins Gebüsch. Dort versuchte er, sie auszuziehen und zu vergewaltigen, aber sie wehrte sich nach Leibeskräften, biss ihn, schlug ihn und trat in seine empfindlichste Stelle, sodass er endlich von ihr abließ. Gleich am nächsten Tag rief er sie an, um ihr zu sagen, wie entsetzlich leid es ihm tue und dass er seine Tat am liebsten ungeschehen machen würde. Er sagte ihr, wie sehr er sie liebe. Und dass der Hass auf seinen Nebenbuhler mit ihm durchgegangen sei. Er flehte sie an, ihm zu verzeihen. Aber das konnte sie nicht. Sie hatte in diesem Moment gewusst, dass sie ihm nie wieder würde vertrauen können.

Bis heute hatte sie nicht darüber sprechen können, aus Angst und innerer Verletzung. Vor allem aus Scham.

Und dennoch war es ihr gelungen, eine gewisse Stärke zu entwickeln. Mit den Jahren wurde sie selbstbewusster. Sie legte ein glänzendes Abitur ab, studierte Medizin, machte ihre Facharztausbildung und lernte Matthias kennen, mit dem sie sich vorstellen konnte, die Bilderbuchfamilie zu gründen, von der sie ihr Leben lang geträumt hatte. Sie hatte immer konkrete Ziele vor Augen gehabt. Vor allem hatte sie alles anders machen wollen als ihre Eltern. Eine gute Ärztin werden und obendrein eine wunderbare Mutter, die ihre Kinder unterstützte und förderte, wo sie konnte. Und sie erträumte sich perfekte Kinder, einen perfekten Ehemann, ein perfektes Leben.

Eines Tages hatte sie im Fitnessstudio Sandra kennengelernt und zu dem Zeitpunkt nicht gewusst, dass sie mit Volker liiert war. Im ersten Moment war sie schockiert gewesen, als sie davon erfuhr. Doch dann versuchte sie, die Erinnerungen an Volker zu verdrängen, weil sie sich mit Sandra auf Anhieb gut verstand und sie merkte, wie sehr sie eine Freundin zum Reden, Ausgehen, Amüsieren und Shoppen brauchte. Jahrelang hatte sie das vermisst. Mit ihrer einzigen Freundin Frauke verstand sie sich zwar gut, doch sie war in ihrer hausmütterlichen Art für viele Dinge einfach nicht zu gebrauchen.

Dieser Spagat war ihr eine Zeit lang geglückt. Sie glaubte, das perfekte Leben zu führen, das sie angestrebt hatte. Bis diese Svetlana ins Spiel gekommen war und Carola feststellen musste, dass ihr Mann es mit der Treue nicht so genau nahm. Carolas Leben war ins Wanken geraten. Jetzt umso mehr, da sie erfahren hatte, dass Matthias die ganze Zeit über anscheinend ein Doppelleben geführt hatte. Dass es offenbar eine andere Frau an seiner Seite gegeben hatte, eine andere als Svetlana. Und es würde sich nicht alles wieder zum Guten wenden, das wusste sie. Selbst wenn sie nun Eberhards Villa bekäme, ihr Lebensglück war für immer zerstört.

Das automatische Spülprogramm des Kaffeeautomaten war beendet und Carola holte einen Becher aus dem Geschirrschrank. Als sie ins Schlafzimmer zurückkam, sah Volker ihr mit traurigem Hundeblick entgegen. Da ging eine Veränderung in ihr vor. Sie konnte es sich selbst nicht erklären, doch sie empfand schlagartig Mitleid mit ihm. »Ich hab dich gar nicht gefragt – wolltest du auch einen?« Sie deutete auf ihren Kaffee.

Volker lächelte matt. »Wäre nett. Aber befreist du mich bitte erst von diesen Dingern hier?«

Carola griff, ohne zu zögern, in die Tasche ihrer Blazerjacke und holte den Schlüssel hervor. Sie wich seinem Blick aus, während sie die Handschellen aufschloss. Er stöhnte und massierte sich die Handgelenke. Dann löste sie die Knoten aus dem Tuch, sodass er seine Beine wieder frei bewegen konnte.

»Tut mir leid«, sagte Carola, »ging nicht anders. Warte, ich hole dir deinen Kaffee.«

Als sie mit dem dampfenden Becher in der Hand zurückkam, hörte sie gerade die Klospülung. Volker kam torkelnd aus der Gästetoilette. Ihm schien es nicht gut zu gehen.

»Wollen wir uns ins Wohnzimmer setzen?«, fragte er. »Ich glaube, wir haben uns einiges zu sagen.«

Carola nickte.

»Möchtest du, dass ich erst deinen Wisch unterschreibe?«

Carola schüttelte den Kopf. »Reden wir lieber. Du bist doch mit Matthias so dicke. Ich glaube, er betrügt mich. Ich hätte gern von dir gewusst, mit wem.«

25.

Birthe war mulmig zumute, als sie auf den Klingelknopf neben dem bunten, handgetöpferten Familienschild mit der Aufschrift ›Laura, Thea und Dieter Hörnschemeyer‹ drückte. Das Ehepaar Hörnschemeyer wohnte in einem Einfamilienhaus in der Kromschröderstraße im Stadtteil Wüste. Eine schwarz gekleidete Frau in den Vierzigern öffnete die Tür. Sie bemühte sich um ein Lächeln, während sie tonlos sagte: »Kommen Sie herein, wir haben Sie erwartet.«

Birthe folgte ihr durch den hell gefliesten Flur ins angrenzende Wohnzimmer. Es war nüchtern eingerichtet: eine Schrankwand mit Fernseher, ein dunkelgraues Ecksofa und ein weißes Klavier mit dem gerahmten Foto eines Mädchens.

Ein grauhaariger Mann kam herein, gab Birthe die Hand und stellte sich als Dieter Hörnschemeyer vor. Vermutlich war er jünger als er aussah, wirkte jedoch durch seine leicht gebückte Körperhaltung und den unsicheren Gang wesentlich älter. Er hatte tiefe Augenringe, die seinem Gesicht einen trostlosen, deprimierten Ausdruck verliehen. Mit einer Armbewegung bot er Birthe einen Platz an. Sie setzte sich auf den Hocker, während das Ehepaar auf dem Sofa eng zusammenrückte.

»Nun, wir kommen einfach nicht darüber hinweg, was mit unserer Tochter passiert ist«, begann der Mann zu erzählen. »Dieser selbst ernannte Heiler hat unser ganzes Leben zerstört, nicht nur das unserer Tochter, nein, auch unser Leben hat er ausgelöscht. Seit dem 2. Juli sind wir praktisch tot.«

Seine Frau nickte stumm vor sich hin.

»Ich kann verstehen, dass Sie sehr traurig sind. Es ist sicher das Schlimmste, was Eltern passieren kann«, sagte Birthe.

Die Eheleute nickten.

»Wie lange war Ihr Kind bei ihm in Behandlung?«

»Fünf, sechs Monate?«, fragte Dieter Hörnschemeyer mit Blick auf seine Frau.

»Kann hinhauen«, sagte sie tonlos. »Das Schlimme ist, dass es ihr zwischendurch besser ging. Darum waren wir zuversichtlich, dass es ohne weitere Chemo klappen könnte. Die Chemotherapie mussten wir abbrechen, weil Laura sie nicht vertragen hat. Wir haben unsere Tochter im guten Glauben diesem Scharlatan anvertraut. Nie hätten wir gedacht, dass sie gerade durch seine Hände zu Schaden kommt und … sie durch ihn …« Sie schluchzte laut auf.

Ihr Mann nahm sie in den Arm. »Ist gut«, tröstete er, »nicht jetzt … Versuch, dich zusammenzureißen!«

»Ihre Tochter bekam erst nach einem halben Jahr die allergische Reaktion?«, fragte Birthe behutsam.

»Ja, nachdem der Quacksalber die Galavit-Dosis erhöht hat. Er hat zwei Ampullen gespritzt statt einer, war noch stolz darauf, dass er damit angeblich die Schulmediziner austricksen konnte.«

Thea Hörnschemeyer stand auf und verließ schnell den Raum.

»Sie müssen verstehen«, sagte ihr Mann, »das war alles zu viel für meine Frau. Laura war unser einziges Kind. Sie hätte gern ein weiteres Kind bekommen, aber es hat nicht mehr geklappt. Und nun ist es ohnehin zu spät.«

Birthe nickte ernst. »Darf ich Ihnen eine Frage stellen? Wenn Sie die Chemotherapie wegen Unverträglichkeit abbrechen mussten, hätte Ihre Tochter überhaupt eine Chance gehabt? Ich meine, ohne konventionelle Therapie?«

»Ja, es hätte Möglichkeiten gegeben. Wir hätten es mit einer anderen, milderen Form probieren können, gekoppelt mit Bestrahlungen. Aber wir haben Fleischhauer vertraut. Er sagte, dass sei alles Humbug, nutzloses Zeug, um die Krankenkassen und Patienten unnötig zu belasten. Wir haben ihm geglaubt.«

»Ich nehme an, Sie haben den Fall untersuchen lassen? Haben Sie Fleischhauer auf Schadenersatz verklagt?«

»Unser Anwalt kämpft immer noch. Bisher haben wir keinen einzigen Cent bekommen. Meine Frau will nichts davon wissen. Sie sagt, ihre Tochter würde das nicht zurückbringen. Dabei geht es um eine relativ hohe Versicherungssumme. Ich könnte mich selbstständig machen von dem Geld. Träume schon lange von einer eigenen Schreinerei.«

»Um wie viel geht es?«

»35.000 Euro. Ich selbst bin höchstens von 10.000 ausgegangen, aber unser Anwalt meint, da wäre mehr drin. Warten wir's ab. Ich bin da skeptisch, ehrlich gesagt. Zumindest wurde dem Scharlatan schnell sein Handwerk gelegt. Das ist für ihn sicherlich die schlimmste Strafe, denn er betonte, dass sein Job nicht nur Broterwerb, sondern Berufung sei. Schluss damit. Er ist seine

Erlaubnis losgeworden, darf nicht mehr praktizieren. Das freut mich besonders.«

Thea Hörnschemeyer kam zurück und setzte sich verhuscht neben ihren Mann. Ihre Augen waren rot gerändert.

»Sie sehen selbst, wie es meiner Frau geht. Thea kann nicht mehr schlafen seitdem. Sie ist in psychotherapeutischer Behandlung, nimmt starke Medikamente. Ich würde diesem Mann gerne ins Gesicht sagen, was er aus uns, speziell meiner Frau, gemacht hat, was er uns alles genommen, was er zerstört hat, aber ich weiß nicht, was ich täte, wenn ich ihm gegenübertreten würde.«

*

Carola verstaute genervt das schmutzige Geschirr in die Spülmaschine. Wieder mal blieb das an ihr hängen, obwohl es eigentlich zu Svetlanas Aufgabenbereich gehörte. Sie war mit Matthias im Nil in der Lotter Straße verabredet und hätte vorher gern geduscht und sich umgezogen. Oben ertönte Kinderlachen. Sie stellte sich dicht an die Wendeltreppe und schrie: »Svetlana! Kommen Sie bitte zu mir! Sofort!«

Das laute Lachen erstarb. Svetlana erschien auf der Treppe, mit einem breiten Lächeln im Gesicht, was Carola ärgerte. Das Au-pair hatte ein tief ausgeschnittenes Top an und trug hautenge Jeans mit aufgenähten Pailletten. Carola musste stark an sich halten, um nicht aus der Haut zu fahren.

»Schauen Sie, was ich hier mache«, sagte sie, »wäre das nicht eigentlich Ihre Aufgabe?«

»Warrum?«, fragte Svetlana lächelnd.

Carola hätte ihr am liebsten eine Ohrfeige gegeben. Was fand ihr Mann an dieser nuttigen Erscheinung? »Warum? Das fragen Sie? Leichte Hausarbeiten gehören zu Ihrem Aufgabengebiet. Dazu zählt selbstverständlich das Ein- und Ausräumen der Spülmaschine! Oder sind Sie sich dazu zu fein? Was machen Sie eigentlich den ganzen Tag über? Außer mit meinen Kindern herumzualbern? Wenn Sie sich wenigstens für ihre Hausaufgaben interessieren und sich da ein bisschen einbringen würden, aber nein, auch in diesem Bereich lassen Sie zu wünschen übrig. Ich bin sehr unzufrieden mit Ihnen!«

Carola musste sich sehr beherrschen, um der jungen Frau keine Gewalt anzutun. Sie zwang sich, ihr nicht ins Gesicht zu sehen, sonst hätte sie für nichts garantieren können.

»So? Ich brringe mich ein, Frrau von Hünefeld, so sehrr ich kann, aber irrgendwann muss sein Schluss und Pause. Ich brrauche auch mal mein Rruhe von Kinderrn und Haushalt! Und Kinderr auch mal müssen spielen.« Sie schüttelte ihre langen Haare.

Fing die jetzt auch noch damit an! Mit dieser Weichspülpädagogik? Carola traute ihren Ohren kaum. Kinder müssen spielen. »Spielen? So? Glauben Sie, dass ich Sie dafür bei uns eingestellt habe? Damit Sie hier möglichst viel Spaß haben mit meinen Kindern und meinem Mann? Und ich die ganze Arbeit weiterhin allein mache?«

»Wie meinen Sie das? Spaß haben? Ich verrrstehe nicht!«

»Ich glaube, Sie verstehen sehr gut, so schlecht ist Ihr Deutsch nicht. Sie haben sich mit meinem Mann vergnügt, mindestens einmal, meine Tochter hat Sie gesehen!«

Svetlana wurde blass.

»Da sind Sie sprachlos, wie? Ich konnte es selbst kaum glauben, weil ich meinen Mann für loyal gehalten habe, aber wenn ich Sie anschaue, sehe ich bloß das Flittchen, das sich nimmt, was es kriegen kann. Ich denke, das Arbeitsverhältnis ist hiermit beendet. Ich werde morgen bei der Agentur anrufen und einen Ersatz anfordern.« Sie wandte sich der Spülmaschine zu und warf eine Reinigungstablette in den dafür vorgesehenen Behälter. Svetlana stand unschlüssig daneben. »Ist was?«

»Ich bin unschuldig, Frrau von Hünefeld. Ich habe nichts verbrrochen. Glauben Sie mir. Bitte lassen Sie mich hierrbleiben. Krriege viel Ärrger mit meinen Eltern.«

Carola fixierte sie eiskalt. »Svetlana, glauben Sie etwa, dass mich das in irgendeiner Weise interessiert? Ihre Aufgabe für heute Abend lautet: Kinder fertig machen und ins Bett bringen, Anziehsachen für den nächsten Tag herauslegen, bitte warm genug, Friederike hatte heute ein hauchzartes Blüschen an und kein Unterhemd, und anschließend die Küche tipptopp aufräumen. Ich gehe nachher weg.«

»Gut, werrde ich errledigen.«

Carola ließ sie stehen und ging die Wendeltreppe hoch, zwei Stufen auf einmal nehmend. Sie kochte vor Wut. Sie wusste, dass sie ihre Aggressionen an Svetlana ausgelassen hatte. Sicher, sie hatte sich mit ihrem Mann vergnügt. Aber sie war im Grunde ein minderbemitteltes, junges Ding, auf der Suche nach ein bisschen Zärtlichkeit und Bestätigung. Carolas Hass galt eigentlich einer anderen, einer Frau, die nicht mehr lebte. Der Frau, die ihren Mann dazu gebracht hatte, über Jahre hinweg ein Doppelleben zu führen.

26.

Frauke schob den Kuchen in den Ofen und atmete tief durch. Sie strich sich mit den Handaußenflächen über die erhitzten Wangen und klemmte eine verschwitzte Haarsträhne hinters Ohr. Kochen und Backen waren ihre Leidenschaft. Sie konnte dabei herrlich entspannen und ihre Gedanken schweifen lassen. Schnell noch die Küche aufräumen und gleich den Liebesfilm im Ersten sehen. Darauf hatte sie sich den ganzen Tag über gefreut. Tonia schlief heute bei ihrer Freundin. Früher hatte sie gern beim Kuchenbacken geholfen, seit einigen Monaten verfolgte sie allerdings andere Interessen. Frauke seufzte. Sie ahnte, dass sie ihre Tochter bald verlieren würde. Dann wäre sie allein.

Es klingelte. Frauke sah auf die Uhr und wunderte sich. Es war kurz vor 20 Uhr. Unangemeldet kam um diese Zeit normalerweise keiner mehr. Sie zögerte einen Moment, zog sich dann die Küchenschürze aus und warf sie über die Stuhllehne.

Durch den Spion erkannte sie Eberhard. Er stand im hell erleuchteten Hausflur und drehte nervös einen Blumenstrauß in seinen Händen. Gleich würde das Licht ausgehen. Über Fraukes Gesicht huschte ein Lächeln, als sie ihm die Tür öffnete. »Eberhard – du?«, fragte sie erstaunt. »Ich hätte mit jedem gerechnet, nur mit dir nicht.«

»Warum? Komme ich ungelegen?«

»Nein, nein, das wollte ich nicht sagen, aber ich bekomme nicht oft Besuch, weißt du, schon gar nicht um diese Zeit.« Sie nahm ihm die Jacke und den kleinen Strauß ab. »Blumen? Für mich? Wie komme ich zu der Ehre?«

»Och«, sagte er und trippelte verlegen herum, »du hast viel für mich getan, da wollte ich mich erkenntlich zeigen.« Er schnupperte. »Hm, hier riecht es köstlich. Hast du gebacken?«

»Ja, die hatten gestern auf dem Wochenmarkt leckere Äpfel, da dachte ich, mach ich einen Apfelkuchen.«

Seine Augen leuchteten. »Apfelkuchen«, sagte er begeistert, »den macht meine Mutter auch oft. Das heißt, eigentlich schon länger nicht mehr. Sie wird langsam alt. Muss man wissen.«

»Was darf ich dir zu trinken anbieten?«, fragte Frauke munter, »ein Likörchen? Oder etwas Härteres?«

»Du hast nicht zufällig einen Scotch?«

Sie zuckte bedauernd mit den Schultern. »Leider nicht. Einen Kaffee könnte ich dir machen. Einverstanden? Mach's dir bequem.«

»Danke. Das klingt ausgezeichnet!« Er ließ sich auf das große Sofa mit den vielen indischen Kissen fallen und sah ihr zu, wie sie zwischen den Zimmern hin- und herflitzte. Ihre Geschäftigkeit gefiel ihm und erinnerte ihn an seine Mutter in jüngeren Jahren. Er hörte sie mit Geschirr klappern und vernahm das Gluckern der Kaffeemaschine von nebenan. Er zog geräuschvoll die Luft ein und spürte deutlich sein Herz schlagen. Er fühlte sich sehr lebendig.

Frauke kam mit einem Tablett in den Händen zurück. Das stellte sie vor Eberhard ab und deckte den Tisch. »Schade, dass der Kuchen noch nicht fertig ist«, sagte sie bedauernd, »wenn du eine halbe Stunde warten kannst, darfst du gern probieren. Aber dafür habe ich dir Kekse und Pralinen mitgebracht. Sonst schmeckt der Kaffee nicht.«

Er sah sie dankbar lächelnd an. »Nett von dir, Frauke. Eine Kaffeetafel hätte ich um diese Zeit nicht erwartet.«

Sie setzte sich zu ihm. »Also, nun sag schon, was führt dich zu mir?«

Er hielt seine Tasse mit dem Rest Kaffee fest umklammert. »Ich«, setzte er an, machte gleich wieder eine Pause, in der er sie mit seinen warmen braunen Augen ansah, »ich dachte mir einfach, ich bin allein, du bist allein und hast viel für mich getan in all den Monaten. Mein Arzt will mir die Medikamente schon lange nicht mehr verschreiben, aber du hast mir geholfen. Ich fühle mich jetzt viel besser«, fügte er hinzu.

»Gut, ich habe dir geholfen, weil du mir leid getan hast. Ich meine, ich kenne ja deine Geschichte, Carola hat mir alles erzählt, und jetzt auch noch die Sache mit Lydia, aber trotzdem, Eberhard, irgendwann muss Schluss sein. Dein Arzt hat recht: Du musst von dem Zeug loskommen. Entweder du machst endlich eine Therapie, die hättest du längst machen müssen, das weißt du, oder … ich weiß nicht, Eberhard, ich mache mir Sorgen um dich. Ich gebe dir in Zukunft keine Tabletten mehr, das habe ich mir fest vorgenommen, und du versprichst mir, gut für dich zu sorgen. Versprichst du mir das, Eberhard?«

»Ich verspreche es dir. Ich bin gekommen, um dir zu sagen, dass ich bereits einen Termin ausgemacht habe bei einer Psychotherapeutin. Nächste Woche habe ich meine erste Sitzung. Wenn meine Mutter das erfährt, schmeißt sie mich raus. Muss man wissen.«

»Deine Mutter? Die kann dich nicht rausschmeißen! Gehört dir nicht längst das Haus? Wolltest du es nicht sowieso verkaufen? Dann setz sie vor die Tür, ganz einfach!«

»So einfach ist das nicht. Sie hat Wohnrecht auf Lebenszeit, davon wissen Volker und Carola nichts. Wenn sie das erfahren, werden sie sowieso Abstand nehmen von ihrem Vorhaben.«

»Warum sagst du es ihnen nicht einfach?«

Er lehnte sich vor und stützte seine Hände auf den Oberschenkeln ab. »Weil ich mich an diese Illusion klammere. Das kannst du nicht verstehen, nicht wahr, Frauke, aber es ist so. Ich habe die Sache einem Makler übergeben, obwohl ich mir selbst nicht im Klaren darüber bin, ob ich verkaufen will. Aber mir geht es einfach besser seitdem. Ich habe den Makler durchs Haus geführt, während meine Mutter beim Friseur war. Er hatte bei seinem zweiten Besuch eine Fotografin an seiner Seite, die wunderschöne Fotos gemacht hat, vom Haus und vom Garten, ich bin begeistert, und inzwischen ist das Exposé fertig. Wenn du es siehst, wirst du entzückt sein.«

»Das glaube ich dir, Eberhard, aber ich verstehe trotzdem nicht, was das Ganze soll, wenn du selbst nicht davon überzeugt bist, was du tust. Volker und Carola setzen beide große Hoffnungen in das Projekt. Willst du beide enttäuschen?«

Er starrte trübsinnig vor sich hin. »Das ist es nicht, was ich will«, sagte er. »Nein, das will ich auf keinen Fall!«

»Sag ihnen, dass du dich nicht entschließen kannst.«

»Nein, das kann ich nicht!«

»Warum nicht?«

»Weil es mir wieder schlecht gehen würde. Weil die Krankheit erneut ausbrechen würde. Meine Depressionen, du weißt schon. Ich klammere mich fest daran, dass ich eines Tages glücklich sein werde.«

»Dann zieh es einfach durch. Mach Nägel mit Köpfen, such dir eine eigene Wohnung! Wenn du den Anfang machst, wird deine Mutter sicher auch ausziehen, denn allein in einem riesigen Haus – das wird sie sicher nicht wollen!«

»Da kennst du sie schlecht. Sie fürchtet sich vor nichts und niemandem, sie wird bleiben. Ich werde ihre Liebe und Fürsorge verlieren und ich weiß nicht, ob ich das verkraften kann.«

»Entschuldige, Eberhard, ich muss den Kuchen aus dem Ofen holen. Wenn du etwas bleibst, kannst du gleich etwas abhaben. Er muss nur etwas auskühlen.«

»Was macht eigentlich dein soziales Projekt?«, erkundigte sich Eberhard, als sie wiederkam. »Das Mädchenhaus, meinst du? Sieht schwierig aus im Moment. Das Haus, in dem die Jugendlichen zurzeit untergebracht sind, ist marode und soll demnächst abgerissen werden wegen Einsturzgefahr. Und die Gemeinde hat sich keine Gedanken darüber gemacht, wo die Mädchen untergebracht werden können. Irgendwo müssen sie hin, solange sie nicht volljährig sind. Zuhause haben sie viel Schlimmes erlebt und können und wollen nicht wieder zurück. Aber ob das Haus noch lange gehalten werden kann? Ein Problem der Finanzierung. Ein großes Problem, verstehst du?«

Eberhard nickte und griff nach einem Keks. »Kannst du mir noch einen Kaffee bringen?«, fragte er.

»Natürlich«, lächelte sie, »mit einem Stück Apfelkuchen?«

»Himmlisch«, sagte er und erwiderte ihr Lächeln. »Und die Kaffeetasse diesmal bitte halb voll!«

27.

Er war direkt von der Arbeit gekommen, saß an einem Zweiertisch am Fenster mit Blick auf die Kreuzung an der Lotter Straße und hatte den Schlips gelockert. Das Nil war gut besucht, obwohl es ein normaler Wochentag war. Er sah sie kommen in ihrem hellgrauen Kostüm und den farblich passenden Stilettos – den forschen, zackigen Gang hatte keine andere Frau. Er hatte sie stets bewundert für ihr Selbstbewusstsein und ihren Ehrgeiz – nun hasste er sie dafür. Auch die Art ihres Kleidungsstils, als arbeite sie bei einer Bank in der Kundenabteilung und nicht in einer Arztpraxis, hatte er früher geliebt. Heute nicht mehr. Er fand ihn übertrieben und altbacken. Als sie eintrat, nahm er sofort ihr Parfüm wahr, Chanel N° 5, was sonst. Er hatte es ihr unzählige Male geschenkt, zu Weihnachten, zum Geburtstag, zum Muttertag, und es an ihr geliebt. Es war untrennbar mit ihr verbunden, mit Carola, seiner Frau. Jetzt wurde ihm schlecht davon. Er bemühte sich um ein Lächeln, als sie sich zu ihm setzte. Normalerweise begrüßte sie ihn mit einem Kuss auf die Wange, diesmal nicht. Er war froh darüber und gleichzeitig wurmte es ihn.

»Ich habe dir etwas mitgebracht«, sagte er und zog ein Buch aus seiner Aktentasche.

»›Mehr Matsch‹«, entzifferte sie. »›Lasst Kinder toben und glücklich sein‹. – Was soll der Scheiß?«

»Das Buch ist relativ neu auf dem Markt«, sagte er zögerlich.

»Ja, und?«

»Es ist ein Plädoyer für Natürlichkeit und kindliche Wildheit. Es stellt in aller Deutlichkeit dar, wie schädlich eine auf reine Nützlichkeit ausgerichtete Erziehung sein kann. Lies es dir in Ruhe durch. Vielleicht änderst du dann deine Meinung.«

»Das Buch kannst du dir sonst wohin stecken. Nimm es wieder mit. Friederike ist hochbegabt und braucht keinen Matsch. Ich weiß, was ich tue, glaub mir.«

»Friederike ist nicht hochbegabt. Du hättest sie längst testen lassen können, doch das tust du nicht, weil du dich vor dem Ergebnis fürchtest. Sie hat einen normalen IQ. Du machst dir selbst etwas vor. Carola, du hast oft von deiner glücklichen, wilden Kindheit erzählt, von den Abenteuern im Steinbruch und im Heger Holz. Von den endlosen, kreativen Spielen in der Natur. Und deinen eigenen Kindern gönnst du diese Erlebnisse nicht. Sieh dich an: Was ist aus dem wilden Kind von früher geworden? Lass ein bisschen Wildheit zu. Entdecke das Kind in dir. Und trotzdem, Carola: Auch aus dir ist etwas geworden, ohne elterlichen Drill!« Matthias sah sie eindringlich an, während sie den Blickkontakt mied.

»Deshalb habe ich dich nicht um ein Gespräch gebeten«, sagte sie. »Ich habe überhaupt keine Lust, mit dir über Kindererziehung zu reden.«

»Nicht? Du wolltest doch immer, dass ich Verantwortung übernehme. Hast mir vorgeworfen, ich würde mich zu wenig kümmern. Und genau das tue ich. Wir sind beide Eltern unserer Kinder. Ich als Vater kann meine Meinung äußern.«

»Ich war bei der Bank«, blockte sie ihn unwirsch ab, »und was ich da erfahren musste, hat mir den Boden unter den Füßen weggerissen.«

Er starrte sie an und versuchte, sich einen Reim darauf zu machen, was sie sagen wollte.

Die Bedienung kam und sie bestellte einen ›Swimmingpool‹.

»Und Sie?«, wandte sich die Kellnerin an Matthias. »Möchten Sie auch einen Cocktail?«

»Nein danke«, er hielt sein Glas hoch, »das gleiche noch mal.«

Als die Bedienung außer Hörweite war, kam Carola ohne Umschweife zur Sache. »Du hast jahrelang eine Wohnung gemietet, für wen, wofür?« Sie wollte es von ihm hören. Er sollte es ihr ins Gesicht sagen, obwohl sie die Wahrheit längst kannte; Volker hatte ihr alles erzählt.

Das Blut rauschte in Matthias' Ohren, während er wie betäubt versuchte, irgendeine Ausrede zu finden. Verschiedene Möglichkeiten gingen ihm durch den Kopf, Büroräume, Rückzugsmöglichkeit für ungestörtes Arbeiten, Ferienwohnung – er verwarf sie wieder. Dieses Gespräch strengte ihn zu sehr an. »Gut«, begann er mühsam – er hatte sich ohnehin zu viel Zeit gelassen, um eine Lüge glaubhaft rüberbringen zu können, »Du scheinst es unbedingt wissen zu wollen ...« Er atmete tief durch, als hätte er eine anstrengende körperliche Aktivität hinter sich. »Aber ich glaube, du kennst die Antwort bereits. Ich hatte eine Affäre«, sagte er schnell und ungewöhnlich hart, »mit Lydia. Es war vorbei, bevor sie starb. Ich habe vorher mit ihr Schluss gemacht. Es war unbedeutend, ich habe Lydia nicht geliebt.«

Carolas Gesichtszüge entspannten sich. »Wenigstens gibst du es zu«, sagte sie. »Aber den Grund hätte ich schon gern gewusst. Wozu der ganze Aufwand?«

Er zuckte die Schultern. »Was weiß ich, ich hatte Stress im Beruf, du weißt es ja, auch zu Hause oft, mit dir und den Kindern, irgendwie habe ich das gebraucht. Lydia hat Massagen angeboten, in ihrer Praxis, nach Feierabend. Ich bin damals über eine Zeitungsnotiz in der Neuen Osnabrücker Zeitung gestolpert, eine winzige Anzeige: ›Heaven's Garden‹ – oder ähnlich, Entspannungsmassagen für den Herrn. Ich bin einfach hingegangen und habe mich massieren lassen. Sie machte das wundervoll, weißt du – guck nicht so, mir war das wichtig damals, ich brauchte das, musste runterkommen, mich entspannen und fallen lassen. Ich konnte mir alles von der Seele reden, den ganzen Stress, den ganzen Mist hinter mir lassen. Und sie hat ihre Sache gut gemacht, war für mich da. Ja, und irgendwann ist es passiert. Wir haben miteinander geschlafen – gut, sie sagte, sie mache das nicht, ich wäre eine Ausnahme – und dann haben wir uns ineinander verliebt.« Er machte eine Pause und nahm einen tiefen Schluck von seinem Gin Tonic. »Zumindest für eine gewisse Zeit«, fügte er hinzu.

»Verdammt, mein ganzes Leben läuft aus dem Ruder«, sagte Carola aufgebracht. »Du hast ein Doppelleben geführt, während ich ahnungslos mit den Kindern zu Hause festgebunden war. Das war rücksichtslos und egoistisch von dir.« Die Sache mit Svetlana war schlimm genug, sie hätte es unter Umständen sogar verstehen können, wäre bereit gewesen zu verzeihen. Sie hätte es unter ›Ausrutscher‹ verbuchen können, mit einem unbedeutenden, nichtssagenden jungen Ding. Aber dieses Doppelleben über Jahre hinweg mit einer reifen, ernst zu nehmenden Frau traf sie wie ein Schlag in die Magengrube. Lydia hatte gewusst, was sie tat und worauf sie sich einließ. Lydia und Matthias hatten verantwortungslos und berechnend gehandelt. Carola wusste, dass sie ihrem Mann nie mehr würde vertrauen können.

Matthias schob sein Glas von sich weg. »Du kannst niemandem die Schuld in die Schuhe schieben, dass dein Leben aus dem Ruder läuft. Du bist erwachsen und trägst die Verantwortung für dich allein. Du mit deiner ungesunden Kontrollsucht hast das Chaos selbst verursacht.«

Carola funkelte ihn böse an und wollte gerade zu einer Antwort ansetzen, doch Matthias winkte ab. »Lass mich bitte ausreden, ich bin noch nicht fertig. Kennst du das irische Sprichwort: ›Ein Mensch, der sein Leben so einrichtet, dass er niemals auf die Schnauze fällt, kriecht auf dem Bauch herum‹? Sieh dich an, Carola, das bist du im Moment – eine auf dem Bauch herumkriechende Schlange!«

Carola konnte nicht mehr an sich halten. »Das ist echt typisch für dich«, fauchte sie, »das Verdrehen von Tatsachen. Du fühlst dich angegriffen, in deiner verdammten männlichen Ehre gekränkt und gehst sofort zum Gegenangriff über, wie ein Tiger, der sich bedroht fühlt. Du hast kein Recht, mich zu beleidigen, du nicht! Du hast mich nicht nur betrogen, sondern musstest dieser Schlampe gleich eine teure Wohnung finanzieren. Ich fass es einfach nicht!«

»Es war mein Geld. Wir haben Gütertrennung vereinbart, vergiss das bitte nicht«, sagte er kalt.

»Früher hast du nie getrennt, obwohl wir es rein formell vereinbart hatten. Sag mir wenigstens: Hast du ihr diese Wohnung sofort besorgt, gleich, nachdem ihr das erste Mal miteinander geschlafen habt?«

Er atmete tief durch und verschränkte die Hände ineinander. »Nein, nein, nicht sofort. Erst haben wir uns eine Weile bei ihr getroffen. Sie bewohnte damals eine schäbige Kellerwohnung am Natruper Holz. In irgendeinem Reihenhäuschen in der Nähe der Paracelsusklinik. ›Souterrain‹ hat sie das genannt. Für mich war es eine Zumutung. Mein Gott, es roch muffig da, ich habe mich regelrecht geekelt. Schimmel an den Wänden, das Minibad total versifft – pfui Teufel, nee, da wollte ich mich nicht aufhalten. Und zu mir konnten wir schlecht.« Er verzog den Mund. »Eines Tages habe ich diese Anzeige gesehen, von der Wohnung in der Bismarckstraße, eine hübsche Wohnung, ich habe mich selbst in sie verliebt, und da ich gerade eine saftige Provision bekommen hatte und wir sowieso in dem Jahr nicht wegfahren wollten, habe ich mir einfach den Zuschlag gesichert und die Wohnung gemietet.«

»Moment«, fiel sie ihm ins Wort, »wer wollte keinen Urlaub? Du oder ich? Du erinnerst dich, wie oft ich dich darum gebeten hatte, mitzufahren, oder? Jetzt verstehe ich: Du warst da schon mit dieser ... dieser kleinen Schlampe zusammen. Ich hielt sie für meine Freundin, verdammt noch mal!«

Er begann, an seinen Fingernägeln herumzunagen. »Jetzt weißt du alles«, sagte er leise.

»Hast du das der Polizei gesagt? Dass du ein Verhältnis mit Lydia hattest?«

Er sah an ihr vorbei. Seine Hände spielten mit der Cocktailkarte. »Ja, habe ich«, sagte er schließlich.

Carola atmete tief durch. »Hattest du keine Angst, dass mich die Polizei damit konfrontiert?«

Er biss sich auf die Unterlippe.

»Ich dachte, wir seien ein Team«, sagte sie leise. »Wenn schon kein gutes Ehepaar, dann wenigstens ein Team.«

Matthias blickte starr aus dem Fenster.

»Und Svetlana? Hat dir eine Affäre nicht gereicht?«

»Ach, Svetlana war keine Affäre. Gut, ich hatte Sex mit ihr, das war alles. Mehr als unbedeutend.«

»Für dich vielleicht! Weißt du, wie entwürdigend das alles für mich ist? Ist dir eigentlich bewusst, dass du unsere Familie zerstörst? Mich und die Kinder? Ihnen ihr Lebensglück nimmst?«

»Pst, Carola, nicht so laut! Die Leute gucken schon. Wo du gerade die Kinder erwähnst, ich glaube, ich habe in den letzten Monaten mehr Zeit mit ihnen verbracht als du. Qualitätszeit und nicht immer nur Getrieze und von einem Fördertermin zum nächsten kutschieren. Die Kinder hatten endlich Spaß. Und den brauchen sie.«

»Glaubst du, mit mir haben sie keinen Spaß?«

»Das glaube ich. Um aufs Thema zurückzukommen: Für dich zählt allein Leistung. Du willst etwas Besonderes aus den Kindern machen, und das zu sehen, tut mir weh. Dieser ganze Kram mit Chinesisch und Geige und Cello und was weiß ich – ist alles Quatsch. Zumal die Kinder nicht glücklich dabei sind. Friederike kam neulich weinend zu mir und klagte darüber, dass sie keine Zeit mehr zum Spielen habe. Sie ist erst acht – ist das nicht traurig?«

»Jetzt reden wir schon wieder über Kindererziehung. Glaub mir, die Kinder werden mir irgendwann dankbar dafür sein. So wie ich heute wütend darüber bin, dass meine Eltern mich ausgebremst und mir nichts ermöglicht haben, obwohl sie Geld wie Heu hatten.«

»Deshalb musst du nicht den Spieß umdrehen. Lass den Kindern ihre Kindheit, sie werden ohnehin viel zu schnell erwachsen. Lies das Buch, Carola, lies es einfach.« Er schob es seiner Frau erneut hin.

»Ich wollte eigentlich nicht über die Kinder reden«, sagte Carola bitter.

»Nicht?«, fragte Matthias ahnungsvoll.

»Nein, über uns«, sagte sie langsam und sah ihm fest in die Augen. »Matthias, ich will die Scheidung!«

28.

»Endlich kommt Licht in die Sache«, sagte Daniel und rieb sich die Augen. Es war ihm deutlich anzusehen, dass er wenig geschlafen hatte. Er hielt die Arme vor seiner Brust verschränkt und sah Birthe erwartungsvoll an.

»Wie er geguckt hat, als wir ihm den Durchsuchungsbeschluss unter die Nase gehalten haben. Gut, dass die Staatsanwaltschaft so schnell reagiert hat. Es geschehen noch Zeichen und Wunder!«

»Na ja, bei Verdunklungsgefahr«, sagte Daniel lahm.

»Und es war nicht umsonst. Der Gute wurde erpresst. Von niemand anderem als unserem Mordopfer selbst – Lydia Kosloff.«

»Ich hatte gleich den Verdacht, dass es da eine Verbindung gab.«

»Lydia Kosloff hat Zeitungsartikel über das tote Mädchen gesammelt. Die waren alle in ihrer Wohnung gefunden worden. Sie wusste Bescheid, was es mit ihrem Heilpraktiker auf sich hatte, dass er nämlich illegal weiterpraktizierte. Trotzdem hat sie sich von ihm behandeln lassen – bis zwei Tage vor ihrem Tod. Ich frage mich die ganze Zeit, warum sie sich dieses Mittel weiterhin hat injizieren lassen, obwohl sie wusste, dass Fleischhauer damit einen Menschen umgebracht hat.«

»Vielleicht hat es ihr gutgetan. Jeder reagiert anders auf so was. Und wenn du selbst Probleme hast, siehst du die Dinge sowieso mit anderen Augen, blendest vieles aus.« Er starrte düster vor sich hin.

Das verfehlte nicht seine Wirkung.

»Ach, daher weht der Wind«, sagte Birthe. »Wenn ich ehrlich bin, steht mir das Wasser bis zum Hals. Ich habe Mist gebaut und muss jetzt dafür gerade stehen. Ich kann mir die Folgekosten nicht leisten. Also muss der Porsche weg. Der Verkäufer nimmt ihn nicht zurück, er weigert sich strikt, dann werde ich mir wohl oder übel einen Anwalt nehmen müssen. Da geht kein Weg dran vorbei.«

»Hast du wenigstens eine Rechtsschutzversicherung?«

Daniel lachte bitter. »Hab ich bisher noch nie gebraucht.«

Birthe zog die Augenbrauen hoch. »Aber wenigstens siehst du es ein.«

»Was?«

»Na, dass du Mist gebaut hast.«

Daniel wollte nichts mehr darüber hören. »War's eigentlich Krebs bei der Toten?«, fragte er ablenkend. Besonders interessiert sah er nicht aus.

»Nein, nein, sie hatte nichts.«

»Wie bitte?«

»Sie hatte nichts. Ich habe in der Rechtsmedizin nachgefragt, auch bei den behandelnden Ärzten – alle haben unabhängig voneinander bestätigt, dass sie kerngesund war. Kein Hinweis auf Krebs in ihrem Körper. Nichts. Nicht einmal ein Verdacht. Sie haben ihren Körper noch mal in die Röhre geschoben, um sicher zu sein, aber sie haben absolut nichts gefunden.«

»Und trotzdem hat sie sich von diesem Heilpraktiker wegen Krebs behandeln lassen. Das soll einer verstehen. Hast du die Hünefeld gefragt, warum dieses ganze Theater? Warum Kosloff einen auf todkrank gemacht hat? Sie muss es doch am ehesten wissen. Schließlich hat sie die Diagnose ausgestellt.«

Birthe kaute auf einem Bleistift. »Glaubst du, die sagt mir das? Und gibt damit zu, dass sie die Diagnose irgendwie verschleiert hat?« Ihr Handy brummte. Eine SMS von ihrer kleinen Nichte Carlotta. ›Strickst du mir eine coole Mütze? In Türkis?‹ Birthe lächelte und steckte das Handy ein.

»Neuer Lover?«, fragte Daniel eifersüchtig.

Birthe zuckte die Schultern und lächelte. »Wer weiß …«

»Scheiße, das Leben ist ungerecht«, brach es aus ihm heraus. »Irgendjemand steht immer auf der Sonnenseite und andere fristen ein Schattendasein.«

Birthe sah ihn überrascht an. »Das sagst du? Bist doch selbst frisch verliebt.«

»Ja, ja, schon«, sagte er gedehnt und kratzte sich hinterm Ohr. »Das Gerechte daran ist, dass es sich meistens wieder umkehrt. Oft viel schneller, als wir glauben.«

»Okay, selbst wenn du recht hast – weißt du, was ich bei der Sache echt zum Kotzen finde?«

»Nein, ich höre.«

»Dass die wirklich geilen Momente so irre schnell vorüberfliegen und wir es beim besten Willen nicht schaffen, sie festzuhalten, während sich das Elend hinzieht wie Kaugummi.«

»Weißt du, was ich glaube? Du brauchst frischen Kaffee.«

*

»Junge, du strahlst ja so, was ist los?« Margot stellte ihr Weinglas ab und beäugte misstrauisch ihren Sohn.

»Du merkst alles«, sagte Eberhard freundlich. »Tatsächlich ist es so, dass ich jemanden kennengelernt habe. Eine hübsche junge Frau. Patent im Haushalt, freundlich, hilfsbereit und fleißig. Muss man wissen.«

Margot sah Eberhard scharf an. »Muss man das wissen? Sagtest du mir nicht neulich erst, dass du dich verliebt hast? Während ich halb tot im Krankenhaus lag?«

Eberhard wurde rot.

»Vielleicht erinnerst du dich an sie. Eine alte Klassenkameradin – Frauke Herkenhoff.«

Ein schmallippiges Lächeln huschte über das Gesicht der alten Frau. »Ach, die Frauke! Natürlich erinnere ich mich an sie! Ein sehr nettes Mädchen, dunkelhaarig, nicht wahr? Ein bisschen breit vielleicht, dann wird sie heute sicher noch dicker sein.«

Eberhard hatte sich gerade eine kleine Rosmarinkartoffel in den Mund gesteckt. »Stimmt, früher war sie dunkelhaarig. Ich finde sie immer noch sehr hübsch«, nuschelte er.

»Mit vollem Mund spricht man nicht, Eberhard! So, du findest sie hübsch? Ist sie nicht ein bisschen zu alt für dich?«

»Warum?«, fragte er kauend und pfriemelte eine Rosmarinnadel zwischen den Zähnen hervor.

»Ach, ich weiß nicht«, sagte Margot näselnd, »wenn man sich in deinem Alter verlieben muss, sollte es eine Jüngere sein, oder? Eine deutlich jüngere Frau, denn ein Enkelkind möchte ich schon noch haben. Und sie sollte in der Lage sein, im Alter für dich zu sorgen. Wenn ich nicht mehr bin.«

»Das solltest du mir überlassen, Mama!« Eberhard hüstelte und hielt sich die Hand vor den Mund. »Diese Frau gefällt mir. Muss man wissen. Sie hat einen wunderbaren Apfelkuchen gebacken. Der schmeckte beinahe so gut wie deiner. Du wärst begeistert gewesen und hättest sie sicher gleich nach dem Rezept gefragt.«
»Meinst du?«
Er bekam einen Hustenanfall und entschuldigte sich.
»Trink einen Schluck Wasser«, sagte sie barsch, »das hilft. Und heute Abend mache ich dir Halswickel mit heißen, gestampften Kartoffeln. Und dann wirst du mindestens für eine halbe Stunde inhalieren. Sonst setzt sich das in den Bronchien fest. Damit ist nicht zu spaßen, glaub mir, Junge. Ich weiß, wovon ich rede.«
Vom Husten hatten sich Tränen in seinen Augen gebildet. »Ich habe mich nur verschluckt«, krächzte er und hüstelte. »Warum bist du eigentlich nicht Krankenschwester geworden, Mama?« fragte er, als er sich gefangen hatte. »Das hat dir doch immer Spaß gemacht, mir ein Fieberthermometer in den Hintern zu stecken und mir bittere Medizin einzuflößen. Im Bett musste ich liegen bleiben, ›ganz fest‹, hast du gesagt, und dabei hätte ich viel lieber gespielt.« Er lachte bitter und sah aus dem Fenster in den weitläufigen Garten hinaus. Die Erinnerungen übermannten ihn. »Wie oft war ich als Kind im Krankenhaus. Hab' mich schrecklich gelangweilt da und nachts vor Heimweh in mein Kissen geweint. Ich durfte nicht mal ein Kuscheltier mitnehmen, weil die Schwestern sagten, das würde Keime übertragen. Niemand hat mich getröstet. Und alles, weil du glaubtest, ich hätte etwas Schlimmes. Keuchhusten oder Nierenversagen,

Blinddarm oder Leukämie. Dabei war ich kerngesund. Bis heute, gottlob. Mir fehlt nichts. Und das war früher nicht anders! Muss man wissen.« Er schnaufte erregt und vermied es, seine Mutter anzusehen. »Ich weiß, du hast es gut gemeint, Mama.« Seine Hände kneteten die hellgelbe Stoffserviette. »Du wolltest das Beste, ja, ja, ich weiß, du hast mich geliebt. Du hast mich erstickt mit deiner Liebe.« Seine Stimme überschlug sich.

Margot warf ihre Serviette neben den Teller. »Hör auf!«, schrie sie außer sich, »Eberhard, es reicht! Geh mir bitte aus den Augen.«

Eberhard stand auf. »Du kannst mich nicht mehr behandeln wie ein kleines Kind«, sagte er mit fester Stimme und sah wutentbrannt auf seine Mutter herab. »Ich bin erwachsen und lasse mir nichts mehr gefallen. Erst recht nicht von dir, Mama!«

Auch Margot erhob sich. Die beiden standen sich wie im Ring gegenüber. Der Hass, den sie ausstrahlten, war beinahe körperlich spürbar. »Wie sprichst du mit mir? Hast du keinen Respekt? Ich habe dich sehr geliebt und das Beste für dich gewollt! Undankbar bist du, du hast meine Liebe überhaupt nicht verdient!«

Eberhard stiegen Tränen in die Augen. Er hatte Mühe, sie zurückzuhalten, aber er wollte seiner Mutter gegenüber auf keinen Fall Schwäche zeigen. Er kehrte ihr den Rücken zu und ging in den Keller hinunter, dem einzigen Ort, an dem er sich sicher und geborgen fühlte.

29.

Die Auszeit bei ihren Eltern in Hagen am Teutoburger Wald hatte Sandra gutgetan. Sie hatte gemerkt, wie sehr sie Volker liebte, ihn vermisste und sich auf ihn freute. Die ganze Zeit über hatte sie überlegt, wie sie ihn überraschen könne. Wenn er für sie schon keinen Heiratsantrag inszenierte, obwohl er wusste, dass das ihr größter Herzenswunsch war, könnte sie das übernehmen. Womöglich sehnte er sich insgeheim danach.

Sonst traf Volker immer die Entscheidungen, sei es im Restaurant, bei der Wahl des Urlaubsortes, der Freizeitgestaltung. Einmal wollte Sandra etwas ganz allein durchsetzen, etwas, das ihr am Herzen lag. Vielleicht sollte sie auch beim Thema Familiengründung offensiv vorgehen. Volker hatte zwar oft genug betont, dass er keine Kinder wolle – ja, ja, das ewige Kindheitstrauma, das er anführte. Sandra konnte es nicht mehr hören. Was, wenn sie ihm auch diese Entscheidung abnähme? Was konnte passieren? Wahrscheinlich wäre er im ersten Moment überrascht, überwältigt, doch dann würde er sich fügen. Immerhin, Volker konnte sich vorstellen, mit ihr zusammen alt zu werden. Das hatte er ihr gesagt, in einem entspannten Augenblick bei Weinkrüger, nach zwei Gläsern Bordeaux. Sandra wollte auf keinen Fall irgendwann alt sein, ohne jemals ein Kind geboren zu haben. Sie wollte keinen ›Stall voll Kinder‹, von dem Volker verächtlich sprach, nein, ein einziges, ein Mädchen. Dagegen konnte er nichts sagen, Volker war unter Brüdern aufgewachsen.

Hoffentlich klappte das, wie sie es sich vorstellte, doch bisher hatte Sandra immer erreicht, was sie sich vorgenommen hatte. Das Mädchen würde sie Gaby nennen, nach der Gaby aus ›Desperate Housewives‹, ihrer Lieblingsserie. Gaby sollte die tollsten Spielsachen bekommen und ein Mädchenzimmer in hellrosa und pink.

Sandra war aufgeregt. Heute Abend würde sie Volker verführen. Sie hatte bereits im letzten Monat heimlich die Pille abgesetzt und täglich ihre Körpertemperatur gemessen. Heute war ein günstiger Tag. Und der perfekte Tag für einen Heiratsantrag. Sandra hatte extra dafür in Hagen eine große Tüte Dekorationsmaterial eingekauft. Rote Herzluftballons, Glitzerkonfetti, ein Diddl-Hochzeitspärchen – sie im rosa Brautkleid und er in Frack und Zylinder – sowie eine Girlande aus rosaroten Stoffblumen. Alles würde sie liebevoll im Schlafzimmer drapieren und auf ihn warten – in ihren neuen Dessous, die er noch nicht an ihr gesehen hatte. Sie sah auf die Uhr. Noch zwei Stunden Zeit, bevor er aus der Praxis wiederkäme. Nachdem sie ihr Gepäck im Hausflur abgestellt hatte, kramte sie in ihrer geräumigen Handtasche nach dem Haustürschlüssel, fand ihn erst nach einer Weile, und schloss die Tür auf.

Sie hielt inne, als sie ein Geräusch hinter der Theke hörte, die den Wohn- vom Kochbereich trennte. Es klang wie ein leises Schnarchen. Sie ging langsam darauf zu und erschrak, als sie Volker ausgestreckt auf den Küchenfliesen liegen sah. Er stank erbärmlich nach Alkohol und Schweiß. Neben ihm lag eine geleerte Wodkaflasche. »Mistkerl«, fluchte sie, »was machst du?« Sie versuchte, ihn hochzuziehen, doch er war viel zu schwer, sodass sie ihn wie einen Kartoffelsack fallen ließ. Vielleicht hatte er eine Alkoholvergiftung. Wer konnte wissen, wie viel er intus hatte. Womöglich mehr als den Inhalt dieser Flasche. Volker röchelte. Sein Gesicht war dunkelrot bis bläulich verfärbt. Der würde doch jetzt nicht sterben, hier auf dem kalten Boden, wo sie ger*ade bes*chlossen hatte, ihn zu heiraten und ein Kind mit ihm zu bekommen? Sie packte ihn bei den Schultern und rüttelte ihn unsanft. Als er keine Reaktion zeigte, rief sie den Rettungsdienst.

*

»Jetzt bin ich neugierig, was Sie mir zu sagen haben. Es muss sehr wichtig sein, sonst würden Sie es nicht wagen, mich schon wieder im laufenden Praxisbetrieb zu stören«, sagte Carola spöttisch. »Sie haben sicher gesehen, was draußen los ist.«

»Es dauert nicht lange, Frau Dr. von Hünefeld, höchstens zwei Minuten«.

Carola wies Birthe einen Platz zu und sah ungeduldig auf ihre Armbanduhr. »Keine Minute länger.«

»Sie sagten aus, Lydia Kosloff sei gesund gewesen.«

»Natürlich war sie das. Haben Sie immer noch Zweifel?«

»Nein, das nicht. Ihr Leichnam wurde noch mal in der Gerichtsmedizin untersucht. Sie war nicht krank, das ist richtig. Die Frage ist nur: Warum hat sie es sich eingebildet?«

Carola zuckte die Schultern. »Ich bin keine Psychologin.«

»Sie hat sich von einem Heilpraktiker wegen Krebs behandeln lassen. Das muss doch einen Grund gehabt haben.«

Carola spielte mit ihren Händen und atmete geräuschvoll ein und aus. Birthe wartete ab, ob sie etwas sagen wollte. Als das nicht der Fall war, fuhr sie fort: »Sie kannten Lydia Kosloff, privat und als ihre Frauenärztin. Sie wussten, wie Sie mit ihr umgehen mussten. Wie haben Sie ihr vermittelt, dass sie Myome hat? Können Sie sich daran erinnern?«

»Sie unterstellen mir hoffentlich nicht, dass ich mich extra missverständlich ausgedrückt habe, um sie zu beunruhigen.«

»Sagen Sie mir einfach, wie es war.«

»Nun, ich habe ihr erklärt, dass sie Myome hat und dass das nichts Gefährliches und nichts Ungewöhnliches ist. Sehr viele Frauen haben das und leben völlig unbeschwert damit. Genau so habe ich es ihr vermittelt. Lydia schien das verstanden zu haben, sie war ja nicht dumm. Warten Sie einen Augenblick, ich hole die Kosloff auf den Schirm.«

Carola bediente mit ihren manikürten Fingernägeln die Tastatur und starrte angestrengt auf den Bildschirm. »Da, sehen Sie selbst. Am 9. Mai war die Vorsorge. Alles war in Ordnung, keine Auffälligkeiten außer der Myome. Die Patientin hat sich gleich im Anschluss die Dreimonatsspritze setzen lassen. Glauben Sie, das hätte sie getan, wenn sie gedacht hätte, sie sei todkrank?«

Für einige Sekunden war es still im Untersuchungszimmer, bis Birthe fragte: »Wie erklären Sie sich dann die erfundene Krankheitsgeschichte?«

Carola drehte sich vom Computer weg und verschränkte die Arme vor der Brust. Ihr Blick wanderte über den Schreibtisch, als suche sie dort etwas. Nach einer Weile sagte sie: »Sie wissen sicher, dass mein Mann ein Verhältnis mit ihr hatte.«

Birthe nickte.

»Mein Mann wollte Schluss machen, aber Lydia hat ihn erpresst. Matthias hat mir inzwischen alles gesagt. Sie hat wohl gehofft, sie könne ihn durch die angebliche Krankheit festhalten, aber das ist ihr nicht gelungen.« Carolas Mundwinkel zuckten.

»Konnte Lydia Kosloff davon ausgehen, dass Sie Bescheid wussten?«

»Nein, ich war vollkommen ahnungslos. Ich bin Lydia völlig unvoreingenommen begegnet.«

»Haben Sie eine Erklärung dafür, dass Kosloff sich von Fleischhauer behandeln ließ? Das war doch völlig absurd. Diese Lüge kann ich ja noch nachvollziehen, sie wollte einen Mann mit der erfundenen Krankheit an sich binden. Aber warum der Aufwand mit dem Heilpraktiker? So eine unnötige Behandlung ist nicht ungefährlich und obendrein wahnsinnig teuer.«

»Teuer allerdings, da liegen Sie richtig.« Carola stieß ein bitteres Lachen aus. »Mein Mann hat es so dargestellt, dass er ihr anfangs nicht geglaubt habe. Im Gegenteil, er sagt, er habe sie durchschaut und sei wütend geworden. Daraufhin habe sie einen hysterischen Anfall bekommen und sich in ihre »Krankheit« regelrecht hineingesteigert. Sie wollte schwach sein, um nicht verlassen zu werden. Sie hat nach Verstärkung gesucht, um ihre Geschichte glaubwürdig rüberbringen zu können. An einen Arzt wollte sie sich verständlicherweise nicht wenden. Also musste ein Heiler her. Sie hat sich wohl bewusst an Fleischhauer herangemacht, weil sie aus der Zeitung wusste, dass er nicht mehr praktizieren durfte. Sie hat sich gedacht, er macht alles, was sie von ihm verlangt, und stellt nicht viele Fragen. Ihr Plan ist aufgegangen. Fleischhauer muss die Diagnose selbst in die Patientenakte von Lydia Kosloff eingetragen haben. Sie hat ihm ins Heft diktiert, was er schreiben soll, anders kann ich es mir nicht erklären. Und sie hat erreicht, was sie damit bezwecken wollte. Denn am Ende hat mein Mann ihr doch geglaubt. Er hat ihr sogar das Geld für einige Behandlungen gegeben, der Depp. Aber es hat ihr nichts genutzt. Die Beziehung ist trotzdem in die Brüche gegangen.« Carola atmete tief durch und erhob sich. »Ich hoffe, ich konnte Ihnen ein bisschen weiterhelfen, Frau Schöndorf.«

Birthe verabschiedete sich und Carola zog energisch die Tür hinter ihr zu.

30.

Eberhard flutschte in seine Filzpantoffeln und griff automatisch nach dem Desinfektionsmittel. Türklinken,

Armaturen, Toilettensitze und Telefonhörer – wie er das hasste! Diese Bakterienschleudern waren ihm ein Graus. Er konnte sie nicht anfassen, ohne sich zu ekeln. Für unterwegs war Eberhard inzwischen zu Reinigungstüchern übergegangen. Dass er deswegen von seinen Schülern verspottet wurde, nahm er in Kauf.

»Mama?«, rief er in den Flur. Er hatte sich mit seiner Mutter versöhnt, ihr Blumen gekauft, sie um Verzeihung angefleht. Er konnte es nicht ertragen, wenn sie ihn durch Missachtung strafte. Nie hatte er das ertragen können.

»Bin in der Küche, Bärli, deine Hemden bügeln.«

Die Küche war das Herzstück des Hauses. Ein großer, quadratisch geschnittener Raum, den eine gediegene Landhausküche schmückte. An den Wänden hingen bunte Stickereien, die teilweise von Margots Mutter stammten. ›Morgenstund hat Gold im Mund‹ war eine von ihnen. Auf der Eckbank aus dunkler Eiche nahm Eberhard sein Frühstück zu sich. Gerne hätte er auch abends hier gesessen, Margot bestand jedoch darauf, dass sie die übrigen Mahlzeiten im Wohnzimmer einnahmen.

Er kam von hinten auf sie zu und gab ihr einen Kuss auf die Wange. Das hatte er lange nicht mehr getan. Margot war gerührt.

»Hast du deine Käsebrote aufgegessen?«

»Hm, war lecker. Hier ist die Frühstücksdose. Danke, Mama.«

»Was hast du auf dem Herzen, Bärli?«

»Mama!«, stöhnte er und setzte sich auf den Küchenstuhl. »Hättest du etwas dagegen einzuwenden, wenn ich Besuch mitbrächte?«

Seine Mutter drehte sich abrupt zu ihm um. »Wie … Besuch?« Sie stellte das Bügeleisen ab.

»Ich habe dir doch von dieser Frau erzählt. Frauke, du weißt, die ehemalige Schulfreundin.«

»Schulfreundin, aha!«, krächzte sie. »Die Frau ist längst in den Wechseljahren! Und mit der willst du etwas anfangen? Das ist nicht dein Ernst!«

»Mama, ich mag diese Frau!«, sagte er, so selbstbewusst, wie es ihm möglich war. »Ich würde sie gern einladen und sie dir vorstellen.«

Margot drehte sich beleidigt zu ihrem Wäschekorb um und griff nach ihrem Bügeleisen. »Mach, was du willst. Mich brauchst du nicht zu fragen. Meine Meinung dazu interessiert dich sowieso nicht.«

»Gut, du willst nicht, dass sie bei uns im Wohnzimmer mit uns zusammen Kaffee trinkt. Dann geh ich mit ihr in mein Zimmer!«

Margot schrubbte energisch über einen Hemdsärmel und antwortete nicht.

»Oder nach unten! Vielleicht interessiert sich Frauke für meine Eisenbahn.«

Ohne aufzusehen, murmelte sie: »Eins sage ich dir: Wenn diese Frau hier bei uns einzieht, enterbe ich dich!«

»Das kannst du nicht, Mama, das Haus gehört mir längst. Du hast es mir überschrieben. Erinnerst du dich nicht mehr?«

»Schrei mich nicht an! Ich bin nicht taub! Ja, das habe ich getan – in einem Anflug von Wahnsinn. Wie heißt es so schön? Liebe macht blind. Herrgott, ja! Ich muss verrückt geworden sein, als ich mich darauf eingelassen habe. Aber Geld und Wertpapiere sind noch da, alles aus altem Familienbesitz, von meinen Eltern und von Vater. Und davon bekommst du nichts. Nur deinen Pflichtteil.«

»Und wer soll das alles bekommen, ich meine, im Falle deines Ablebens? Ist doch keiner mehr da außer uns!«

»Das lass man meine Sorge sein. Ich habe alles vorbereitet für den Fall der Fälle. Solltest du dich in deinen Entscheidungen über meinen Kopf hinwegsetzen, bekommt alles das Tierheim Hellern. Für den Bau eines neuen Hundehauses.«

»Ach, Mama«, sagte Eberhard und kraulte Rüdiger hinter den Ohren, »wenn du wüsstest, wie egal mir das ist.«

Das Telefon klingelte und Margot nahm ab. »Für dich«, sagte sie. »Ein Makler.« Sie ließ ihren Sohn nicht aus den Augen.

Eberhard nahm ihr den Hörer ab und runzelte die Stirn. »Ich habe Ihnen zigmal erklärt, dass ich nicht bereit bin. ... Im Augenblick nicht ... Nein, Sie rufen mich bitte nicht mehr an. Ich bleibe bei meinem Entschluss.« Verärgert beendete er das Gespräch.

»Was wollte der Makler von dir?«

»Hat sich erledigt, Mama.«

Margot zog einen Berg von Stofftaschentüchern hervor und sprühte sie mit Wasser ein. »Du hast dich verändert, Eberhard. Sonst hast du dir nichts aus Frauen gemacht. Erst diese Lydia und jetzt diese ... diese Schulfreundin. Was soll das? Wir sind doch glücklich zusammen. Haben es uns immer schön gemacht. Sind zusammen auf Ausstellungen gefahren und in den Urlaub. Glaubst du ernsthaft, eine andere Frau würde so gut für dich sorgen wie ich? Dir deine Hemden und Unterwäsche bügeln und dir jeden Morgen ein Käsebrot schmieren? Die jungen

Frauen von heute sind emanzipiert. Die machen so was nicht mehr. Und eins sage ich dir: Wenn eine Frau hier eingezogen ist, kannst du auf meine Hilfe nicht mehr zählen. Dann sieh zu, wie du zurande kommst!«

Eberhard hatte sich ein Pils aus dem Kühlschrank geholt und ließ den Bügelverschluss aufploppen. Gierig nahm er einen tiefen Schluck direkt aus der Flasche.

»Eberhard!«, tadelte Margot. »Hol dir bitte ein Glas.«

Er stand auf und nahm sich ein Glas aus dem Einbauschrank. Er war es nicht anders gewohnt.

»Undank ist der Welten Lohn«, fuhr Margot in ihrer Tirade fort und bearbeitete mit dem Bügeleisen kräftig die Stofftaschentücher. »Glaubst du, du findest eine Frau, die mit dir auf die Spielwarenmesse nach Nürnberg fährt? Die lacht dich aus, wenn du ihr erzählst, dass du in deinem Alter mit der Eisenbahn spielst. Ich weiß, was ich sage. Dein Vater hatte nie Verständnis für meine Puppenhäuser. Hat verlangt, ich solle sie verschleudern, auf den Sperrmüll stellen, Hauptsache, weg damit. Er hat mir gedroht, sie heimlich zu entsorgen, wenn ich zur Kur bin. Darum bin ich nie allein weggefahren, obwohl ich weiß Gott wie oft das Bedürfnis danach hatte. Er hat mich nie verstanden. Auch nicht, als ich ihm versuchte zu erklären, dass ich in meiner Kindheit eine einzige Puppe hatte, Clara, aus Porzellan mit feinen Kleidern. Alles andere mussten wir bei unserer Flucht zurücklassen. Und dabei habe ich mir so sehr ein Puppenhaus gewünscht. Aber es sollte ein Traum bleiben, meine ganze Kindheit hindurch.« Sie stieß einen tiefen Seufzer aus.

»Dafür hast du heute vier«, sagte Eberhard lakonisch und schürzte die Lippen. »Muss man wissen.«

»Spotte nur. Du wirst sehen, was du davon hast.«

»Mama, du drohst mir doch nicht? Sei vorsichtig. Carola war neulich hier und hat gesagt, sie wolle nicht mehr länger ihren Mund halten. Sie müsse öfter daran denken, was damals geschehen ist im Steinbruch. Sie hat dich gesehen.«

Margot vergaß das Bügeleisen für einen Moment auf dem Taschentuch. Es zischte und dampfte. Sie stellte es ab und zog den Stecker heraus. Das weiße Herrentaschentuch hatte einen großen, braunen Fleck. Sie betrachtete es mit Abscheu, zog sich einen Stuhl heran und setzte sich zu Eberhard. Während sie sich mit der Kittelschürze über die schweißnasse Stirn wischte, fragte sie heiser: »Was meinst du damit, sie hat mich gesehen?«

»Sie hat gesehen, wie du abends mit dem Kombi vorgefahren bist und diesen komischen Sack ausgeladen hast.«

Margot atmete mit offenem Mund.

»Und ich auch«, fügte er leise hinzu. »Ich war mit Carola zusammen dort. Wir saßen im Gebüsch. Du konntest uns nicht sehen. Ich habe die Plane erkannt, trotz der Dämmerung. Das war die Plane, in der morgens der Strandkorb angeliefert worden war, erinnerst du dich? Ich wollte nämlich anschließend damit spielen, da war sie nicht mehr da. Du hast behauptet, die Männer hätten sie gleich mitgenommen, aber das stimmte nicht. Das war der Tag, an dem Papa verschwand. Er wollte abends mit dir zusammen ein Glas Wein im neuen Strandkorb trinken, darauf hatte er sich gefreut, das weiß ich noch. Mit der Ankunft des Strandkorbes verschwand Papa. Seltsamer Zufall, oder? Du hast behauptet, er wäre bei seiner Freundin. Doch ich wusste sofort, dass er tot war. Ich wusste, dass er in der Plane gesteckt hat, die du aus dem Kombi gezogen hast. Du hast mich gefragt, warum ich mich nie in den Strandkorb setzen wollte. Nie. Kein einziges Mal habe ich mich da reingesetzt. Nun weißt du es. Ich hasse diesen Strandkorb. Er hat die Aura des Todes.«

Margot hatte die ganze Zeit über auf ihre Hände gestarrt. Nun hob sie ihren Kopf und sah Eberhard aus stumpfen, müden, rotgeränderten Augen an. »Was redest du geschwollen?«, fragte sie tonlos. »Aura des Todes, so ein Blödsinn.« Sie zerrte an ihren arthritischen Fingern, bis es in den Gelenken knackte. Dann fragte sie: »Seit wann weißt du es?«

»Als Kind beobachtet man«, sagte Eberhard leise. »Man beobachtet, hört zu, zieht seine Schlüsse und handelt. Man lebt in der Gegenwart, im Moment. Macht sich nicht allzu viele Gedanken. Vergisst schnell. Alles ist Veränderung, wenn man jung ist. Ständig kommen neue Eindrücke auf einen zu, die einen in den Bann ziehen, in Beschlag nehmen, anderes überlagern. Da neigt man dazu, zu verdrängen, weil sich andere Dinge vorschieben, die wichtiger zu sein scheinen. Bei Carola war es genau so. Sie hat sich erst viel später an alles erinnert. Sie hat Tagebücher von früher wiedergefunden, in denen sie alles aufgeschrieben hatte.«

»Sie hat mich erpresst!«, würgte Margot hervor.

Eberhard sah sie an. Die Überraschung stand ihm ins Gesicht geschrieben.

Margot wand sich und ordnete aus einer verlegenen Geste heraus ihre wohlfrisierten Haare. »Sie kam zu mir. Vor zwei, drei Wochen muss das gewesen sein. Da stand sie vor der Tür. Sah mich hämisch an, mit einer hochgezogenen Augenbraue, du weißt schon, wie das ihre Art ist. Ich habe sie hereingebeten, obwohl ich das eigentlich nicht wollte. Ich hätte sie besser draußen stehen lassen und ihr die Tür vor der Nase zuschlagen sollen. Aber als sie auf unserem Sofa saß, war es zu spät. Sie hatte ein Tagebuch dabei, ein lächerliches, besticktes, indisches Ding. Und sie begann gleich, daraus vorzulesen. Seitenlang, oh Gott, war das furchtbar. Sie habe angeblich den Mord gesehen, beobachtet, wie die Leiche beseitigt wurde, sie wisse, wo sich dein Vater befände, und so weiter und so fort. Schließlich hörte sie auf zu lesen und kam zur Sache. Sie wollte das Haus. Ich sollte ausziehen, sie knallte mir gleich diesen … diesen Prospekt von der Diakonie hin, den du mir auch gezeigt hast. Über dich hat sie sich keine Gedanken gemacht, du warst ihr egal. Ihr ging es ausschließlich um das Haus. Ich habe ihr gesagt, sie solle verschwinden, da wurde sie richtig unverschämt, drohte, alles auffliegen zu lassen. Wollte am selben Tag zur Polizei gehen. Da habe ich eingelenkt und ihr gesagt, ich wolle es mir überlegen und mit dir sprechen. Damit war sie einverstanden und zog endlich ab.«

»War sie noch mal da?«

»Nein, aber wie ich Carola kenne, wird sie nicht locker lassen. Du musst dir etwas einfallen lassen, Eberhard. Du wirst mir helfen, nicht wahr? Oder rufst du etwa die Polizei?«

Eberhard stierte vor sich hin. »Nein, ich glaube nicht. Du bist alt, was bringt das? Du im Gefängnis? Nein, das will ich nicht. Da gehörst du nicht hin, zu diesen ganzen Mördern und Schwerverbrechern. Aber Papa? Warum?

Weshalb musste er sterben? Ich will die ganze Wahrheit wissen. Was hast du mit ihm gemacht?«

Margot schluckte. Tränen rannen ihr über die runzligen Wangen. Sie strich sie mit ihrem Handrücken weg. »Ich wollte nicht, dass er stirbt. Es war nicht geplant, Eberhard, glaub mir bitte. Ich wollte ihm einen Denkzettel verpassen, wollte, dass er krank wird und viel Zeit hat, darüber nachzudenken, was er mir angetan hat. Er ist fremdgegangen, hat mich belogen und betrogen. Und mir das Leben schwer gemacht. Die ganze Zeit über, auch vor dieser Affäre. Ich hatte nie das Gefühl, dass er mich liebt. Nie. Darum habe ich ihm diesen Medikamentencocktail verabreicht.«

»Medikamentencocktail?«, fragte Eberhard mit trockenem Mund.

»Ich habe ihn mit meinen eigenen Tabletten umgebracht«, sagte Margot stockend, »aus Versehen.«

»Mit deinen Tabletten?«

»Musst du alles wiederholen, was ich sage? Ja. Sie sind so stark, dass sie auf Gesunde eine verheerende Wirkung haben können. Das hat mir ein Arzt gesagt. Ich hatte schon damals diesen Diabetes und die Herzinsuffizienz, sodass ich die Medikamente nehmen musste. Und unter ›verheerender Wirkung‹ hatte ich mir vorgestellt, dass jemand vorübergehend etwas unpässlich ist.«

»Wo ist Papa?«, fragte Eberhard ahnungsvoll. »Etwa immer noch in diesem ... diesem Steinbruch?«

Seine Mutter schlug die Augen nieder und schluckte hörbar.

»Und Lydia?«, fragte er mit kehliger Stimme, »Hast du sie auch ... sie auch ... aus Verseh...?«

»Nein!«, unterbrach Margot resolut und sah ihm fest in die Augen.

»Ich muss raus hier«, ächzte Eberhard, stieß sich von der Tischplatte ab und verließ fluchtartig den Raum.

31.

Am nächsten Morgen beobachtete Birthe von ihrem Fenster aus das gegenüberliegende Haus. Sie wusste, dass Fleischhauer zwei bis dreimal in der Woche um diese Zeit mit einem faltbaren Korb erschien und für mindestens zwei Stunden unterwegs war. Er war anscheinend für die Einkäufe zuständig, da seine Frau berufstätig war. Nur fragte sie sich, warum er zwei geschlagene Stunden dafür brauchte. Richtig voll war der Korb ohnehin nie, wenn er zurückkam. Irgendwo musste er unterwegs hängen bleiben, irgendetwas hatte er regelmäßig zu tun. Sie hatte bereits ihre Schuhe angezogen und Winterjacke und Tasche bereitgelegt, um auf dem Sprung zu sein, sobald Fleischhauer das Haus verließ.

Nichts tat sich. Zwei Kinder mit bunten Schulranzen liefen laut lachend den Gehweg entlang. Aus der anderen Richtung kam ein älterer Mann mit großem Hund und dahinter eine gebeugte alte Frau mit Handtäschchen.

Nebenan wurde eine Haustür geöffnet und Frau Pörschke erschien mit ihrem Rauhaardackel. Birthe könnte die Wartezeit für einen Small Talk nutzen, dann wäre sie zudem schon draußen, wenn Fleischhauer erschien. Sie warf sich den Dufflecoat über, griff nach ihrem Rucksack und hastete die Treppe hinunter. Margot Pörschke stellte gerade die grüne Tonne für die Müllabfuhr heraus.

»Hallo, Frau Pörschke«, rief Birthe strahlend, »ist das nicht ein tolles Wetter heute? Verspricht, ein richtig schöner Herbsttag zu werden. Etwas neblig, aber das wird sich bald lichten.« Birthe erkannte sich selbst nicht wieder.

»Guten Morgen«, antwortete Frau Pörschke steif.

»Wie geht es Ihnen?«, fragte Birthe und reichte der alten Dame die Hand. Diese wollte sie erst nicht ergreifen, nahm sie dann aber doch zögerlich.

»Danke, und selbst?«

»Bestens«, strahlte Birthe. »Hat Ihnen die Quittenmarmelade von meiner Tante geschmeckt?«

»Ich habe sie noch nicht probiert«, sagte Margot Pörschke schmallippig. »Aber Eberhard möchte sie jeden Morgen aufs Frühstücksbrot geschmiert haben. Also kann sie nicht so schlecht sein.«

Aufs Frühstücksbrot geschmiert haben? Birthe gefror das Lächeln auf den Lippen. Wie alt war Eberhard? »Hätten Sie heute Nachmittag Zeit? Meine Tante hat viel zu viel gebacken. Ich könnte Kuchen mitbringen.« Wenn sie es geschickt anstellte, würde sie die Nachbarin endlich zum Reden bringen. Sie müsste nur die richtigen Knöpfe drücken, dann würde die alte Dame dahin schmelzen. Mit Sicherheit wusste sie viel mehr über Fleischhauer, als sie bisher zugegeben hatte.

»Heute Nachmittag passt es leider nicht. Ich bekomme Besuch.«

»Ach, schade. Vielleicht morgen?«

Margot runzelte die Stirn und schien angestrengt nachzudenken. »Tut mir leid«, sagte sie, »morgen habe ich leider keine Zeit. Ich könnte Ihnen Freitag anbieten. Was halten Sie davon?«

»Einverstanden. Nur wird sich der Kuchen bis dahin nicht halten.«

»Das macht nichts. Ich werde Ihnen Kekse und Pralinen anbieten.«

In dem Moment tat sich etwas im Haus nebenan. Fleischhauer erschien und nestelte umständlich an seinem zusammengeklappten Einkaufskorb herum.

»Bis Freitag«, rief Birthe, »ich muss leider los. Wiedersehen, Frau Pörschke!«

»Guten Tag!«, sagte Margot und zog Rüdiger hinter sich her.

Birthe nahm den Schlüssel aus ihrer Jackentasche und ging zu ihrem Wagen. Sie setzte sich hinters Steuer und wartete, bis Fleischhauer seine Luxuskarosse, einen nagelneuen Lexus, gestartet hatte. Dann fuhr sie langsam aus der Parklücke.

Der Wagen ruckelte über das historische Kopfsteinpflaster der Friedrichstraße, bis er den Hans-Calmeyer-Platz erreichte. In dem Moment klingelte ihr Handy. Sie betätigte die Freisprechfunktion.

»Na, Daniel, alles klar?«

»Puuuh«, sagte er.

»Wie … puh? Würdest du etwas konkreter werden?«

Schweres Atmen am anderen Ende der Leitung.

»Deute ich das richtig? Klingt das … unter Umständen … irgendwie … erleichtert?«

»Ich werde den Porsche los. Ein Kumpel will ihn mir abkaufen, morgen schon, zu einem guten Preis sogar. Er ist Automechaniker und kann alles selbst machen. Erst dachte ich, er könne den Flitzer für mich klar machen, aber seiner Meinung nach taugt er nichts. ›Tickende Zeitbombe‹, nennt er den Schlitten, ›Geldfressmaschine‹. Er ist ein alter Freund und ich vertraue ihm. Er will die Augen für mich offen halten. Er kennt ja viele Leute und hätte ab und zu schon mal solche Luxuskarossen in seiner Werkstatt, die er wieder flott macht und dann weiterverkauft. Vielleicht komme ich doch noch zu meinem Traumauto.«

»Freut mich zu hören, Daniel. Glück gehabt, wirklich.«

»Und heute Abend führe ich Jette aus. Zum vorletzten Mal den Porsche aus der Garage holen und ab nach Osnabrück. Wir feiern, dass ich noch mal glimpflich aus der Sache rausgekommen bin. Ciao, Birthe, bis morgen.«

»Dann wünsche ich dir viel Spaß! Und nicht vergessen: Auch ein Porsche hat 'ne Bremse, die man benutzen kann!«

Das hatte er schon nicht mehr gehört.

Birthe folgte Fleischhauers Wagen ein ganzes Stück durch die belebte Einkaufsstraße. Rechts und links befanden sich viele Einzelhandelsgeschäfte und Arztpraxen. Sie musste gewappnet sein, falls Fleischhauer gleich eine Parklücke ansteuerte. Er setzte den Blinker nach rechts und bog langsam in die Arndtstraße ein. Eben, in der belebten Einkaufsstraße, war die Gefahr nicht so groß gewesen, von ihm entdeckt zu werden. In dieser Straße hingegen war nichts los. Was wollte er hier? Geschäfte gab es keine mehr. Da, er setzte zum Parken an. Er fuhr rückwärts in eine Lücke, hielt halb auf dem Fahrradweg. Hoffentlich wusste er, was er tat. Radfahrer konnten sehr ungnädig werden. Birthe fuhr langsam an ihm vorbei und suchte nun ebenfalls nach einer Parkmöglichkeit, die Augen abwechselnd auf die Straße und in den Rückspiegel gerichtet. Fleischhauer war im Begriff, auf ein Haus zuzugehen. Statt des Einkaufskorbs hatte er eine schwarze Aktentasche in der Hand. Wo war nur eine Parklücke? Es war zum Verzweifeln. Birthe musste einmal um den Block fahren, bevor sie endlich ihr Auto in einer Nebenstraße abstellen konnte. Wenigstens fand sie das Haus, in dem sie Fleischhauer hatte verschwinden sehen, auf Anhieb wieder. Hinter einem Mauervorsprung konnte sie in aller Ruhe auf ihn warten. Um sich die Zeit zu vertreiben, schrieb sie einige SMS und surfte im Internet.

Es dauerte allerdings länger, als sie gedacht hatte. Erst nach rund 40 Minuten öffnete sich die Tür. Birthe beobachtete Fleischhauer, wie er die Straße überquerte und zu seinem Auto ging. Sie wartete noch den Moment ab, bis sich das Auto entfernt hatte, und drückte dann auf den Klingelknopf neben der Aufschrift ›Hansmann‹.

32.

Eberhard aß genüsslich sein Pausenbrot, das seine Mutter ihm geschmiert hatte. Es war dick mit Leberwurst bedeckt und schmeckte hervorragend, ein richtig schön knusprig gebackenes Landbrot. Ihm wurde es warm ums Herz. Liebe geht durch den Magen, dachte er. Wie konnte er nur manchmal schlecht von seiner Mutter denken, wo sie so viel für ihn tat! Was wäre er ohne sie?

Marla Stembrügge trat auf ihn zu mit einer Thermoskanne in der Hand. »Kaffee, Eberhard?«, fragte sie in ihrer mütterlichen Art.

»Gerne«, sagte er lächelnd. Er genoss es, dass sie sich über ihn beugte und er einen Blick in ihren Ausschnitt werfen konnte.

»Na, heute mal ein Leberwurstbrot?«, sagte die Kollegin augenzwinkernd. »Lass es dir schmecken!«

Eberhard seufzte tief. Das war gerade einer dieser seltenen Lichtblicke in seinem trostlosen Leben, den er am liebsten festgehalten hätte. Aber in wenigen Minuten schon wäre die Pause vorbei. Die Schüler würden ihn wieder fix und fertig machen. Sie ließen ihn Tag für Tag aufs Neue spüren, wie uncool sie ihn fanden. Sie verachteten ihn, das fühlte er deutlich. Er hätte nicht auf seine Mutter hören und niemals Lehrer werden dürfen. Lieber säße er von neun bis fünf in einem Büro und ließe sich Kaffee nachschenken von einer Sekretärin, die aussah wie Marla Stembrügge. Mit dem Wissen von heute würde er vieles anders machen. Aber er verbot sich diese Gedanken, denn die Zeit ließ sich nun mal nicht zurückdrehen. Er sah auf seine Uhr. Vier Stunden noch, dann hatte er es geschafft. Endlich frei. Für heute Nachmittag war er mit Frauke verabredet. Seine Mutter hatte schließlich eingelenkt und war bereit, für seine neue Freundin Kaffee zu kochen und einen Kuchen zu backen. Er konnte sein Glück kaum fassen.

»Und, Eberhard, fertig mit den Korrekturen?«, fragte Marla mitfühlend. Sie wusste, wie schwer er sich tat und wie lange er für einen Stapel Hefte brauchte. Wie er sie kannte, hatte sie die Klausuren längst zurückgegeben. »Wie ist die Arbeit bei dir ausgefallen?«

Eberhard wiegte den Kopf hin und her und deutete auf seinen Mund.

»Lass dir Zeit«, lachte Marla.

Er schluckte hörbar und spülte den Kloß Leberwurstbrot mit einem großen Schluck Kaffee hinunter. »Könnte besser sein. Einmal zwölf Punkte, die meisten im Mittelfeld, ansonsten mehrmals unterm Strich.«

»Ui, das klingt nicht gut. Meine ist besser ausgefallen.«

»Flaubert trifft eben nicht den Zeitgeist«, nuschelte Eberhard. »Die Schüler finden ihn kitschig.«

»Tun sie das?«, fragte Marla überrascht. »Meine Schüler lieben Flaubert. Sie können sich völlig auf diese Zeit einlassen und sich mit der Protagonistin identifizieren. Sogar den Jungen gelingt das, und das soll was heißen.«

»Hast ja nur zwei Jungen in deinem Kurs. Welcher Junge wählt schon Französisch?«

Erneut lachte sie. Lachte sie ihn aus?

Er hatte es gewusst. Er war ein Versager. Ein Vollweib wie Marla Stembrügge nahm ihn nicht ernst. Die Schulglocke ertönte. Er trank in einem Zug den Kaffee aus und steckte seine Frühstücksdose ein.

*

Birthe sah sich im Wohnzimmer von Dorothea Hansmann um. Sie fühlte sich unbehaglich in dem kleinen, vollgestellten Raum, in dem um diese Uhrzeit bereits Licht brannte. Überall standen und hingen Fotos von Familienangehörigen und Freunden herum, die von einem abwechslungsreichen und geselligen Leben erzählten. Heute war die Frau allerdings allein, Einsamkeit und Krankheit hatte Spuren in ihrem Gesicht hinterlassen. Birthe hatte ein Glas Wasser vor sich stehen und war bereit, sich auf die Leidensgeschichte der schwer kranken Frau einzustellen.

Dorothea Hansmann ging es schlecht, das war ihr deutlich anzusehen. Mit dem Mut der Verzweiflung berichtete sie offen darüber, wie sie auf den Heilpraktiker gestoßen war und was sie ihm alles zu verdanken habe. »Und gerade zu der Zeit, als die mich im Krankenhaus aufgeben wollten, hat mir eine Freundin seine Adresse gegeben. Ist das nicht ein Zufall? Nein, ich glaube nicht an Zufälle. Das ist Fügung, das sollte so sein.«

»Und Sie haben ihm von Anfang an vertraut?« Birthe gab sich Mühe, nicht zu skeptisch zu klingen.

»Ja, seltsamerweise. Eigentlich bin ich nicht so leichtgläubig, aber dieser Mensch hat eine Ausstrahlung, der kann man sich nicht entziehen. Er hat mich angesehen, als wüsste er alles über mich, mit einem Blick, fest und warm, da bin ich gleich dahingeschmolzen. Und er hat sofort Körperkontakt hergestellt, auf eine besondere, angenehme Art.«

Birthe konnte es nicht fassen. Sprachen sie gerade über ein und dieselbe Person? Konnte man sich dermaßen in einem Menschen täuschen?

»Körperkontakt?«, fragte sie.

»Ja, er ist an mich herangerückt und hat seine Hand fest auf meine gelegt. Das hat mir gutgetan. Ich habe mir nichts dabei gedacht, habe es einfach hingenommen und genossen. Das war genau das Richtige in dem Moment und er schien das zu spüren. Ich war ängstlich und verzagt zu der Zeit und wollte mich aufgeben. Und dann ist er gekommen und hat mir durch eine einzige Berührung neuen Lebensmut geschenkt.«

»Behandelt hat er Sie auch, sagten Sie.«

Dorothea Hansmann rückte ihren Turban zurecht. »Ja, allerdings nicht sofort. Erst hat er sich lange mit mir unterhalten, wollte dem auslösenden Moment auf die Spur kommen, wie er es ausdrückte, wollte wissen, was den Krebs bei mir verursacht haben könnte. Ich sagte ihm, möglicherweise sei es die Scheidung gewesen, die mich vor einigen Jahren sehr mitgenommen hat und unter der ich bis heute leide.« Sie betrachtete angestrengt ihre Hände. »Erst nach einigen Gesprächen hat Fleischhauer mit der eigentlichen Therapie begonnen.«

»Wo haben diese Gespräche stattgefunden?«

»Bei mir zu Hause. Ich wäre auch zu ihm gekommen, aber er wollte das so. Er sagte, dass sei wirkungsvoller. Dann sei ich mehr bei mir und die Therapie würde besser anschlagen.«

Ausgekochter Fuchs, dachte Birthe, seine Patienten

nicht mehr zu sich in die Praxis zu bestellen. »Und wie sah die Therapie aus?«

»Das Mittel heißt Galavit. Es soll das Immunsystem von Grund auf neu aufbauen und stärken und Krebszellen zerstören, ohne dass der ganze Körper in Mitleidenschaft gezogen wird. Fleischhauer sagte, es wäre völlig ohne Nebenwirkungen. Er hat es mir zweimal wöchentlich gespritzt. Insgesamt zehn Wochen lang.«

»Von dem Mittel habe ich gehört. Es soll teuer sein, oder?«

»Wie man's nimmt. Für die ganze Kur, die 20 Ampullen, habe ich 10.000 Euro bezahlt. Dazu kam noch das Honorar für Fleischhauer.«

Birthe schluckte. »Und das wäre?«

»Noch mal das Gleiche. Kommen Sie mal in meine Lage«, fuhr sie fort, als sie Birthes ungläubigen Blick auffing, »Wenn Sie nur noch den Tod als ›Alternative‹ haben, denken Sie nicht mehr darüber nach, ob etwas teuer oder billig ist oder wofür Sie Ihr Geld lieber ausgeben würden. Das spielt alles keine Rolle mehr, glauben Sie mir.«

Birthe hatte es geahnt. Im Internet hatte sie recherchiert, dass die komplette Ampullenkur des umstrittenen Krebsmittels in Russland bereits für 200 Euro zu haben war. Fleischhauer trieb Wucher an seinen todkranken Patienten und das, obwohl ihm die Heilpraktikererlaubnis zur Behandlung längst entzogen worden war. Und was Birthe noch schlimmer fand, er behandelte Hansmann mit einem Mittel, von dem strikt abgeraten wurde, und ließ sie falsche Hoffnung auf Heilung schöpfen. Ungeachtet dessen, ob er als Mörder von Lydia Kosloff infrage kam oder nicht, allein dafür würde sie ihn vor Gericht bringen, so viel stand fest. Aber jetzt war ihr auch klar, woher er das Geld hatte, sich einen brandneuen Lexus leisten zu können.

»Sagt Ihnen der Name ›Digitalis‹ etwas, Frau Hansmann?«

Die Angesprochene schüttelte den Kopf.

»Damit sind Sie nicht zufällig behandelt worden?«

»Nein. Das kenne ich nicht. Ich habe von meinem Heilpraktiker nur Galavit-Ampullen bekommen.«

»Sie sagten gerade, Frau Hansmann, sie hätten das Geld bereits bezahlt. Das heißt, die Behandlung ist abgeschlossen. Verstehe ich das richtig? Darf ich fragen, was dann Herr Fleischhauer gerade eben bei Ihnen wollte?«

Dorothea Hansmann hob und senkte die Schultern. »Die erste Therapie hat leider nicht angeschlagen. Es haben sich neue Metastasen gebildet. Wir wollen es noch einmal versuchen«, sagte sie mit brüchiger Stimme.

Birthe atmete tief durch. Sie hatte tiefes Mitgefühl für diese Frau. Wie verzweifelt musste man sein, um auf einen Typen wie Fleischhauer reinzufallen? Sie überlegte, wie sie Dorothea Hansmann aufklären könnte, ohne sie völlig zu desillusionieren. Die Frau hatte einen Rest Lebensmut und den sollte sie auf keinen Fall verlieren.

»Frau Hansmann«, begann sie vorsichtig, »ich kann Sie so gut verstehen. Sie hatten all Ihre Hoffnung in diese Therapie und in Herrn Fleischhauer gesetzt. Sie waren sich sicher, dass er Ihnen helfen würde. Ich muss Ihnen leider sagen, dass er nicht mehr praktizieren darf. Ihm ist wegen eines anderen Falles die Erlaubnis entzogen worden. Bitte sprechen Sie mit ihrem Arzt, was man in Ihrem Falle tun kann. Geben Sie die Hoffnung nicht auf.«

Wieder zuckte die Frau die Schultern. Es war ihr anzusehen, dass sie sich im Grunde längst aufgegeben hatte. Aber es war nicht zu ändern, so leid es Birthe tat, sie musste Dorothea Hansmann mit ihrer Enttäuschung allein lassen. Sie drückte ihr lange die Hände und versprach, sie in den nächsten Tagen anzurufen.

33.

Birthe war erleichtert, bei Hurdelkamp eine Vorladung für Fleischhauer durchgesetzt zu haben. Nun musste sie dem ehemaligen Heilpraktiker die Tat nur noch nachweisen und sie hoffte, dass ihr das gelang. In dem Moment ging die Tür auf. Daniel erschien, mit hochrotem Kopf und zerknittertem Leinensakko. Er ließ sich ohne Gruß auf seinem Platz ihr gegenüber nieder und atmete geräuschvoll, als hätte er einen Sprint hinter sich.
»Schöne Scheiße«, murmelte er.
»Du meinst die Sache mit Fleischhauer«, mutmaßte Birthe.
»Mit wem? Ach so, nein, meine ich nicht. Du, ich bin selbst ein Opfer.«

»Was sagst du?«

»Jemand hat meinen Porsche demoliert. Habe ich gerade zur Anzeige gebracht.«

»Nein!« Birthe lächelte ungläubig. »Du sagtest doch, du wolltest ihn verkaufen!«

»Wollte ich ja auch«, sagte Daniel zerknirscht. »Heute! Heute Abend hatte ich vorgehabt, ihn zu Mike zu bringen, meinem Kumpel. Und gestern sollte die letzte Spritztour sein. Aber Jette wollte plötzlich nicht mehr mitkommen. Sie lag mit Migräne im Bett. Da habe ich über Facebook eine frühere Freundin kontaktiert. Guck nicht so, ich wollte nichts von ihr, nur mit dem Porsche eine Runde drehen und irgendwo ein Bier trinken. Und allein hatte ich keine Lust. Sabrina hat sofort zugesagt. Sie wohnt in Bissendorf, also nur ein Katzensprung. Ich habe sie abgeholt und wir sind nach Osnabrück gefahren. Den Porsche habe ich beim Haarmannsbrunnen abgestellt. Sabrina und ich sind von da aus in die Altstadt gegangen. Und, na ja, in der Zwiebel sind wir ein bisschen versackt. Es blieb nicht nur bei einem Bierchen.«

Birthe zog die Augenbrauen hoch. »Und dann?«

»Gegen ein Uhr nachts haben wir uns jeweils ein Taxi bestellt. Getrennt, Birthe, getrennt. Nur kein Stress. Sie fuhr zurück nach Bissendorf, ich in meine Wohnung im Schinkel. Tja, und heute morgen bin ich mit dem Bus reingefahren um den Porsche wieder abzuholen. Und dann sah ich die Bescherung.«

»Was ist passiert?«

»Total zerkratzt. Jemand muss mutwillig mit einem Schlüssel über den Lack geschrammt sein. Die Stoßstange ist verbeult, da hat wohl jemand mit voller Wucht gegengetreten, und die Antenne ist abgebrochen.«

»Oh Mann, Daniel, du hast ja echt viel Glück in letzter Zeit. Hast du wenigstens Vollkasko?«

»Rechtsschutz, Vollkasko«, höhnte er, »ich bin nicht so gestrickt wie du – immer nur alles mit Netz und doppeltem Boden, nein, Birthe, das liegt mir nicht. Das Geld stecke ich lieber in andere Dinge. Außerdem, so viel Pech auf einmal hatte ich noch nie. Damit rechnet ja keiner.«

»Wenn man so naiv ist wie du, dann nicht.« Birthe fing Daniels wütenden Blick auf und ruderte zurück: »Tut mir leid, Daniel. Was nun?«

Er zuckte die Schultern. »Angezeigt habe ich die Sache ja schon. Mehr kann ich im Moment nicht tun, habe auch wenig Hoffnung, die Jungs zu finden. Morgen erscheint ein Zeugenaufruf in der Zeitung. Wenn ich die Burschen erwische …«

Birthe wurde langsam ungeduldig. Sie hatte Verständnis für Daniels Pechsträhne, sogar etwas Mitleid, verspürte aber auch eine winzige Portion Schadenfreude, das konnte sie nicht verleugnen. Trotzdem, die Zeit drängte. Sie mussten in dem Fall vorankommen, Hurdelkamp erwartete täglichen Bericht. So gab sie sich einen Ruck und ging übergangslos zu den Befragungen von Dorothea Hansmann und Dirk Fleischhauer über. Zum Glück war Daniel immer fokussiert. Dienst war Dienst, das wusste sogar er.

»Und du glaubst, Fleischhauer war's«, resümierte Daniel.

»Ich glaube nichts, aber im Moment spricht viel dafür, dass er es gewesen sein könnte.«

»Weißt du was, ich habe da jemand anderen in Verdacht.«

*

Als Birthe die Haustür aufschloss, riss ihre Tante fast im gleichen Augenblick die Küchentür auf. Verführerische Düfte strömten heraus, sodass Birthe das Wasser im Mund zusammenlief. Hannelore strahlte übers ganze Gesicht. »Es hat geklappt«, schrie sie, »ich kann es kaum glauben, es hat geklappt!«

»Was denn?« Birthe konnte nicht so schnell von der Arbeit abschalten.

»Komm mit«, sagte ihre Tante verschwörerisch, streifte sich die Hände an der Schürze ab und zog sie ins Wohnzimmer. Auf dem Teetisch hatte sie eine Sherry-Karaffe und zwei Gläser bereitgestellt und goss, ohne zu fragen, großzügig ein.

»Ich hatte dir doch von dieser Wohnanlage erzählt, oder? Dieser schicken Seniorenresidenz auf Mallorca.«

»Ja, und?«, fragte Birthe mit weit aufgerissenen Augen.

»Was guckst du so erschrocken? Hör erst mal zu! Als ich da anrief, hieß es, sie hätten lange Wartelisten und vor 2014 würde es nichts werden. Gut, ich hatte das dann abgehakt. Es gibt ja auch noch andere schöne Anlagen. Doch vorhin kam ein Anruf, dass gerade ein großes Zweizimmerappartement mit Meerblick freigeworden sei.«

»Und sag bloß, du hast gleich zugesagt?«, sagte Birthe atemlos.

»Na ja, 24 Stunden haben sie mir gnädigerweise gelassen. Bis morgen Nachmittag muss ich mich entscheiden. Was sagst du nun?«

»Nichts.«

»Du findest das nicht gut?«

»Richtig geraten. Ehrlich gesagt, überhaupt nicht. Du gehörst hierhin, Tante Hannelore.«

»Aber du hast mir zu verstehen gegeben, dass du nicht gedenkst, hier ewig wohnen zu bleiben. Du hast Sehnsucht nach deiner verrückten WG. Ich kann's verstehen. Es ist auf Dauer langweilig mit einer alten Frau wie mir. Also, was bleibt mir anderes übrig? Ich will hier schließlich nicht vereinsamen.«

»Ach, Tante Hannelore, das wirst du nicht. Auch wenn ich wieder ausziehe, ich bin nicht aus der Welt. Ich kann dich jederzeit besuchen. Und du mich am Schnatgang. Du magst doch Fisch, hast du gesagt. Weil er so gesund ist.« Sie zwinkerte ihr zu.

»Ach, Kind, ich versteh dich ja. Ich will dich auf keinen Fall aufhalten. Du musst raus und deinen Weg gehen. Aber versteh auch mich. Das warme Mittelmeerklima tut meiner Seele und meinen Gelenken gut. Ich freue mich richtig darauf.«

»Und Pepe?«

»Ja ... Kind ... Pepe, ich weiß. Ich habe damit gerechnet, dass das ein Problem werden könnte. Du hängst schon an ihm, das sehe ich, hast ihn schließlich aus dem Tierheim geholt. Was ist, willst du ihn haben?«

Birthe schüttelte den Kopf. »Geht leider nicht, Tante Hannelore. Ich bin zu viel außer Haus und arbeite unregelmäßig, wie du weißt. Da käme überhaupt keine Struktur rein. Pepe wäre stundenlang allein und das bekäme ihm überhaupt nicht. Keinem Hund würde das gefallen. Er ist ständige Gesellschaft gewohnt, das war er ja vorher schon, vor seinem kurzen Tierheimaufenthalt. Kannst du ihn nicht mitnehmen?«

»Doch, das kann ich. Ich habe es sogar schon abgeklärt, als Babsi noch lebte. Kleine Hunde dürfen mitgebracht werden. Ist das nicht schön?«

Birthe nickte. »Trotzdem«, seufzte sie, »mir wird Pepe fehlen. Und erst recht du.« Sie ging zu ihrer Tante und umarmte sie. »Und was wird aus dem Haus? Du willst es doch hoffentlich nicht verkaufen?«

»Nein, das habe ich nicht vor«, sagte Hannelore bedächtig. »Ich denke, es sollte in der Familie bleiben.«

»Aber du hast keine Kinder.«

»Nein, ich habe keine Kinder. Allerdings habe ich eine sehr nette Großnichte. Und ich weiß, dass sie dieses Haus liebt. Das tust du doch, nicht wahr, Birthe?«

Birthe schüttelte langsam und bedächtig den Kopf. »Oh nein«, sagte sie, »oh nein!«

»Oh doch! Deine Mutter sagte mir, du wolltest bald heiraten und dächtest an Kinder. Da wäre dieses Haus doch ideal!«

Birthe verschluckte sich um ein Haar. Sie glaubte, explodieren zu müssen. »Was hat sie?! Heiraten? Kinderkriegen? Ich denke nicht daran! Das soll sie sich hübsch abschminken, meine Mutter! Ich liebe meinen Beruf und habe nicht vor, nur einen Zentimeter kürzer zu treten!«

»Aber du wirst bald heiraten, hat sie gesagt.«

»Was für ein Quatsch ist das! Ich und heiraten? Nee, das steht absolut nicht zur Debatte. Och, Tantchen, nun guck nicht so, ist nicht böse gemeint. Aber der Typ, mit dem ich mal kurz zusammen war, spielt keine Rolle mehr.« Sie verzog ihren Mund. Nein, sie fühlte nichts mehr. Hinter ihrem Leben mit Hans-Peter hatte sie endgültig einen Haken gemacht. »Allerdings weiß ich, dass ich zurück in meine WG möchte. Der Fischgeruch fehlt mir, weißt du. Nein, Quatsch, die Leute fehlen mir. Die abendlichen Gespräche, die spontanen Partys. Der Abstand hat gutgetan, aber jetzt freue ich mich wieder darauf.«

»Überleg es dir in Ruhe, Birthe. Ich würde dir das Haus liebend gerne überschreiben.«

»Danke für dein Vertrauen, Tante Hannelore. Aber ich kann das nicht annehmen. Wirklich nicht.«

»Dann deck den Tisch. Der Braten müsste gleich fertig sein.«

Nach dem Essen rief sie nach Pepe, um sich mit ihm zusammen etwas frische Luft und Bewegung zu verschaffen. Erwartungsgemäß reagierte er nicht, sondern döste auf seinem großen Kissen im überheizten Wohnzimmer vor sich hin. Als sie mit der Leine vor ihm stand, öffnete er ein Auge und blinzelte Birthe schlaftrunken an. Der Mopsmischling dachte nicht daran, bei der Kälte rauszugehen. Birthe befestigte den Karabinerhaken der Leine an seinem Halsband und zerrte Pepe vorsichtig aus seinem warmen Nest heraus. »Na komm schon, Dickerchen, Gassi gehen, steh endlich auf.«

Pepe stieß ein beleidigtes Grunzen aus und ließ sich widerwillig mitziehen. Er machte jedoch keinen Hehl daraus, wie öde er das gerade fand und ließ deprimiert die Ohren hängen.

»Zieh ihm ein Mäntelchen über«, rief Hannelore von nebenan, »damit er sich nicht verkühlt.«

Birthe überhörte die Aufforderung.

Draußen traf sie auf Eberhard, der sich gerade anschickte, mit Rüdiger das Haus zu verlassen. Er kam freundlich auf sie zu. »Schön, Sie zu treffen«, sagte er aufgeräumt, »wir haben gerade Besuch, meine Mutter möchte mit meiner Bekannten allein sein, um sie besser kennenzulernen, sozusagen von Frau zu Frau, hat sie gesagt, darum hat sie mich mit dem Hund weggeschickt, muss man wissen.«

»Aha«, sagte Birthe und runzelte die Stirn.

»Wenn es Ihnen nichts ausmacht, Frau Schöndorf, also, mich würde es jedenfalls nicht stören, sagen wir mal so, wenn wir ein Stück zusammengehen.«

›Muss man wissen‹ ergänzte Birthe in Gedanken. Beide gingen mit ihren Hunden schweigend die Blumenthalstraße hinauf, bis Birthe das Wort ergriff: »Besuch, sagten Sie? Kenne ich die Dame?«

»Das kann ich mir nicht vorstellen, die wohnt nicht hier«, sagte Eberhard und ließ Rüdiger von der Leine. »Wir kennen uns seit Jahren«, fuhr er fort, »seit unserer Schulzeit gewissermaßen. Aber sie war lange nicht mehr bei mir zu Hause. Ich bin gespannt, ob es ihr bei mir gefällt. Das heißt, im Moment ist sie ja mit meiner Mutter zusammen. Die wollte sie etwas näher kennenlernen.«

»Und das lassen Sie zu?«, wollte Birthe wissen. »Ich meine, wo es Ihr Besuch ist? Oder etwa nicht?«

»Doch, doch«, beeilte sich Eberhard zu sagen, »es ist mein Besuch. Aber mir ist es wichtig, wie meine Mutter sie findet. Auf ihre Meinung vertraue ich. Sie hat ein gutes

Gespür für Menschen und Situationen, immer schon.« Er schürzte die Lippen. »Muss man wissen.«

»Aha«, sagte Birthe und musterte ihn von der Seite.

Eberhard fing ihren Blick auf und setzte hinzu: »Nun, dauert ja nicht lange, lasse die Mädels kurz allein, gehe eine Runde mit Rüdiger und bin wieder da.«

Birthe nickte verständnislos.

»Aber … wenn Sie möchten … ich meine ja nur, Frau Schöndorf, Sie würden zu meiner Bekannten passen. Seien Sie doch so gut und leisten Sie uns nachher Gesellschaft. Es ist, soweit ich weiß, etwas vom Kuchen übrig und besser wird er auch nicht, wenn er nicht gegessen wird, muss man wissen. Also, ich für meinen Teil würde mich freuen.«

»Vielen Dank, Herr Pörschke, aber ich möchte nicht stören. Ein anderes Mal vielleicht.« Wieso redete sie bloß immer so geschwollen, sobald sie mit den Pörschkes zusammentraf?

»Aber, aber, Frau Schöndorf, nein, nein, Sie würden nicht stören. Bitte tun Sie uns den Gefallen. Meine Bekannte würde sich mit Sicherheit freuen, eine unserer nettesten Nachbarinnen kennenzulernen.«

Birthes Neugier siegte. »Ich überleg's mir«, sagte sie schnell.

Eberhard nickte und tippte sich kurz an die Stirn. »Ich kehre hier um. Will die Damen nicht so lange warten lassen. Bis nachher«, sagte er aufgeregt.

34.

Fleischhauer wirkte überrascht, als er die Haustür öffnete. »Ah, die Kommissarin! Was führt Sie zu mir? Sie haben doch schon das ganze Haus auf den Kopf gestellt. Immer noch nicht zufrieden? Ich muss Sie aber enttäuschen, mehr habe ich nicht zu bieten.« Er machte Anstalten, Birthe die Tür vor der Nase zuzuschlagen.

»Halt, nicht so schnell, Herr Fleischhauer, können wir irgendwo in Ruhe reden?«

»Ich wüsste nicht, wie ich Ihnen helfen kann.«

»Sie können auch gerne morgen um acht auf der Dienststelle erscheinen. Eine Vorladung bekommen Sie sowieso. Die müsste spätestens in zwei Tagen in Ihrem Briefkasten sein.«

Er zögerte, versuchte in ihrem Gesicht zu lesen. »Gut, kommen Sie.«

Im Wohnzimmer kam Birthe gleich zur Sache. »Herr Fleischhauer, wie Sie wissen, haben wir bei der Durchsuchung in Ihrem Hause eine angebrochene Flasche Digitalis, also den hochgiftigen Roten Fingerhut, gefunden. Ein Drittel fehlte.«

»Ja, und? Was habe ich damit zu tun?«

»Ich glaube, Sie brauchen ein überzeugendes Alibi für den 5. Oktober zwischen 15 und 17 Uhr.«

Fleischhauer sah sie verständnislos an. »Was für ein Wochentag war das?«

»Ein Mittwoch.«

»Wahrscheinlich war ich einkaufen.«

»Haben Sie dafür Zeugen?«

»Ich bitte Sie! Das ist Wochen her!«

»Sie haben kein Alibi, Herr Fleischhauer. Ich bin mir sicher, dass Sie Kosloff entweder selbst umgebracht oder jemandem geholfen haben, es zu tun.«

»Also, das ist die Höhe! Was unterstellen Sie mir? Eine bodenlose Unverschämtheit! Ich werde mich bei Ihrem Vorgesetzten beschweren!«

»Das können Sie ruhig tun, Herr Fleischhauer.«

»Hören Sie mal, ich bin unschuldig. Ich habe nichts damit zu tun. Ich habe Lydia Kosloff nicht umgebracht. Ich bin kein Mörder!«

»Sind Sie sicher? Sie haben Kosloff behandelt. Wegen einer angeblichen Krebserkrankung.«

»Ja. Aber nicht mit Digitalis.«

»Womit denn?«

Fleischhauer antwortete nicht.

»Und wen haben Sie mit Digitalis behandelt, wenn nicht Frau Kosloff?«

Auch darauf gab er keine Antwort.

»Es fehlt etwas aus der Flasche. Also, wem haben Sie das Zeug verabreicht?«

»Ich verweigere die Aussage. Das ist mein gutes Recht.«

»Sie wussten, dass Lydia Kosloff nicht krank war. Warum haben Sie sie behandelt?«

»Ich muss diese Frage nicht beantworten.«

»Sie haben vorsätzlich eine falsche Diagnose ausgestellt. Das verstößt gegen das Heilpraktikergesetz und ist strafbar.« Als Fleischhauer nicht reagierte, fügte sie hinzu: »Was haben Sie am letzten Dienstag gegen 15.30 gemacht?«

»Was war da los? Ist noch jemand umgebracht worden? Mit Digitalis?«, fragte er spöttisch. Als Birthe nicht darauf einging, begann er nachzudenken. »Da war ich bestimmt einkaufen«, sagte er nach einer Weile.

»Wieder einkaufen«, sagte Birthe gelangweilt. »Gehen Sie jeden Nachmittag einkaufen? Nein, am Dienstag waren Sie es definitiv nicht. Sie wurden beobachtet, wie Sie jemanden besucht haben.«

Fleischhauer wirkte überrumpelt. Es dauerte eine Weile, bis er leise sagte: »Also gut. Es war ein privater Besuch.« In seiner Stimme lag kein Spott mehr.

»Aha. Und bei wem? Wie heißen die Leute?«

Fleischhauer zögerte. »Hansmann«, sagte er schließlich.

»Hansmann«, wiederholte Birthe, »haben die auch Vornamen?«

»Dorothea Hansmann, Arndtstraße 17.«

»Und was haben Sie da gemacht? Bei der Dorothea Hansmann?«

»Ich habe sie besucht. Eine alte Bekannte von mir.«

»Sie hatten eine schwarze Tasche dabei. Darf ich die sehen?«

»Nein, das geht Sie nichts an.«

»Doch, ich fordere Sie auf, Ihre Tasche zu holen.«

Fleischhauer ballte die Hände zu Fäusten und fixierte Birthe mit eisigem Blick. Langsam stand er auf und ging in den Keller. Birthe folgte ihm. Auf dem Tisch lag die schwarze Aktentasche.

»Sie öffnen sofort Ihre Tasche.«

Fleischhauer atmete hörbar ein und aus und kam zögernd ihrer Aufforderung nach. »Bitte, wenn Sie unbedingt wollen.«

Birthe glaubte den Inhalt ohnehin zu kennen. Es war eine Heilpraktikertasche, für den Laien schien sie ähnlich ausgestattet zu sein wie eine Notarzttasche. Spritzen, Infusionen, Medikamente, Blutdruckmessgerät, Stethoskop.

»Wozu brauchen Sie die Sachen? Ich denke, Sie dürfen nicht mehr praktizieren.«

»Das ist privat«, sagte er kurz angebunden. »Ein Freundschaftsdienst. Ich messe bei meiner Freundin den Blutdruck, das ist ja wohl erlaubt.«

»Und dafür brauchen Sie die ganze Tasche?«

»Ich muss mich nicht rechtfertigen, weil ich aus Bequemlichkeit das ganze Zubehör mit mir herumschleppe. Ich war einfach zu faul, die Tasche umzupacken, das ist alles.«

Birthe sah auf die Uhr. »Sie waren 45 Minuten in dem Haus. So lange brauchen Sie zum Blutdruckmessen?«

»Ich sagte Ihnen doch, es ist eine alte Freundin. Wir haben zusammen Kaffee getrunken und die Zeit verquatscht. Was dagegen?«

Birthe tat unbeeindruckt. Mit ruhiger Stimme fuhr sie fort: »Ich habe mit Dorothea Hansmann gesprochen. Sie behandeln Sie seit längerer Zeit mit dem überteuerten Krebsmittel Galavit, das überdies umstritten ist.«

Fleischhauer schwieg.

»Was haben Sie dazu zu sagen, Herr Fleischhauer?«

Fleischhauer räusperte sich, sagte aber nichts.

»Sie praktizieren weiterhin ohne Erlaubnis und treiben Wucher bei Ihren Patienten. Außerdem stehen Sie unter Verdacht, den Tod von Lydia Kosloff mitverschuldet zu haben.«

Fleischhauer stand auf. »Ich verweigere die Aussage und bitte Sie ein letztes Mal zu gehen. Andernfalls rufe ich bei Ihrer Dienststelle an.«

»Soll ich Ihnen sagen, wie es war?« Birthe sah ihn scharf an. »Lydia Kosloff bildete sich ein, Krebs zu haben und kam zu Ihnen in die Praxis. Sie haben eine Chance gesehen, noch einmal die überteuerten Krebsmittel an ihr anzuwenden und sich damit persönlich zu bereichern. Sie ahnten, dass Kosloff gesund war, weil sie keinerlei Befunde vorzuweisen hatte. Sie haben auch nicht nachgefragt, nicht wahr? Befunde haben Sie nicht interessiert. Sie haben einfach einen erfunden und ihn pro forma in die Akte eingetragen. Damit Sie Kosloff behandeln konnten. Als es Ihnen zu heikel wurde, wollten Sie aufhören. Aber da haben Sie die Rechnung ohne Frau Kosloff gemacht. Sie weigerte sich und begann, Sie zu erpressen.«

Fleischhauer setzte sich wieder und starrte Birthe ungläubig an.

»Lydia Kosloff hatte Zeitungsartikel von dem Mädchen gesammelt, das Sie damals ebenfalls mit Galavit behandelt hatten. Das Ganze ist nur leider schief gegangen. Das Mädchen starb. Kosloff wusste, dass Sie daraufhin nicht mehr praktizieren durften. Sie hat Ihnen gedroht, die illegale Praxis auffliegen zu lassen, falls Sie mit der Behandlung aufhören. War es nicht so, Herr Fleischhauer?«

Er betrachtete schweigsam seine akkurat gefeilten Fingernägel.

»Da haben Sie rot gesehen und Lydia Kosloff umgebracht. Mit einem Medikamentencocktail. Kosloff ist an einer Digitoxin-Vergiftung gestorben. Herr Fleischhauer, ich werde Haftbefehl für Sie beantragen.«

Birthe stand auf und verließ den Kellerraum.

»Ich bin unschuldig!«, brüllte er hinter ihr her.

»Auf Wiedersehen, Herr Fleischhauer! Das wird bestimmt nicht lange dauern.«

Draußen holte Birthe tief Luft, zückte ihr Handy, um Daniel anzurufen, und klingelte anschließend bei Pörschkes nebenan.

35.

»Ich habe noch mal Kaffee frisch aufgebrüht«, sagte Margot, als sie mit der altmodischen, kleinen Blümchenkanne das Wohnzimmer betrat. »Ich koche erst wenig, für jeden eine Tasse, und mit der Hand, wie ich es von meiner Mutter kenne, mit Filtertüte und frisch gemahlenen Bohnen, auf diese Weise ist der Kaffee am bekömmlichsten und schmeckt am besten.«

»Das hat was«, strahlte Frauke und hielt ihr die Tasse entgegen. »Man sollte sich viel mehr Zeit nehmen für solche Dinge, die das Leben entschleunigen. Das bedeutet einfach mehr Lebensqualität.«

»Sie scheinen eine sehr vernünftige Frau zu sein«, sagte

Margot anerkennend und reichte jedem ein Stück Buttercremetorte. Sie kam auf ihr Lieblingsthema zu sprechen: Hunde- und Spielzeugausstellungen. Es war jedoch kein Gespräch, sondern ein Monolog, denn Frauke und Eberhard waren mit der Bewältigung der gehaltvollen Torte beschäftigt und nickten nur hin und wieder bestätigend mit dem Kopf. Margot kam zum Schluss: »Aber ich bin eine schlechte Gastgeberin. Ich habe den Apfelkuchen noch nicht angeschnitten und den Puderzucker auf dem Kuchen vergessen. Eberhard hat mich nicht daran erinnert, denn wenn er Buttercremetorte vor sich stehen sieht, kennt er seine nächsten Verwandten nicht mehr. Nicht wahr, Eberhard? Augenblick bitte, ich bin gleich wieder da.«

»Bleiben Sie bitte sitzen, das ist nicht nötig«, protestierte Frauke, Margot war allerdings bereits aufgestanden und trug den Kuchen fort.

Fraukes Blick fiel auf die Puppenhäuser. Fasziniert stand sie auf, um sie aus der Nähe zu betrachten. Die viktorianischen Häuser und Villen mit ihrer charmanten, stilvollen Inneneinrichtung zogen sie in ihren Bann. Frauke drückte auf einen Minischalter und die Kronleuchter und nostalgischen Wand- und Tischlampen leuchteten auf. Selbst diese Details funktionierten. Durch die Beleuchtung wurden winzigste Gegenstände sichtbar, wie Kerzenständer auf einem antiken Sekretär, Ölgemälde an der Wand und kleine Vasen auf einer Kommode. »Das ist ja toll«, sagte sie voller Bewunderung. »So etwas Schönes habe ich noch nie gesehen.«

»Bitte nicht die Sachen anfassen!«, ertönte eine scharfe Stimme. Margot stand auf einmal hinter ihr. Frauke zuckte zusammen.

»Das ist alles sehr kostbar und zerbrechlich.«

»Entschuldigung, ich war ganz vorsichtig«, sagte Frauke und wurde rot. »Ich mach das Licht wieder aus.«

»Nein, lassen Sie das, das mache ich selbst«, sagte Margot und bediente den Minischalter. Frauke stand unschlüssig daneben.

»Setzen Sie sich«, forderte Margot sie auf und wurde erst freundlicher, als sie einander gegenüber Platz genommen hatten. »Kommen Sie, nehmen Sie ein Stück von dem Apfelkuchen, ich habe ihn selbst gebacken. Jetzt sieht er noch etwas appetitlicher aus.« Das Hefeteiggitter war von einer dicken Schicht Puderzucker bedeckt. Frauke hatte den Kuchen vorher schöner gefunden.

»Oh, vielen Dank, ich glaube, ich kann nicht mehr«, sagte sie und hielt sich den Bauch.

»Aber Frau Herkenhoff, Sie werden mich doch jetzt nicht abweisen, wo ich mir extra Arbeit für Sie gemacht habe. Mein Sohn erzählte mir, Sie hätten kürzlich einen vortrefflichen Apfelkuchen gebacken, nun kosten Sie bitte von meinem. Sie wollen eine alte Frau wohl kaum vor den Kopf stoßen. Warten Sie, ich gebe Ihnen ein besonders schönes Stück.«

Frauke stöhnte und zog ihre Stirn in Falten. Sie würde es nie schaffen, die restlichen vier Kilo abzunehmen, die sich so hartnäckig an ihrer Hüfte festgesetzt hatten. Etwas schlecht von der Buttercreme war ihr auch schon. Allerdings wollte sie Eberhards Mutter nicht brüskieren. »Also gut«, sagte sie, »nur ein kleines Stück, bitte.« Sie nahm sich vor, das Abendessen dafür wegzulassen.

*

Carola saß mit Friederike am großen Tisch im Essbereich und übte mit ihr für ein Diktat, als das Telefon klingelte. Sie erkannte Matthias' Handynummer und zuckte zusammen. Widerstrebend nahm sie das Gespräch entgegen.

»Störe ich?«, fragte Matthias.

»Wie man's nimmt. Ich diktiere Friederike gerade einen kurzen Text und du weißt ja, wie das ist. Sie braucht Stunden, um ihn einmal zu schreiben. Aber nicht, weil sie es nicht schneller könnte, sondern weil sie ihre Zeit lieber mit Maulen verbringt.«

»Du überforderst sie, Carola, aber das Thema hatten wir erst.«

»Wenn es dich beruhigt, Matthias, sage ich dir, dass ich die Kinder vorhin vom Chinesischkurs abgemeldet habe. Obwohl es mir sehr leid tut. Es hätte den Kindern viel gebracht, aber ihr glaubt mir ja alle nicht.«

»Sehr schön. Ein erster Schritt, bravo. Hast du gut gemacht, Carola.«

»Und noch etwas. Svetlana wird gleich abgeholt. Es ist schneller gegangen, als ich dachte. Sie hat eine Anschlussstelle in Münster gefunden. Ich bezahle ihr das Taxi.«

Er antwortete nicht. Carola hörte ihn schwer atmen.

»Ich weiß, du hättest dich gerne von ihr verabschiedet, aber besser ein Ende mit Schrecken, als …«

»Lass gut sein«, fiel er ihr ins Wort. »Es geht ohne Abschied.«

»Wie tapfer von dir«, spottete sie.

Er überhörte ihre Worte. »Weswegen ich anrufe …« Er räusperte sich. »Du hattest dich beklagt, dass ich so selten mit euch verreise. Ich habe es mir zu Herzen genommen und war in meiner Mittagspause im Reisebüro. Dort sprang mir ein Angebot ins Auge: 14 Tage Sri Lanka in den Weihnachtsferien für die ganze Familie, in einem Fünfsterneressort, das Ganze zum Schnäppchenpreis. Ich habe nicht lange gefackelt, sondern sofort die Buchung klargemacht. Na, was sagst du nun? Freust du dich?«

Carola schwieg.

»Du freust dich nicht«, stellte er zerknirscht fest. »Kein bisschen?«

»Es kommt mir zu überraschend«, sagte sie kalt.

»Bei solchen Angeboten kann man nicht lange überlegen. In den Weihnachtsferien wollen viele in die Wärme.«

Sie wand sich. »Irgendwas scheinst du falsch verstanden zu haben. Ich sagte, ich will mich von dir scheiden lassen.« Sie fing den panischen Blick von Friederike auf und korrigierte sich sofort. »Ich meinte, ich habe es eventuell vor. Man kann sich alles noch mal durch den Kopf gehen lassen.«

»Eben«, sagte Matthias. »Wie vernünftig von dir, dass du es dir überlegt hast. Eine Scheidung ist eine teure Angelegenheit. Auch für dich. Gerade jetzt, wo du vorhast, dich mit einer neuen Villa zu verschulden.«

»Habe ich nicht mehr«, sagte Carola leise.

»Nicht? Du bist tatsächlich davon abgekommen?«

»Volker kann sie von mir aus haben. Wenn er seine Entziehungskur hinter sich hat. Niemand wusste, dass er Alkoholiker ist. Wusstest du das?«

»Nein, woher auch? Er hat das offensichtlich gut verstecken können – hinter seinen Mundwässerchen und Kaugummis.«

»Ich bleibe jedenfalls in meiner Praxis. Sicher ist sicher. Wer weiß, was alles geschieht. Da würde ich mich mit so einem Riesenprojekt kolossal übernehmen.«

»Jetzt gefällst du mir wieder. Die alte, vernünftige Carola, so wie ich dich kenne. Also? Was ist mit der Reise? Bitte sag ja!«

Carola atmete tief durch. »Ich überlege es mir«, sagte sie.

*

»Mama, hier ist noch ein lieber Besuch«, verkündete Eberhard aufgeregt vom Flur aus. Er war beim Klingeln gleich aufgesprungen. »Kommen Sie«, sagte er höflich zu Birthe, »meine Mutter freut sich sicher, Sie zu sehen.«

Birthe folgte ihm ins Wohnzimmer. Ihr Blick fiel sofort auf Frauke Herkenhoff und sie fuhr zusammen. Hoffentlich erkannte die Apothekerin sie nicht.

Margot Pörschkes Gesichtszüge entgleisten für einen Moment – lang genug, um von Birthe registriert zu werden. »Guten Tag, Frau Pörschke«, sagte Birthe so gut gelaunt, wie es ihr möglich war. »Ich hoffe, ich störe nicht. Ihr Sohn hat mich gerade spontan eingeladen. Wir haben uns beim Hundespaziergang getroffen. Wenn es Ihnen nicht recht ist ...«

»Setzen Sie sich«, unterbrach Margot sie barsch. »Das ist übrigens Frau Herkenhoff, eine Bekannte meines Sohnes.«

»Wir kennen uns bereits«, sagte Frauke und reichte Birthe die Hand. »Sie sind die Kommissarin. Ihren Namen habe ich leider vergessen.«

Birthe wurde rot. Ihre Beine wurden butterweich.

Margot starrte sie an. Ihr eisiger Blick wanderte zwischen Birthe und Frauke hin und her. »Kommissarin sind Sie?«, fragte sie schließlich mit erstickter Stimme. »Keine Studentin?« Ihre Augen verengten sich zu Schlitzen.

Birthe lachte unsicher auf. »Ach, ich …«, setzte sie an, »das ist …« Sie ärgerte sich, dass sie dem Blick der alten Dame nicht standhalten konnte. Irgendetwas lief hier falsch, sie war die Kommissarin, nicht umgekehrt. »Warum beunruhigt Sie das, Frau Pörschke? Das ist doch nur ein Beruf!« Ihre Stimme klang nicht selbstbewusst genug. Birthe verfluchte sich. Wie sollte sie aus dieser misslichen Lage wieder herauskommen?

Das lange Schweigen irritierte sie. Alle Augen waren auf sie gerichtet. Eberhard räusperte sich, wollte anscheinend etwas beitragen, aber seine Mutter stoppte ihn mit einer energischen Handbewegung, noch ehe er den Mund hatte öffnen können.

»Habe ich etwas Falsches gesagt?«, fragte Frauke kleinlaut.

Birthe lächelte unsicher und schüttelte unmerklich den Kopf.

»Stecken Sie mit den Polizisten unter einer Decke?«, fragte Margot mit scharfer Stimme. »Ermitteln Sie etwa in dem Mordfall?«

»Nein, nein«, beeilte sich Birthe zu sagen und schüttelte energisch den Kopf. »Ich bin mit etwas ganz anderem beschäftigt. Ich bekomme nur am Rande etwas davon mit.« Sie merkte selbst, wie unglaubwürdig das klang.

Noch immer ruhte Margot Pörschkes eisiger Blick auf ihr. Selten hatte ein Mensch sie so verunsichert. »Ich habe mich sowieso gewundert, warum Sie immer so unregelmäßig das Haus verließen«, sagte die alte Dame tonlos. »Seminare und Vorlesungen fangen morgens meist um neun an, höchstens mal um elf, aber Sie waren zu vollkommen anderen Zeiten unterwegs.« Sie wandte sich an Eberhard: »Eberhard, wusstest du das? War dir klar, dass unsere Nachbarin bei der Polizei arbeitet?«

Eberhard schüttelte den Kopf. »Nein, Mama, das ist mir neu.«

Margot musterte Birthe von oben bis unten. »Warum dieses Schauspiel?«, fragte sie eisig. »Was soll das? Was haben Sie zu verbergen?«

»Nichts«, sagte Birthe schnell, »ich dachte nur, es muss schließlich nicht jeder wissen, dass ich … dass ich bei der Polizei arbeite.« Sie räusperte sich.

»Sie haben mich angelogen«, sagte Margot mit verkniffenem Gesichtsausdruck, »und das gefällt mir nicht.«

»Tut mir leid, ab und zu gehe ich auch noch zur Universität«, log Birthe, »also kann man im weitesten Sinne schon sagen, ich bin Studentin.«

Margot Pörschke sah sie ungläubig an. Dann nickte sie ein paar Mal mit ausdrucksloser Miene vor sich hin. Birthe war sich nicht sicher, was das zu bedeuten hatte. Plötzlich veränderte sich etwas in Margot, als habe sie einen Schalter umgelegt. »Nehmen Sie sich ein Stück von dem Kuchen und in der Zwischenzeit hole ich Ihnen eine Tasse Kaffee.« Ihre Stimme klang nun viel freundlicher, und Birthe atmete auf.

»Bei meiner Mutter wird jede Tasse extra aufgebrüht«, sagte Eberhard stolz. »Wegen des Aromas. Muss man wissen.«

»Eberhard, du isst nichts mehr«, sagte Margot streng. »Denk an deinen Cholesterinspiegel. Du hast genug Kalorien intus, in einer Stunde gibt es Abendessen.«

»Gut, dass meine Mutter ein bisschen auf mich aufpasst«, sagte Eberhard lächelnd. Er war offensichtlich erleichtert, dass sich die Situation entspannt hatte.

»Der Kuchen sieht verführerisch aus.« Birthe nahm sich ein Stück. Sie merkte, dass ihre Hand zitterte und versuchte es zu verbergen. »Und genauso schmeckt er«, ergänzte sie mit vollem Mund. Ihr Herz klopfte zum Zerspringen. Sie hoffte inständig, dass das Thema nun ausgestanden war und keiner mehr auf ihren Beruf zu sprechen kam.

Eberhard rettete die Situation, indem er in aller Ausführlichkeit von seiner neuesten Errungenschaft, einer schweren Schublokomotive vom Typ ›Triplex‹ der Erie Railroad berichtete. »Ich würde sie gern vorführen, wenn ich darf«, sagte er begeistert. »Es dauert noch einen Moment, ich muss unten was vorbereiten. Unterhalten Sie sich ruhig weiter«, sagte er mit Blick auf Birthe, »es wäre für Sie zu langweilig, wenn Sie mir zugucken müssten. Wenn alles fertig ist, werde ich Sie holen.« Er zwinkerte den Frauen zu und die nickten höflich. »Ich bin überzeugt, Sie werden es spannend finden.« Er stand auf, faltete seine Serviette ordentlich zusammen und verließ den Raum.

Margot setzte die Unterhaltung fort und kam wieder auf ihr gemeinsames Hobby, die Spielzeugleidenschaft, zu sprechen, als Frauke plötzlich laut aufstöhnte, die Augen verdrehte und in sich zusammensackte.

Birthe sprang auf, um ihr zu Hilfe zu eilen. »Frau Herkenhoff? Ist Ihnen nicht gut? Was ist los?« Sie rüttelte sie an den Schultern.

»Einen Krankenwagen«, schrie sie Margot an, »schnell, machen Sie, rufen Sie den Rettungsdienst!«

Margot Pörschke rührte in ihrer Kaffeetasse, als ginge sie das nichts an.

In diesem Moment dämmerte Birthe etwas, ihr Blick wanderte zwischen Margot und Frauke hin und her und sie besann sich darauf, was gerade geschehen war. Sie hatte Kaffee getrunken und Kuchen gegessen. Denselben Kaffee und denselben Kuchen wie Frauke Herkenhoff. Und Lydia Kosloff war an einer Vergiftung gestorben. Sie griff nach ihrer Tasche und hastete aus dem Zimmer. Sie fand die Gästetoilette gleich neben dem Eingang, stürmte hinein und steckte sich blitzartig zwei Finger in den Rachen. Glücklicherweise klappte es sofort und sie erbrach sich. Sie hustete und spuckte, überwand ihren Ekel und erbrach sich ein weiteres Mal. Als sie fertig war, wischte sie sich den Mund ab, betätigte die Klospülung, klappte den Deckel zu und ließ sich erschöpft darauf nieder. Sie holte ihr Handy aus der Hosentasche und rief erst den Rettungsdienst und dann ihre Dienststelle an, um Verstärkung anzufordern. Hoffentlich kam für die Apothekerin nicht jede Hilfe zu spät.

Und Eberhard in seinem Hobbykeller? Hatte er etwas von dem Kuchen gegessen? Birthe erinnerte sich nicht daran. Vielleicht schon vorher? Vor dem Spaziergang? Birthe riss die Tür zum Keller auf und schrie nach Leibeskräften: »Herr Pörschke, hören Sie mich? Kommen Sie bitte so schnell wie möglich hoch!« Dann ging sie ins Wohnzimmer zurück, auf das Schlimmste gefasst.

✳

Im ersten Moment war Eberhard enttäuscht. Er hatte sich darauf gefreut, seine neue Lok zu präsentieren und verstand nicht sofort, dass das überhaupt nicht mehr angesagt war. Eine Hand griff nach seinem Arm und schüttelte ihn leicht.

»Herr Pörschke! Ob Sie etwas von dem Apfelkuchen gegessen haben, frage ich Sie!«

Er sah Frauke auf dem Boden liegen, zwei Kissen in ihrem Nacken, und konnte sich keinen Reim darauf machen. Nachdem sie aufgewacht war, hatte Birthe ihr ein Glas Wasser angeboten, das sie gierig in einem Zug ausgetrunken hatte. Es schien ihr nun etwas besser zu gehen. Eberhard drehte sich verwirrt zu der Stimme um.

»Nein, nein, ich durfte ja nicht.«

»Was soll das heißen: Sie durften nicht?«

»Meine Mutter wollte nicht, dass ich davon esse. Ich bin gerade auf Diät, das muss ab und zu sein, und sie achtet da streng drauf. Auch auf meinen Cholesterinspiegel.«

Birthe konnte es nicht fassen. »Und Sie machen immer das, was Ihre Mutter sagt?« Sie sah ihm prüfend ins Gesicht. »Geht es Ihnen gut?«, fragte sie besorgt. »Ist irgendetwas anders als sonst, merken Sie etwas?«

Eberhard schüttelte den Kopf. »Alles in Ordnung«, sagte er. Sein Blick fiel auf Margot, die zusammengesunken in ihrem Sessel saß. Sie starrte stumpf vor sich hin. »Und meine Mutter?«, flüsterte er. »Ist was mit ihr?«

»Keine Ahnung«, sagte Birthe. »Der Rettungsdienst ist unterwegs. Setzen Sie sich. Sie sind kalkweiß im Gesicht.«

Eberhard ließ sich in den freien Sessel plumpsen. Er suchte Blickkontakt zu seiner Mutter, doch die ignorierte ihn.

Birthe hockte sich neben Frauke auf den Boden und fühlte ihren Puls. Er war wieder etwas kräftiger als noch vor einigen Minuten.

Draußen ertönte ein Martinshorn. »Gott sei Dank«, murmelte sie, während Eberhard den Raum verließ. Die Frauen schwiegen und starrten atemlos auf die geschlossene Wohnzimmertür. Sie hörten den Notarztwagen vorfahren und Türen klappern.

Drei Sanitäter stürmten herein, gefolgt von Eberhard.

Während Frauke versorgt wurde, wandte sich Birthe an Eberhards Mutter.

»Frau Pörschke!«, sagte sie eindringlich, »Sie sagen mir endlich, was Sie in den Kuchen getan haben!«

Margot schien völlig abwesend zu sein. Sie war nicht einmal zusammengezuckt, als Birthe sie angefahren hatte. Es war sinnlos. Stumm verfolgte sie das Geschehen.

»Was passiert mit meiner Mutter?«, fragte Eberhard.

»Wir nehmen sie mit auf die Dienststelle. Meine Kollegen sind unterwegs. Sie muss eine Aussage machen und die wird dort schriftlich festgehalten.« Mit einem Seitenblick auf die alte Frau fügte sie hinzu: »Falls sie aussagt.«

36.

Am nächsten Morgen.

Daniel hatte seinen Stuhl vom Schreibtisch weggerollt und seine Arme hinterm Kopf verschränkt, wie er es immer machte, wenn er nachdachte. Er griff nach seinem Kaffeepott und nahm einen großen Schluck.

Birthe holte ihn aus seinen Gedanken: »Die Pörschke müsste gleich hier eintreffen. Bin gespannt, wie sie heute drauf ist. Gestern war sie verstockt wie ein Fisch. Die Vernehmung hat zwei Stunden gedauert, aber sie hat immer nur vor sich hingemurmelt: ›Mir ist schlecht. Kann ich gehen?‹«

»Der Notarzt hat bei ihr nichts feststellen können?«

»Nichts. Vernehmungsfähig, wurde uns gesagt, sie wurde sofort dem Haftrichter vorgeführt.«

Daniel schüttelte den Kopf. »Ehrlich gesagt, auf die alte Pörschke wäre ich nie gekommen. Ich habe ja die ganze Zeit auf ihren Sohn getippt, diesen Eberhard. Der hat sie nicht alle.«

»Und ich war felsenfest davon überzeugt, dass Fleischhauer der Mörder ist. Eberhard Pörschke hatte ich nie in Verdacht. Steh du mal dein Leben lang unter dem Pantoffel von so einer Frau, dann weißt du nicht mehr, ob du Männlein oder Weiblein bist.«

»Also, ich hätte der Alten was in ihren Schlaftrunk gemixt, noch ehe sie auf den Gedanken gekommen wäre, das bei einem anderen auszuprobieren. Das kannst du glauben! Ich hätte es nicht so lange bei dieser Schrulle ausgehalten, ich hätte schon die Fliege gemacht, bevor ich volljährig gewesen wäre.«

»Das sagt sich so leicht, Daniel, diese Frau hat ihren Sohn von Anfang an geprägt. Der kann nicht mehr aus seiner Haut.«

Es klopfte.

»Das muss sie sein«, sagte Birthe und sprang auf.

Draußen stand, komplett schwarz gekleidet und auf ihren Krückstock gestützt, Margot Pörschke. Rechts und links von ihr standen zwei Wachleute. »Guten Morgen«, sagte sie frostig.

Daniel bot ihr nach einem kurzen Gruß einen Platz und einen Kaffee an.

»Danke, nein«, sagte Margot, »ich bin hier, um eine Aussage zu machen. Bringen wir es hinter uns.« Sie nahm steif auf dem Besucherstuhl Platz.

Birthe und Daniel atmeten hörbar auf.

»Na, das freut uns zu hören. Sehr vernünftig von Ihnen. Schießen Sie los. Wir sind ganz Ohr.« Daniel nahm Haltung ein, bemühte sich um einen freundlichen Gesichtsausdruck und drückte die Taste des Aufnahmegerätes.

»Gut. Ich habe den Tod von Lydia Kosloff zu verantworten. Aber ich habe sie nicht willentlich getötet. Ich wollte nicht, dass sie stirbt, das müssen Sie mir glauben. Es ist aus Versehen passiert.«

»Aus Versehen? Ah ja«, sagte Daniel. »So was passiert schon mal aus Versehen, nicht wahr? Ich bin gespannt, was Sie uns zu erzählen haben.«

Margots Hände umklammerten den Griff ihrer altmodischen Handtasche. »Ich war so wütend«, sagte sie leise, »ich war völlig außer mir. Ich lag in der Klinik, hilflos und sehr krank. Dann kam mein Sohn vorbei. Ich war froh, dass er sich gleich Zeit genommen hatte, um mich zu besuchen. Er brachte mir Blumen mit. Die verströmten einen aufdringlichen Duft und ich hätte sie am liebsten gleich weggeworfen. Aber ich fühlte mich sehr schwach und hatte keine Energie dazu, erst recht nicht für eine Unterhaltung. Also tat ich so, als ob ich schliefe. Mein Sohn ist sehr mitteilsam, ich wusste, er würde von selbst reden, ohne dass ich ihm Fragen stellen müsste. Und das tat er dann ja auch. Leider erzählte er nicht das, was ich hören wollte. Ich hätte es schön gefunden, wenn er von der Schule berichtet hätte, von meinen ehemaligen Kollegen, die zum Teil noch da sind. Oder von sich selbst, ob ich ihm fehlte und wie er ohne mich zurande kam. Ich wollte hören, wie sehr er mich vermisste und sich darauf freute, mich wieder bei sich zu haben. Ich dachte, er würde mir erzählen, wie schlecht er ohne mich zurechtkam. Stattdessen schwärmte er mir unaufhörlich von dieser Frau vor. Er hätte sich verliebt, fände sie wunderschön, interessant und toll und was weiß ich. Und das sollte ich mir nun alles anhören! Ich bin seine Mutter! Ich war immer an seiner Seite, immer! Wenn er krank war, einsam, traurig, ich war für ihn da! Und das dankt er mir nicht. Jedenfalls nicht genug. Er sagt zwar manchmal Danke, wenn ich ihm ein Brot schmiere, ihm seine Hemden bügle oder sein Zimmer aufräume, aber meistens nur, wenn ich ihn dazu auffordere. Nie kommt es aus tiefem Herzen, nie! Nie ist es ihm ein inneres Bedürfnis, sich bei mir zu bedanken. Ich bin ihm nicht genug, das musste ich auf sehr traurige und deprimierende Weise erfahren. Sobald er die Möglichkeit hat, schaut er anderen Frauen hinterher. Er wittert jede erdenkliche Chance, ausbrechen zu können!«

»Ihr Sohn ist erwachsen, Frau Pörschke«, warf Birthe ein, »er hat das Recht dazu, sich zu verlieben und sein eigenes Leben zu leben!«

»Natürlich kann er sein eigenes Leben führen und das soll er auch! Aber an meiner Seite! Ich bin auch noch da. Warum sehen Sie mich an? Das Haus ist groß genug. Jeder von uns hat Platz, um sich zu entfalten. Wer kann sich das heutzutage leisten? Die meisten Menschen träumen von einem großzügigen Anwesen wie unserem. Ich habe so viel für meinen Sohn getan, viel mehr als andere Mütter, das können Sie mir glauben. Jahrelang, nein, jahrzehntelang habe ich allein für ihn gelebt und meine eigenen Bedürfnisse zurückgestellt. Jetzt könnte er etwas davon zurückgeben, finden Sie nicht?«

»Also, um darauf zurückzukommen«, sagte Birthe, »Ihr Sohn hat Ihnen anvertraut, dass er sich verliebt hat. Und wie haben Sie darauf reagiert?«

»Gar nicht. Ich tat, als ob ich schliefe. Als er weg war, habe ich geweint.«

Birthe und Daniel wechselten einen Blick.

»Weshalb waren Sie eigentlich in der Klinik?«, fragte Daniel.

»Ach, ich hatte einen Zuckerschock. Hatte morgens vergessen, den Blutzuckerspiegel zu kontrollieren und rechtzeitig meine Medikamente einzunehmen. Das ist mir in all den Jahren erst zweimal passiert.«

»Und weiter?«, fragte Daniel.

»Nach ein paar Tagen war ich so weit wiederhergestellt, dass ich aus dem Krankenhaus entlassen werden konnte. Die Wut war in der Zeit allerdings nicht schwächer, sondern stärker geworden. Von Tag zu Tag war sie gewachsen. Noch ehe ich mein Haus wieder betreten hatte, hatte ich einen Entschluss gefasst: Diese Lydia Kosloff sollte einen Denkzettel verpasst bekommen. Ich dachte, wenn mein Sohn erst wüsste, dass sie krank ist, würde er vielleicht von ihr ablassen. Mir war klar, dass er im Grunde kranke und schwache Frauen verabscheut. Er bewundert Frauen, wenn sie stark und selbstbewusst sind.«

»Verstehe ich Sie richtig? Sie wollten Lydia Kosloff nicht töten, sondern ihr gesundheitlich schaden?« Birthe runzelte die Stirn.

»Wenn Sie das so formulieren …« Margot Pörschke saß kerzengerade auf ihrem Besucherstuhl, als habe sie einen Stock verschluckt. »Alles, was ich wollte, war, dass sie einen Kreislaufzusammenbruch erleidet und ins Krankenhaus eingeliefert wird. Und dass sich mein Sohn von dieser kranken Frau distanziert.«

Birthe lehnte sich vor. »War sie denn krank?«

»Woher soll ich das wissen? Ich vermute mal, bis zu diesem Zeitpunkt nicht.«

»Sie müssen sich doch ein Bild von Lydia Kosloff gemacht haben. Wie lange kannten sie sie schon?.«

»Ich kannte sie nicht.«

»Wie haben Sie sie dann ausfindig gemacht?«

»Nun, Eberhard hatte mir erzählt, dass sie in der Innenstadt ein Kosmetikstudio betrieb, da war es ein Leichtes, sie zu finden. Im Telefonbuch steht sie unter ihrer Geschäfts- und Privatnummer. Beides mit Anschrift.« Sie lachte bitter.

»Sie haben also den Kontakt mit Lydia Kosloff angebahnt, telefonisch, um sich mit ihr zu verabreden. Die Sache mit der Fußpflege haben wir Ihnen sowieso nicht abgenommen. Womit haben Sie den gewünschten Kontakt begründet?«

»Ich habe mich als Eberhards Mutter vorgestellt. Ich wollte sie kennenlernen, ganz einfach. Frau Kosloff hielt das für eine gute Idee und hat mich für denselben Nachmittag eingeladen.«

Birthe atmete tief durch. »Fassen wir also zusammen: Sie wollten diese junge Frau krank machen. Sie wussten, dass Sie nicht die Kontrolle darüber hatten. Sie haben Lydia Kosloff etwas eingeflößt und sich einfach davongemacht. Haben sie ihrem Schicksal überlassen. Sie haben vorsätzlich gehandelt, aus Heimtücke. Das ist Mord, Frau Pörschke.«

»Nein, nein, ich wiederhole, ich wollte sie nicht umbringen. Nur für kurze Zeit außer Gefecht setzen.«

»Was genau haben Sie ihr gegeben?«

»Metoprolol und Digimed«, sagte Margot wie aus der Pistole geschossen.

»Das sind Ihre eigenen Medikamente, nehme ich an.«

Margot Pörschke nickte.

»Beide verschreibungspflichtig«, warf Daniel ein.

»Ist mir klar«, sagte Birthe. »Und wie haben Sie die Mittel verabreicht? Ich nehme an, Lydia Kosloff hat das Zeug nicht freiwillig genommen.«

»Ganz einfach«, Margot Pörschke strich mit ihren manikürten Händen über das Glattleder ihrer Handtasche, »ich habe es mit dem Mörser zerstampft und in den Kaffeefilter gedrückt. Dort hat es sich mit den Bitterstoffen des Kaffees vermischt und war kaum herauszuschmecken. Ich konnte mich selbst davon überzeugen, da ich nämlich an dem Tag meine Medikamente nicht morgens, wie üblich, zu mir genommen habe, sondern wie Frau Kosloff zusammen mit dem Kaffee. Nur, dass es mir nicht geschadet hat, denn ich brauche sie ja schließlich.«

Birthe dämmerte etwas. Der Geruch in Kosloffs Wohnung. Es hatte nach Kaffee und nach Desinfektionsmitteln gerochen. Im Hause Pörschke wurde es großzügig verwendet. Bei ihrem ersten Besuch hatte sie sich an dem merkwürdigen Geruch gestört und ihn erst viel später mit Kosloffs Wohnung in Verbindung gebracht.

»Wie kam es dazu, dass Sie den Kaffee gekocht haben, wo Sie doch bei Lydia Kosloff zu Besuch waren?«

»Ich habe den Kaffee nicht gekocht. Frau Kosloff hat die Kaffeemaschine bedient. Ich habe sie unter einem Vorwand aus dem Zimmer gelockt und dann die Filter ausgetauscht. Den präparierten Filter hatte ich bereits in meiner Handtasche – er steckte fein säuberlich in einem Gefrierbeutel.«

»Unter welchem Vorwand haben Sie Frau Kosloff aus dem Zimmer geholt?«

»Ich habe nach einer Kopfschmerztablette gefragt. Die bewahrte die Kosloff zum Glück nicht in ihrer Küche auf, sonst hätte ich mir etwas anderes einfallen lassen müssen.«

»Sie haben also die Medikamente zerstampft und hinterher alle Spuren beseitigt. Sie haben das Geschirr und den Restmüll mitgenommen und haben noch die Ruhe gehabt, sauber zu machen und zu desinfizieren. Sie sind ja ganz schön abgebrüht, Frau Pörschke! Was haben Sie denn mit der Filtertüte gemacht? Sie war nicht mehr aufzufinden. Haben Sie sie mitgenommen?«

»Natürlich habe ich das, ich bin doch nicht dumm. Mitgenommen und im Garten kompostiert.«

»Ich frage mich gerade, wie viel Kaffee muss man trinken, um an der Mischung zu sterben? Eine Tasse, zwei Tassen?«, fragte Daniel.

Margot verzog ihren Mund zu einem ironischen Lächeln. »Um sicherzugehen, habe ich sechs weitere Tabletten zermalmt und im Apfelkuchen versteckt. Unter einer dicken Schicht Puderzucker. Ich habe nur ein Viertel des Kuchens angeschnitten. Das Viertel mit den Medikamenten. Dann reicht, wenn Sie wollen, eine Tasse Kaffee und ein Stück Kuchen.«

»Wissen Sie, dass Sie gerade einen Mord zugegeben haben?«

Pörschkes Augen verengten sich.

»Sie haben beschrieben, wie Sie Ihren Plan ausgeführt haben. Sie haben Lydia Kosloff die Medikamente mit Vorsatz verabreicht und hinterher alle Spuren beseitigt. Sie haben überlegt gehandelt, damit werden Sie keinen Richter überzeugen können, dass der Tod Kosloffs ein Versehen war. Sie sind planvoll vorgegangen. Das ist kaltblütiger Mord, Frau Pörschke. Aber diese Feinheiten wird das Gericht klären, darum müssen wir uns nicht kümmern.«

»Es war kein Mord«, presste Pörschke leise hervor.

»Und damit wollten Sie auch mich umbringen«, sagte Birthe heiser. »Mit vergiftetem Kaffee und Apfelkuchen! Und nicht nur mich, sondern auch Frauke Herkenhoff, eine weitere Aspirantin für das Lebensglück Ihres Sohnes! Ist Ihnen eigentlich klar, dass Sie um ein Haar drei Menschen auf dem Gewissen gehabt hätten?«

Margot Pörschke antwortete nicht, sondern blickte starr vor sich hin.

»Warum ich, Frau Pörschke, warum Frauke Herkenhoff?«

Margot sog scharf die Luft ein. »Die Welt ist ungerecht«, sagte sie verbittert.

»Das ist keine Antwort. Ich will eine Antwort auf meine Frage, Frau Pörschke! Warum wollten Sie uns beide umbringen?«

Birthe begegnete den starren Augen der alten Frau und ihr wurde kalt.

»Ist sie tot?«, fragte Margot.

»Wen meinen Sie?« Birthe ließ sie nicht aus den Augen.

»Na, die Herkenhoff. Hat es sie erwischt?«

»Nein, ich muss Sie leider enttäuschen, Frau Herkenhoff lebt. Ihr wurde in der Klinik der Magen ausgepumpt und wie ich heute morgen hörte, ist sie über den Berg.«

Margot Pörschke zeigte keinerlei Reaktion.

»Das scheint Sie nicht zu freuen, Frau Pörschke. Sollte es aber. Denn wenn Frau Herkenhoff nicht überlebt hätte, würde die Anklage auf zweifachen Mord lauten.«

»Was spielt das für eine Rolle? Aus dem Gefängnis komme ich so oder so nicht mehr heraus. Dafür lebe ich einfach nicht mehr lang genug. Was habe ich zu erwarten?«

»Zurück zu meiner Frage: Warum? Warum Frau Herkenhoff und ich? Warum sollten wir sterben?«

»Ganz einfach: Frau Herkenhoff hätte mir fast meinen Sohn genommen und Sie sind uns auf die Schliche gekommen! Als Frau Herkenhoff Ihre Identität gelüftet hat, war mir sofort klar, dass Sie mich die ganze Zeit schon im Visier hatten.«

»Und Sie dachten, Sie könnten einfach mir nichts, dir nichts, zwei weitere Menschenleben auslöschen? Im Glauben, sich damit selbst zu schützen? Ich verstehe Ihr Motiv nicht. Eberhard hätten Sie in jedem Fall verloren. Wenn Sie erst einmal im Gefängnis sitzen, muss Ihr Sohn ohne Sie auskommen.«

Margot Pörschke räusperte sich. »Ich habe mir nichts dabei gedacht«, sagte sie in ihrem akzentuierten Lehrerinnen-Tonfall. »Eine innere Stimme hat mir befohlen, das zu tun. Ich bin ihr einfach gefolgt. Und jetzt sage ich nichts mehr. Wenn überhaupt, dann nur noch meinem Anwalt.« Sie griff nach ihrer Handtasche. »Ich bin müde. Darf ich gehen?«

Birthe nickte und gab den Justizbediensteten ein Zeichen, Frau Pörschke wieder in ihre Zelle zurückzubringen.

37.

Eberhard hatte auf dem Rückweg vom Ratsgymnasium kurz bei Blumen Niemann in der Lotter Straße angehalten. Er wollte keinen Krankenbesuch machen, ohne einen schönen Strauß mitzubringen. Er sollte der teuerste seines Lebens werden. Das Hungergefühl, das ihn sonst um diese Zeit befiel, spürte er heute nicht. Er hatte in der Nacht kein Auge zugemacht. Seine Mutter war eine Mörderin. Er hatte das die ganze Zeit über gewusst, doch er wollte es nicht wahrhaben. Er war in einer kindlich naiven Denkweise davon ausgegangen, dass Probleme nur dann existierten, wenn man sie beim Namen nannte und sich mit ihnen beschäftigte. Da er das nicht zulassen wollte, hatte er sie einfach verdrängt.

Seine Mutter hatte auch seinen Vater getötet. Er wusste nicht, was schlimmer war, der Mord an Lydia oder an seinem Vater. Seinen über alles geliebten Vater, der ihn vor ihr geschützt hatte, vor ihrer übernatürlichen, schädlichen, erstickenden Liebe. Er hatte mit ihm Fußball gespielt und lange Radtouren in die Umgebung unternommen. Er hatte mit ihm zusammen ein Baumhaus gebaut, das seine Mutter später vom Gärtner hatte abreißen lassen, weil es ihrer Meinung nach den Gesamteindruck des Anwesens störte. Und dabei kam selten genug jemand bei ihnen vorbei. Selbst Geburtstage hatten sie seit dem Tod des Vaters nur allein gefeiert. Sein Vater – was hätte er noch alles mit ihm gemeinsam unternehmen können, wie viel Spaß hätten sie zusammen haben können, vielleicht bis heute, er war schließlich kaum älter als seine Mutter gewesen, wenn Margot dieses Glück nicht jäh zerstört hätte. Wie sehr er sie hasste, wurde ihm erst in diesem Moment bewusst. In diesen Minuten, in denen er den wunderschönen Blumenstrauß binden ließ, der für niemand anders bestimmt war als für die Frau, die er liebte.

*

Frauke lag blass in ihrem Krankenhausbett, lächelte aber, als sie Eberhard mit seinem Riesenblumenstrauß in der Tür erblickte.

»Na, wie geht es der Patientin?«, fragte er wie ein wohlmeinender Arzt.

»Geht«, sagte Frauke, »ein bisschen schwach, aber viel besser als gestern.«

»Habe dir Blumen mitgebracht.«

»Die sind nicht zu übersehen.« Frauke zog eine Augenbraue hoch und versuchte zu lächeln. »Danke dir, Eberhard, die sind richtig schön. Leg sie erst mal da ab, ich frag nachher eine Schwester nach einer Vase.«

Eberhard stellte einen Besucherstuhl dicht neben Fraukes Bett. »Ich kann nicht ausdrücken, wie schrecklich leid mir das alles tut«, sagte er und griff nach Fraukes Hand. »Ich schäme mich für meine Mutter«, sagte er leise und wagte nicht, ihr in die Augen zu sehen.

»Du bist nicht deine Mutter«, sagte sie, »du brauchst dich nicht für sie zu schämen.«

»Ich weiß, aber ich tu es trotzdem. Ich wünschte, es wäre nicht geschehen.«

»Warum?«, wollte sie wissen. »Warum hat deine Mutter das getan? Weißt du das?«

Er schüttelte den Kopf. »Sie ist nicht normal, muss man wissen. Irgendwie war sie das wohl nie. Sie ist krankhaft eifersüchtig. Auf alles und jeden.«

»Hat sie Lydia umgebracht?«

Er nickte. »Auf die gleiche Art und Weise.«

»Wie hat sie das gemacht?«

»Sie hat euch vergiftet. Mit Kaffee und Apfelkuchen.«

»Ich habe da nichts rausgeschmeckt. Was für ein Gift war das?«

»Gift nicht direkt, Frauke. Sie hat es mit ihren verdammten Tabletten gemacht, die sie da drin versteckt hat. Herztabletten, die zusammengemischt für Gesunde tödlich sind. Gott sei Dank hast du es überlebt.« Er bemühte sich um ein Lächeln, was ihm jedoch misslang. Von seinem Vater sagte er nichts. Er wollte Frauke nicht überfordern.

»Morgen früh muss ich zur Polizei. Ich weiß nicht, was die von mir wollen. Ist mir sehr unangenehm, aber mir bleibt keine Wahl.«

»Wahrscheinlich reine Routine«, sagte sie. »Du bist schließlich ihr Sohn.«

»Hm, keine Ahnung. Und du? Wie lange musst du noch bleiben?«

»Schätzungsweise ein paar Tage. Bis ich wieder alles essen kann, haben die Ärzte gesagt. Und der Kreislauf stabil ist. Im Moment ist das ein ständiges Auf und Ab. Mal geht's mir super, im nächsten Moment denke ich, ich sterbe gleich. Aber ich wünschte, ich könnte heute schon raus. Ich hasse Krankenhäuser.«

Er lachte. »Wer tut das nicht? Wenn du wüsstest, wie ich darüber denke.« Er streichelte ihre Hand. »Und dann?«

»Wie – und dann?«

»Wenn du entlassen wirst. Nun, ich habe ein Gästezimmer frei. Oder auch zwei. Meine Mutter kommt nicht mehr zurück. Du könntest für eine Weile zu mir ziehen. Ich würde dich schon aufpäppeln.« Er grinste schief.

Frauke lachte. »Glaube ich dir. Mit deinen viel zu dick geschmierten Leberwurststullen. Hast du mir selbst gesagt, dass du in solchen Dingen keine Übung hast.«

»Habe ich auch nicht. Aber ich werde es lernen. Du bist für mich die größte Motivation. Und ich verspreche dir, ich werde mir Mühe geben.«

»Glaub ich dir. Das geht trotzdem nicht, denn ich habe immerhin eine Tochter. Die lässt das nicht einfach mit sich machen, weißt du.«

»Dann ziehe ich zu dir.«

»Das halte ich im Moment für keine gute Idee. Lass es uns langsam angehen, okay?«

»Okay. Ich habe übrigens was für dich.« Er griff in seine Sakkotasche und holte eine Schachtel heraus.

»Was ist das?«, fragte Frauke und reckte ihren Hals. »Doch nicht etwa …?«

»Meine Medikamente«, grinste Eberhard, »ich gebe sie dir zurück, weil … Du, ich brauche sie nicht mehr. Von Medikamenten werde ich erst einmal die Finger lassen.«

Sie nickte erleichtert.

Er massierte zärtlich ihre Finger und sah ihr lange und intensiv in die Augen.

Diese Augen, dachte sie, ich könnte in ihnen versinken, ich möchte in nichts anderes mehr schauen als in dieses dunkle Braun, warm, gefühlvoll, lebendig und melancholisch zugleich.

38.

Jetzt ging das wieder los. Diese kurzen, düsteren Tage, an denen Eberhard keine Lust hatte, aufzustehen, und noch im warmen Bett den Abend herbeisehnte. Er hätte seine Tabletten niemals hergeben sollen, das bereute er inzwischen. Eberhard fühlte sich schwach. Das Verhör stand ihm heute bevor. Frau Schöndorf sprach von einer ›Befragung‹, aber das machte die Sache nicht besser. Es gab kein Zurück und er hatte Angst.

Wie in Trance steuerte er das Parkhaus Ledenhof an. Zehn Minuten später erreichte er die Polizeiwache am Kollegienwall.

An der Tür waren zwei Namen angebracht: Birthe Schöndorf und Daniel Brunner. Birthe Schöndorf war inzwischen fast eine alte Bekannte, die Nichte seiner Nachbarin. Eine nette, sympathische junge Frau. Warum fühlte er sich auf einmal so befangen? Sein Herz stockte, als er sich ihr Gesicht vorstellte. Dieses hübsche, klare Gesicht, das er nicht mehr mit einer Studentin in Verbindung brachte, sondern mit einer Ermittlerin. Eberhard wusste nicht, wie er sich ihr gegenüber verhalten, wie er ihr gegenübertreten sollte. Der Name Daniel Brunner sagte ihm etwas, aber er konnte ihn im Moment nicht einordnen. ›Daniel‹ klang nach einem eher jüngeren Mann. War es der Polizist, der gleich am Todestag von Lydia bei ihnen gewesen war? Er hatte sein Gesicht nicht mehr vor Augen, hätte sich nicht mehr an ihn erinnern können, weil er zu sehr neben sich gestanden hatte.

Vor einem Mann hatte er mehr Angst als vor einer Frau. Männer erkannten in der Regel seine Schwächen innerhalb weniger Sekunden und nutzten sie schamlos aus. Er fühlte sich ihnen hilflos ausgeliefert und wusste, dass er ihnen nichts entgegenzusetzen hatte.

Er war der Sohn einer Mörderin. Sie hatten seine Mutter. Sie hatten dadurch auch ihn. Er wusste, als Angehöriger könnte er die Aussage verweigern. Aber lohnte es sich, davon Gebrauch zu machen? Die Aussicht, gleich sein Gewissen zu erleichtern, war zu verlockend. Was seine Mutter anging, hatte seine Aussage für sie keine Folgen – sie würde ihre Strafe so oder so verbüßen müssen. Also könnte er die Wahrheit sagen und sein Gewissen erleichtern, endlich. Oder etwa nicht? Was sprach dagegen?

Sie war seine Mutter – immerhin. Hatte ihn geboren und für ihn gesorgt, war für ihn da gewesen. Dass sie Fehler gemacht hatte, viele Fehler, nun, wer machte das nicht? Wer war ohne Schuld?

Eberhard knetete seine Hände und starrte nervös ins Leere, während er auf einem der beiden Stühle vor dem Zimmer wartete.

Das schlechte Gewissen nagte so sehr an ihm, dass er kaum Luft bekam. Die Tür ging auf. Eberhards Augen weiteten sich. Eine Last fiel von ihm ab, als er bemerkte, dass Frau Schöndorf vor ihm stand. »Hallo, Herr Pörschke«, sagte sie freundlich, »kommen Sie bitte.«

Er erhob sich mit weichen Knien. Das Büro war kleiner, als er es sich vorgestellt hatte. Zwei Schreibtische standen sich gegenüber. An der Fensterbank lehnte ein junger Mann, es musste Daniel Brunner sein. Jetzt erkannte er ihn wieder, auch wenn er ihn wenige Minuten zuvor nicht mehr hätte beschreiben können. Eberhard fühlte sich sofort eingeschüchtert.

Brunner kam auf ihn zu und begrüßte ihn per Handschlag und wies ihm seinen Platz zu. Eberhards Blick wanderte Hilfe suchend zu Birthe. Die nickte ihm aufmunternd zu »Wo ist meine Mutter?«, brach es aus ihm heraus. »Ist sie bereits ... haben Sie sie eingesperrt?«

»Sie ist im Untersuchungsgefängnis«, sagte Daniel ungerührt und setzte sich an seinen Schreibtisch.

»Ich glaube, Ihre Mutter hat den besten Anwalt der Stadt«, ergänzte Birthe, »Machen Sie sich keine Sorgen.«

Eberhard atmete tief durch. »Hoffentlich wird sie dort gut behandelt«, sagte er. »Sie ist krank, muss man wissen. Sie braucht Medikamente und darf nicht alles essen. Ihr Insulinspiegel muss regelmäßig kontrolliert werden. Hat sie einen Arzt zur Verfügung?«

»Ja, natürlich«, sagte Birthe, »Ihre Mutter hat alles, was sie braucht, ihre Medikamente, einen Arzt und – soviel ich weiß – bekommt sie eine spezielle Diät. Es wird ihr nichts passieren, Herr Pörschke, seien Sie unbesorgt.«

»Dann bin ich erleichtert.« Eberhard zog ein gebügeltes Stofftaschentuch aus seiner Sakkotasche und tupfte sich damit über die Stirn.

»Sie lieben Ihre Mutter sehr, nicht wahr?« Birthes Augen ruhten verständnisvoll auf Eberhard, der sich langsam beruhigte.

Er räusperte sich. »Nun«, sagte er, »sie ist meine Mutter. Ich sollte sie lieben, oder nicht?«

»Wenn Ihnen das schwer fallen sollte, kann ich das verstehen«, sagte Daniel. »Ihre Mutter hat Ihnen das Leben alles andere als leicht gemacht.«

Eberhard nickte vor sich hin und starrte auf seine Fingernägel. »Das ist wahr«, sagte er nach einer Weile.

»Ihre Mutter hat Sie sehr eingeengt?«, fragte Birthe einfühlsam.

Eberhard verschränkte seine Hände im Schoß und begann zu reden, ohne seinen Blick zu heben. »Das hat sie. Seit ich klein war. Es fällt mir schwer zu reden, aber irgendwann muss das alles raus. Ich muss das einfach loswerden.« Er seufzte tief, bevor er fortfuhr: »Meine Mutter hat mich mein Leben lang kontrolliert. Muss man wissen. Sie hatte die absolute Macht über mich. Sie hat das subtil gemacht, dass ich es lange Zeit nicht einmal bemerkt habe. Aber sie hatte mich in der Hand, zu jeder Zeit. Es ging so weit, dass meine Mutter mich manchmal regelrecht krank gemacht hat, als Kind.« Er schluckte ein paarmal und räusperte sich. »Wenn sie merkte, dass sie die Kontrolle über mich verlor, wenn ich aufsässig wurde oder ›zu wild‹, wie sie es nannte, gab sie mir irgendwelche Tabletten. Ich weiß nicht, was das war, es müssen Beruhigungsmittel gewesen sein oder so etwas, ich wurde davon sehr müde und konnte nichts mehr essen. Ich wollte nur schlafen. Dann hat sie einen Arzt gerufen. Der war meistens hilflos und wusste sich keinen Rat, also hat er mich ins Krankenhaus eingewiesen. Ja, und dann ...« Wieder schluckte Eberhard und rang mit Worten.

»Lassen Sie sich Zeit. Soll ich Ihnen etwas zu trinken holen?«, fragte Birthe. Eberhard nickte. Er schien weit weg zu sein. Birthe nahm eine Mineralwasserflasche von der Anrichte und füllte sein Glas.

»Es war furchtbar im Krankenhaus«, sagte er stockend. »Was haben die alles mit mir gemacht. Auf den Kopf gestellt haben sie mich, auf Herz und Nieren untersucht. Nichts ausgelassen haben die. Blutabnahmen und Punktionen – stellen Sie sich vor, wie schrecklich das ist für ein Kind – und eine Magenspiegelung! Horror ist das, blanker Horror! Ich habe die Ärzte gehasst, die mir das angetan haben. Seitdem hasse ich Ärzte und Krankenhäuser. Muss man wissen. Ich gehe einfach nicht mehr hin, nur zum Zahnarzt, und das alle paar Jahre, wenn es sich nicht vermeiden lässt. Wenn ich krank bin, hole ich mir Medikamente aus der Apotheke und kuriere mich zu Hause aus. Eine gute Bekannte von mir ist Apothekerin, die hilft mir. Ach, Sie wissen ja, wer das ist, Frauke Herkenhoff«, fügte er zerstreut hinzu. »Und wenn ich eines Tages todkrank bin, bin ich eben todkrank. Jed*er muss* sterben, irgendwann. Eines Tages ist sowieso alles vorbei. Wann, ist eigentlich egal.« Er holte tief Luft und nahm einen großen Schluck Wasser. »Erst viel später habe ich kapiert, dass ich eigentlich meine Mutter dafür hassen müsste, nicht die Ärzte, die haben ihre Arbeit getan. Waren quasi das ausführende Organ. Der Teufel war meine Mutter. Aber jetzt ist es zu spät. Das Trauma sitzt so tief, dass ich lebenslang eine Arztphobie mit mir herumschleppe.«

»Dafür gibt es Psychologen«, sagte Birthe. »Sie sollten eine Therapie machen.«

»Eine Therapie«, höhnte Eberhard. »Gehen Sie mir fort damit. Das sind alles Scharlatane, die so etwas mit einem machen. Die fühlen sich wichtig und toll, diese Seelenklempner. Eine einzige Selbstbeweihräucherung ist das. Warum wird jemand Psychologe, können Sie mir das sagen? Ich sag's Ihnen: Weil er oder sie selbst einen an der Waffel hat! Solche Leute denken einfach: Ich mach mal eben eine Ausbildung und kuriere meine Ängste und Probleme selbst. Und anschließend suche ich mir ein paar Beknackte, die ich ausnehmen kann wie eine Weihnachtsgans. Das ist die Realität, glauben Sie mir. Muss man wissen.«

»War ein Vorschlag«, sagte Birthe. »Die Entscheidung liegt allein bei Ihnen. Aber ich freue mich über Ihre Offenheit, Herr Pörschke. Endlich kommen Sie aus sich heraus. Das gefällt mir.«

Eberhard lächelte. »Sicher. Ich kann auch anders.« Leise fügte er hinzu: »Verstehen Sie, warum ich meine Mutter manchmal hasse?«

Birthe nickte.

»Ich hätte mutiger sein müssen, mich wehren und mir mehr zutrauen sollen. Das bereue ich jetzt zutiefst.«

»Ihre Mutter hat Sie tatsächlich absichtlich krank gemacht?«, fragte Daniel.

»Ob absichtlich oder nicht, jedenfalls hat sie dafür gesorgt, dass ich regelmäßig ins Krankenhaus musste, obwohl die Ärzte nie etwas fanden und ich eigentlich kerngesund war.«

»Dieses Desinfektionsmittel in Ihrer Wohnung – warum machen Sie das, Herr Pörschke?«

Eberhard sah Birthe irritiert an. »Weil … weil … eben aus dem Grund, weil ich als Kind oft krank war, zumindest dachte ich das ja, dass ich einfach vorsorgen will, dass das nicht mehr passiert.«

»Wir werden beim Staatsanwalt eine psychologische Untersuchung Ihrer Mutter beantragen«, sagte Birthe, von plötzlichem Mitleid für Eberhard übermannt. »Das hatte ich sowieso vor. Sollte sich der Verdacht erhärten, den Sie ausgesprochen haben, muss dem nachgegangen werden.«

Eberhard schluckte. Er hatte sich vorgenommen, mehr zu sagen, alles, die ganze Wahrheit. Doch etwas hielt ihn zurück. Seine Mutter konnte niemandem mehr schaden. Sie würde ihre Strafe verbüßen müssen, würde für lange Zeit außer Gefecht gesetzt sein. Vielleicht sogar für den Rest ihres Lebens. Sein Vater war seit Ewigkeiten tot, nichts würde ihn mehr lebendig machen. Warum nicht den ›Rest‹ einfach auf sich beruhen lassen, fragte er sich. Nicht mehr daran rühren. Es würde zu viel in ihm selbst zerstören. Dinge würden ans Tageslicht kommen, die er verdrängt hatte, und sie würden womöglich außer Kontrolle geraten.

Und wenn Carola nun redete? Wenn sie alles erzählte, alles, was damals passiert war? Müsste er sich im Nachhinein selbst verantworten? Könnten sie ihn belangen?

Für sein Schweigen? Nein, er konnte sich nicht vorstellen, dass Carola zur Polizei gehen würde. Sie war viel zu sehr mit sich selbst beschäftigt und mit ihrem guten Ansehen.

Er sah unschlüssig zwischen Birthe und Daniel hin und her. Sie deuteten diesen Blick anscheinend falsch, denn Daniel Brunner sagte: »Seien Sie unbesorgt, Herr Pörschke, Ihnen wirft niemand etwas vor. Sie können nichts für die psychische Erkrankung Ihrer Mutter.«

Eberhard nickte, halb erleichtert, halb besorgt. Er hatte beschlossen, einen Teil der Wahrheit für sich zu behalten.

*

»Wie hast du das gemeint mit der psychischen Krankheit?«, fragte Daniel, nachdem sie Eberhard Pörschke verabschiedet hatten. »Glaubst du alles, was er erzählt?« Er stand am Fenster, mit den Händen in den Hosentaschen, und beobachtete zwei Kollegen, die gerade in einen Dienstwagen stiegen.

»Ja, ich glaube ihm. Er wirkte offen wie noch nie. Ich habe das Gefühl, er wollte sich vieles von der Seele reden. Der Mann schleppt einen Haufen Probleme mit sich herum. So eine Mutter ist Gift für die Entwicklung eines Kindes.«

»Ich denke auch, das erklärt vieles. Sein Verhalten, seine Probleme bei Frauen, sein Verhältnis zum eigenen Körper, die linkische Art.«

»Ich habe erst kürzlich von der Störung gehört. Und ich könnte mir vorstellen, dass sie auf die alte Pörschke zutrifft. Die Krankheit hat einen bestimmten Namen. Augenblick, ich sehe mal nach.« Sie ging zu einem Aktenschrank und wühlte darin herum. Nach einer Weile hielt sie triumphierend einen zusammengehefteten Stapel Papier in die Höhe. »Hier ist es. Warte, ich suche die Stelle heraus.« Birthe nahm die Unterlagen mit zu ihrem Schreibtisch.

»Dann verschwinde ich in der Zwischenzeit für kleine Jungs. Bis gleich.«

»Nur die Ruhe«, sagte Birthe, nachdem er die Tür hinter sich geschlossen hatte, und vertiefte sich in das Dokument. Kurze Zeit später war Daniel wieder da und wischte sich die Hände an der Hose ab. Er setzte sich lässig zu ihr auf den Schreibtisch. »Und? Was sagt die Hobbypsychologin?«

»Also, wie gesagt, eine psychische Störung. Es handelt sich um das so genannte Münchhausen-Stellvertretersyndrom. Vermutlich steckt der stark übertriebene Drang nach Aufmerksamkeit dahinter. Von dieser Störung ist meistens die Mutter betroffen. Ihr selbst geht es gut, wenn das Kind vom Arzt untersucht und behandelt wird. Sie genießt das Mitgefühl und Interesse der anderen. Das braucht sie offenbar für ihr Ego. Sie fühlt sich stark, wenn es ihrem Kind schlecht geht und sie dadurch im Mittelpunkt steht.«

Daniel zog die Augenbrauen hoch. »Nie davon gehört«, sagte er. »Woher hast du das?«

»Hatte ich neulich bei einer Fortbildung in Polizeipsychologie. Kannst meine Unterlagen haben. Oder recherchier im Internet.«

»Wie heißt das noch mal?«

»Münchhausen-Stellvertretersyndrom. Benannt nach Baron Münchhausen, dem Erfinder von Lügengeschichten.« Sie reichte ihm die Mappe. »Das kommt öfter vor, als man denkt. Es gibt Mütter, die flößen ihren Kindern Reinigungsmittel ein, um sie auf diese Art und Weise krank zu machen. Beim Arzt spielen sie dann die besorgte, aufopferungsvolle Mutter. Uns wurde im Seminar ein Film gezeigt, der mich echt betroffen gemacht hat. Schauplatz war ein Säuglingszimmer in einem amerikanischen Krankenhaus. Eine Mutter wurde mit versteckter Kamera dabei beobachtet, wie sie ihrem Kleinkind sekundenlang Mund und Nase zugehalten hat, bis es anfing, sich heftig zu wehren. Das Kind war wegen wiederholter Atemprobleme und Erstickungsanfälle eingeliefert worden.«

»Abartig«, sagte Daniel und legte das Dokument beiseite. »Lass uns gleich zu Hurdelkamp gehen. Die Pörschke hätte mit ihren Scheiß-Tabletten auch ihren Sohn umbringen können, schon als Kind. Es hätte nicht viel gefehlt und er wäre heute nicht mehr da. Der Staatsanwalt soll auf jeden Fall eine psychologische Untersuchung anordnen.«

39.

»Mama, ich will mir keine ellenlangen Vorwürfe anhören. Das musste ich mein Leben lang. Beantworte mir lieber meine Fragen. Wir haben zehn Minuten Zeit, dann ist die Besuchszeit vorbei.«

Es war deprimierend für Eberhard, seine Mutter im Untersuchungsgefängnis zu sehen. Sie war immerhin seine Mutter. Noch nie war sie ihm so alt und hilflos vorgekommen, zart und zerbrechlich. Er verspürte einen Beschützerinstinkt, wie er ihn bisher nicht gekannt hatte.

»Behandeln sie dich wenigstens gut, Mama? Bekommst du ausreichend zu essen?«

»Das wohl, aber es schmeckt entsetzlich. Graues Brot wie in der Nachkriegszeit, billige Wurst und alter Käse. Der hat einen glasigen Überzug und wellt sich schon. Und das Wasser hat einen faden Geschmack. Da sind bestimmt keine wertvollen Mineralien drin. Und Vitamine bekomme ich zu wenige. Eigentlich ist das eine Zumutung, aber ich will mich nicht dauernd beschweren. Die anderen Eingesperrten wollen nichts mit mir zu tun haben. Und die Bewacherin hier ist nicht gerade nett.« Sie warf der Wärterin einen vorwurfsvollen Blick zu. Die guckte beleidigt zur Seite.

»Mama, in Untersuchungshaft kannst du dir auf Wunsch Essen von außen zukommen lassen. Ich regle das für dich, einverstanden?«

Seine Mutter nickte gleichgültig.

»Hast du deine Medikamente?«

»Ja, alles da. Der Arzt hat nach mir gesehen. Er bemüht sich, immerhin etwas. Könnte allerdings mein Enkel sein. So junge Leute kann man doch nicht ernst nehmen.«

»Dein Anwalt meinte vorhin zu mir, du hättest gute Chancen auf ein mildes Urteil, allein aufgrund deines hohen Alters. Aber du musst es schon noch ein bisschen aushalten und so lange tun, was die von dir verlangen.«

»Ich habe das alles nicht verdient. Habe immer nur das Beste gewollt. Und die? Die behandeln mich wie einen Schwerverbrecher.«

Eberhard presste seine Hände zu Fäusten zusammen. »Mama, ich muss mit dir reden«, sagte er verzweifelt.

»Das tust du doch.«

»Ja, aber ... Es geht um unsere Villa.«

Margot sah ihn scharf an.

»Ich werde sie verkaufen, Mama.« Nun war es raus. Eberhard atmete erleichtert auf.

Margot nahm eine kerzengerade Haltung ein. »Sag das noch mal!«

»Ich werde mich von dem Haus trennen.«

»Du überlässt es nicht etwa dieser ... dieser Schulfreundin?«

Eberhard schüttelte den Kopf. »Nein, nein«, sagte er. »Carola bekommt es nicht. Volker auch nicht. Ich habe beschlossen, es einer Stiftung zu übergeben.«

»Wie bitte?«

»Sie haben noch zwei Minuten«, sagte die Wärterin.

Eberhard beachtete sie nicht, sondern beugte sich vor. »Du hast richtig gehört, Mama«, sagte er mit gesenkter Stimme, »einer Stiftung. Es geht um misshandelte Kinder und Jugendliche. Frauke setzt sich für sie ehrenamtlich ein. Sie brauchen mehr Wohnraum, weil es einfach zu eng für sie wird. Du und ich – wir werden unseren Platz für sie räumen. Die haben eine schreckliche Kindheit hinter sich und brauchen einen Ort, um zur Ruhe zu kommen und sich von dem Erlebten zu erholen. Ich werde vielleicht mit Frauke zusammenziehen, denn ich liebe sie. Für dich werde ich nach deiner Entlassung aus der Haftanstalt eine kleine Wohnung suchen.« Leise fügte er hinzu: »Wenn du das noch erlebst.«

Margot sagte nichts mehr, sah ihn einfach nur an, hohläugig und ausdruckslos.

»Zwei Fragen habe ich noch, Mama«, sagte er. »Dann muss ich gehen. Und du schuldest mir die Antworten, das weißt du.« Er sah sich vorsichtig nach der Wärterin um. Als diese abwesend und unbeteiligt wirkte, flüsterte er: »Warum Papa?«

»Hier wird nicht geflüstert«, sagte die Justizangestellte barsch.

Margot Pörschke beachtete sie nicht. Sie hatte verstanden. Ihr Blick verwässerte sich. »Ich konnte ihn nie für mich allein haben. Und ich teile nicht gern.«

»Und Lydia?« Seine Stimme brach. Er schaffte es nicht mehr, seine Mutter anzusehen.

»Du und Papa – ihr hättet euch nicht verlieben dürfen. Nie verlieben. Dann wäre das alles nicht passiert.«

40.

Birthe setzte die Kaffeemaschine in Gang und goss die Yuccapalme im Büro. »Mensch, habt ihr's gut. Was glaubst du, wie ich euch beneide!«

Daniel kritzelte etwas auf seinen Schreibblock. »Wenn du willst, schreib ich dir eine SMS, wenn ich angekommen bin.«

»Eine Ansichtskarte wäre mir lieber, ehrlich gesagt. Eine richtig kitschige, mit deiner unleserlichen, krakeligen Handschrift. Ich liebe Rätsel, das weißt du doch. Die würde ich an unseren Kühlschrank pinnen, damit ich mehrmals am Tag daran erinnert werde, wie schlecht es mir geht.«

»Sollst du haben. Die kitschigste, die ich finden kann. Vollgekritzelt bis zum Anschlag.« Er grinste von einem Ohr zum anderen.

»Honeymoon mit deiner Angebeteten, wie romantisch, während ich mich mal wieder neu sortieren muss. Weißt du was, ich zerfließe gerade vor Selbstmitleid.« Sie zog eine Schnute.

»Schatzi, soll ich dich trösten? Du findest auch noch jemanden. Auf jeden Pott passt 'n Deckel.«

»Du musst es wissen.«

»Weiß ich auch. Zumindest bei mir hat es funktioniert.«

Wer weiß, für wie lange, dachte Birthe, sprach es aber nicht aus. Stattdessen sagte sie: »Komm, so die Riesenlebenserfahrung hast du nicht gerade. Aber ich will dir ja gern glauben.« Sie seufzte und sah ihn betont grimmig an. »Ist es wenigstens unerträglich heiß in der Türkei?«

»Hab heute morgen einen Blick ins Internet riskiert. 28 Grad Celsius, reicht das?«

»Du Glückskind! Zwei Wochen Sonne und Wärme. Während ich hier im Büro die Stellung halte. Und umziehe. Und Abschiedstränen vergieße.«

»Abschiedstränen?«

»Meine Tante meint, ihren Lebensabend auf Mallorca verbringen zu müssen. Und sie nimmt Pepe mit.«

»Ach so, ich dachte, du sprichst von einem Mann.«

»Pepe ist ein Mann und ich finde es schlimm, dass er geht und meine Tante mitnimmt.«

»Abschiednehmen ist immer ein Stückchen Tod.«

Sie bedachte ihn mit einem spöttischen Blick. »Den kenne ich schon. Hast du noch einen auf Lager?«

»Wenn sich eine Tür schließt, öffnet sich eine andere.«

Sie stöhnte. »»Daniel, du Klugscheißer. Wie langweilig wäre das hier ohne deine Plattitüden!»

»Ach, einen hab ich noch: Der größte Schritt ist der aus der Tür. Aber den musst du alleine gehen.«

Birthe verzog das Gesicht. »Okay, Spaß beiseite, du hast dir deinen Urlaub redlich verdient. Nach all dem Stress und Ärger, den du in der letzten Zeit hattest. Jetzt kannst du mit gutem Gewissen losziehen, wo wir wenigstens einen der Fälle gelöst haben. Immerhin ein Teilerfolg. Die Steinbruchleiche war ja auch nicht mehr so ganz frisch. Es hätte mich, ehrlich gesagt, gewundert, wenn wir da noch auf einen Täter gestoßen wären. Ackermann und Kohlhans tun mir trotzdem leid. Die haben bei unserem Chef zurzeit die Loser-Karte gezogen. Er lässt seine schlechte Laune an ihnen aus.«

Daniel klappte seinen Notizblock zu. »Was soll's, der Täter wird längst tot sein. So, ich fahre los. Brauche noch Sonnencreme und After-Sun-Lotion. Seitdem das Fitnessstudio renoviert wird, war ich nicht mehr im Solarium. Du hast bestimmt auch schon bemerkt, dass ich langsam wie ein Zombie aussehe.«

Birthe riss ihre Augen auf. »Du hast nicht vor, dich in die Sonne zu knallen? Deinen Sonnenbrand werde ich nie vergessen, mein Lieber. So etwas Abtörnendes bekommt man nicht alle Tage zu Gesicht. Ich sehe schon, ich muss dir nach deinem Urlaub wieder eine Quarkmaske verabreichen und aufpassen, dass niemand reinkommt.«

»Pah, das ist doch schon ewig her und ist auch nur ein einziges Mal passiert. Der Sonnenbrand meines Lebens«, sagte Daniel nicht ohne Stolz. »Den hab ich mir allerdings nicht irgendwo am Mittelmeer geholt, sondern im Moskaubad Osnabrück. Aber Schatz, auch wenn es dir nicht gefällt, wenn ich schon in die Wärme fliege, soll man es wenigstens hinterher sehen.«

»Oh Mann, Daniel, jetzt hast du mir zum ersten Mal wenigstens ein klitzekleines bisschen gefallen, wo du nicht mehr aussiehst, als hätte man dich auf dem Toaster vergessen.«

»Echt? Ich gefalle dir? Sag das noch einmal. Gaaanz langsam zum Mitschreiben. Dir gefällt neuerdings nicht nur meine Art, sondern auch mein Aussehen? Wow! Ich fasse es nicht! Das kleb ich als kunstvoll geschwungenen Schriftzug über mein Bett.«

Birthe verdrehte die Augen. »Idiot.« Sie griff zum Telefon und wählte eine Nummer, die sie auswendig kannte. Es dauerte nur wenige Sekunden, bis sich jemand meldete. »Hi Yuki, ich bin's, Birthe. Tust du mir einen Gefallen und drehst in meinem Zimmer die Heizung auf? Ich komme nämlich morgen schon zurück, so gegen 18 Uhr. Ich bringe auch etwas zu essen mit. Dachte an … Fisch und Reis vom Mongolen am Bahnhof. Dazu eine kleine Auswahl an Sushi und Reiswein. Wäre dir das recht?«

Statt einer Antwort hörte Birthe einen Jubelschrei. Sie musste das Telefon etwas vom Ohr entfernt halten. Von Kopf bis Fuß begann es zu kribbeln. Es fühlte sich richtig gut an.

ENDE

VIELEN DANK:

den Lektoren Katja Ernst und René Stein, die meinem Roman mit viel Fingerspitzengefühl, Einfühlungsvermögen und Sachkenntnis den letzten Schliff gegeben haben sowie dem gesamten Team des Gmeiner-Verlags

meinem Mann Thomas, der wieder als Erster das fertige Manuskript gelesen und beurteilt hat

meinen Kindern Julia, Sascha und Nele für ihr Verständnis

meiner Mutter Sonja Janowski für die sprachliche Überarbeitung der ersten Kapitel

meiner Cousine Maike Kemner für die erprobten Locations in Osnabrück

meiner Nachbarin und Freundin Cornelia Kohl fürs Probelesen

sowie Dr. Oliver Kohl, Facharzt für Innere Medizin, und Dr. Christine Wagenlehner, Fachärztin für Anästhesiologie, für das medizinische Know-how

den Polizeibeamten Frank Henseler von der Polizei Bohmte und Willi Schwarz vom Polizeipräsidium Mittelhessen für ihre freundliche und hilfreiche Unterstützung

sowie Prof. Dr. Manfred Riße, Facharzt für Rechtsmedizin am Universitätsklinikum Gießen, für die geduldige Beantwortung meiner Fragen.

Weitere Krimis finden Sie auf den folgenden Seiten und im Internet:

WWW.GMEINER-SPANNUNG.DE

ALIDA LEIMBACH
Deichkrone

978-3-8392-2140-2 (Paperback)
978-3-8392-5521-6 (pdf)
978-3-8392-5520-9 (epub)

SPÄTE RACHE Eine nächtliche Landstraße in Ostfriesland: Georg Cannstetter, Leiter eines Osnabrücker Gymnasiums, fühlt sich verfolgt. In Norddeich erwartet ihn seine Geliebte vergeblich. Am nächsten Morgen findet die Polizei den toten Cannstetter in seinem manipulierten Fahrzeug. Während sich der Kreis der Verdächtigen von Kommissarin Birthe Schöndorf immer enger zieht, geschehen weitere Unglücksfälle nach dem gleichen Muster. Dem Täter dicht auf den Fersen, schwebt Birthe Schöndorf schon bald selbst in Lebensgefahr.

WWW.GMEINER-VERLAG.DE
Wir machen's spannend

Das Neueste aus der Gmeiner-Bibliothek

Unser Lesermagazin

Bestellen Sie das
kostenlose Krimi-
Journal in Ihrer
Buchhandlung
oder unter
www.gmeiner-verlag.de

Informieren Sie sich ...

- **www** ... auf unserer Homepage:
  www.gmeiner-verlag.de
- **@** ... über unseren Newsletter:
  Melden Sie sich für unseren Newsletter an
  unter www.gmeiner-verlag.de/newsletter
- **f** ... werden Sie Fan auf Facebook:
  www.facebook.com/gmeiner.verlag

Mitmachen und gewinnen!

Schicken Sie uns Ihre Meinung zu unseren Büchern
per Mail an gewinnspiel@gmeiner-verlag.de
und nehmen Sie automatisch an unserem
Jahresgewinnspiel mit »mörderisch guten« Preisen teil!

WWW.GMEINER-VERLAG.
Wir machen's spanne

Zeitfracht Medien GmbH
Ferdinand-Jühlke-Straße 7,
99095 - DE, Erfurt
produktsicherheit@zeitfracht.de